나는 너를
기다리고 있었다

CIÒ CHE
INFERNO NON È

나는 너를
기다리고 있었다

알레산드로 다베니아 장편소설

이승수 옮김

웃음과 말다툼, 주먹 쓰는 법과 주먹싸움, 말과 욕설, 축구와 발길질……. 형제가 되기 위해 남자들에게 필요한 거의 모든 것을 내게 가르쳐준 마르코와 파브리치오에게 이 책을 바친다.

"지옥은 뭘까?" 나 자신에게 묻는다. 난 지옥을 이렇게 정의한다.
"더 이상 사랑할 수 없다는 고통".

표도르 도스토예프스키, 『카라마조프가의 형제들』, 제6권, 3장

난 지옥에 있다고 생각한다. 그러므로 난 지옥에 있다.

아르튀르 랭보, 『지옥에서 보낸 한 철』, 「지옥의 밤」

새벽 첫 햇살 속에서 소년은 빛을 탐색한다. 빛이 짠 내 나는 새벽바람 속에 숨어 있다. 새벽 여명이 깨끗한 모습 그대로 바다에서 떠올라 어둠이 가시지 않은 어슴푸레한 길거리로 뛰어들려 한다.

　소년은 건물 꼭대기에 산다. 그곳에서는 바다가 보인다. 사람들의 집 안과 길거리도 보인다. 눈을 들면 끝없이 하늘이 펼쳐져 있다. 눈길이 닿지 않는 저 아득한 곳으로 마음도 따라간다. 특히 밤에 바다가 그 빛을 잃을 때는 드넓은 바다가 앞에 펼쳐지고, 별들이 반짝이는 허공처럼 느껴진다.

　왜 매일 아침 그 모든 일이 일어나는 걸까? 장미 가시에 찔리는 것보다 시든 장미 꽃잎에 마음이 더 아픈 소년은 대답을 찾지 못했다. 소년은 매일 아침 바다에서 조난당한 사람처럼 거울에 비친 자신을 바라본다. 얼굴을 어루만지며 바다를 넣은 눈 속에서 살아 있는 것을 찾는다. 방학하는 날 그녀의 빛은 살아 눈부시게 반짝인다. 어렸을 적 미스터리한 지도를 바라보며 보물섬,

배와 파도를 상상하길 좋아했듯 소년은 그녀를 탐색한다.

소년은 그녀를 바라본다. 그녀가 꿈이 자라나는 소년의 마음을 헤집어놓는다. 빛을 너무나 많이 입은 것은 그만큼 많은 그림자를 드리운다. 모든 빛은 그 뒤에 그만큼의 비탄이 있으며, 모든 항구에는 난파선이 있다. 하지만 청춘은 그림자를 보지 못하며, 그림자를 무시하려 든다.

손가락으로 얼굴의 소리를 들을 수 있기라도 한 듯, 소년은 두 손으로 풋풋한 얼굴을 가린다. 소년은 어쩔 수 없이 휴식을 끝내고 다시 배에 올라타기를 기다리는 부둣가 선원과 닮았다. 소년은 다시 빛을 바라본다. 또 한 번 바라본다. 빛, 바람, 짠 내가 소년의 육체와 생각을 모양 짓는다. 빛, 바람, 짠 내는 수천 년 전부터 암초처럼 쓸모없는 돌 모양까지 바꾸어놓았듯 원하는 대로 소년을 만든다. 신은 소년의 가슴속에 심장을 만들어놓았지만 심장에 튼튼한 갑옷을 입히는 걸 잊어버렸다. 신은 모든 아이에게 그렇게 했고, 이것 때문에 아이들에게 신은 잔인하다.

소년은 열일곱 살이고 앞으로 만들어나가야 할 인생이 창창하다. 열일곱 살은 좋은 운명을 허락하지 않는다. 배우들도 열일곱 살 때는 형편없으며, 멋진 배우가 될 거라고 생각지 못한다. 피가 뜨겁다. 피가 심장을 세차게 뛰게 할 때는 무엇을 해야 할지 결정해야 한다.

소년은 질문이 많지만, 그 질문을 잊었을 때에야 대답이 올 것이다. 열일곱 살은 질문하고 도전하며 수없이 실수하는 때다.

소년은 6월의 빛을 바라보며 두려운 마음이 든다. 왜냐하면 그날은 학기가 끝나는 날이고, 모두가 마음속으로 여름과 휴가를 생각하지만 소년은 수많은 질문을 던지고 있기 때문이다. 소년은 삶이 수학책의 방정식과 비슷하다는 생각이 든다. 그 답을 수학책 오른쪽 하단 괄호 안에서 찾을 수 있지만 풀이 과정은 이해가 되지 않는다. 마이너스 곱하기 마이너스는 플러스이며, 마이너스 곱하기 플러스는 마이너스라는 게 소년을 불안하게 한다.

사이렌sirena(그리스 신화에 나오는 마녀로 신체의 반은 새이고 반은 사람인 반인반수다 - 옮긴이)처럼 바다와 그 빛이 소년의 마음을 매혹시키고 속절없이 마법의 덫에 빠져들게 한다. 미로 속으로 들어가지 않고 미로를 빠져나갈 길을 찾으려 할 때 종종 그 또래 소년들이 위에서 미로를 내려다보려 하듯, 소년도 위에서 내려다본다. 두려운 미로 같은 복도에서 길을 잃지 않고 가게 해줄 실오라기가 없다.

어떻게 어른이 되는지 아이들이 알까? 밤, 그림자, 어둠을 어떻게 사용해야 하는지 알고 있을까? 아이들은 삶에서 늘 기쁨을 기대하지만, 삶이 그들에게서 기쁨을 기대한다는 걸 모른다. 소년은 단순한 삶을 원하지만 단순한 삶은 없다. 비록 모두가 삶을 즐기고, 삶에 아파하고, 삶을 이야기하고, 삶을 글로 적지만 소년은 삶에 대해 잘 모른다. 소년은 단순하지만 빛과 어둠의 미로가 삶에 생겨날 수 있을지 모른다.

카라바조의 그림에서처럼 지붕 위로 햇살이 비치지만 거리는 어둑어둑하다. 사람들이 사는 도시의 역설적 미학이다. 마법에 사로잡힌 아이들에게는 어울리지 않는다. 아이들은 어른이 되려면 고통이 필요하다는 걸 모른다. 환상을 잃는 데 얼마만큼의 용기가 필요한지 모른다. 소년은 다른 아이들보다 그 사실을 더 모른다. 꿈이 많기 때문이다.

순간 그녀가 매혹적인 마법의 힘을 풀고 소년을 질투 어린 시선으로 노려보며 발톱을 세워 움켜잡으려 하고, 사이렌처럼 게걸스럽게 입을 벌리며 가슴속에 숨겨둔 밤을 드러낸다.

그녀는 소년이 사는 도시다.

1993년 팔레르모

차
례

제 1 부

전체가 항구다

Panormus, conca aurea, suos devorat alienos nutrit.
(황금 수문 팔레르모는 자기 자식들을 잡아먹고 이방인들을 먹여 살린다.)
팔레르모 팔라초 프레토리오의 제니오 조각상 아래에 새겨져 있는 문구

바다는 육지의 가장자리이기도 하다. 화강암
그 안으로 파도가 파고들고, 바다는 해변에
아주 오래된 또 다른 창조의 증거인
불가사리, 투구게, 고래 등뼈를 풀어놓는다.
T. S. 엘리엇, 『4개의 4중주』, 「드라이 샐비지즈」, I, 16~19행

1

그 모든 것에도 불구하고 거리는 조용하다.

여름 더위가 극성인 창문에서 커튼 몇 개가 뱀처럼 부풀어 오르며 살랑살랑 불어오는 시로코 열풍(아프리카 북부에서 지중해 연안으로 부는 열풍 - 옮긴이)을 들여보낸다. 개 몇 마리가 그림자 오아시스를 밟으며 어슬렁거린다. 이따금 바다에서 불어오는 바람이 무더위를 식혀주고, 파도가 힘없이 밀려와 부서진다.

큰 신발을 신은 돈 피노가 먼지를 일으키고, 먼지가 빛을 받아 금빛으로 변한다. 발걸음이 급하다. 늦는 게 체질인 도시에서 서두르느라 발걸음이 급한 게 아니라 진짜 늦었기 때문이다. 녹슬고 햇볕에 달궈진 우노 로사 자동차로 다가간다. 어린 남자아이가 보닛 위에 앉아 발을 달랑거린다. 여섯 살 아이로, 흰색 티셔츠에 지저분한 반바지를 입고 비치슬리퍼를 신고 있다. 아이는 미혼모 마리아와 함께 산다.

"이렇게 이른 시간에 어디 가요, 피노 신부님?"

"학교에."

"뭐 하러 가는데요?"

"너도 하러 가는 거."

"친구들을 때려주려요?"

"아니, 배우러."

"신부님은 어른인데 뭘 배워야 하는데요?"

"알면 알수록 더 많이 배워야 하는 거야……. 넌 오늘 학교에 안 가니?"

"방학이에요."

"확실해? 학교는 오늘 끝나지만 오늘 수업은 있잖아, 안 그러면 어제 끝났겠지……."

"학교는 원할 때 끝나는 거예요."

"언제부터?"

"치, 너무 어려운 질문을 하네요."

"여기서 뭐 하고 있니?"

"기다려요."

"뭘?"

"아무것도."

"어째서?"

"뭔가를 반드시 기다려야 하는 건가요?"

"이걸 기다렸구나!"

돈 피노 신부가 아이의 뺨을 살짝 때린다.

"신부님 학교는 어른들 학교예요?"

"그래. 열여섯, 열일곱, 열여덟 살 형들이 다니는 학교지."

"그 형들한테 뭘 하는 걸 배워주는데요?"

"배워주는 게 아니라 가르친다고 말해야지, 어른이 알아야 할 것들을 가르쳐준단다."

"난 혼자서 내게 그런 것들을 가르쳐줘요."

"그런 경우엔 이렇게 말하는 거야. 그것들을 배워요."

"치, 아휴 짜증 나! 배우는 거, 가르치는 거 똑같은 거예요."

"네 말도 맞다……."

"형들은 어떤 걸 배우는데요?"

"이탈리아어, 철학, 화학, 수학……."

"신부님은 뭘 해요?"

"사물들과 사람들의 비밀을 알려주지."

"그런 건 로살리아로 충분해요."

"로살리아가 누군데?"

"미용사요."

"아니야, 학교에서는 로살리아가 모르는 비밀을 배운단다."

"아닌 것 같은데……."

"너에겐 안 좋아."

"비밀 하나만 말해줄래요?"

"프란체스코가 무슨 뜻인지 아니?"

"내 이름인데요……."

"이름, 맞아. 하지만 아주 오래된 이름이란다. 프랑크족에서 온 이름이지."

"프랑크족은 누군데요?"

"샤를마뉴 대제의 사람들이야."

"이 사람은 누군데요?"

"프란체스코, 너하고 얘기하면 끝이 없겠구나……. 프랑크족은 '자유로운' 사람들이기 때문에 그렇게 불린단다. 프란체스코는 자유로운 사람이지."

"무슨 뜻이에요?"

"다음번에 설명해주마."

"신부님은 학생들에게 뭘 배우는데요?"

"가르친다고 말하는 거란다. 학생들에게 종교를 가르치지."

"종교로 뭘 하는데요?"

"가장 중요한 비밀을 알게 되지."

"절대 붙잡히지 않고 도둑질하는 방법 같은 거요?"

"아니야……."

"그럼 뭐요?"

"아, 비밀이니까 네게 말해줄 수 없는 거란다……."

"난 짭새가 아니에요. 아무한테도 얘기하지 않을게요."

"그래도 안 돼……. 지키기 어려운 비밀이거든."

"나도 이제 일곱 살이라고요, 알 건 다 알아요."

"그럼 나중에 언젠가 이 비밀을 네게 얘기해주마."

"약속했어요?"

"약속했어."

"신부님은 기적을 만들 줄 알아요?"

"아니, 난 못해. 그러기엔 난 너무 어려."

"만일 신부님이 10만 살이라면!"

"난 쉰다섯 살이야."

"쉰다섯은 10만보다 작은 거죠?"

"요 녀석! 장난치는 거냐?"

"신부님은 어린데, 왜 그렇게 발이 커요?"

"많이 걷고 사람들이 날 부르는 곳으로 가려고."

"귀는요? 치, 돈 피노 신부님, 신부님 귀는 아주 커요!"

"내가 말하는 것보다 다른 사람들 얘기를 더 많이 들으려고."

"손도 아주 커요……."

"그래야 네게 금방 가지 않을까?"

돈 피노는 미소 지으며 아이의 머리에 손을 얹고 노르만인 머리카락을 헝클어놓는다. 북방 민족이 아랍의 도시를 빼앗았을 때 아랍인의 검은 피부에 끼워 넣었던 다이아몬드 원석, 파란 눈을 가졌다.

프란체스코는 빙그레 웃는다. 역사가 켜켜이 쌓여 있는 두 눈이 아름답게 반짝인다.

"치, 돈 피노 신부님, 신부님은 아는 게 많아요."

"자, 이제 늦지 않으려면 정말 가봐야겠다."

"항상 늦잖아요, 돈 피노 신부님……."

"너도 아는구나……."

"대머리예요? 왜 그렇게 머리가 반질반질해요?"

돈 피노 신부는 아이 엉덩이를 발로 차는 척하며 껄껄 웃는다.

"우리 팔레르모 태양이 얼마나 아름다운지 너도 알지?"

"우린 브란카치오에 사는데요!"

"좋아, 마찬가지야……. 내 대머리는 햇살을 아주 잘 반사한단다. 그래서 다른 사람들이 세상을 더 잘 보게 되지."

신부가 고개를 숙여 머리를 가까이에서 보여주자 프란체스코
가 한 손을 머리 위에 얹는다.

"치, 딱딱해요, 돈 피노 신부님!"

"더 딱딱한 벽을 무너뜨리려고 그런 거야."

신부가 말을 하며 빙그레 웃는다. 그도 늘 아이 같다. 그는 땅
에 뿌린 씨앗처럼, 그의 어머니가 발코니에 키우던 꽃들의 씨앗
처럼, 빵 반죽에 넣은 효모 알갱이처럼 작다.

"돈 피노 신부님, 신부님이 우리 아빠가 돼줄 수 있어요?"

"무슨 말이니?"

"난 엄마뿐이라서 그래요. 아빠가 어디 있는지 몰라요. 신부
님은 이 비밀을 알 거예요, 신부님은 어려운 걸 많이 알잖아요."

"안 돼, 프란체스코."

돈 피노는 주머니에서 열쇠를 찾는다. 뭍으로 끌어올려진 그
물에 걸려 팔딱이는 생선처럼 열쇠가 도망 다닌다.

프란체스코는 땅바닥에 시선을 고정한 채 가만히 있다.

마침내 열쇠를 찾아 차 문을 열려는데 프란체스코가 돌처럼
꿈쩍도 하지 않는다. 돈 피노 신부는 몸을 숙여 밑에서 가까이
소년을 올려다본다.

"무슨 일 있니?"

프란체스코가 시선을 들지 않는다.

"모두들 신부님을 아버지라고 부르잖아요.(이탈리아어로 '신부padre'
는 아버지라는 뜻도 있다 - 옮긴이) 난 아빠가 없는데, 신부님은 내게 아빠
가 돼주려 하지 않잖아요."

"네 말이 맞아. 하지만 난 네 아버지가 아니야."

"그럼 왜 모두들 신부님을 아버지라고 부르는 거죠? 왜 그러는 건데요?"

"왜냐하면…… 왜냐하면…… 그냥 말하는 방식이야."

"신부님은 사제니까 성당에 있어요. 다른 신부님들도 사제인데 왜 성당에 없는 거예요?"

돈 피노는 대답하지 못한다.

"이제 가자, 프란체스코. 네가 말한 대로 해볼게."

손을 내민다. 그러자 아이가 보닛에서 내리며 웃는다.

돈 피노도 빙그레 웃으며 차에 올라타곤 뿔이 잔뜩 난 척해본다.

"신부님, 뿔났네요! 뿔이 참 뾰족해요…….

"더 단단한 벽을 무너뜨리려고."

프란체스코는 차 문을 닫고 혀를 날름거리며 인사한다.

돈 피노는 화가 난 척하며 시동을 건다.

아이가 돌연 걱정스런 표정으로 차 유리창을 두드린다.

돈 피노가 유리창을 내린다.

"무슨 일이니?"

"기적을 일으킬 때 나한테 꼭 알려주겠다고 약속했어요?"

"약속했어."

"큰 기적이요, 브란카치오에 눈이 내리는 기적 같은 거요?"

"브란카치오에 눈을? 불가능한 일을 요구하는구나…….

"만화로만 눈을 봤어요. 신부님이니까 할 수 있잖아요, 안 그래요?"

"좋다."

"안녕, 신부님."

"안녕, 프란체스코."

멀어진다. 돈 피노는 백미러로 자신의 모습을 비쳐본다. 얼굴 표정이 진지하다. 아이가 엄마의 자궁 속에서 발길질을 하듯 그 아이들이 그의 마음을 차지하고 있다. 아이들이 그 어린 마음을 되찾도록 아이들의 마음을 활짝 열어줄 거다. 그에게 시간이 얼마나 남아 있을지 모르겠다. 누가 프란체스코와 다른 아이들을 보살펴줄까? 마리아, 리카르도, 루치아, 토토……. 시간이 많지 않다. 시간은 없는데, 밭에 뿌려진 씨앗 같은 아이가 너무 많다. 가시나무가 씨앗을 덮으려 하고, 배고픈 까마귀들이 먹어치우려 한다.

철길 건널목 차단기가 내려갔다. 철길 건널목은 마치 게토처럼 팔레르모에서 브란카치오를 분리시킨다. 어린 소녀가 차단기 건너편에 서 있다. 여자아이는 기차가 오는 쪽을 바라본다. 건너서는 안 되는 경계선인 듯 몸을 앞으로 내민다. 손에는 인형을 쥐고 있는데, 인형 머리가 아래쪽으로 대롱거린다. 돈 피노가 차에서 내리기 전에 기차가 그 앞을 쏜살같이 지나 여자아이를 집어삼킨다. 객차가 바람을 일으키며 지나가자 그것을 바라보는 아이의 머리카락이 영화 필름이 펼쳐지듯 마구 나부낀다. 아이의 환상은 기차를 따라가며 기차가 가닿을 목적지를 상상한다. 아이는 인형을 데리고 자신을 멀리 데려다줄 기차에 올라타고 싶은 눈치다. 기차가 어디로 가는지는 모른다. 기차가 얼마나 멀리 가는지도 모른다. 기차는 배처럼 바다 너머로 사라지는데,

도대체 어디로 가는 걸까. 인형을 빼고 소녀에게 세상에서 가장 아름다운 것은 아빠에게 수영을 배울 때다. 바다 너머에 뭐가 있는지 보고 싶다.

마지막 객차와 함께 소녀도 사라진다.

돈 피노는 차 문과 차단기 사이에서 신기루를 보듯 멍하니 서 있다. 그 여자아이가 누군지 모른다. 한순간 알록달록한 옷을 입은 소녀가 올라탈 수 없는 기차를 향해 날아간 것 같은 착각이 들었다. 혹시 기차에 치인 건 아닐까?

차단기가 올라간다. 돈 피노는 자동차를 타고 천천히 안으로 들어가며 소녀의 흔적을 찾는다. 그때 반은 멈춰 있는 도시에서 서둘러 어딘가로 가고 있는 누군가가 경적을 울려댄다.

"어딜 가는데요? 결혼이라도 하러 갑니까?"

경적을 울린 사람에게 돈 피노가 빈정대며 묻는다.

"네, 당신 누이와요, 신부님."

돈 피노는 인자한 미소를 지으며 남자를 마을로 보낸다.

돈 피노가 다시 출발한다. 여자아이를 생각한다. 누군지 모르지만 그 마음이 이해가 된다. 탈 수 있는 기차가 있고, 기차는 두려움의 경계선을 넘어간다. 기차는 지옥에서 끌어내어 어디든지 데려갈 것 같다. 돈 피노의 할아버지는 기차와 관련된 일을 했고, 기차 여행을 얘기해주곤 했다. 그는 어려서 기차가 어떻게 달리는지, 선로가 어디로 향하는지 알지 못했다. 기차가 반대 방향에서 올 경우 어떻게 기차를 들어 올려 다른 기차를 지나가게 하는 걸까……. 그리고 기차는 어디로 가는 걸까?

아이 같은 질문들이 아직도 그의 마음속에 남아 있다. 그가 아이처럼 연약하고, 아이처럼 두려움이 많고, 아이처럼 꿈을 꾸고, 아이처럼 세상을 믿고, 아이처럼 금방 잊어버리고, 아이처럼 패배를 인정하지 않기 때문이다.

한 가지만큼은 다르다. 아이들은 죽음을 모르지만 그는 죽음을 모르지 않는다.

2

바람과 빛이 브란카치오의 거리를 채찍질한다. 브란카치오는 뜨거운 햇살 아래 물과 삶을 갈망하며 점차 힘없이 펄떡거리다 죽어가는 시장 생선의 비늘과 닮은 집들이 다닥다닥 붙은 동네다. 바다를 뒤에 둔 항구 팔레르모의 어두운 동네 브란카치오는 바다가 해안에 버린 쓰레기 더미 위에 세워졌다. 그 파편들 위로 사냥꾼이 걸어간다.

서른 살쯤 된 남자다. 태어났을 때 어머니가 붙여주고 세례를 받을 때 성당에서 부르던 이름도 있을 거다. 하지만 지금 그의 실제 이름은 '사냥꾼'이다. 남자가 해야 할 일을 하기 때문에, 자신이 해야 할 일을 조용하고 단호하게 수행하기 때문에 사냥꾼이라는 이름이 붙여졌다. 그에게 현실은 그가 속한 포식자의 세계와 먹이의 세계로 양분된다. 포식자는 먹이 냄새를 맡아 탐색하고 쫓아가 죽인다. 사냥꾼은 고개를 세우고 걸으면서도 추적하는 궤적에서 절대 시선을 떼지 않는다. 시선을 떼지 않고 표적을 노려본다. 서른 살이고 자식들에게 아버지로서 벌써 존경받고 있다. 자식이 셋이다. 그는 다른 사람들이 만족하고 복종하면 그들에게 미래를 보장해준다. 사냥꾼.

누치오가 그와 함께 다닌다. 누치오는 스무 살가량인데 코는 새 부리처럼 길고, 입술은 얇으며, 입에 늘 담배를 물고 다니듯 지난밤의 흔적을 물고 다닌다. 두 눈은 슬프다. 슬퍼서 슬퍼 보이는 게 아니라 슬픔이 그의 인상을 만들었기 때문이다. 영토를 감시하는 두 마리 늑대처럼 그들은 그 동네의 열풍 부는 미로를 할 일 없이 어슬렁거리는 듯 보인다.

셔터들이 올라가면서 여러 모습을 보여준다. 상점은 서로 달라도 셔터 앞에 붙은 문구는 똑같다. '24시간 주차 금지.' 한때 차들이 집에서 나왔기 때문에 그런 거다. 갈고리에 걸려 있는 소巢 부위는 부끄럼 없이 속살과 부드러운 내장을 보여준다. 기름 범벅된 수리 중인 오토바이들. 참깨가 뿌려진 여러 모양의 바삭바삭한 빵들. 빗자루, 세제, 향수, 장난감, 공. 또 뭐가 있을까. 대나무 의자와 목제 의자가 손님에게 잠깐의 휴식을 주기 위해 빈 채로 상점 앞에 놓여 있다. 이곳에서 겨울은 길면 네다섯 달 동안 계속되는데, 나머지 계절엔 밖에 나와 있다.

사냥꾼의 두 눈이 급히 주변을 살피다가 다시 가만히 응시한다. 겉보기와 달리 모든 것이 그의 통제하에 있다. 바닥에 침을 뱉자 침이 길거리 먼지와 뭉쳐진다. 두 줄로 주차되어 있는 자동차들과 이른 아침 시간인데도 벌써 뜨거워진 열기에 썩은 내를 풍기는 쓰레기통들이 거리를 막고 있다. 그 동네와 도시 전체의 후각 물질인 달곰쌉쌀한 냄새가 감도는 가운데 음식이 부패하는 퀴퀴한 냄새가 아침 바다 내음과 뭉쳐진다. 천국은 거리 위에 있고, 모퉁이를 돌면 지옥이다.

바람 한 점 없는 날인데도 아낙네 한 명이 천천히 이불 시트를 넌다. 가운 차림에 머리에는 헤어롤을 꽂았다. 아이들은 괴롭힐 개, 고양이, 도마뱀을 찾아, 바람 빠진 너덜너덜한 가죽 공으로 지루함을 날려버릴 축구 시합을 할 만한 시멘트와 아스팔트 공간을 찾아. 어른들이 버린 것들 속에서 모험 거리를 찾아 떼 지어 돌아다닌다.

아이들이 인사하자 사냥꾼은 아버지가 자식들에게 그러듯 빙그레 웃는다.

"넌 이름이 뭐니?"

누치오가 한 아이에게 묻는다.

"프란체스코."

질문을 받은 아이는 가슴을 쭉 펴고 대답한다.

"좋아, 좋아. 나한테는 항상 진실을 말해야 한다. 짭새에게는?"

"절대 안 하죠."

"좋아. 몇 살이니?"

"일곱 살이요, 거의."

"일곱 살, 그런데 벌써 이렇게 키가 크니? 흥, 조금 있으면 경찰도 죽일 수 있겠다……."

"어떻게요?"

"총으로…… 아니면 뭐겠니?"

"하지만 난 총이 없는데요……."

"필요해지면 갖게 될 거다."

누치오가 멀어지자 그 거만한 태도에 매료된 아이들의 눈이 일제히 그에게 쏠린다. 아이들에게 담배와 총을 가진 사람은 영 웅이다. 프란체스코는 흰 셔츠를 풀어헤치고 담배를 입에 문 채 심각한 표정을 짓고 있는 그 남자처럼 되고 싶다.

사냥꾼은 앞서갔다. 누치오는 뒤에서 사냥꾼을 바라보며 그 만큼 힘이 세지고 싶다고 생각한다. 그 때문에 그를 따라다니며 배우는 거다. 존중해야 할 먹이사슬이다. 사냥꾼은 아랍 사람처 럼 곱슬곱슬한 머리카락이 머리에 착 달라붙어 있다. 총으로 세 례를 주는 방법을 아는 사람이 브란카치오에 몇 명 있다. "해야 할 일을 하는 거다." 그는 늘 자신에게 그 말을 되뇐다. 정당한 일이다. 패밀리는 옳지 않은 일은 하지 않으며, 혼란이 또 다른 형태의 질서일 뿐인 도시에서 질서를 보장한다. 그들이 없다면 누치오는 지루할 테고, 담뱃값을 벌지 못할 것이며, 직장을 찾아 다녀야 할지 모른다. 그의 부모는 직장을 찾으라고 수없이 말했 지만, 그는 자신의 부모처럼 평생 뼈 빠지게 일하고 싶지 않다. 뭘 위해 그렇게 일한단 말인가. 뼈 빠지라고? 아니, 그는 스무 살 이고 다른 계획이 많다. 바닷가에 집을 지어 여자친구를 데려가 고 싶다. 누치오는 자신의 이름을 걸고 여자친구에게 약속했다. 그는 브란카치오에서 태어나 자랐으며 아직 죽지 않았다.

사냥꾼은 생선장수 가판대 앞에서 걸음을 멈추고, 얼음판 뒤 에서 흰자위를 보이며 그를 바라보는 황새치 머리를 손가락으 로 눌러본다. 자연은 물고기에 눈꺼풀을 만들지 않아 죽어 있는 동안에도 세상을 보게 했다. 사냥꾼은 말을 하지 않는다. 힘을 가진 사람은 몸짓만으로도 충분하고, 필요치 않은 이상 입 밖으 로 말을 꺼내지 않는다. 생선 피와 비늘로 더러워진 앞치마를 두른 페브릴레가 두 뼘쯤 되는 큼지막한 칼로 황새치를 토막 내어 종이로 싼다. 생선을 싼 종이 뭉치를 봉지에 넣는다. 편지 봉투 하나를 생선 봉지에 넣는다. 눈을 마주치지 않은 채 사냥꾼에게 봉지를 건넨다.

사냥꾼은 내용물을 확인한다. 누치오는 그 싸늘한 분위기를 감지한다. 누치오는 담배꽁초를 뱉어버리고 또 다른 담배에 불을 붙인다. 여름 하늘에 대고 담배 연기를 훅 내뿜자 연기가 그의 머리 위에 잠시 후광처럼 머물러 있다. 더운 날이 될 거다. 연기가 흩어지지 않고 그렇게 머물러 있을 때는 늘 날씨가 덥다.

"어떤 거예요?" 누치오가 '공동묘지로 보낸다'는 표시로 눅눅한 하늘에 대고 성호를 긋는다. "사람?"

"평범해."

"어떻게 평범한데요?"

"평범해."

이 젊은 녀석은 같은 질문을 두 번 하지 않는 법을 배워야 한다. 사냥꾼은 눈을 동그랗게 뜨고 소리치던 황새치의 눈을 보고 첫 희생자의 눈빛을 떠올린다. 총알 한 방이 운명을 금방 결정짓는다. 죽는 데 시간이 많이 걸리는 생선의 눈과 달리 희생자의 두 눈은 금방 사그라진다. 우리는 먼저 가든 나중에 가든 모두 죽게 되어 있다. 어떻게 죽느냐만 다를 뿐이다. 해야 할 일은 행해지게 되어 있다. 그는 먹여 살려야 할 가족이 있다. 눈에 넣어도 안 아픈 사랑스런 자식이 셋 있다. 그가 받는 월급 500만 리라(유럽 통합 전 이탈리아의 화폐 단위로, 한국 돈으로 320만 원 정도다. 유럽연합EU는 1993년 11월 1일 창설되었다 - 옮긴이)는 빵과 미래, 무엇보다 안

30

정된 삶이다. 그게 있다면 됐다.

살인은 영화에서 말하듯 죄책감을 불러일으키지 않는다. 그래서 영화에서보다 더 쉽다. 늑대는 무리에 먹이를 보장해줘야 한다. 이 세상에는 사냥감으로 태어나는 자와, 사냥꾼으로 태어나는 자가 있다. 어디에 속하는지 결정하는 것은 자연이고, 나머지는 우연이다. 살인은 균형일 뿐이다. 경찰, 경쟁자, 배신자. 그들은 인간이라는 동물이다. 그들을 쏴 주변에 피를 튀긴다 해도 누구의 잘못도 아니다. 삶은 피로 얼룩져 있다. 운명일까? 우연일까? 아니면 젠장, 원하는 대로일지도. 그의 자식들은 안전하게 잘 자랐다. 자식들 때문에 사냥꾼은 첫 약탈부터 시작해 지금의 사냥꾼이 되었다.

그는 하지도 못할 행동을 자랑하는 친구들의 허풍에 진력이 났고 돈이 필요했다. 그러던 어느 날 그는 머리와 얼굴을 다 덮는 방한모를 쓰고 보석상을 약탈했다. 완벽했다. 흠잡을 데가 없었다. 그렇게 조금씩, 한발 한발, 희생자가 늘어나면서 그는 사냥꾼이라는 진짜 이름을 얻었다. 그는 계획을 짜고 뱀처럼 냉혹하게 움직였다. 비밀리에 명령을 받아 수행했다. 그들의 뜻이 이루어지도록 그 지역 신들에게 헌신하고 복종으로 충성심을 보여주었다.

누구도 마드레 나투라가 원하는 균형을 흔들어놓아서는 안 된다. 누구도 그 동네에 경찰을 들여보내 도망자를 찾게 하고, 그 지역을 통제하게 해서는 안 된다. 산 가에타노 성당의 신부가 성당과 그 옆에 문을 연 파드레 노스트로 센터를 아이들과 청소년들과 경찰들로 채우는 일이 일어나서는 안 된다. 아멘. 신부를 감시해야 한다. 그 안에서 나쁜 일들이 일어날 수 있다. 팔레르모와 부자 동네에서도 사람들이 온다. 그들은 세련된 옷을 입고 그곳에 나타나 브란카치오 사람들에게 어떻게 살아야 하는지 가르칠 수 있다고 생각한다. 그들은 표준말을 사용한다. 언젠가 그의 아들이 파드레 노스트로 센터에 축구를 하러 간 적이 있다. 그는 재미있게 놀았다는 기억을 싹 지우도록 아들을 흠씬 두들겨 팼다. 그는 표준말을 사용하는 그곳 소년들의 오토바이 바퀴에 구멍을 내라고 아들에게 시켰다. 그는 뭔가 할 일을 찾아 거리를 방황하는 아이 두 명과 자신의 아들에게 그 임무를 주었다. 초등학교 5학년을 마친 아이들이 거리를 방황하는 건 브란카치오에서 흔한 일이다. 아이들은 가고 싶을 때 학교에 가고, 아이들 스스로 자신에게 숙제를 내준다.

그 역시 초등학교 5학년까지 학교에 갔고, 이후 거리가 학교가 되었다. 원하는 것이 있으면 손으로 잡기만 하면 됐다. 늑대처럼, 기다리는 고기 조각이 나타나면 곧바로 발톱을 날카롭게 세웠다. 움켜잡으면 잡을수록 발톱이 튼튼해졌다.

누치오는 아직까지 누구도 죽이지 않았다. 때가 오길 기다리고 있다. 의뢰가 오면 주저 없이 행할 거다. 그것이 경력을 쌓는 데 필요한 복종의 증거라는 걸 안다. 지금은 물건을 팔고, 삥을 뜯고, 매춘부를 몇 명 관리한다. 그는 이미 요령을 터득했으며, 한술 더 떠서 제 호주머니에 슬쩍 넣을 줄도 안다. 사냥꾼은 아직 이 사실을 모르지만.

사냥꾼은 햇볕이 내리쬐는 거리를 바라본다. 거리는 남자가 되는 데 필요한 것이다. 남자가 되려면 거리와, 거리의 규칙을 알아야 한다. 그걸 모르는 자는 물이 더러운 듯 보여 물 밖으로 나가 숨 쉬고 싶어 하는 물고기처럼 죽는다. 더러운 물에서 태어났으면, 그 물속에서 헤엄쳐 다녀야 한다. 지배받지 않으려면 지배해야 한다. 선과 악의 문제가 아니다. 그 신부는 이런 사실을 이해하고 싶어 하질 않는다. 존엄의 문제다.

"마리아에게 갖다 줘."

누치오의 손에 생선 봉지를 쥐어주며 명령한다.

"알겠습니다."

누치오는 더 자세히 묻지 않는다. 황새치 토막이 든 봉지와 함께 그가 아까 사냥꾼에게 던진 질문에 대한 대답이 왔다.

"고깃덩어리에 쇳조각을 박는 것과 같은 거야. 더도 아니고 덜도 아니고."

누치오는 발코니에 쩍쩍 금이 가고 분홍색의 햇볕 차단 덧문들이 달린 작은 아파트 건물 안뜰로 들어선다. 삶은 야채 냄새가 하늘이 잘 바라다 보이는 그 공간에 살짝 깔린다. 화창한 날이다. 햇살이 환하고 바다에서 해수욕할 수 있을 정도로 따뜻하다. 그는 올라가기 전에 봉지 안을 들여다본다. 편지 봉투도 보인다. 봉투를 열자 마리아를 위한 20만 리라(약 13만 원)가 들어 있다. 그는 봉투를 자기 주머니에 넣고 올라간다. 초인종을 울리자 아랍 공주 같은 까만 눈에 매춘부같이 눈 밑이 푸르스름한 젊은 여인이 문을 살짝 연다.

"이건 당신 거야."

"고마워요."

마리아가 더는 문을 열지 않은 채 봉지를 잡기 위해 한 손을 내민다. 하지만 누치오가 가볍고 날렵하게 여인을 뒤로 밀친다.

누치오는 주방으로 들어가 황새치 토막을 테이블에 던진다. 그는 돌아서며 마리아를 뚫어져라 바라본다. 마리아에게 가까이 다가가 뺨에 얼룩진 마스카라 자국에 손가락을 대고 얼굴 피부를 누르더니 엄지와 검지로 입을 틀어쥐고 그에게 쥐어진 것을 취한다.

마리아는 지옥이 몸 안으로 들어오는 걸 느낀다. 물 밖으로 나온 생선의 눈이다. 물을 찾아 발작하듯 등을 구부리고, 있는 힘을 다해 아직 달라붙어 있는 생명이 다 소진될 때까지 펄떡거리는 생선.

살점에 박힌 살점은 그만큼 아플 수 있다.

3

모두 평범한 아이들이지만 열풍이 부는 밤에 어슬렁거리는 아이들의 얼굴에는 차가운 비웃음이 서려 있다. 프란체스코가 아이들을 바라본다. 아이들이 웃자 프란체스코도 웃는다. 진짜 웃겨서가 아니라 억지웃음이다.

개는 다리 하나가 부러지고, 한쪽 눈이 비었으며, 옆구리에 거무스름한 물이 차 있다. 그렇게 짖는 걸 봐서는 피부에 또 다른 찢긴 상처가 숨어 있는 게 틀림없다. 독일 셰퍼드만큼 크지만 털색깔과 형태가 불분명하게 섞여 있는 걸 보아 잡종견이다. 오래

전에 지어져 매트리스, 주사기들과 함께 영원히 버려진 그 작은 건물에서는 집 지붕과 하늘 조각이 보인다. 완전히 녹슬었고 시멘트 기둥에선 철근이 삐져나와 철 덤불처럼 보인다.

아이들은 그 건물 가장자리로 개를 끌고 간다. 호시절에 그곳은 아이들의 놀이방이었는지 모른다. 그곳에서 개가 고깃덩어리를 꿈꾸며 웅크리고 있었는지 모른다. 프란체스코는 학교에 있고 싶지만 오늘 아침 엄마는 학교에 데려다주지 않았고, 혼자서 가라고 말하지도 않았다. 엄마는 일어나지 않았다. 지난밤 늦게까지 엄마의 웃음소리를 들었다. 그러다가 엄마는 혼자 남게 되자 흐느껴 울었다. 프란체스코는 밤에 눈을 뜨면 엄마와 남자들이 함께 웃는 소리를 듣는다. 그러면 꿈인가 싶어 눈을 감았다 다시 뜨지만 어둠 속에서 웃음소리는 계속 들려온다. 그래서 아침에 프란체스코는 혼자 옷을 입고 거리로 나섰다. 처음 들어선 길을 따라가보니 돈 피노 신부의 자동차가 있었고, 그다음에 누치오를 만났으며, 그다음엔 길이 원하는 곳으로, 길이 말하는 곳으로, 길이 끝나는 곳으로 가게 되었다.

지금 프란체스코는 가브리엘라 선생님과 함께 학교에 있고 싶다. 선생님에게선 좋은 냄새가 난다. 그 작은 교실의 벽은 예쁜 색으로 칠해져 있고, 싸움에서 진 개의 뼈 으스러지는 소리가 들리지 않는다. 사람들은 하존 거리의 건물 지하실에서 밤에 개들의 고통을 걸고 돈내기를 한다. 그 개들은 이름이 없다. 투견은 어떤 이름도 없다.

교실 벽에 대문자 'C'가 적힌 카드가 붙어 있는데, 피도 흘리지 않고 다리도 잘리지 않은 개 한 마리가 그려져 있다. 그래야 하듯 깨끗하고 온전한 개다. 개의 눈은 행복해 보인다. 알다시피 학교에서는 세상이 어떠해야 하는지 가르치지만 세상은 그렇지 않다. 프란체스코는 이름 없는 개의 부러진 이빨에서 흘러내리는 붉은 침을 본다. 눈을 감았다가 뜨지만 붉은 침이 뚝뚝 떨어지는 그 상태 그대로다. 신기루, 악몽이 아니다. 기적도 없다. 선과 악이 공존하는 브란카치오에서는 그 모든 게 현실이다. 그 개를 부르고 싶지만 이름을 모른다. 분명 돈 피노 신부는 알 거다. 프란체스코는 이름을 불러보고 싶어서 떠오르는 첫 번째 이름, 개를 마음속으로 되풀이해 불러본다. 학교 게시판에 붙은 개처럼 그 개가 건강하게 일어서는 모습을 보고 싶다. 하지만 부른다 해도 개는 듣지 못한다. 프랑크족이라던 샤를마뉴라는 이름을 붙여 불러보고 싶다. 개에게 완벽한 이름이다.

카드 위의 그림들은 모두 그래야만 하듯 완벽한 모습이다. 체리, 난쟁이 정령, 나비, 물고기, 병…… 가브리엘라 선생님은 카드에 그려진 그림들에 관한 아름다운 이야기를 알고 있다. 물고기처럼 헤엄을 잘 친다는 아이, 콜라페쉐라고 부르는 아이 이야기 같은 거다. 어느 날 아이는 바다 깊은 곳을 탐험하려고 바닷속으로 들어갔고, 사람들은 아직도 그 아이가 돌아오기를 기다린다. 프란체스코는 바다에 갈 때 혹시나 콜라페쉐를 만나지 않을까 무섭다. 혹시나 콜라페쉐가 물 밖으로 나오는 걸 보지 않을까 무섭다. 그 때문에 프란체스코는 해변에서 멀리 나가지 않는다. 사이렌 이야기도 있다. 사이렌은 여자가 되고 싶어 했고 다리가 돋아났지만 다리를 사용해본 적이 없어 엄청 불편했다. 프란체스코는 인간과 물고기가 서로 섞여 물고기인지 사람인지,

아니면 그 둘 다인지 헷갈리는, 그런 이야기들을 좋아한다. 바다를 좋아하는데, 특히 엄마와 함께 바다에 갈 때가 좋다. 엄마는 녹색 수영복을 입고 아름다운 머리를 풀어헤친다. 물속으로 들어가 눈을 뜨고 물속의 흐릿한 모습을 보는 게 좋다. 그러다 보면 눈이 따갑다. 하지만 물속의 고요함이 좋다. 파도 안에서, 파도 아래서, 파도를 타고 가는 것도 좋다. 바다와 학교 교실만은 좋다. 엄마만 빼고 카드 밖 세상은 싫다. 집은 지붕이 없고 벽난로 굴뚝 밖으로 흰 연기가 새어나오지 않는다. 개들은 등이 부러지고 한쪽 눈이 비었다. 체리는 본 적이 없으며 병은 돌에 부딪혀 깨져 있다.

프란체스코는 무섭다. 특히 더위 때문에 열어둔 창문이 바깥바람에 덜컹거릴 때 무섭다. 하지만 혹시 바람이 자신을 붙잡아 데리고 날아갈까봐 일어나 창문을 닫으러 갈 용기가 없다. 아들을 찾으러 나와 집으로 다시 데려갈 아버지가 프란체스코에겐 없다.

프란체스코의 친구들이 개의 배를 발로 찬다. 퍽퍽 출렁이는 소리가 들리더니 개가 신음을 뱉으며 이빨을 간다. 갈비뼈가 부러졌다. 프란체스코는 뼈가 부러진 개를 어떻게 치료해야 하는지 모른다. 고통을 겪으며 사는 건 죽는 것보다 더 나쁘기 때문에 프란체스코도 개를 때릴 수밖에 없다.

프란체스코가 개 주둥이를 발로 차자 주둥이가 삐거덕거린다. 채찍을 맞은 것처럼 발끝부터 머릿속까지 전율이 인다. 그 아픔을 떨쳐내려고 다시 한 번, 또 한 번 점점 더 세게 발길질한다. 지옥은 부서지는 고통을 더는 느끼지 못할 때다. 척추에서, 골수에서, 머리에서, 가슴속에서 더는 고통을 느끼지 못할 때다. 지옥은 살아 있다는 것을 더는 느끼지 못하는 무감각한 상태다. 하지만 프란체스코는 뼈가 부러진 개의 부드러운 속살에 발길질을 하는 동안에도 뭔가 마음속에서 저항감이 생기는 걸 느낀다.

선생님이 학생들에게 묻기라도 하듯 프란체스코는 카드 위의 그림들을 떠올려본다. 우리 함께 따라해봐요. A자 카드에는 한때 침이 있었을 벌ape 그림이 있다. Z자 카드에는 유벤투스와 로베르토 바조를 연상시키는 얼룩말zebra 그림이 있다. 스킬라치를 더 좋아하는 사람이 있다 해도 프란체스코는 로베르토 바조처럼 되고 싶다. Q자 카드는 안으로 들어가고 싶을 정도로 아름다운 풍경 그림quadro이다. U자 카드에는 달걀uovo 그림이 있다. 프란체스코는 엄마가 설탕을 넣은 달걀 푸딩을 만들어줄 때가 좋다. I자 카드 그림이 생각나지 않는다. 정말 기억이 나지 않는다. 그러자 다시 발길질을 해댄다. 단 한 명만 빼고 아이들 모두가 발길질을 한 듯하다. 프란체스코와 친구들은 때리고, 상처주고, 파괴하는 것으로 갈증을 푼다. 개는 발길질을 당할 때마다 혼미한 눈을 뜨는데, 점점 더 눈빛이 꺼져간다.

아이들은 아직도 숨이 붙어 헐떡이며 죽어가는 개를 철근이 툭 튀어나온 기둥에 조준해 아래로 밀어버린다. 개는 기둥 옆으로 떨어지다가 튀어나온 녹슨 쇳조각 하나에 걸려 살점이 종이처럼 찢긴다. 목쉰 신음 소리를 내뱉다가 땅바닥으로 튕겨져 떨어진다. 뭉개진 내장이 몸 밖으로 흘러나온다. 마지막 경련을 일으키며 생존 본능의 마지막을 보여준다.

아이들이 소리친다. 개가 죽었다. 패배자는 그럴 만해서 죽는 거다. 아이들이 웃는다. 무관심한 얼굴 없는 신에게 희생 제물을 올리는 놀이를 한 듯, 미친 듯이 깔깔대고 웃는다.

프란체스코는 두려움에 감았던 눈을 다시 뜨지만 상황은 그대로다. 개 주변에 폭죽이 터진 듯 피가 흩뿌려져 있고 파리떼와 말벌들이 벌써 달라붙는다. I자 카드에 무슨 그림이 있었는지 여전히 기억나지 않는다. 프란체스코도 깔깔 웃는다. 그것 말고 뭘 해야 할지 모른다. 집단 광기가 프란체스코를 장악했고, 연약한 팔 안에서 파괴의 황홀감을 느낀다.

I자 카드엔 지옥inferno이 있을지 모른다. 하지만 지옥은 초등학교 1학년 아이들의 카드에는 없다. 기껏해야 F자 카드에 불fuoco이 있을 거다. 하지만 지옥과 불은 아무 관련이 없다. 지옥은 순전히 빼기다. 삶 전체, 세상 안에 있는 모든 사랑을 빼앗아간다.

4

끝났다. 정오는 학기의 마지막 날을 기억하게 만들 만한 특별한 순간이다. 학교 종이 심판의 나팔처럼 울린다. 여름이 아이들을 붙잡는다. 아이들은 여름이 영원하길 바란다. 여름이 아이들에게 마법을 건다. 아이들을 황홀케 한다. 그리고 여름은 아이들을 뿔뿔이 흩뜨린다.

빛이 너무 강해 아이들을 빛의 물결에 빠뜨리는 것 같다. 빛이 지붕 위에서 반짝거리다가 떨어져 사람들로 붐비는 거리에서 소소한 것들을 경이롭게 만든다. 바다의 소금기가 밴 모든 표면을 햇볕이 뜨겁게 달군다. 내릴 것 같지 않은 빗줄기만 그 파란 대리석 하늘을 쪼갤 수 있을 거다. 육체와 영혼의 물결 한가운데서 가만히 귀를 기울여보면 목소리 하나가 들린다.

　나는 정확한 단어 찾기를 좋아한다. 단어와 그 소리가 날 구한다. 나는 초등학교에서, 모든 것이 초보일 때 그 사실을 알았다. 나는 마음속 바다로 흘러 들어가는 모든 것에 단어로 닻을 내리고 머릿속 항구에 정박시킨다. 그래야 단어들이 서로 충돌하고 좌초하고 쪼개지지 않는다. 새로운 것의 이름을 알지 못할 때 나는 이름을 만들어내곤 했고 그것으로 충분했다. 어린 시절 나는 밤의 어둠 속 밑바닥에 숨겨진 것을 '네로'(이탈리아어로 '검은색'을 뜻한다 - 옮긴이)라 불렀고, 그러면 어둠이 조금 덜 무서웠다. 나는 네로라는 이름을 가진 로마 황제가 있다는 사실을 알지 못했다. 그 사실을 알았을 때 내가 그 폭군을 만들어낸 느낌이었다. 나는 말장난, 운율, 유사음, 부사를 좋아한다. 특히 부사를 좋아한다. 접속법에 나오는 접속사 '비록 ~지만'(이것도 초등학교에서 배웠는데 그 이후 절대 잊지 않았다)도 내 뇌에 카타르시스 효과를 불러일으킨다. '카타르시스'는 닻이 되는 단어다. 많은 양의 사물을 정박시키는 말이다. 나는 그리스 비극을 공부하면서 카타르시스라는 말을 배웠다. 고통스런 긴장으로부터, 즉 두려움과 고뇌로부터 이완 효과를 담고 있는 말이다.

　네 음절인 내 이름에 나도 정박되어 있다. 나는 해안에서 세상을 바라보며 조용히 나의 정박지에 있다. 내 이름은 왕의 이름이다. 제국의 독수리, 머릿속에 나타나는 금맥, 불안감 없는 파란 눈이 합성된 이름이다. 내 이름은 페데리코다. 페데리코 2세는 이 도시를 그의 제국의 보석으로 만들었다. 페데리코는 배를 사랑했던 내 할아버지의 이름이기도 하다. 할아버지는 17년 전 내가 태어났을 때 돌아가셨지만, 나는 펠레그리노 산 아래 바닷가의 좁은 절벽 위에 있는 할아버지의 무덤을 잘 안다. 할아버지가 원했던 대로 바다가 내려다보이는 무덤이다. 나는 어떤 무덤을 가지게 될지 모르겠다. 지금은 그걸 생각할 때가 아니지만 나도 바닷가 무덤을 원한다. 페데리코 2세는 멀리서 왔고 많은 땅과 바다를 거쳐 그의 왕국을 건설했다. 비록 나는 겁쟁이지만, 내 이름은 큰 것을 바라보게 한다. 제국이 아니라 드넓은 바다를. 공허가 가슴을 야금야금 물어뜯고, 허무가 내장을 갉아먹는 날들이 있다. 움직여야 하지만 그 모든 공허와 허무가 날 꼼짝 못하게 마비시킨다는 걸 안다. 나는 행복하지 않지만 결핍을 느끼지는 않는다. 내 안에 이 모든 공간이 어떻게 생겨났는지 모르겠다. 피, 근육, 신경은 빈 공간을 남겨두지 않는다. 물리적으로 빈 공간은 존재하지 않는다. 하지만 내 안에 보이지 않는, 숨겨진, 마치 밀수된 것 같은 몇 세제곱센티미터의 빈 공간이 있다.

비잔틴의 황금빛 속에서 이 소년의 자전거는 마치 실체가 없는 것같이 느껴질 정도로 반짝인다. 자세히 보니 5월 이후 이 지역에서 흔히 그러듯 진바지 아래에 수영복을 입었다. 소년은 비토리오 에마누엘레 2세 인문계 고등학교에 다닌, 지루하면서도 아름다웠던 1년을 뒤로한 채 오래된 구시가지에서 항구로 이어지는 길로 내달린다.

이곳은 전체가 항구다. 인간과 자연이 바닷가에 세운 도시는 셀 수 없이 많다. 수천 개다. 하지만 한 도시만이 소명, 재능, 운명 때문에 이 이름을 가질 수 있었다. 팔레르모. 바다에서 고대 도시 중심지까지 꽃잎처럼 거슬러 올라가는 강들 때문에 페니키아인들은 팔레르모를 페니키아어로 꽃이라는 뜻의 'Zyz'로 불렀다. 그 강들은 이제 없고, 강줄기가 사물들 위에 고루 남겨 놓은 흔적을 찾으려 해도 소용없다. 그리스인들과 로마인들에게 팔레르모는 'Pan ormus', 즉 전체가 항구였다. 본질은 변하지 않았다. 폭풍우 속에서 살아남은 고대 항해사들은 팔레르모 항구에 정박했을 때 바람이 불지 않은 걸 보고 팔레르모를 그렇게 불렀다.

보드라운 모래밭이 배를 맞이한 모양이 마치 실크 쿠션에 머리를 누인 것 같고, 만은 여인이 피곤한 선원들을 안아주듯 따뜻이 품어준다. 전체가 항구다. 몇 킬로미터의 포옹. 변함없는. 자신이 '전부'라고 자랑하는 모든 것이 그렇듯 적어도 겉으로 보기엔 그렇다.

하지만 포옹이 숨 막히게 할 수도 있다는 사실을 무시할 수 없다. 달콤한 매력에 빠져 경계를 푼 사람에게 기습 공격을 가할 수도 있다. 항구는 선원들과 깡패, 거래와 고통이 넘쳐난다. 모호한 장소에는 이중적인 영혼들이 있다. 그런 영혼들이 과거에도 있었고 앞으로도 늘 있을 거다. 넓은 수평선을 바라보고 있기 싫지만 깨고 나가지도 못한 채, 구체적인 목표 없이 넓은 세상으로 나가길 꿈꾸는 젊은 몽상가들이 늘 있듯 말이다.

언젠가 나는 시인이 될 거라고 생각한다. 나는 벌써 시인이 된 것 같지만 내 이탈리아어 선생님은 내 시가 바로크적인 과장을 보인다고 했다. 하지만 선생님은 바로크 정신을 싫어하지 않는다. 앞으로 나아질 거라고도 하신다. 선생님도 열일곱 살 때에는 그랬단다. 선생님은 여전히 그 상태이면서, 자신이 아직도 갖고 있는 단점을 내게서 고쳐주는 듯하다. 나는 바로크의 날카로운 기지, 현실을 풀어내는 은유, 현실에 과감히 도전하는 현란한 말의 유희를 좋아한다.

이것 때문에 소년이 도시와 놀고, 도시가 소년과 노는 것일 거다. 소년은 바다로 들어가는 크레타의 미로와 같은 골목길로 들어선다. 돌연 어둠이 해를 가리고 예상치 못한 시원함을 선사한다. 모든 빛에는 그림자가 있다. 빛이 채찍질하는 도시에는 그만큼 그림자의 회초리질이 매서울 수 있다. 전체가 항구다. 상품, 거래, 돈, 덫, 매음굴, 술, 도착, 출발.

소년은 아랍 노르만 대성당을 뒤로하고 아랍 도시의 심장부에서 실제 항구까지 자전거로 달린다. 대성당은 어떤 형용사 수식도 없는 파란색 위에 세워진 모래성 같다. 그 근처에 있는 산 조반니 성당의 산호색 돔은 마치 불이 붙은 것처럼 보인다. 노르만 고궁에 있는 팔라티나 예배당 모자이크의 황금빛이 한때 그곳에 있었지만 지금은 모자이크 몇 개만 남은 에덴을 헛되이 보여준다. 빛이 바래지 않은 흑백사진처럼 시가지에는 제2차 세계대전 때 무너진 돌 잔해가 그대로 남아 있다.

마리나 광장에서 폭포수처럼 쏟아져 내리는 햇빛을 받는 거대한 무화과나무들을 스쳐 지나노라면 석회석 냄새를 함유한 바다 내음을 맡을 수 있다. 나무의 색이 아닌 진한 노란색으로 보이는데, 나무들의 배경을 이루는 하늘 색깔 때문이다. 무엇보다『천일야화』에 나오는 램프 같은 도시다. 정령을 나오게 하려면 돌을 문지르기만 하면 된다. 소원을 들어주기보다는 갈망을 불러일으키는 부정직한 상인 정령이다.

아랍인 지리학자가 팔레르모를 '바라보는 사람의 머리를 어지럽히는' 도시라고 썼다. 팔레르모는 바라보는 사람을 그 자체로 꽁꽁 동여맸다가 조금씩 풀어놓는다. 전체가 항구다. 모든 것을 끌어안는다. 그리고 모든 것을 산산이 부수어놓는다.

감각이 발달된 소년은 삼륜차 피아지오 아페, 라피노 위에 쌓아올린 시칠리아식 피자 스핀치오네 냄새가 만드는 아리아드네의 실타래를 붙잡고 간다. 피자 냄새가 몇 마력짜리 낡은 엔진이 오일과 잘못 섞인 휘발유를 태우며 내는 소음, 길거리 먼지와 섞인다. 자전거를 탄 소년은 내리막길에서 더욱 빠르다. 이쪽 동네에서는 1,000리라(약 650원)로 점심을 먹을 수 있고, 가난은 절대 모습을 숨기려 하지 않았다. 먹고살기 위해, 혹은 운명을 피하기 위해 전력 질주해야 했기 때문에 단순한 것들은 가격이 저렴하다. 스핀치오네는 우울증을 치료하는 데도 아주 효과적이다. 사실 항구에는 기분이 우울해질 만한 공간이 없다. 우울증을 앓는 사람은 적당한 곳에, 즉 단어들에 우울함을 숨긴다. 그 단어들로 이야기가 만들어진다. 전체가 항구다. 모든 이야기, 모든 목소리가 있다.

소년은 삼륜차 노점을 따라가며 토마토소스를 발라 구운 피자 베이스 위의 양파 냄새를 맡는다. 모든 것이 친숙하면서 아무것도 친숙하지 않다. 왜냐하면 이 거리에서는 모든 것이 갑자기 일어나기도 하고 아무것도 일어나지 않기도 하기 때문이다. 생선장수가 똑같은 물건인데 배열을 바꿔놓아 눈썰미 좋은 부인들까지도 속이듯 전날과 아무것도 달라진 게 없어도 매일 모든 것이 다르다. 확성기에서 목쉰 소리가 어머니의 가슴처럼 맛을 보장한다고 떠들어댄다. "맛있는 스핀치우우우니이이이, 참 맛있어어어어…… 둘이 먹다 하나가 죽어도 몰라아아아아아……." 아랍 상인들이 재래시장 수크에서 그랬던 것처럼 상인들이 소리친다. '소리치다'라는 뜻은 시칠리아어 'abbanniare', 'A'가 많은 이 동사는 몇백 년 전 크게 벌린 입과 목을 모방한 말이다. 상품을 모음으로 변화시켜, 서민들의 삶과 사투리 깊숙이 파고드는 목소리의 반복과 목소리 조절의 힘만으로 천국을 약속한다. 이쪽에서 단어는 상품만큼 가치가 있다. 아니, 상품보다 더한 가치를 갖는다. 단어가 행위를 하도록 선동하고 강제한다. 그런 단어를 소년은 사이렌 같은 단어라 부른다. 이 단어는 아주 차가운 뇌도 유혹하고 매료시킨다. 진실에 이바지하기 위해서가 아니라 유혹하고 힘을 행사하기 위해 만들어진 언어. 전체가 항구다. 모든 것이 열려 있다. 모든 것이 교환 가능하다. 모든 것을 품고 있는 단어. 'Panverbo'(pan은 '전체' 또는 '전부'를 의미하는 합성어이고 verbo는 '동사'라는 뜻이다 - 옮긴이)라 불러야 했다.

그런데 현실은 늘 단어들의 밑바닥에서 넘쳐흐른다는 걸 소년에게 어떻게 말해야 할까?

비록 음치지만 노래하고 싶다. '비록 ~지만'은 놀랍게도 '비록'에 숨겨진 가능성의 세계를 드러낸다. 그래서 나는 목청껏 노래한다. 학교가 끝났기 때문이다. 바다에 가기 때문이다. 여자애들은 빛과 살덩이의 혼합물인데 나에게도 그런 여자애 한 명쯤 있을 것이기 때문이다. 한 달간 영국에 갈 것이기 때문이다. 아침에 꽃이 피어나듯 책을 펼치고 늦게까지 원하는 책을 읽을 수 있기 때문이다.

거리가 젊은 몸과 희망으로 차오르는 동안 나는 학교가 조금 그립다는 생각이 든다. 문학 수업, 강당에서의 탁구 시합, 공부하지 않고도 통과했던 질의응답 시험, 제포 수위 아저씨와 나누었던 잡담이 그립다. 제포 아저씨는 자신과 학생들을 위해 서랍장에 공문서와 함께 저렴한 보드카 한 병과 고급 마르살라 와인 한 병을 숨겨둔다. 우리는 박하, 재스민(제포 아저씨의 어머니가 미용 목적으로 준비해둔), 오렌지 껍질(제포 아저씨는 적어도 2킬로그램 정도의 오렌지를 늘 준비해두고 한 시간마다 한 개씩 먹는다)을 넣은 삼부카를 기본으로 마법의 묘약인 칵테일을 만들었고, 그걸 '오라부카'라 불렀다. 오라부카는 어떤 절망적인 상태에서도 제자리로 회복시킬 수 있다. 태어난 곳, 한탄할 게 아무것도 없다는 것, 아직 모든 것을 갖고 있고, 비록 초라하지만 삶은 계속된다는 것을 상기시켜준다.

나는 열심히 공부하진 않았다. 나는 직관력이 뛰어나고, 어떤 과목에는 전혀 흥미를 느끼지 못하며, 즉흥적인 상상력의 우아한 예술 정도는 이해한다. 나는 오직 문학만, 현실을 모방하거나 꿰뚫어 꼬집는 데 이용되는 단어에만 관심 있다. 이것 때문에 나는 부패한 세상이 얼마나 아름다운지를 말하길 좋아한다. 하지만 나중에 나 혼자 웃는다. 나는 모든 영혼은 적어도 다섯 단어로 이루어졌다고 믿는다. 모두들 다섯 단어, 자신이 좋아하는 다섯 단어 정도는 가지고 있을 거다. 호흡하듯 말하게 되는 다섯 단어, 어떻게 숨 쉬느냐에 따라 나머지가 달려 있다. 나의 다섯 단어는 '바람', '빛', '소녀', '조용히', '비록'이다.

영혼을 안전한 항구에 정박시키기 위해 누구나 자신의 다섯 단어로 시를 지을 수 있다. 내 시는 이렇다.

조용히
내 영혼을 꿰맬 수 있는 너는 어디에 있니?
빛으로 꽉 찬 소녀여,
바람으로 만들어진
소년을 수선할 수 있을까?
나는 네 이름을 찾는다,
비록 넌 이름이 없지만.

가장 이상한 것은, 나를 정박시키기 위해 그 단어들을 사용하는데 나중에 바로 그 단어가 수많은 장소로 꽉 찬 무언의 지도 같은 미지의 세계로 날 밀어 넣는다는 거다. 왜냐하면 항구의 부두처럼 정확히 말해진 단어는 주변에 빈 공간을 열어놓기 때문이다.

집에 책이 많기 때문에 나는 시를 읽는다. 어릴 적, 시를 전혀 이해하지 못하는데도 늘 시집에 이끌렸고 여백에 낙서하길 좋아했다. 그걸 안 엄마는 내 행동을 탐탁해하지 않았다. 엄마가 좋아하는 시집 『피곤한 노동』이 낙서로 가득 찬 걸 보았을 때 특히 더했다.

내 형은 날 '시인'이라 부르며 수염 한 올 나지 않았다고 날 놀린다. 엄마는 큰 눈동자를 가진 내 눈이 세상과 아름다움을 너무 믿는다고 생각한다. 아빠는 자신의 눈이 부끄럽기 때문에 내가 그런 눈을 가지지 않았으면 더 좋았다고 말씀하신다. 아빠는 무뚝뚝하지만 내 심장이 자신의 심장처럼 열려 있어서 나도 아빠처럼 고통을 겪어야 한다는 걸 잘 안다.

도스토예프스키를 향한 나의 열정은 '바보천치'라는 별명을 안겨주었다. 내가 이탈리아어 질의응답 시험 시간에 도스토예프스키의 책을 언급했던 날, 반 친구들이 내게 그 별명을 붙여주었다. '아름다움이 세상을 구한다'라는 말이 적혀 있었기 때문에 나는 그 책을 무척 좋아했다. 반 친구들은 아름다운 여자들이 세상을 구한다고 말했다. 친구들의 말이 맞을 수도 있지만 나는 실전 경험이 다소 부족해서 작가들의 말을 믿고 싶다. 나는 작가들을 통해 경험하기 때문이다.

이런 쓸데없는 생각을 하며 가는데, 색색의 티셔츠들 사이로 다른 이들의 여름 색깔과 확연히 구별되는 검은색 형체가 보인다.

"피노 신부님! 오늘 학교에서 만나 뵙지 못했네요."

그렇다, 학교를 생각하면 '3P'도 그리울 거다. 우리는 큰 신발을 신고 다니고 큰 귀에 침착한 눈을 가진 종교학 선생님, 피노 풀리시 신부님의 이름에 'P'가 세 개 들어가 있어서 '3P'라 부른다.

"연수 준비는 잘하고 있니?"

"네, 옥스퍼드 근처에 있는 동네로 영어 공부 하러 가요. 사진을 봤어요. 모두 초록빛이고, 잔디 축구장과 테니스 코트도 있어요. 진짜 잔디예요, 피노 신부님! 천국 같아요……. 신부님은 뭐하실 거예요?"

"나? 이런 도시를 두고 어딜 가겠니? 우리는 늘 휴가잖아. 이 햇살을 좀 보렴!"

"신부님은 일을 너무 많이 하세요."

"내가 하고 싶은 게 바로 그거야. 브란카치오에는 여름이 나머지 계절과 다르다는 걸 이해시켜줘야 하는 어린아이들과 청소년들이 있단다."

"전 브란카치오에 가본 적이 없어요."

"난 그곳에서 태어났고 넌 길을 잃은 적이 없지. 그곳엔 잔디가 아닌 시멘트뿐이란다. 그곳에선 해야 할 일이 많아, 그 어린아이들…… 이따금 내가 아무것도 하지 않은 생각이 들어. 일손이 부족하단다."

"일손이 필요하세요?"

"손이 세 개라도 모자라지……. 시간 있을 때 와달라고 너희에게 부탁이라도 할 걸 그랬나? 이번 여름은 예년 여름과 달라서 가능한 일을 모두 하고 싶구나."

"떠나기 전에 잠깐 들를 수 있을지 몰라요. 하느님 얘기를 하지 않는다면 말이에요."

피노 신부님이 빙그레 웃는다. 바다 표면에는 폭풍우가 불고 있는데 바다 깊은 곳에서 나오는 듯한, 이상하고 조용한 미소다.

피노 신부님과의 첫 수업이 아직도 기억난다. 피노 신부님은 종이 상자를 가지고 나타났다. 그러고는 교실 중앙에 상자를 내려놓더니 안에 뭐가 들어 있을 것 같냐고 물었다. 누구도 대답하지 못했다. 그러자 신부님은 상자 위로 펄쩍 뛰어올라 상자를 뭉개놓았다.

"아무것도 없다. 내가 있구나. 난 상자 부수는 사람(이탈리아어로 상자 부수는 사람은 '성가신 사람'이라는 뜻이다 - 옮긴이)이야."

사실이었다. 신부님은 자신을 숨기는 상자, 자신을 가두는 상자, 틀에 박힌 진부한 것들의 상자, 빈말 상자, 핑크 플로이드 노래의 벽처럼 사람과 사람을 구분해 두꺼운 벽을 만드는 상자를 부수는 사람이다.

피노 신부님의 목소리가 불현듯 떠오른, 지워지지 않는 그 기억에서 날 깨운다.

"왜 하느님 얘기를 하는 줄 아니? 내가 네게 사랑 얘기를 해주면 네가 사랑에 빠지지 않을까? 먼저 어떤 소녀 얘기를 들으면 그 애를 사랑하게 되지 않을까?"

"아니요, 먼저 여자애를 보고 나야 만나보고 싶을 거예요."

"영특해. 내 학생답구나. 하느님을 알릴 필요가 있으니 하느님을 말해야 하는 거야. 넌 하느님을 만졌어. 네가 원하지 않았다 해도 말이다."

"어째서요?"

"지금 네가 하느님 얘기를 하지 않았니? 방금 하느님 얘기를 하고 싶지 않다고 말했잖아."

"하지만…… 그렇군요. 재미있네요……."

나는 신부님을 바라본다. 둘이 마주 보고 신 이야기를 하는 건 부끄럽지 않기 때문에, 사실 나는 신부님의 대답을 기다린다. 나는 자주, 특히 밤에 혼자 있을 때 신을 생각한다. 폭풍우가 지나간 후 바다가 삼킨 모든 것이 다시 해변으로 살며시 떠밀려올 때처럼. 메시지, 잔해, 죽음, 보물.

"와서 날 도와 브란카치오 아이들을 보살펴주려무나."

"하지만 전 아무것도 할 줄 몰라요. 그곳은 준비된 사람들이 필요할 거예요. 그곳에 어떻게 가는지도 모르는 걸요."

"너, 축구 할 줄 알지?"

"네."

"시간은 있니?"

"떠나기 전에 조금요."

"조금이 충분한 것보다 나을 수 있어. 몬레알레 성당의 모자이크 안에 테세라 조각이 몇 개나 박혔는지 아니?"

"몰라요."

"나도 몰라. 누구도 그걸 셀 용기를 내지 못했지. 그곳 모자이크는 세상에서 가장 넓은 모자이크 표면이야. 모자이크 조각은 아무리 작은 거라도 다 중요하지. 그러니 널 기다리마. 산 가에타노 성당. 파드레 노스트로 센터. 그곳에 오면 날 만날 수 있다. 전화번호를 적어두렴. 오기 전에 내게 전화해. 그러면 오는 길을 알려주마."

신부님이 날 안아주며 인사한다. 신부님은 어떤 식으로 안아주는지 모르겠다. 그가 미처 예상치 못한 온기로 날 안아주는 동안 나는 뻣뻣이 굳어 있다. 그의 두 손이 내 등을 꼭 끌어안는데,

마치 몸을 기대어 일으켜 세워주는 듯하다.

피노 신부님이 빙그레 웃으며 자리를 떠난다.

나는 뒤에 남아 멍하니 신부님을 쳐다본다. 평상시처럼 옷을 입었다. 품이 조금 넓은 검은색 바지. 내 형의 수부테오 축구 게임기의 선수들처럼 발이 아닌 밑바닥에 붙어 있는 것처럼 보이게 하는 커다란 신발. 와이셔츠와 짙은 파란색 긴 겉옷. 신부님은 1년 내내 추우나 더우나 그 옷을 입고 다닌다. 체구가 작다. 희끗희끗한 머리카락이 시골 신부님의 분위기를 풍긴다.

이제 이쪽 길로 가면 된다. 6월은 오렌지꽃과 소금의 계절이다. 나는 자전거 페달을 밟아 항구 근처로 가 앉는다. 그곳에 뮤즈를 데려와 평생 그녀와 이야기를 나누고 싶다고 말하는 상상을 한다. 아니면 조용히 앉아 바다가 말하는 소리를 듣고 싶다. 오늘 바다는 너무나 아름답게 빛난다. 태양이 바다 안으로 들어간 것 같다.

나는 참지 못하고 바다에 뛰어든다. 숨이 막힐 때까지 풍차 돌리듯 두 팔을 젓는다. 바닷물을 밀어내면 밀어낼수록 우리가 공부한 어떤 이상한 원리 때문에 저항을 받는다. 바다가 그렇듯 삶도 그럴 거다. 죽은 사람처럼 바닷물과 하늘에 날 맡긴다.

5

돈 피노 신부는 시내 쾌트로 칸디 광장에서 산 쪽으로 올라간다. 그 광장을 '태양의 극장'이라 부르기도 한다. 낮 시간이면 어느 때든 태양이 광장을 구성하는 여덟 면 중 하나를 뜨겁게 비추기 때문이다. 자연과 힘. 신성과 세속성. 이교도와 기독교인. 빛과 비탄. 여기선 이런 것이 섞여 있다. 항구와 요새, 바다와 공동묘지를 하나로 묶는 페니키아 천년가도, 지금은 비토리오 에마누엘레 대로라 불리는 카사로 대로는 16세기 말 마퀘다 스페인 총독이 만든 길과 만나는데, 위에서 도시를 내려다보면 완벽한 십자가, 누구도 짊어지고 싶지 않은 십자가 모양을 이룬다. 기쁨 없는 십자가.

돈 피노 신부는 도전하는 족족 지고 마는 관청 복도에서 성과 없이 수많은 싸움을 벌이고 난 후 지친 몸과 실망한 마음을 안고 돌아가는 길이다. 브란카치오에 중학교를 만들어주지 않을 거다. 하물며 중학교를 만들라고 하존 거리의 건물 지하실을 절대 내주지 않을 거다. 그곳은 허가받지 않은 불법 활동이 횡행하는 공공장소다. 단테의 지옥의 날들과 비슷한, 수많은 주소와 우편번호를 가진 곳이다. 다기능 지옥이다. 무기·마약 창고, 투견장, 미성년자 매음굴. 그런데도 허가가 떨어지지 않는다. 정상적인 활동엔 절대 허가가 나오지 않는다. 돈 피노 신부는 절대 포기하지 않을 거다. 포기하지 않고 허가를 내줄 관청 사무실 문을 끈질기게 두드려대리라.

이게 팔레르모다. 부자들이 사는 화려하고 밝은 동네는 햇볕이 찬란하지만 그곳에서 몇 킬로미터 벗어난 곳에선 가난한 사람들이 사는 지옥이 커가고 있다. 국가는 과거의 것이라는 걸 보여주기 위해 마피아에겐 그들의 가난이 필요하다. 돈 피노는 그들이 왜 안 된다고 하는지, 누가 안 된다고 말하는지 알지만 물방울이 떨어져 바위를 뚫듯 계속 도전한다. 하루는 그가 신청서를 내러 가고, 하루는 공동주택 자치위원회의 누군가가 가고, 하루는 친구가, 하루는…… 그렇게 물방울이 하나씩 떨어지다 보면 돌이 깨진다. "물방울이 바위를 뚫는다고 했어, 널 뚫을 시간을 내게 주렴." 부족한 인내심을 가르치고 싶어 할 때 그의 어머니가 그에게 말하곤 했다.

지금의 파드레 노스트로 센터로는 그 지역 청소년들과 어린이들에게 충분치 않다. 아이들은 센터에서 놀고, 공부하고, 함께 어울릴 수 있지만 학교에서의 활동과는 비교될 수 없다. 아이들은 아침에 학교에 가고 오후에 센터에 가야 한다. 그래야만 거리와, 거리의 규칙에서 아이들을 빼낼 수 있다. 아름다운 것을 한 조각 만져야만 아름다움을 바랄 수 있는 법이다. 지옥은 소망이 들어갈 자리가 이미 다 차버린 곳이다. 그래서 머리를 조아리고 주어진 대로 살게 된다.

간혹 사람들은 마피아가 갈취, 살인, 폭탄 테러 등을 일으킨다고 생각한다. 하지만 돈 피노 신부는 거의 1만 명이 사는 지역에 중학교 하나가 없다는 사실이 진짜 폭력이라고 생각한다.

차들이 천천히 혼잡하게 움직이는 동안 돈 피노 신부는 20세기의 가장 훌륭한 여자 피아니스트 이야기를 떠올린다. 그녀는 초등학교 선생님으로 근무했기에 훌륭한 피아니스트가 되었을지 모른다. 그녀는 러시아 학교에서 일했는데, 모두의 미움을 받는 교육하기 불가능한 아이가 한 명 있었다. 부모가 없는 고아였다. 소년은 반 친구들의 물건을 훔치고, 선생님에게 욕하고, 친구들을 때렸다. 어느 날 그 소년이 한 아이를 죽도록 두들겨 팼다. 퇴학 결정이 내려졌다. 선생님들이 군부대처럼 양쪽에 도열한 가운데 아이가 한가운데로 지나갔다. 그 아이 뒤에서 교장 선생님이 교도관처럼 호위하며 따라갔다. 어른들이 꾹 다문 입술에 기쁨의 미소를 띤 채 바라보는 가운데 아이가 홀로 떠나가는 모습을 지켜보던 여선생님은 눈물을 흘렸다. 무관심과 증오로 가득 찬 회색 눈을 가진 아이는 흐느끼는 소리를 듣고 뒤돌아보았다. 아이의 눈에 지금까지 보지 못했던 선량한 눈빛이 반짝였다. 교장 선생님이 아이를 밀쳐내는데도 아이는 선생님을 계속 바라보았다. 아이는 손길을 뿌리치고 선생님에게로 달려가 포옹하며 앞으로 변하겠다고, 변하겠다고, 변하겠다고 소리쳤다. 그날부터 아이는 선생님의 치맛자락에 강아지처럼 달라붙어 떨어지지 않았다. 누구도 그런 변화를 설명하지 못했다. 아이가 선생님에게 그 비밀을 털어놓았다. "누구도 나 때문에 눈물 흘린 적이 없었어요." 그 아이는 사랑받고 싶었지만 방법을 몰랐다. 그래서 삶이 아이에게 가르쳐준 유일한 규칙, 즉 파괴하면서 관심을 끌었던 거다. 어떻게 만들어야 할지 모르는 사람은 파괴를 한다. 어떻게 만드는지 배우기 위해, 혹은 잠깐 동안이나마 존재하기 위해 다른 사람들이 만든 것을 파괴한 것일 게다.

중학교는 현실이 되어야 한다. 파드레 노스트로 센터처럼 분명한 대안책이 되어야 한다. 그래야 그 아이들의 삶에서, 그 어린 아이들의 삶에서 눈물이 마르게 된다.

청소년들이 자기 삶의 가치를 다른 눈으로 보고 느낄 수 있는 곳이 그 지역에 한 군데는 있어야 한다는 취지에서 지난해 1월 파드레 노스트로 센터가 공식적으로 개원했다. 피노 풀리시 신부가 나선 것이라는 사실을 알게 되었을 때 센터가 자리할 부지 인근 집주인들이 가격을 두 배로 올렸다. 돈이 조금씩 모금되어 2년이 안 되어 꿈이 현실로 변했다. 누구도 마피아에 반대하지 못하는 상황에서 그는 반反마피아 신부였다.

차를 주차시킨다. 차에서 내린다. 무릎이 욱신거린다. 인간의 악惡 앞에서 항상 미소 짓고 있기란 쉽지 않다. 아침에 달려갔던 길, 늘 같은 길, 겉보기에 아름다운 것이 없지만 임신 1개월인 엄마처럼 조용히 가능성을 품은 그 길을 되짚어 돌아왔다.

아이들은 경사진 작은 공터에서 축구를 한다.

"왜 센터에 오지 않니? 여기에서 떠돌이 개들처럼 어슬렁대는 대신 그곳에선 조용히 놀 수 있는데."

미소 짓고 있지만 단호한 목소리로 말해본다. 그 말이 먼저 아이들의 자존심, 그리고 마음을 건드렸음을 안다.

제일 커 보이는 아이가 공을 잡는다. 골키퍼 장갑을 끼고 있고, 그 아이 뒤로 언젠가부터 줄곧 내려져 있는 셔터 문이 보인다. '24시간 주차 금지'라는 문구가 붙은 셔터는 공에 맞아 찌그러진 흔적이 보이고, 골문으로 사용되어 누군가가 골인을 시킬 때마다 덜커덩거린다.

"우리는 여기가 좋아요. 뭐 이상해요, 신부님?"

돈 피노 신부가 가까이 다가간다. 무릎을 구부리고 아이의 눈을 바라본다. 약한 모습을 보이길 두려워하는 사람의 뻔뻔스런 배짱이 보인다. 아이는 턱을 악문다. 몸을 낮추고 명령하지 않는 사람에게서 어떻게 자신을 지켜야 할지 모른다.

"맞아, 여기는 놀기 좋지. 내가 있는 곳에는 그물로 된 골문과 선이 쳐진 축구장이 있단다. 코너킥, 사이드킥, 특히 페널티킥을 할 수 있지……. 차들이 지나다니고 선도 없는 여기가 더 좋다는 것도 이해한다. 하지만 적어도 심판은 필요하겠지……."

또 다른 아이가 조용히 그를 쳐다본다. 좋다고 말해 만족감을 안길 수 없다는 눈치다.

하지만 돈 피노 신부는 아이들의 침묵이 승낙이라는 걸 안다. 신부는 주머니에서 호루라기를 꺼낸다. 페데리코 2세보다 더 많이 싸움에서 이기게 해준 무기들 중 하나다. 호루라기를 물고 힘껏 분다.

"난 심판처럼 검은 옷을 입었다. 공을 중앙으로 가져와. 진영을 선택하기 위해 양 팀 주장부터 뽑아야겠지?"

"우리는 챔피언스리그 결승전을 하는 거야. 브란카치오 팀과 밀란 팀이 맞붙는 거지. 누가 브란카치오 팀에서 뛸래?"

아까 그 아이가 미소 띤 얼굴로 신부에게 공을 건네고 손을 든다. 브란카치오 팀이 그 아이 뒤로 모인다.

"브란카치오 팀의 주장은 유명한 골키퍼……?"

"가에타노 파사락콰예요."

"그렇구나!"

"밀란 팀은 분명 파사락콰 팀 선수들보다 뛰어나지 못할 거야. 여기 상대 팀 주장이 나왔군."

예닐곱 살쯤 되어 보이는, 짙은 머리에 우물처럼 깊고 검은 눈을 가진 소년이 말없이 다가온다.

"밀란 팀 주장은 이름이 뭐지?"

"여기에 밀란 팀은 없어요. 우리는 브란카치오 푸레 팀이에요, 알겠어요?"

"맞아! 준결승전에서 밀란 팀은 브란카치오 비스 팀에 졌지."

"비스요? 비스는 뭐예요? 우리는 브란카치오 푸레예요."

"그래 좋다, 브란카치오는 두 개의 팀이 있어. 밀라노에 밀란과 인터 밀란이 있고, 로마에 로마와 라치오가 있는 것처럼 말이야……. 브란카치오와 브란카치오 푸레 팀이 맞붙는 것으로 하자, 좋지?"

아이는 굳은 표정을 풀고 웃기 시작한다. 자신들보다 키가 조금 더 크고 머리에 숱이 적은 남자에게 호감이 간다.

"브란카치오 푸레 팀의 주장 이름은 뭐지?"

"살보. 살보 임파라토."

"좋아. 임파라토와 파사락콰, 이쪽으로 오렴. 서로 악수해. 동전 던지기로 할래?"

두 아이는 순순히 따른다. 아이들의 눈이 반짝인다. 지옥 같은 길거리 한구석이 큰 놀이터로 변한다.

"브란카치오 푸레가 공을 가져간다. 브란카치오는 어느 쪽을 쓸 거야?"

가에타노가 셔터를 가리킨다. 그쪽 땅이 어떤 다른 곳보다 중요하다.

돈 피노 신부가 중앙에 공을 놓고 호루라기를 분다.

태양이 아스팔트를 달구고, 돈 피노 신부는 아이들처럼 땀 흘리며 달려서 구별하기가 쉽지 않다. 경기가 어찌나 재미있는지 화를 내지 않는 심판이 판정하는 축구 시합이 천국이라는 생각마저 든다.

살보가 플라이킥을 쏘자 가에타노는 방향을 조금 바꿨을 뿐 골을 막지 못한다.

심판이 호루라기를 분다.

"1 대 0, 공을 중앙으로!"

찢어지고 색 바랜 티셔츠를 입은 아이들이 누구는 러닝셔츠 차림으로, 누구는 맨등을 보여가며 손을 잡고 뱅글뱅글 도는데 시간을 지연시키는 듯하다.

경기가 다시 시작되고, 돈 피노 신부의 눈에 멀찌감치 떨어져 있는 아이가 보인다. 서서 팔짱을 낀 채 아이들을 바라보고 있다.

"넌 뛰지 않니?"

"네."

"뛰고 싶지 않아?"

"네."

"확실해?"

"네."

아이가 그렇게 대답하지만 속마음은 그게 아니라는 게 눈에서 보인다.

"왜?"

침묵.

"전에도 축구를 하지 않았니?"

"전에는 했어요. 지금은 당신이 왔잖아요."

"나 때문이야?"

"우리 아버지가 원하지 않아요."

"뭐 때문에?"

침묵.

"아버지가 누구신데?"

"질문이 너무 많네요."

"날 만나러 오시라고 아버지께 말씀드리렴. 내가 아버지께 말해줄 테니까 너도 가서 뛰어. 그리고 내가 위험한 사람이 아니라는 것도 설명해드려야겠구나."

아이는 페인트칠이 벗겨진 더러운 담벼락에서 떨어진다. 미드필드 쪽으로 다가간다.

"너, 이름이 뭐니?"

"조반니예요. 어느 팀에서 뛰어요?"

"지는 팀에서."

조반니는 달려가 자리를 잡고 조금 어색하지만 얼굴에 미소를 머금는다.

아이는 어느 아버지에게 복종해야 할지 몰라 한다.

돈 피노 신부는 아이들이 노는 모습을 지켜본다. 잠깐이나마 아이들의 심장이 아스팔트가 아닌 살덩이로 만들어진 듯하다. 바람이 땅과 사람들의 희망을 채찍질하는 날, 암초에 부딪혀 부서지는 파도처럼 아이들의 함성이 골목 사이에서 부서져 깨진다.

6

학교를 마친 다음 날, 가까이 자리한 우리들의 카리브, 몬델로에서 집단 해수욕을 하는 의식을 피해 갈 수는 없다. 바다, 모래, 하늘이 수업을 하는 날, 그날이 진짜 마지막 날이다. 비록 땀에 흠뻑 젖어 도착하지만 나는 자전거를 타고 몬델로에 간다. 해변에서 1미터 떨어진 곳에 자전거를 내던져두고 먹이를 낚아채는 갈매기처럼 물로 뛰어드는 것보다 더 멋진 일은 없다. 내가 사는 노타르바르톨로 거리를 다시 달려간다. 거울처럼 윤이 나는 진열장이 즐비한 상점가, 갓 씻고 나온 것처럼 깨끗하게 잘 정리된 건물들. 이곳의 아침은 여유가 넘치고 비취, 에메랄드, 공작석처럼 건물들 사이에 끼어들어간 정원과 거리에는 시간에 따라 빛이 쏟아진다. 보도 돌바닥에서 나무들이 자라, 조반니 팔코네(치안판사. 1992년 5월 아내와 함께 마피아에게 살해당했다 – 옮긴이)가 살던 집 앞 고무나무처럼 가장 높은 발코니까지 위협한다.

　모든 것이 바다를 향해 내려가고 바람은 아무런 장애물이 없는 거리를 따라 불어온다. 우리 집이 있는 거리는 에마누엘레 노타르바르톨로를 기리는 이름이 붙여졌다. 그는 19세기 말에 팔레르모의 시장이자 시칠리아 은행장이었다. 그는 부패한 세관에 맞서 싸우다가 테르미니 이메레제로 가는 기차 안에서 스물일곱 번 칼을 맞았다. 기차 증기가 열심히 일하는 귀족 정치인의 흰 칼라를 얼룩지게 하는 동안 그는 조용히 바다를 바라다보고 있었을 거다. 그때 불법 거래를 행하는 마피아들과 가까웠던 국회의원 팔라촐로가 보낸 자객들이 그를 살해했다. 마피아 역사의 첫 유명인 희생자였다. 물론 칼로 찌른 자들 외에 다른 공범들은 잡히지 않았다.

　집 앞 나무에 추모 그림과 글이 달려 있는 팔코네의 집이 보인다.

지난해 5월 23일 토요일 오후였다. 나는 절대 그날을 잊지 못할 거다. 우리는 모두 반 친구인 잔니의 집에 있었다. 수영장이 딸린 바닷가 빌라였다. 곡예를 하며 수영장에 뛰어들었다가, 수박 몇 조각을 먹었다가, 흰 비치 의자에서 휴식을 취했다가, 레몬주스를 마셨다가를 반복했다. 수구와 수중 배구를 하고, 순서가 된 불쌍한 녀석이 동정심을 구걸할 때까지 잠수 시합을 했다. 공기가 부족해 창백한 얼굴로 물 밖에 나오면 우리는 웃음을 터뜨리며 조롱했다. 우리는 전쟁이 임박했음을 알리는 북처럼 팽팽한 피부를 가진, 몸에 착 달라붙은 수영복 차림의 여자애들을 바라보았다. 수영장 안에서만 놀고 있는 우리에게는 절대 일어나지 않을 듯한 어떤 일이 숨어 기다리고 있었던 것처럼, 모든 것이 정지되고 시간 밖에 있었다. 달콤한 휴가를 약속하며 여름이 오고 있을 뿐이었다. 투명한 물이 새파란 수영장 타일 위에서 넘실거렸고 반사된 빛이 우리를 유혹했다. 그러다가 잔니의 엄마가 우리를 불렀고 우리는 또 다른 세계, 종말 영화에 나올 법한 세계의 영상 앞에서 말을 잃었다.

"무슨 영화야?"

시원한 샤워를 마치고 코카콜라를 손에 든 채 나타난 엔리코가 물었다.

누구도 대답하지 않았다. 우리는 물이 뚝뚝 떨어지는 수영복 차림이었는데 발가벗은 것 같았고 뭔가 부적절하다고 느꼈다. 우리는 수영복 차림으로 장례식을 보고 있었다. 더군다나 우리들의 장례식, 우리 도시의 장례식이었다. 우리가 집으로 돌아갈 때 이용하는 자동차 도로 전체가 폭발했고 조반니 팔코네, 그리고 그와 함께 있던 사람들이 산산조각 났다. 있을 법하지 않은 이미지가 너무나 가까이에 있었다. 그런 이미지는 다른 공간에 있는 것이어야 했다. 하지만 우리의 공간이라는 생각이 들었을 때 우리는 옷을 입고 조용히 집으로 돌아갈 수 있기를 기다렸다.

그 순간 처음 떠오른 생각은 안전한 경계 안의 삶은 환상일 뿐이라는 것이었다. 열일곱 살 때는 수영장 밖의 삶을 꿈꾸지 않는다. 삶이 너무나 넓어서 삶에 울타리를 치는 것이 좋기 때문이다. 그때부터 수영장은 선원들이 익사하는 더 넓은 바다를 대치하는 곳인 듯했다. 우리는 수영장에서 놀았고, 어항 속 금붕어였다. 우리는 바다에 대해 알지 못했고 바다의 잔인함도 몰랐다. 하지만 너무나도 밝은 그 물속에서, 모든 것이 통제되고 통제 가능해 보이는 그 평행육면체 안에서 나는 여전히 안전하다고 느낀다. 파도도, 소용돌이도, 급류도 없다. 방부 처리된 평온함.

나는 도시를 통과해 달린다. 오늘 같은 날, 너무 심각한 내 생각과 아랑곳없이 내 자전거는 파보리타 공원을 가로지른다. 그 사이 1년이 조금 지났다는 게 믿어지지 않는다. 나무들이 자전거를 타고 가는 내게 시원한 공기를 불어넣어준다. 마지막 직선 코스가 오아시스를 향해 아스팔트 카펫처럼 펼쳐져 있다.

모두 보인다. 잔니, 아녜제, 마르코, 엘레오노라, 마르게리타, 레오, 줄리아, 테레사, 다니엘레, 마누엘라, 알레시오, 루이지……. 나는 옷을 입은 채 친구들의 손에 들려져 물속으로 던져진다. 학교를 마친 다음 날 첫 해수욕을 하는 필수 의식에 늦었을 때 치러야 하는 일이다. 이윽고 물장난을 치고, 인간 탑 대결을 하고, 공놀이를 하고, 배구를 하고, 잠수를 하고, 숨이 차도록 수영을 한다. 반 여자애들의 몸이 스치면 그 애들이 피와 살을 가진 살아 있는 존재임을 새삼 느끼지만 그 누구도 내 시의 소녀가 아니다.

"뭐 할 거야?"

"이달 말에 영국으로 갈 거야."

"난 미국에 갈 거야."

"나는 판텔레리아 집에 가."

"난 가족들과 에올리에에 갔다가 그다음에 친구들과 엘바에 갈 거야."

"나는 인터레일로 유럽을 여행할 거야."

"어디를 돌 건데?"

"팔레르모, 로마, 피렌체, 밀라노, 베네치아, 빈, 뮌헨, 베를린, 파리를 들렀다가 돌아올 거야."

"얼마나 걸리는데?"

"필요한 만큼 걸리겠지. 일단 출발할 거야. 돌아올 때가 되면 돌아오겠지."

"멋지다!"

"그런데 영국에 뭐 하러 가는 거야?"

"형이 있는 대학에 가는 거야. 한 달 반 동안 영어를 배울 거야."

"네 형, 그 자식은 어떻게 지낸대?"

"즐겁게 보내고 있어. 세상에서 제일 예쁜 여자친구도 생겼고, 세상에서 제일 멋진 곳에서 일도 해⋯⋯. 더 들려줘?"

"네 형은 정말 똑똑해."

"응, 나도 형처럼 완벽하게 영어를 배우고 싶어."

"왜?"

"세상 여자애들의 반 정도는 따라다닐 수 있을 테니까."

"그럼 나머지 반은?"

"그래서 스페인어를 배울 거야. 프랑스어로도 충분치 않다면 말이야. 그러면 적어도 세상의 4분의 3은 커버할 수 있을 거야. 동양 여자들은 내 취향에 맞지 않으니까 그 정도면 되지 않을까?"

"멍청한 소리 그만해, 페데리코."

"두고 봐, 두고 보라고."

"대학에서 뭘 공부할 건데?"

"말하긴 이르지만, 틀림없이 인문학 어떤 걸 거야."

"책이 네 머리를 엉클어놓았구나. 그런 것에서 재미를 찾을 수 있을까?"

"삶의 본질이야. 레오파르디(19세기 이탈리아의 낭만주의 시인이자 철학자 - 옮긴이)는 예술은 자연에 퍼져 있는 걸 우리 눈 아래 모아놓는다고 말했어."

"너 참 짜증 난다. 넌 늘 이런 이론으로 네 인생을 복잡하게 만들어. 주변을 돌아봐. 바다, 모래, 태양, 여자애들. 그런데 넌 레오파르디를 말하잖아? 도대체 뭐가 부족한 거야?"

"넌 아직 스플린을 맛보지 못했나 보네."

내가 지적인 분위기로 대답한다.

"뭔데? 마약이야?"

"아니, 칵테일이야."

"그게 뭐?"

"하늘이 영혼을 덮개처럼 무겁게 누를 때. 네 마음에 비가 올 때. 네가 말하는 모든 이것 혹은 이 '모든 것'이 충분치 않을 때."

"무슨 소리야?"

"자, 농담이야."

"그 모든 시를 읽으면 어떻게 되는지 아니?"

"어떻게 되는데?"

"의심, 불안, 질문이 가득 생겨."

"그럼 문학은 무슨 소용이 있을까? 질문을 하는 데 쓰일까, 아니면 질문을 만드는 데 쓰일까?"

"음, 복잡한 문제네. 무엇에 쓰이는데?"

"진부한 것에서 벗어나는 데. 모든 것에 의문을 품게 하는 데. 도식을 검증하는 데."

"예를 들어?"

"예를 들어 '세상이 얼마나 좋건 간에 짧은 꿈이라는 걸 명확히 이해하는 거'."

"그게 뭔데?"

"페트라르카(14세기 이탈리아의 시인으로, 르네상스 시대를 연 최초의 인문주의자 - 옮긴이)의 『칸초니에레』에 나오는 첫 시의 마지막 시구야."

"아니 제발, 페트라르카는 안 돼! 단테는 그나마 괜찮지만 페트라르카는 안 돼. 짜증 나는 작가 톱 10 안에 드는 아주 짜증 나는 작가라고."

"이해가 안 되는 거야?"

"뭐가?"

"아니야."

우리는 조용히 입을 다문다. 농담을 하는데 모든 걸 멀리서 바라본다는 생각이 드는 순간들 중 하나다. 나는 다른 사람들과 나를 멀리 떼놓는 단어를 좋아한다. 다른 사람들이 보지 않는 듯한 것에 이름을 준다. 나는 침묵의 주름 사이로 물러가 언젠가 누군가가 그곳으로 날 찾아와주기를 기대한다.

해수욕으로 모든 우울함을 씻어낸다. 우리는 아이스크림과 생크림 사이에서 기적적인 균형을 이룬 브리오쉬, 위대한 예술혼이 느껴지는 브리오쉬로 점심을 해결한다. 태양, 모래, 소금이 우리의 삶을 싱싱하게 매만져주길 기대해본다. 갑자기 돈 피노 신부님과 했던 약속이 머릿속에 떠오른다. 어디를 가든 콕콕 찔러대는 영혼 안의 귀찮은 돌기처럼 그 생각에는 날카로운 무언가가 있다. 대답 없이 질문만 거듭된다. 나는 질문으로 가득 찬 상자를 어딘가에 갖고 있다. 풀밭에 놓았던 나의 시 노트를 집어 처음 보이는 흰 여백에 흘려 써본다.
‘이름을 붙일 수 없는 내 안의 이 혼란한 삶은 무엇일까?’

7

축구 시합이 끝나자 모두 뿔뿔이 흩어지고 골목길이 아이들을 삼킨다. 땀에 젖은 돈 피노 신부는 혼자 남아 있다. 시계를 보니 늦었다 싶다. 점심식사를 건너뛰어야 할 거다. 늘 그랬듯이.
한쪽 구석에 대여섯 살쯤 되어 보이는 여자아이가 앉아 있는

데, 팔과 다리에 땟국물이 줄줄 흐른다. 글씨를 알아볼 수 없는 티셔츠를 입었는데, 바벨탑에서 나온 어떤 언어에 속하는 알파벳일 거다. 헝클어지고 뭉친 머리카락이 마치 어린 메두사의 머리카락 같다. 옷을 입지 않은 인형의 다리와 팔을 하나씩 떼었다 붙였다 하면서 인형을 고문하고 있다. 인형의 얼굴은 어린 소녀의 얼굴처럼 꼬질꼬질하고 금발은 다발다발 뭉쳐 있다. 인형은 늘 뜨고 있는 파란 눈으로 세상을 본다.

돈 피노 신부가 어린 소녀에게 다가가자 옷에서 시큼한 오줌 냄새가 난다. 낯이 익은 소녀다. 그날 아침 철길 건널목에서 소녀를 보았다. 소녀는 기차가 회오리바람을 일으켜 자신을 납치해가기를 바라는 듯했다.

"밥 먹으러 가지 않니?"

어린 소녀는 여전히 인형을 괴롭힌다.

"이름이 뭐니?"

소녀가 고개를 드는데 타르처럼 새까만 눈을 가졌다. 그 눈 안에서 잠시 다른 소녀가 춤을 추는 듯하더니 이내 분노와 불신이 표출되며 검은 눈이 더욱 짙어지고 밤바다처럼 위협적이다.

소녀는 대답하지 않고 마른 나뭇가지처럼 깡마른 두 팔로 두 다리를 끌어안는다. 소녀가 인형을 바라본다. 소녀가 다리 사이로 얼굴을 숨긴다. 그러자 인형이 돈 피노 신부를 멀거니 바라본다.

신부가 몸을 숙이자 소녀의 살갗과 옷에 찌든 냄새가 더욱 시큼하다.

"엄마는 어디 계시니?"

돈 피노 신부는 소녀가 거부한 눈길을 그에게 주고 있는 인형에게 묻는다.

소녀는 대답하기 싫다는 듯 인형을 흔든다.

그러자 돈 피노 신부는 옆에 앉아 담벼락에 등을 기댄다.

둘은 1분, 2분, 3분, 4분…… 말없이 조용히 앉아 있다.

신부가 한 손을 뻗어 소녀의 머리카락을 쓰다듬으려 한다.

소녀는 상처 입은 동물처럼 몸을 움츠린다. 벌떡 일어나 소리치며, 오후 흙빛 햇살 속에서 헤엄치는 뱀장어처럼 등을 보이며 달아난다. 소녀는 인형의 한쪽 다리를 잡고 있다. 안전하다 싶은 거리에서 걸음을 멈추고 신부에게 어두운 시선을 던진다. 그러더니 더는 뒤돌아보지 않고 달려간다. 발에 비해 너무 큰 슬리퍼에 발이 걸리며 달려간다.

아이들이 내게로 오게 해주소서.

하늘은 그 아이들의 것이다.

지옥에서 그 소녀까지도 거짓인 듯하다.

"저 아이를 버리지 마소서."

돈 피노 신부는 자신의 신에게 조용히 부탁한다.

집으로 돌아왔을 때 위층에 사는 경찰관 밈모가 평소처럼 입에 담배를 문 채 창가에 서서 그 지역 경찰관으로서 자기 논리를 정리한다. 그의 논리는 직업적인 면에서는 쓸모없지만, 진실 면에서는 귀중하다.

두 사람은 고갯짓으로 인사를 나눈다. 돈 피노는 담배 피우는 시늉을 하며 고개를 젓는다.

"마지막 담배예요."

밈모가 순진한 표정으로 말한다.

"그래?"

돈 피노가 놀라는 척하며 대답한다.

"네, 이 담뱃갑의 마지막 담배죠."

8

내 방은 항구다. 페트라르카도 자신의 방이 항구라고 말했다. 감상적인 요소는 없다. 물건들이 가지런히 정리되어 있기 때문이 아니다. 오히려 때론 지도를 들고 길을 찾아야 할 정도니까. 하지만 모든 것을 어디서 찾아야 하는지 나는 안다.

U2 그룹의 보노 포스터는 내가 어떤 사람이 되고 싶은지 상기시켜주지만 나는 절대로 그렇게 되지 못할 거다. 일렬로 놓인 교과서들, 너저분하게 널린 소설책과 시집은 내가 누구이고 어떤 사람은 되고 싶지 않은지 상기시켜준다. 단어들이 뒤죽박죽이고 아직 정리되지 않아서 미래의 구문이 만들어지지 않는다.

내 형 만프레디는 미래의 구문을 완벽하게 만들어놓았다. 형은 의미 없이 껄껄 잘 웃고, 치고받고 싸우다가 장딴지를 물어뜯기도 하고, 축구와 테니스를 즐기고, 텔레비전 시리즈물, 특히 「맥가이버」와 「A-팀」을 무척이나 좋아한다. 「강철 지그」, 「날아라 캡틴」, 「베르사유의 장미」, 「루팡」 같은 만화도 좋아한다. 형은 모든 면에서 지겐(「루팡 3세」에 등장하는 지상 최강의 명사수 - 옮긴이)을 닮았다. 자신감이 넘치고, 말수가 적고, 활동적이지만 담배는 피우지 않는다. 목표로 삼은 것은 꼭 해낸다. 나보다 일곱 살 많고, 전공인 신경학 공부를 막 시작했다. 뇌에 관해 뭐든지 알고, 뇌가 어떻게 기능하는지 안다. 언젠가 이 분야에서 가장 훌륭한 신경외과 의사가 될 거다. 냉철해서 과학적인 대답을 주고, 나머지는 즉흥적으로 대답하지만 그런 경우는 별로 없다. 서로 연결되지 않는 단어 더미만 떠안고 있을 게 아니라 나도 형처럼 자신감을 갖고 싶다. 그래서 말과 현실 사이에 불안한 균형이 깨질 때 나는 형을 찾아간다. 형이 실수한 적은 없다. 내 수학 방정식을 한번에 풀지 못한 적도 없다. 결국 우리는 90년대의 완벽한 형제라고 생각한다.

올여름 나는 형이 고등학교에 다닐 때 어학연수를 갔던 대학으로 연수를 간다. 우리 가족은 영어에 꽂혔다. 그리고 형이 좋다면 그게 옳다는 의미다. 우리 부모님은 형이 확인해줘야만 자신들의 생각이 맞다고 여긴다. 형은 나의 캐럼 게임(자기 공으로 두 개 이상의 표적 공을 맞히는 게임의 총칭. 4구, 스리쿠션, 보크라인 등이 있다 — 옮긴이)이다. 쿠션에 부딪혀도 내 오이디푸스 콤플렉스는 덜 아프다.

내가 형에게 너무 많이 질문할 때면 형은 24시간마다 한 번 테스토스테론을 분비하는 어른들과 달리 내 나이에는 두 시간마다 한 번씩 분비한다는 점을 상기시켜준다.

"너는 쓸데없이 낭비되는 에너지가 너무 많아, 페데리코. 여자애를 찾지 않고 줄곧 그렇게 책만 읽다간 쓰러져서 과잉 생산된 남성호르몬에 익사하고 말 거야. 이렇게 질문을 많이 해대는 걸 보면 확실해……."

어리석은 말이지만 형의 말이 맞다. 형은 팔레르모에서 가장 예쁜 여자친구가 있다. 내 친구들은 형의 여자친구를 만날까 싶어 종종 우리 집에 온다. 코스탄차. 막강한 힘을 가진 팔레르모 거상의 딸이다. 나는 왜 신이 어떤 사람에게는 선물을 불평등하게 몰아주고, 다른 사람들에게는 한 가지 행운만 주면서 삶을 받아들이라고 하는지 이해할 수 없다. 미모, 지성, 돈. 금수저를 타고난 사람은 따로 있다.

내가 가진 삶의 선물들 중에 아주 쓸모없는 선물이 있다. 단어 '사랑'이다. 사실 지금까지 공부한 것들 중에 페트라르카보다 내 마음을 기쁘게 한 건 없다. 페트라르카는 나를 필연적으로 이상한 소년으로 만들어놓았다. 용어 자체에 집착해 투명해질 때까지 말을 다듬다 보면 나는 편안함을 느낀다. 페트라르카는 선택한 단어 안에 세상 모든 것을 집중시킨 사람, 삶의 혼란을 담아 정박시킬 줄 아는 사람이다.

학교 선생님은 페트라르카의 단순한 언어로 우리의 귀를 가득 채웠고, 표면에 달라붙은 이물질이 깨끗이 제거된 다이아몬드처럼 본질적인 몇 가지 어휘로 영혼을 숨 쉬게 하는 페트라르카의 언어를 우리에게 가르쳐주었다. 반면 단테는 다이아몬드뿐만 아니라 석탄까지 모든 걸 비슷하게 만든다. 페트라르카보다 지저분하고 악취까지 난다. 나는 지금 깨끗함이 필요하다. 왜냐하면 저 밖은 너무 혼란스럽기 때문이다. 특히 사랑에 관한 한 더 그렇다. 페트라르카는 다이아몬드처럼 사랑을 단순화할 수 있다.

언젠가 형과 함께 넓은 바다에서 수영한 적이 있다. 형에게 부끄러운 질문을 해도 두렵지 않은 곳. 아마 몸이 물속에 숨겨져 있고 움직이는 바다가 당혹감을 감춰주기 때문일 것이다.

"코스탄차를 어떻게 정복했어?"

내게 '시인'이라는 별명을 붙여준 건 코스탄차였고, 그때부터 형도 날 시인이라 부르며 재미있어 했다.

"페데리코, 여자들에게는 모든 것이 힘에 달렸어. 여자들은 남자다운 남자를 보면 스스로 정복당해. 네가 여자를 정복하는 게 아니야. 사냥이 아니야. 그러니 날 야수로 만들지 마. 중요한 건 남자가 되는 거야. 여자는 남자가 있기 때문에 여자인 거고, 남자는 여자가 있기 때문에 남자인 거지."

흠잡을 데 없는 논리지만 문제는 남자가 된다는 게 무슨 의미인가 하는 거다.

"선택을 하고 자신의 실수를 책임질 수 있는 게 남자야. 의지가 굳으면 혼자인 걸 두려워하지 않아. 남자의 반대말은 카멜레온이지. 상황에 맞추고, 남을 모방하고, 선택하지 못하는 사람 말이야."

"그게 다야?"

"아니. 친절해야 해. 친절한 척하는 게 아니라 진짜 관심을 보여야 하지. 그래야 가치 있는 것이 손안에 들어왔을 때 가질 수 있는 거야. 페데, 남자는 남성과 달라. 남성은 여자의 일부를 원하지. 남자는 그 여자 전체를 원해. 남성은 섹스를 하기 위해 약간의 사랑을 주려 해. 남자는 사랑을 원하고 섹스는 사랑의 일부일 뿐이야. 여자는 네 손을 좋아해. 네가 여자를 보호하고, 쓰다듬고, 지켜주고, 살펴주고, 소유할 수 있을지 없을지 네 손을 보면 알거든."

수면에 뜨기 위해 천천히 수영하면서 내 손을 바라보았는데, 그런 일을 하기엔 너무 작다는 생각이 들었다. 내가 뭘 원하는지 잘 모르겠다. 내가 선택을 할 수 있는지, 내 실수를 책임질 수 있는지 모르겠다. 실수를 덜하는 것, 그게 낫다. 나는 갑옷을 도둑맞은 영웅시의 전사 같다. 갑옷 없인 괴물, 거인, 야수, 적을 찾아 돌아다닐 수 없다. 위험천만한 그 숲에서 단어들이 무슨 소용이 있을까? 때때로 내가 가진 건 단어들뿐이고 나는 카멜레온처럼 행동하게 될 때가 있다. 남자가 되려면 똑바로 서야 하는데 말이다. 만프레디 형은 남자다. 우리가 공부했던 모든 시인처럼 나는 갈팡질팡하고 있다.

이 경우에도 신은 잘못했다. 균형을 잃고 형에게 너무 많은 것을 주었다. 나는 만프레디 형을 만들고 남은 폐품에서 나온 듯하다. 돌에 아직 반쯤 박혀 있는 미켈란젤로의 조각상처럼 나는 미완성으로 돌아다닐 뿐이다. 나는 내가 만든 출구 없는 미로에서 몇 시간씩 새 미로를 그리고 있다. 사람들은 어려서부터 큰 용기를 가지고 있는데, 삶의 파도를 견뎌내기 위해선 암초처럼 단단해져야 한다는 생각이 이따금 든다.

잠이 쏟아지자 나 자신으로부터 자유로워진다. 옷을 입은 채 잠에서 깼는데 아직 밤이다. 꿈에 돈 피노 신부님의 미소를 보았다. 다른 것은 기억나지 않지만 그것만은 기억난다. 플로베르는 신은 세부적인 곳에 있다고 말했다. 사실인지 모르겠다. 무한이 내 방의 벽을 먹어치울 때 '자라'고 명령하면 잠들 수 있으면 좋겠다. 잠은 자신으로부터 도망칠 수 있는 유일한 방법이다.

9

지옥은 없다. 있다 해도 텅 비었다. 그렇게들 말한다.

아마 공원과 학교가 있는 동네에 사는 사람들일 거다. 그들은 모른다.

지옥은 쩍쩍 금이 가고 아름다움이라곤 찾아볼 수 없으며 그곳에 사는 영혼을 시멘트로 만드는 다닥다닥 붙은 공동주택, 거대한 시멘트 건물들이다.

지옥은 뿌연 미세먼지와 인간쓰레기만 가득한 이 건물들 지하에 둥지를 틀고 있다.

지옥은 빵과 단어로도 절대 충족되지 않는 배고픔이다.

지옥은 바깥부터 속까지, 살갖부터 심장까지 생채기뿐인 아이다.

지옥은 늑대들에 둘러싸인 어린양들의 울음이다.

지옥은 살아남은 어린양들의 침묵이다.

지옥은 열여섯 살에 어머니가 되고, 스물두 살에 창녀가 된 마리아다.

지옥은 아이들에게 줄 빵이 적은 게 부끄러워 조금 있는 빵을 자신이 먹어버리는 살바토레다.

지옥은 나무와 학교, 앉아 대화할 벤치가 없는 길이다.

지옥은 눈을 들어 하늘을 쳐다보는 게 허락되지 않아 별을 볼 수 없는 길이다.

지옥은 어떤 사람이 되고, 무엇이 될 것인지 결정해주는 가족이다.

지옥은 다른 사람들의 절망에 냉담한 의식이다.

지옥은 우리가 씹는 쓴맛을 다른 사람들이 맛보도록 앙갚음하는 거다.

지옥은 일이 성취되지 않을 때이다. 지옥은 장미가 되지 못하는 씨앗이다. 지옥은 장미가 향기를 내지 못할 거라 믿는 거다. 지옥은 담벼락 위에서 열리는 철길 건널목 차단기다.

지옥은 아름다운 모든 것이 자발적으로 중단되는 거다.

지옥은 더는 지옥에 있고 싶지 않아서 천사가 아스팔트로 떨어지기 전에 붙잡아주기를 바라며 우산을 들고 10층에서 뛰어내린 카테리나다.

지옥은 가능하지만 절대 시작되지 못하는 사랑이다.

지옥은 진실을 사랑하는 게 목숨으로 갚아야 하는 일이기에 진실을 증오하는 거다.

지옥은 약물 과용 때문에 입에 거품을 물고 두 눈이 시뻘게진 미켈레다.

지옥은 집에서 죽은 지 며칠 지났지만 아무도 그 사실을 모르는 이름 없는 노인이다.

지옥은 더는 지옥을 보지 못하는 거다.

이 도시 이 지역에서는 두 악마가 사람들을 다스린다.

그 악마들의 이름은 이국적이지 않다. 아스타로트(악마학에서 지옥의 제후로 등장하는 악마 중 하나 – 옮긴이), 마르브란슈('사악한 앞발'이라는 뜻으로, 단테의 『신곡』「지옥 편」에 나온다 – 옮긴이), 곡과 마곡(사탄에 미혹되어 하늘나라에 대항하는 두 나라 – 옮긴이)…… 이런 이름이 아니다.

가난. 무지. 두 악마의 이름이다. 묵시록의 기사들 같다.

동정심과 말이 그 악마들을 막을 수 있을까?

지옥은 존재한다. 여기에 있다. 늑대들의 소굴인 이 잔인한 길

에. 피투성이 어린양들은 무엇보다 목숨이 더 소중하기에 침묵한다. 피는 생명을 나타낸다. 말이 생명을 구하지 못하면 피를 만들게 될 것이다.

지옥은 아이들의 생명을 앗아가는 아버지다.

지옥은 존재하고 꽉 차 있다.

지옥은 '저세상'이 아니라 지도에 주소를 가지고 여기 '현세'에 있다. 1993년 투토치타에.

10

빈 욕조에서 발가벗은 젊은 여인이 보이지 않는 뭔가를 씻어내려는 듯 말라빠진 비누조각을 허벅지에 대고 문지른다. 물을 틀지는 않는다.

"엄마! 오늘 우리 뭐 먹어?"

프란체스코가 화장실 문 앞에 서서 한쪽 귀를 문에 바싹 붙인 채 소리친다.

마리아는 계속 문지른다. 여섯 살 사내아이가 있고 옷장엔 웨딩드레스가 없는 미혼모다. 짙은 색 눈이 긴 머리카락에 숨겨진 아름다운 여인이다. 현실에선 허무맹랑한 동화 속 미녀다.

"엄마? 나 배고파."

배고파서라기보다 대답을 듣기 위해 아이가 다시 묻는다.

"간다, 가, 프란체스코. 엄마 씻고 있어. 만화책 보고 있으렴."

"좋아, 뭐 만들어줄 건데? 나 배고프단 말이야."

"황새치."

"난 생선 싫어!"

"생선이 아닌 것처럼 해줄게."

"아잉, 엄마! 난 싫어."

"그것밖에 없어."

"그럼 난 안 먹을래. 엄마 나빠."

마리아는 입을 다물고 비누칠을 한다. 자신이 진짜 나쁜 엄마
인지 아닌지 모르겠다.

프란체스코가 문을 차며 눈물을 터뜨린다.

"난 개를 죽이고 싶지 않았어, 엄마. 죽이고 싶지 않았어."

"어떤 개?"

아이가 문에 대고 훌쩍인다.

마리아는 문을 열고 아이를 꼭 안아준다.

"난 모든 걸 부수고 싶지 않아. 난 부수는 게 아니라 고쳐놓고
싶어."

"엄마가 도와줄게. 사랑하는 아들, 내 귀염둥이."

엄마는 아들과 함께 욕조에 들어간다. 수도꼭지를 틀자 물이
아직 옷을 입고 있는 프란체스코의 몸을 적신다. 프란체스코는
몸을 피하려 하지만 엄마는 저항하지 못하게 아들을 꼭 끌어안
고 간지럼을 태운다.

프란체스코가 웃으며 엄마를 꼭 끌어안는다. 모든 걸 치료할
수 있는 엄마의 온기, 엄마의 품을 움켜잡는다. 엄마들, 나쁜 엄
마들이라 해도 그 품은 따뜻하다.

엄마 품은 지옥이 들어올 수 없는 곳이다. 지옥에 있다 해도.

11

나는 페트라르카 식으로 혼자 생각에 잠겨간다. 페트라르카는 자신의 얼굴에 선명히 찍힌 사랑의 불꽃의 흔적을 숨기기 위해 스스로 은둔했다. 나는 불태울 것도, 숨길 것도 없다. 나는 사랑이 없기 때문에 날 숨긴다. 지금 날 예속하는 건 다른 무엇보다 단어들이다. 나는 흰 종이에 단어 몇 개를 적고, 전혀 논리적이지 않은 배열을 해본다. 비슷한 소리가 나는 단어들을 서로 연결시켜본다. 나는 '로사rosa'(장미)와 발음이 비슷한 '레사resa'(항복)를 가지고 단어 놀이를 하면서 단어들 사이의 숨겨진 관계를 포착하려 한다.

가시가 있음에도 불구하고
레사보다
로사가
난 더 좋다.

'S' 하나를 덧붙여도 관계가 달라진다.

북적임에도 불구하고
레싸ressa(군중)보다
로싸rossa(빨간색)가
난 더 좋다.

마지막으로 '루싸russa'(러시아 여자)와 '리싸rissa'(싸움)를 연결시켜보려는데 엄마가 연습을 방해한다.

"여행 갈 때 필요한 물건을 사러 가지 않을래? 영국에 한 달 반가량 있으려면 종이와 펜도 부족할 거야."

엄마와의 쇼핑은 삶의 가장 달곰쌉쌀한 순간들 중 하나다. 달곰한 건 잠깐이나마 어린아이로 돌아갈 수 있기 때문이다. 열일곱 살 남자아이에겐 참기 힘든 일이지만 나는 엄마와의 쇼핑이 좋다. 쌉쌀한 건 우리 가족은 경제적인 문제가 없는데도 엄마는 값을 깎으려 실랑이를 하기 때문이다. 그래서 나는 마치 내가 도둑이 된 것 같아 부끄럽다. 엄마는 분명 어린 시절부터 가족에게서 배웠을 거다. 제2차 세계대전을 겪고 배급품과 대체품으로 생활하던 세대의 조건반사다. 엄마는 40년대에 태어났고 나는 70년대에 태어났다. 가격을 깎는 건 우리 세대를 나누는 심연이다.

"케이웨이 재킷이 필요해. 영국은 비가 자주 오잖니."

"응."

"비 올 때 신을 편안한 신발도 필요해."

"뭐라고?"

"비 올 때 젖지 않고 편안하게 신을 신발 말이야."

"엄마, 난 우기에 인도에 가는 게 아니라고. 난 날씨가 어떻든 늘 테니스화를 신고 다녔어. 그걸 가져갈 거야. 봐, 지금도 신고 있잖아. 그 문제는 해결됐어."

"페데리코. 런던은 팔레르모가 아니야! 엄마 말대로 가서 신발 한 켤레 사자."

"싫어, 사지 마."

"긴팔 잠옷도 필요해."

"뭐?"

시칠리아 엄마들은 시칠리아 밖으로 나가면, 코르테스나 새클턴 같은 탐험가들처럼 미지의 땅으로 들어간다고 생각한다. 모든 가능한 자연재해를 예상하고, 메뚜기떼 습격에 대비한 장비까지 갖춰주려 한다.

결국 이건 엄마들이 자식을 사랑하는 방식이다.

12

자신의 해진 신발을 바라보던 돈 피노는 아버지가 수선해주었던 신발이 생각난다. 그때는 새 신발을 사는 게 사치였다. 따가움이 조금 수그러든 오후 햇살이 거리를 감싸고, 많은 사람들이 조금 선선해진 공기를 즐기며, 야외에는 어울리지 않지만 거실 의자를 집 앞에 꺼내놓고 편히 앉아 수다를 떤다. 바질과 박하. 널어놓은 빨래. 젊은이들은 자신들의 의식을 시작한다. 광장과 중심 도로를 따라 왔다 갔다 산책하며 남들도 보고 자신도 보여준다. 한가로운 산책. 거리를 누비지만 몸을 움직이는 것이라기보다 눈을 움직이며 거리를 훑는다. 농부가 위아래로 왔다 갔다 밭을 갈듯 말의 씨앗을 뿌리고, 집 앞에서 수다를 늘어놓고, 새로운 소식과 명령을 전한다. 계층구조를 재확인하는 시선. 이 도시에서는 모든 것이 말과 시선으로 만들어지고 해체된다. 나머지는 침묵이다.

돈 피노도 똑같은 광장과 똑같은 거리를 밟으며 아이들의 시선을 찾는다. 어떤 아이들은 그의 시선을 피하고, 어떤 아이들은 그를 놀리고, 또 어떤 아이들은 그에게 미소 짓는다. 몇몇 아이가 그의 옆으로 다가와 바짓가랑이를 잡아당기며 언제 또 피자와 감자튀김을 먹을 수 있냐고 묻는다.

돈 피노는 사람들의 눈을 쳐다보다가 자신의 해진 신발을 쳐다본다. 지옥에서 걸으려면 어떤 신발이 필요할까? 누구도 그걸 모른다. 돈 피노도 알지 모른다. 왜냐하면 그의 아버지는 구두수선공이었고 구두 수선 일을 손과 땀으로 그에게 전수해주었기 때문이다. 얼마나 많은 신발을 고쳤던가…… 부자들이 은 식기와 보석을 보관하듯 그는 아버지의 연장들을 보관했다. 지옥을 걷는 데 적합한 신발은 없을 거다. 예수님처럼 할 필요가 있다는 것만 안다. 사람들의 신발과 먼지를 신고 그들의 길을 종횡무진 걸어 다니는 거다. '어떤 사람을 평가하기 전에 2주 동안 그 사람의 신발을 신고 다녀야 한다'라는 속담이 있다. 예수님은 33년 동안 그렇게 했다. 30년간 사람의 손과 땀으로 테이블을 대패질하며 보냈다. 돈 피노 신부도 1990년 10월 6일, 고향 동네로 돌아왔을 때부터 그렇게 하고 있다. 그는 1937년 9월 15일 처음 세상의 빛을 보았고, 처음 빛을 보았을 때 모든 아기가 그러듯, 마치 따뜻한 어둠의 아홉 달을 고통스런 빛의 세월로 갚아야 한다는 걸 아는 듯 울어댔다. 그는 자기 동네 사람들의 거리에서 보고 만지고 땀 흘리고 싶어 했다. 동네 사람들이 그들의 신발에 묻은 먼지와 같은 먼지를 뒤집어쓴 신발을 신고 가까이에서 거리를 누비는 그의 모습을 보게 해야 했다.

그 도시에서는 오감 중 하나가 유난히 발달한다. 바로 시각이다. 항구에서 모두가 모두를 본다. 거대한 항구에서 거대하게 그 행위가 일어난다. 그 행위의 다양한 방법을 명시할 형용사가 부족하다. 시칠리아인들의 꿰뚫는 시선은 발코니 안까지 꿰뚫어볼 수 있을 거라고 누군가가 말했는데, 맞는 말이다. 낯선 사람이 끈질기게 쳐다본다면 "뭘 쳐다봐?" 하고 묻게 된다. 그건 대화 상대자들 사이의 계급 관계를 규정한다. 순진한 외국인은 가만히 두고 보지 않는다. 마주 노려본다. 시칠리아에서 태어난 사람은 어떻게 해야 하는지 안다. 모두들 모든 걸 보지만 살아남는 기술은 보고도 보았다는 걸 감추는 거다. 너무 많이 보았다면 침묵하는 거다. 너무 많이 보면 그것 때문에 죽을 수도 있다.

돈 피노는 보는 것, 보이는 것을 반대로 해야 한다는 걸 안다. 고개를 들고 당당히 봐야 한다. 본 것이 바꿔야 할 일이라면 보지 않은 척하지 말아야 한다. 지옥의 시작은 시선을 내리고, 눈을 감고, 반대편으로 고개를 돌리고, 시칠리아가 아는 자발적인 믿음, 즉 '그 무엇도 세상을 바꾸지 못할 거다'라는 숙명적인 편안한 믿음을 강화하는 거다. 눈을 크게 뜬 채로 늘 똑같은 것, 기존 질서에 전쟁을 벌여야 평화가 얻어진다. 어린아이들에게, 자신의 자식들에게 수없이 말했을 거다. 고개를 들고, 고개를 들고 걸어라. 거리에서 누군가가 지나갈 때, 누군가는 고개를 숙인다. 눈의 복종이 삶의 법칙이다. 똑바로 쳐다보면 도전장을 내미는 거다. 그런데 돈 피노는 모두의 얼굴과 눈을 똑바로 쳐다본다.

　전쟁이 벌어지는 시절에 그는 고향 마을을 떠나 있었다. 담벼락과 지붕에 잘못 봉합된 전쟁의 상처들이 아직 남아 있다. 고향 마을로 돌아온 후 그는 어릴 적 추억과 부모님과의 산책을 떠올리기 위해 골목을 샅샅이 누비고 다녔다. 어릴 적 부모님은 그를 양쪽에서 붙들고 붕 띄우며 공중으로 날려버리는 척했다. 마피아가 자신의 지역을 통제하듯 돈 피노도 마을 사람들을 알아나갔다. 마피아 두목 이름 앞에 '돈don'이 붙듯 그의 이름 앞에도 '돈'이 붙으니까 말이다.

　이런 사람들 사이에 사냥꾼이 있다. 돈 피노가 다른 사람들을 쳐다보듯 사냥꾼을 쳐다보자 사냥꾼이 딱딱하게 굳은 표정으로 시선을 받는다. 돈 피노는 사냥꾼의 눈에 이끌린다. 사냥꾼의 눈을 찾는다. 그를 똑바로 쳐다보며 미소 짓는다. 사냥꾼이 반대편으로 고개를 돌린다. 그 미소에 응답하지 못하기에, 자신에게 보낸 미소가 아닌 것처럼 무관심한 태도를 취한다. 보통은 사냥꾼을 바라볼 때 고개 숙여 인사하거나 시선을 내려야 한다.

　돈 피노는 힘이 없는 '돈', 힘이 없지 않은 '돈'이다. 폭력은 몸을 바꾸어놓기 때문에 무장 해제된 힘은 폭력보다 위에 있지 않지만, 그 힘은 마음을 변화시키기 때문에 폭력을 넘어선다. 공간이 아닌 시간에서 폭력을 넘어선다. 시간만이 공간을 이길 수 있다. 공간 위에 군림한 사람들이 있고, 시간의 주인인 사람들이 있다.

　돈 피노는 사람들이 고개를 돌린 신에게 의지한다.

13

방학 전에 반드시 확인해봐야 할 것들 가운데 하나가 게시판이다. 나중에 학교 밖에서 만나기로 약속하고, 함께 들어가 숫자가 어지러이 적혀 있는 수많은 줄과 칸 사이를 찾는다. 단지 성적만이 아니라 자신과 자존심 사이의 관계, 소파, 텔레비전……혹은 여러 형태의 오락을 양으로 환산하는 숫자들이다. 성적은 오만한 학생들의 자존심의 표준편차, 혹은 나태한 학생들의 게으름을 확인해주는 것일 뿐이다.

우리는 잔니, 마르첼로, 마르코, 마르게리타, 줄리아, 아녜제와 다시 만났다. 나는 아녜제 이름을 맨 뒤에 놓았다. 아녜제가 덜 중요해서가 아니라 오히려 간혹 내 인생에서 가장 중요한 사람이 되기 때문이다. 나는 내 허무함과 '비록 ~지만'을 아녜제에게 털어놓는다. 아녜제는 들은 얘기를 발설하지 않고 간직할 줄 안다. 반면 남자들끼리는 빼는 감정은 공유하지 못하고 과다한 감정만 함께 나눌 수 있듯이, 잔니에게는 내 열정과 분노를 털어놓는다.

측정 수치가 적힌 첫 번째 칸은 9월 시험에서 면제되었는지 아닌지를 알려주는 칸, 최고의 칸이다. 발각되지 않고 국경을 넘어간 마약 밀매자들처럼 모두들 칸이 깨끗하다. 학교만큼 자신을 죄인처럼 느끼게 만드는 곳은 없다. 한목소리로 터져 나온 첫 번째 고함은 우리의 여름이 무사하다는 걸 확인해준다. 나는 내 성적에 의심을 품지 않았다. 내 가족들은 내가 9월에 추가 시험을 봐야 한다면 영국에 날 보내주지 않았을 거다. 우리 집에서는 무엇보다 학교가 먼저다. 나머지는 어떤 식으로도 놓쳐서는 안 되는 이 원인의 결과다. 나는 학교에서 문제가 없다. 나는 충분히 똑똑해서 내가 좋아하는 과목에서 늘 좋은 결과를 거두었고, 조금 부담스런 과목에서는 목표를 정하고 전략적으로 준비해왔다. 모든 게 라틴어 덕분이다. 라틴어를 알기에 학교에서 카이사르의 『갈리아 전쟁기』의 문장을 번역할 때 전략과 전술을 구분하는 법을 배웠다. 세대를 연결하는 가장 큰 전쟁의 유일한 진짜 생존자인 낡은 카스틸리오니 - 마리오티 라틴어 사전이 내 옆에 있다. 엄마의 사전인데, 만프레디 형에게 물려주었고 지금은 내가 물려받았다. 표지가 이젠 너덜너덜해졌고, 특히 이탈리아어 - 라틴어 부분의 페이지는 우리는 절대 사용하지 않을 어미변화와 예외가 암호문처럼 빽빽이 여기저기에 적혀 있다. 카이사르가 내게 필요했던 이유는 오직 이거다. 즉 8점을 받을 방법을 배우기 위해서였다.

이탈리아어 사전에서 전략은 다음과 같이 정의된다.

> 군사학에서, 전쟁 혹은 폭넓은 작전 영역의 일반적이고 최종적인 목표를 구분하고 큰 전선을 만들면서 가능한 작은 희생으로 승리 (또는 좀 더 좋은 결과)를 거두기 위한 방법들을 기획하는 기술.

학교 공부에서도 완벽한 정의다. 최종 목표는 성적이 적힌 그 게시판이다. 1년 계획을 세우고 오후, 주말, 산책과 방학 등 가능한 작은 희생으로 성적 숫자를 결정하는 데 필요한 모든 것을 미리 잘 배치하는 것이다.

전술의 정의는 다음과 같다.

전쟁이나 전투에서 적과 맞붙을 때 군대, 부대, 무기 사용 기술, 원칙 양상.

여기에 모든 차이가 있다. 전략은 전쟁의 전반적인 지휘와 넓은 반경의 큰 단위 행동을 목적으로 하지만, 적과 대면했을 때는 전술이 필요하다.

나는 거의 페트라르카만큼이나 카이사르를 좋아한다. 카이사르 같은 위대한 장군들만이 큰 그림과 세부적인 부분을 함께 조화시킬 수 있다. 3년간의 학교생활도 갈리아처럼 세 부분으로 나뉜다. 적과 접촉하며 수많은 이름, 과목, 시간, 전우, 가파른 지형, 요새를 만난다. 수학을 대하는 것과 수학 여선생님을 대하는 것은 다른 문제다. 수학 여선생님을 안다고 반드시 수학을 알아야 할 필요는 없다.

우리는 승리자였다. 우리의 기쁨의 함성에는 의심의 여지가 없었다.

우리는 각자 자신의 칸으로 시선을 옮겨 학교 성적을 확인한다. 내 성적은 예상치를 넘었다.

나는 8점을 많이 받았다. 어떻게 그런 일이 일어났는지 모르겠지만 물리에서도 8점을 받았다. 이탈리아어, 그리스어, 철학에서 9점을 받았고 수학에서는 7점을 받았다. 뒤로 재주넘기를 두 번 할 정도로 좋은 성적표였다. 모두 카이사르 덕분이었다. 수학은 만프레디 형 덕분이고.

"넌 공부벌레야. 멋진 녀석이기도 하고. 여기서는 페트라르카, 저기에서는 아리오스토, 위에서는 타소, 아래에서는 마키아벨리가 된다니까……."

잔니가 말한다.

"무슨 말이야?"

"미치지 않고서야 어떻게 9점을 세 개나 받아?"

"내 성적을 그렇게 말하지 마. 너도 잘 알잖아. 내가 좋아하고 즐기는 과목들일 뿐이야."

"그만 해라, 바보야."

"내가 네게 보내준 풀이에 고맙다고나 해, 무식한 놈아."

"죽은 언어 챔피언! 그래서 여자애들이 모두 네 발밑에 있는 거야. 상형문자까지 배우면 넌 미라하고 사귈지 몰라."

"까마귀한테나 가버려!"

우리는 그리스어 사전 로치에 실린 욕설을 조사했던 걸 떠올리며 웃음을 터뜨린다. 그 사전은 이탈리아 청소년들을 근시 세대로 만들었다. 그리스어로 '누군가를 저세상으로 보내다'라는 의미로 '까마귀에게 보내다'라는 표현을 쓴다. 까마귀들이 시체를 뜯어먹기 때문이다.

줄리아가 잔니에게 입맞춤한다, 혹은 잔니가 줄리아에게 입맞춤한다. 잔니가 방금 줄리아와 한 걸로 봐서는 내년에 제일 친한 친구의 오토바이 뒤에 타고 달릴 수 없을지 모르겠다. 사랑에 대해 정의하라 하면 지금으로선 나와 내 가장 친한 친구 사이에 끼어드는 것이라고밖에 말하지 못하겠다. 잔니의 시각에서 사랑은 우정과 같지만 키스, 애무, 포옹이 덧붙여진 것이다…….

질적 차이가 있다. 하지만 나는 양적 차이도 있다고 말하고 싶다. 걸어서 혹은 대중교통 수단을 타고 가야 하는 수 킬로미터 거리와도 같으니까 말이다. 특히 102번 버스. 서로 다른 개인들의 운명을 섞어서 태우고 다니는 섭리와 비슷한 버스. 커다란 쇼핑 가방을 든 팔레르모의 상류층 부인, 내 나이 또래의 소매치기, 버터처럼 의자에 붙어 있는 학생들, 내 손 사이에 있는 책을 보자마자 다른 쪽으로 고개를 돌리는 여자애의 시선, 잠이 들어 그 노선을 몇 번이나 돌고 있는지 모르는 노인들. 이것 때문에 나는 자전거를 타고 다녀야 했다. 자전거가 나의 내적 무정부주의 요구에 더 잘 맞는다.

우리 반의 거의 모든 친구가 누군가와 사귄다. 나는 17년이라는 긴 시간 동안 딱 한 번 키스를 했다. 그것도 실수로. 나는 페트라르카의 사랑을 원하는데 아직 그런 여자를 만나지 못했다. 그 사랑에 필요한 요소가 뭘까? 나의 정박 리스트들 중 하나에 그것을 썼다. 도식적으로.

여자. 많은 설명이 필요 없다. 다음에 해당하는 여자다.

이름 : 내가 찾는 여자는 형이상학적이고 형이하학적인 수많은 의미를 가진 이름을 갖고 있다. 예를 들어 라우라.

상냥한 마음 : 내 형이 말한 것과 관계있는 어떤 것.

눈 : 모든 사랑은 눈으로 이루어진다. 눈은 마음의 창이다.

불꽃 : 피는 아주 쉽게 불타오른다.

평화와 전쟁 : 모순어법은 사랑에서 두드러진 수사법이다. 나는 사랑을 잘 모르지만 분명 반대말은 아니다. 사랑할 때 평화와 전쟁이 어울릴 수 있는지 모르겠다.

고통 : 모든 진실된 사랑을 먹고 산다. 눈물로 표현된다. 고통 없이 사랑을 할 수 있다 해도 나는 고통을 원한다. 사포(고대 그리스의 여성 시인 – 옮긴이) 이후로 더는 두 가지를 구분할 수 없어진 듯하다. 달콤쌉쌀한 사랑.

행운 : 리스트 1번 여자를 만나는 것.

말 : 사랑을 이야기하는 데 필요한 모든 말. 책, 소설, 시의 형태로.

이유는 모르겠지만, 페트라르카를 향한 사랑의 말이 튀어나왔다. 시인들은 삶의 영광스런 손님들이다.

그것은 내가 전문가를 필요로 한다는 걸 확인시켜준다.

다시 현실로 돌아온다. 우리 주변에 승리만 있는 건 아니다. 여자애가 남자친구의 품안에서 울고 있고, 남자친구는 여자친구를 위로한다. 수학 과목 때문인지, 그리스어 과목 때문인지 몰라도 그 여자애의 여름은 망가졌다.

이제 우리는 바다로 달려가는 일만 남았다. 성적표를 받은 다음에는 늘 아다우라 해변으로 가서 큰 소리로 선생님들에게 욕설을 퍼붓고, 세상에서 가장 오래된 장소로 그들을 보내며 5미터 높이에서 다이빙한다.

"언제 떠나?"

아네제가 묻는다.

"보름 뒤에."

"행복해?"

"어서 가고 싶어. 카이사르처럼 영국인들을 정복하러. 아니,

영국 여자들을 정복하러."

아네제가 입을 삐죽거리며 인상을 쓴다.

"날 좀 태워줄래?"

"난 자전거를 타고 왔는데."

"그래. 난 대중교통을 이용하거든."

"여기서 아다우라 해변까지 우리 둘이 자전거로 간다고?"

"학교도 끝났잖아. 자, 오늘 그걸 해보지 않으면 언제 하겠어?"

내 평생 가장 큰 일 중 하나가 될 거라는 생각이 든다. 일단 자전거에 올라타자 아네제가 내 등에 몸을 기댄다. 다행히 아네제는 체구가 작다. 아네제의 머리카락에서 좋은 냄새가 난다. 내 살갗에 닿은 아네제의 살갗이 날 유혹하고 싶어 하지만, 나는 아네제가 내 마음 깊숙한 곳이 아닌 바로 살갗에 자리한다는 걸 안다. 목적지에 닿자 나는 녹초가 되어 땀을 뻘뻘 흘렸고, 아네제가 내 입가에 입맞춤한다.

"넌 영웅이야."

얼굴이 빨개진 걸 느낀다. 내 뜻과는 달리 지금 내게 허락된 사치다. 나는 바다로 도망간다.

날렵한 몸, 맨발, 높은 곳에서 다이빙할 때의 현기증. 어떤 일들에는 용기가 필요하다. 일렁이는 바다, 세상이 내 주머니 안에 있는 것 같다.

14

평소 그의 방식대로 아이들이 질문을 기다린다.

"사랑이 뭐라고 생각하니?"

아이들이 조용히 그를 바라본다. 너무 광범위한 질문이라서 가 아니라 대답이 너무 광범위해서 문장으로 만들기 어렵기 때 문이다.

"예를 들어주세요."

프란체스코가 말한다.

"누군가가 널 사랑할 때 네 이름을 다르게 부를 거야. 마치 네 이름이 그 사람의 입안에서 늘 편안하고 익숙한 듯이 말이야."

돈 피노 신부가 묻는다.

"누가 그런 사람일 수 있을까?"

"우리 엄마요."

"아버지는 어디 있는데?"

한 남자아이가 심술궂게 웃으며 질문을 던진다.

프란체스코는 그 남자애에게 주먹을 날리고 싶지만 다행히 여자아이가 프란체스코의 관심을 돌린다.

"사랑은 엄마가 더 맛있는 닭고기 조각을 아빠에게 줄 때에요."

"저는, 사랑은 엄마가 땀 냄새를 풍기며 직장에서 돌아온 아 빠를 보고 톰 크루즈보다 잘생겼다고 말할 때에요."

"톰 크루즈가 누군데?"

어린 여자아이가 묻는다.

"배우야."

"내 생각에 관절염 때문에 몸을 굽히지 못하는 할머니에게 할아버지가 매니큐어를 발라줄 때에요. 그런데 할아버지도 관절염에 걸렸어요."

"관절염이 뭐예요, 신부님?"

"사람이 늙으면 근육이 예전처럼 부드럽지 않고 뼈가 서로 부딪힌단다. 그럼 잘 구부릴 수가 없게 돼."

"신부님도 관절염에 걸렸어요?"

"내가 늙었니?"

"네, 흰머리가 있으니까요."

"하지만 머리카락이 빠지지는 않았는데!"

"그게 더 나빠요!"

"아무튼 난 관절염에 걸리지 않았어."

"다행이네요……."

"내 생각에 사랑은 아빠가 나한테 공을 사주고 함께 놀 때에요. 간지럼을 태울 때도요."

"음, 너희는 사랑에 대해 많이 아는구나. 나보다 더 말이야. 하느님은 그런 사랑을 모두 합친 것보다 더 많이 사랑하신단다."

돈 피노 신부가 빙그레 웃는다.

"그러니까 아주아주 많이 사랑하네요."

프란체스코가 대답한다.

한쪽 구석에 꼼짝 않고 서 있던 여자아이가 인형을 꼭 안고 있다. 그러다가 발을 바꿔가며 한 발로 서서 몸을 흔든다. 평소와 달리 시원하고 깨끗한 빨간색 옷을 입었다.

"넌 어떻게 생각하니?"

돈 피노 신부가 소녀에게 묻는다.

소녀는 입을 꾹 다물고 있다. 다른 아이들이 소녀를 쳐다본다. 프란체스코가 소녀에게 다가간다. 소녀의 손을 잡아 자신들 옆에 앉힌다. 소녀는 여전히 손톱을 물어뜯으며 고개를 들지 않은 채 또박또박 말한다.

"아빠가 깊은 물에서 수영을 가르쳐줄 때요."

"나도 가도 돼? 난 수영할 줄 모르거든……."

토마토처럼 부푼 뺨에 안경을 걸쳐 쓴 소녀가 끼어든다.

"너흰 아직까지도 수영할 줄 몰라? 여자애들이란 정말……."

프란체스코가 악의 없이 말한다.

"나도 잘 못해……."

돈 피노 신부가 파도에 휩쓸리자 두려움에 돌덩이처럼 가라앉았던 때를 떠올리며 혼잣말하듯 중얼거린다.

"신부님 생각에 사랑은 뭐예요?"

프란체스코가 묻는다.

"너희들."

15

철길 건널목 차단기가 올라간다. 자전거는 선로 위에서 덜컹거리며 브란카치오의 무거운 공기를 가로지른다. 길을 미리 열심히 공부해놓았다. 불안감을 드러내지 않아야 하는 곳이 있다. 입술에 침을 발라도 촉촉해지지 않고 금방 입안까지 바싹 마른다. 무더위에 무릎 힘이 풀리고 숨이 턱턱 막힌다. 미지의 곳에 대한 두려움이 엄습해온다. 하지만 찾는 장소가 지도에 나타난 것과 같으리라 믿는 소년들의 길들여지지 않은 순진한 용기가 보인다. 아일랜드에 갔는데 1년 중 반은 어둡다는 사실이 지도에 명시되어 있지 않았다는 걸 알게 될 때와 같다. 지도책이나 지도에서 보이는 똑같은 빛은 다 믿을 게 못 된다. 소년은 오늘 그걸 알게 된다.

성당을 찾아냈다. 자전거를 말뚝에 묶으며 주변을 둘러본다. 태양이 아스팔트를 녹여 발바닥 아래서 꺼진다. 공기가 퀴퀴하다. 굴복하지 않으려면 침착하게 움직여야 한다. 간혹 더위에 지친 몇몇 행인이 나를 가만히 쳐다본다. 마치 관광객이 된 느낌이지만 나는 내가 사는 도시 안, 집에서 얼마 떨어지지 않은, 학교에서도 멀지 않은 곳에 있다. 눈길이 등에 꽂히는 걸 느낀다. 몇몇 집의 블라인드가 호기심에 살짝 열린다. 이곳까지, 게다가 자전거를 타고 올 생각이 왜 들었을까? 장갑차가 필요했을지 모르겠다. 나의 비합법적 상태를 감추기 위해 고개를 숙이고 주변을 너무 둘러보지 않으려 한다. 학교에서 질문을 받을 것 같은 순간에, 다른 곳을 쳐다보면 자신이 보이지 않을 것 같은 생각에 배낭 안에서 뭔가를 찾는 학생 같다. 성당 안으로 들어간다. 햇빛에 누레진 담벼락은 불이 붙을 것 같다. 실내로 들어가자 그늘이 져 잠시 시원해진다. 성당 안 공기도 이미 달구어졌다. 이곳도 무더위를 피해 가지 못한다. 이따금 바다에서 불어오는 바람 한 줄기가 열풍이 끝날 거라 기대하게 해준다. 흰 석회. 석회 반죽.

빨간 양초들.

성당은 비었다. 발판을 얹어 지붕을 만들었고, 지붕 아래쪽은 가림막을 세워 벽을 만들었다. 검은색 서츠를 입은 남자가 혼자 첫 줄에 앉아 있다. 고개를 숙이고 있다. 나는 이 적막한 침묵을 깰까 싶어 조용히 앞으로 간다.

돈 피노 신부가 눈을 감고 있다. 무거운 숨을 내뱉는다. 자고 있다.

가까이 앉자 긴 의자가 삐거덕거리는 소리에 돈 피노 신부가 잠을 깬다. 그가 날 쳐다보곤 몇 시간 전 꿈에서처럼 빙그레 웃는다.

"뭐 하세요, 주무세요?"

"에…… 으응? 왔구나! 기쁘다."

"제가 방해했나요?"

"기도하려 했는데 깜빡 잠이 든 모양이야."

그가 가까이 다가와 날 껴안는다.

"고마워. 언제 영국으로 떠나니?"

"다음 주 일요일예요. 오늘 오지 않았으면 못 왔을 거예요."

"좋겠구나! 시원한 바람을 쐴 수 있을 거야. 거긴 늘 비가 온다던데…….'

"대신 여기는 늘 더워 죽겠잖아요."

"불행히도, 여기는 다른 것들 때문에 늘 죽겠지."

"뭘 도와드릴까요?"

"지금은, 괜찮다면, 좀 더 여기서 조용히 있자꾸나. 그다음에 널 데리고 한 바퀴 돌게."

"좋아요."

주변에 주름 없는 성인 조각상들이 있다. 비틀리고 비례가 맞지 않는 십자가 아래에 이런 문구가 있다.

'사람이 친구를 위하여 자기 목숨을 버리면 이보다 더 큰 사랑이 없나니.'

나는 돈 피노 신부를 가만히 쳐다본다. 눈을 감고 미소 띤 얼굴로 가만히 앉아 있다. 다리 위에 올려놓은 두 손과 살짝 굽은 등. 누구에게 미소 짓는 걸까?

그가 눈을 뜨고 내 마음속을 꿰뚫어보기라도 하듯이 쳐다본다.

"네가 이곳에 와줘서 정말 기쁘구나. 오늘 좀 외로웠거든. 도움이 필요했어."

"때마침 잘 왔네요."

내 도움이 필요하다는 말에 나는 당황해 대답한다.

"가정방문을 갈 건데 너도 갈래?"

"일손을 보태달라고 하셨잖아요. 그럼 일손을 보태야죠……."

나는 그에게 손바닥을 보여준다. 돈 피노 신부는 잠시 자신의 손바닥을 내 손바닥에 붙인다.

우리는 뜨겁게 달궈진 동네 거리를 천천히 걸어간다. 담벼락을 스쳐 지나가다 보니 쉴 곳이 그립지만 없다. 집들은 낮고, 1층이나 2층 건물이다. 깨끗한 건물과 군데군데 녹색 정원이 보이는 노타르바르톨로 거리와는 사뭇 다르다. 이곳에선 맛있는 소스를 만드는 데 반드시 필요한 바질, 파슬리, 박하 풀포기가 창턱에서 향기를 풍긴다. 하지만 더는 아무것도 없다.

쓰레기통마다 쓰레기봉투로 넘쳐나는 좁은 골목으로 들어간다. 눅눅한 공기에 주변 사물들의 윤곽이 흔들거리고 뿌예진다. 차고와 비슷한 작은 건물들이 있다.

돈 피노 신부는 반쯤 열린 셔터 문 쪽으로 향한다. 나는 그의 옆에 바싹 붙어 그의 작은 몸으로 날 가려보려 한다.

"계십니까?"

"돈 피노 신부님!"

"늦어서 죄송합니다."

"언제는 약속 시간에 맞춰 오셨나요? 잘 아시잖아요, 여기 우리 집은 항상 열려 있어요……."

한 여인이 부엌같이 보이는 구석에서 뭔가를 준비하고 있다. 공기는 무겁지만 좋은 냄새가 난다. 소스. 오레가노. 등나무. 그 품위 있는 냄새가 소박한 집에서 우아함을 느끼게 한다. 나는 음반, 테이프, CD, 포스터, 책들이 있는 나만의 방이 있다. 반면 이곳은 식구들이 방 하나를 함께 쓴다. 반대편 구석에 놓인 소파에서 세 아이가 텔레비전을 본다. 노인 한 분이 의자에 앉아 편안한 자세로 텔레비전을 본다. 텔레비전에 홀린 아이들의 눈빛과 달리 노인의 눈빛은 멍하다.

그 방이 거의 집 전체다. 침대 몇 개, 기울어진 의자 몇 개, 커다란 벽장이 놓여 있다. 부엌 옆 테이블은 눅눅한 오렌지꽃 무늬 비닐보가 덮여 있는데 둥근 얼룩이 곳곳에 보인다.

"뭐 좀 드릴까요?"

"물 한잔 주십시오. 오늘은 더워 죽겠습니다……."

"얘들아, 인사드리지 않니?"

"안녕하세요, 돈 피노 신부님."

아이들이 텔레비전 화면에서 시선을 떼지 않은 채 한목소리로 대답한다.

나는 문 앞에 엉거주춤 서 있다. 뭘 해야 할지, 어떻게 해야 할지 모르겠다. 내 친구들의 집에 가면 어떤 방에서는 어떤 행동을 취하게 된다. 그런데 이곳에서는 어떤 자세를 취해야 할지 모르겠다. 용도가 너무 다른 장소들이 한곳에 모여 있다. 손을 어디에 둬야 할지, 어디를 봐야 할지도 모르겠다. 손을 숨기기엔 주머니가 유용하다.

"들어와, 젬마 부인을 소개할게. 그리고 인사하지 않고 텔레비전 앞에 모여 있는 이 말썽꾸러기들은……?"

아이들이 차례로 자기 이름을 큰 소리로 말한다.

"도메니코."

"카테리나."

"마시모."

돈 피노 신부가 아이들에게 다가가 머리에 꿀밤을 먹인다. 아이들이 몸을 피하며 웃는다.

"이쪽은 마리오 씨야. 내 부모님과 절친한 분이셔. 그렇지요?"

돈 피노 신부가 목소리 톤을 높이며 자신의 말을 듣게 하려고 또박또박 말한다.

마리오 씨는 고개를 끄덕이며 이가 없는 잇몸을 드러낸다. 입이 벌어지며 비틀렸지만 미소가 진솔하고, 노인들에게서 보이는 촉촉한 눈이 반짝인다. 입가에서 침이 흘러내리는데도 노인은 신부의 손에 입맞춤한다. 돈 피노 신부는 조심스레 손을 빼내어 노인의 한쪽 뺨을 쓰다듬는다.

나는 안으로 들어가 젬마 부인과 악수하고 아이들과 마리오 씨에게 손인사를 한다. 이름을 물어봐주길 기다리는데 왠지 간지러운 것 같다.

"뭘 줄까?"

"저도 물 한잔 주세요, 감사합니다……."

"수돗물이야. 우리는 수돗물밖에 없어."

"네, 네, 괜찮습니다."

젬마는 수도꼭지를 잠시 틀어 수돗물을 주전자에 받는다.

"미지근한 물이 나오네. 날씨가 너무 더워서 그래. 미안해요."

우리는 부인과 함께 테이블 주변에 앉는다.

"어떠세요?"

"뭐 그렇지요, 돈 피노 신부님. 그럭저럭 지내고 있어요. 주세페가 공사장에서 일해요. 지금은 조반니도 주세페를 도와주고 있고요."

"루치아는?"

"루치아는 방학을 해서 집안일을 돕고 있어요. 아이들을 돌봐줄 가정집을 찾고 있어요. 그 책들은 모두 읽었고요……. 루치아가 어떻게 그 책을 다 읽는지 모르겠어요. 전 읽을 줄 모르거든요. 내가 읽어볼 만한 책들을 딸애가 읽어주죠……."

"아이들을 돌봐줄 사람이 필요한 부부가 있는지 알아보죠. 책도 기꺼이 빌려줄 거고요. 전 책이 많거든요……. 루치아는 대학에 가야 합니다, 젬마 부인."

"맞아요, 그 아이는 특별해요. 그 애를 데려가는 사람은 복 받은 거죠."

나는 외국 다큐멘터리를 보는 사람처럼 대화를 듣고 있다. 젬마 부인은 눈이 선량하고, 살면서 자신을 위한 건 아무것도 갖고 있지 않은 사람의 피곤한 얼굴을 하고 있다.

나는 입을 채우기 위해 물을 마신다. 무슨 말을 해야 할지 모르겠다. 말하길 좋아하는 내가 말을 잃었다. 페트라르카도 내게 도움이 되지 못한다.

아이들은 웃으며 아옹다옹하는 톰과 제리 이야기를 한다.

"너는 뭐 하니?"

"저는…… 공부해요. 비토리오 에마누엘레 고등학교에 다니는데 돈 피노 신부님의 제자예요. 대성당 근처에 있는 학교죠."

"음, 넌 운이 좋구나. 돈 피노 신부님은 아는 게 많아. 아주 넓은 마음도 갖고 계시고."

돈 피노 신부님이 빙그레 웃는다.

"부인의 마음보다는 작습니다. 브란카치오 전체에 젬마 당신 같은 엄마는 없어요. 당신이 만드는 소스는 어떻고요? 누구도 그런 소스를 만들지 못합니다! 아버님은 어떠신가요?"

"보시다시피 어린애 같아요. 수없이 절 미치게 만들죠……."

"아이들처럼요."

"네, 아들을 하나 더 둔 것 같아요. 여덟 살짜리 아들요."

젬마가 일어나 마리오 씨의 침을 닦아준다.

그 순간 열여섯 살쯤 되어 보이는 여자애가 들어온다. 꽃무늬 치마에 얇은 흰색 탑을 입었다. 검은 머리카락이 어깨까지 물결치며 내려온다. 피부는 검고, 햇볕에 탄 계란형 얼굴 안에서 초록색 눈이 반짝인다. 노르만족과 아랍족이 열 번쯤 섞인 얼굴이다.

포도, 황옥, 대추야자 열매. 그 여자애 안에서 몇백 년의 지중해가 다시 살아난다. 나는 마음에 드는 여자애를 보면 좀 더 가까이 다가갈 수 있는 존재로 만들기 위해 늘 단어를 찾으려 한다.

"돈 피노 신부님! 어떻게 지내세요?"

여자애가 상냥하게 다가온다. 그 여자애는 이곳과 어울리지 않는다. 이 집에는 과분해 보인다.

"잘 지내. 넌? 루치아, 책은 다 읽었니?"

"네, 다른 책을 가져다주세요."

"여기 가지고 왔다."

돈 피노 신부는 늘 들고 다니는 가방을 열어 소설책 한 권을 꺼내준다. 루치아는 떨리는 손으로 책을 받아든다. 그러더니 한쪽 구석으로 달려가 돈 피노 신부에게 돌려줄 책을 집고는 부드러운 머리카락을 휘날리며 돌아온다.

"그 책은 네가 가지렴."

"정말 그래도 돼요?"

"그래, 네게 주는 선물이야."

"전 디킨스가 무척 좋아요. 런던 시내를 돌아다니는 것 같아요."

바다 위로 아침 햇살이 반짝이듯 루치아의 눈이 빛난다. 나는 며칠 후 런던에 있을 거다. 돈 피노 신부님이 루치아에게 『올리버 트위스트』를 빌려주었는지, 『데이비드 코퍼필드』를 빌려주었는지 궁금하다.

"이쪽은 내 제자야."

"안녕."

"만나서 반가워."

날씨가 덥고 조금 당황했다고 쳐도 얼굴 피부가 1도 더 올라 뜨거워졌다. 방 안 어슴푸레한 빛에 가려 빨개진 얼굴이 드러나지 않길 기대해본다. 루치아는 손가락이 가늘었지만 손아귀 힘이 셌다.

"뭘 공부하니?"

"인문계 고등학교에 다녀. 4학년을 마쳤어."

"인문계 고등학교는 모두 완벽해. 좋은 학교라고 들었어."

"넌?"

"사범계 고등학교에 다녀."

"선생님이 되고 싶니?"

"응. 넌?"

"모르겠어. 난 단어를 좋아해……."

가끔 어째서 그런 말이 입에서 튀어나왔는지 모를 때가 있다. 내 대답에 루치아가 잠시 환하게 웃는다.

"무슨 내용이에요? 어느 도시가 배경이죠?"

루치아가 돈 피노 신부의 책을 가리키며 묻는다.

"봄 햇살이 끝나지 않기 때문에 일몰이 끝나지 않는 도시에 혼자 사는 청년 이야기야. 상트페테르부르크. 도스토예프스키가 태어난 도시지. 도스토예프스키는 세상 어느 곳보다도 그곳을 사랑했어. 어느 날 저녁 그 청년은 다리 위에서 울고 있는 여인을 만나. 그들은 밤늦게까지 이야기를 나누지. 밤은 아니야, 빛이 사라지지 않으니까. 그들은 매일 저녁 그 다리에서 만나 이야기하기로 약속해. 청년은 여자를 깊이 사랑하게 됐지. 아니, 적어도 그렇게 믿었어. 그런데……."

루치아의 질문에 대답한 건 돈 피노 신부가 아니라 여자 동창생이 내게 붙여준 심각한 병, 즉 페트라르카 신드롬에 사로잡힌 나였다. 학교 선생님은 책을 대하는 페트라르카의 태도에 대해 몇 시간 동안 얘기하며 우리에게 병을 옮겨주었다. 페트라르카는 개인 도서관을 소장했던 최고의 시인들 중 한 명이었다. 소장한 책들 중 몇 권은 그 당시에 하나밖에 없는 정말 귀중한 책이었다. 나는 항상 책을 지니고 다니며, 내 방은 다양한 책을 갖춘 도서관이다. 돈을 써야 한다면 나는 새 책을 사는 데 쓴다. 그 책을 읽지 않더라도. 책을 소장하는 기쁨이 있다. 나는 그걸 '책사랑'이라 부른다. 책이 있다는 것만으로 흥분되고, 아직 읽지 않은 책이 손만 뻗으면 닿을 거리에 있다는 것에 흥분되는 에로스.

"그리고……?"

루치아가 놀란 표정으로 날 쳐다보며 묻는다.

"네가 직접 책을 읽어봐……."

"이 앤 너보다 더 심해, 루치아."

돈 피노 신부님이 끼어든다.

"이 도시는 어디에 있어?"

"러시아에."

내가 대답한다.

"작가 이름이 뭔데?"

"도스토예프스키."

"아는 작가니?"

"내가 좋아하는 작가들 중 한 명이야."

"왜 좋아하는데?"

중학교 5학년과 고등학교 1학년 사이의 여름이 떠오른다. 앞으로 3년간은 질적으로 도약할 수 있는 훨씬 더 어려운 시간이 될 거라는 말을 들었기에, 광활한 바다에 혼자 있는 해파리처럼 지루했던 어느 여름날 나는 집에 있던 『죄와 벌』을 붙잡았다. 질적인 도약이 있었다. 고등학교 때문이 아니라 그 책 때문이었다. 그때까지 내가 읽었던 『반지의 제왕』이나 『네버엔딩 스토리』 같은 책과 완전히 다른 방법으로 며칠 동안 오후 시간에 날 방 안에 묶어놓은 소설이었다. 『죄와 벌』은 날 유혹하지 못했다. 아니, 날 밀어내고 무섭게 만들었다. 그 책의 신랄함, 달콤한 것이 아니라 위험한 위반 때문에 그 책을 읽었다. 페이지를 넘길 때마다 나는 인간의 마음속 미로 안에 있는 수많은 길을 발견하길 기대했다. 한 영혼 안에 그렇게 많은 것이 있을 거라고, 어둠과 빛이 동시에 있을 거라고 생각하지 못했다. 그리고 『백야』를 읽었다. 책이 짧고, 다락방에 틀어박힌 채 도달할 수 없는 완벽한 사랑을 꿈꾸는 주인공이 내 문학적 초자아를 닮았기 때문이었다.

"모르겠어."

"인문계 고등학교에 다녀도 많은 것을 알지는 못하는구나. 하지만 넌 말과 책을 좋아해. 난 다른 장소, 먼 도시를 묘사하는 책들이 좋아."

루치아가 미소를 지으며 말한다. 주저 없이 자기 생각을 표현하는 데 익숙한 듯하다.

"연극은 어떻게 돼가니? 「어린 롤랑」 말이야."

돈 피노 신부가 묻는다.

"아주 잘돼가요. 그런데 샤를마뉴 역을 맡을 애가 없어요."

"두고 봐, 찾아낼 거다."

"왕이 없는데 어떻게 내가 여왕을 하죠? 대본에도 문제가 있어요. 가끔 정확한 단어를 못 찾겠어요."

"돈 피노 신부님, 신부님한테 가서 공놀이할 수 있어요?"

아이들 중에 한 명이 불쑥 묻는다.

"나도, 나도!"

무슨 얘기를 하는지 알지도 못한 채 또 다른 아이가 반사적으로 끼어든다.

"물론이지, 루치아와 함께 오렴. 그래야 너희 엄마가 좀 쉬시지."

"집에서 얌전하게 군다면야……."

"우린 언제나 얌전해요……."

"정말이야?"

"가끔 가다 못되게 굴기도 해요. 하지만 가끔만 그래요. 우린 얌전히 논다고요. 몇 분 이상이요."

"아, 그럼 다행이고……."

우리는 웃는다. 나는 루치아가 웃는 걸 본다. 인원 초과인 그 작은 방에서 루치아의 모습은 항구 같다. 이유는 모르겠지만, 책 외에는 나와 공통점이 전혀 없는 낯선 소녀에게 『백야』를 큰 소리로 읽어주고 싶다.

돌아갈 시간이 되었을 때 여인이 돈 피노 신부님을 붙잡는다.

"신부님, 제 아들을 축복해주세요. 그러면 일자리를 찾지 않을까요?"

"아들이 일하려고 하나요?"

"아니요."

"그럼 축복이 아니라 엉덩이를 차줘야겠군요!"

우리는 6월의 무더운 공기 속을 거닌다. 거리가 우리의 발걸음을 집어삼킨다. 문장 하나가 머릿속에서 맴돈다.

"'친구를 위하여 자기 목숨을 버리다'라는 말이 무슨 뜻이에요?"

"자신의 생명으로 친구들의 생명을 지키고 보살피라는 뜻이야."

"어떻게요?"

"자신의 시간으로."

나는 주위를 둘러보지만 마음속이 너무 어지러워 아무것도 눈에 들어오지 않는다. 너무 많은 생각이 어지러이 떠돈다.

"그리고 아이스크림으로."

돈 피노 신부가 웃으며 덧붙인다.

"내 짧은 인생에서…… 아이스크림을…… 거절해본 적은 없어요. 아이스크림을…… 책과 같은 수준에 놓을 수 있죠."

나는 중간중간 말을 끊고 짐짓 진지한 눈빛으로 중요한 단어를 강조하면서 대답한다.

"여기 브란카치오에 죽은 사람도 벌떡 일으킬 만한 아이스크림을 만드는 사람이 있지."

"신부님 말씀치고……."

"몬레알레에 소풍갔던 거 기억나니?"

학교 공부가 완전히 쓸모없진 않았던 것들 중 하나였다. 좋은 것은 늘 학교 밖에서 배운다. '3P'와 미술 선생님이 우리와 동행했다. 미술 선생님은 구로사와 아키라의 「꿈」에서와 같은 그림 속으로 들어가게 해줄 수 있는 야위고 허약한 남자다. 미술 선생님은 우리에게 그 영화를 보여주었는데, 학급 전체에 황폐한 결과를 가져왔다.

"이스탄불에 있는 산타 소피아 대회당 다음으로 세계에서 가장 큰 모자이크 표면이다. 아무튼 서양에서 가장 큰 모자이크야. 6,400제곱미터의 테세라가 테마와 각 인물별로 130개의 거대한 장면으로 나뉘어져 황금빛 바다를 이루고, 단단한 돌을 벗겨내며 관객을 천국의 빛 속으로 데려가지. 성당은 빛의 위대한 신학으로 세워졌어. 계절마다 빛의 현상을 따라가도록 만들어졌다. 동지가 시작되는 12월 21일에 내부의 빛이 절정을 이루고, 하지가 시작되는 6월 21일에 빛이 가장 적게 들어오지. 빛이 모자이크의 비잔틴 금빛을 비추면서 교회력의 행사에 관련된 장면을 비추도록 1년 동안 물리적이고 형이상학적인 빛이 들어온다."

몬레알레 대성당에서 미술 선생님이 우리에게 설명했다.

"교회력이 뭐야?"

잔니가 내게 물었다.

"내가 알기론, 교회에 관계된 거야."

"빛이 지나가는 곳, 그 세계는 안전하다. 어둠에서 해방된 거지. 이 건축물에서는 그 무엇도 우연히 생긴 것이 없다. 불행히도 지금은 창문에 차단막이 쳐져 과학적인 정밀함을 즐기지 못한다. 혹시 누가 중세에 대해 비하하는 말을 하면 너희는 오늘날 그 누구도 그만큼 과학적이고 기술적이고 신학적인 솜씨를 보일 수 없을 거라고 대답해주거라. 이 빛의 알레고리의 첫 돌조각이 놓였던 때가 1174년이었다."

"빛의 알레고리? 지금 무슨 말을 하는 거야?"

다시 잔니가 끼어들었다. 잔니는 문학책 끝에 들어간 쓸데없는 수사법 백과사전에 통달한 전문가로 날 생각한다(맞는 말이기도 하다).

"빛을 통해서 빛에 대해 다른 것을 말하는 거야."

"뭘 말하는데?"

"조용히 들으면 알 수 있을 거야⋯⋯."

잔니가 가운뎃손가락을 세웠다. 알레고리 문제가 아니었다.

"몬레알레 대성당, 산 조반니 델리 에레미티 성당은 동지와 하지에 똑같이 천문학적 정렬을 이룬다. 사원은 추상적으로 가르쳤던 것을 구체적으로 표현해야만 하지. 신은 세상의 창조주이며 건축가이고, 인간도 그렇게 하도록 부름을 받았다는 사실을 말이야. 어둠과 빛을 구분하고 혼란을 질서 지워 지우는 거다. 건축의 수학 법칙은 신이 창조할 때 사용한 언어였다. 그곳으로 들어가는 사람은 빛 속에서 정화 과정을 거쳐야 한다. 벽에 있는 이야기들은 이 과정을 하나하나 보여주며 우주의 지배자 그리스도의 눈에서 절정을 이룬다. 단테가 「천국 편」에서 말했듯, 거기서 모든 것이 나오며 모든 것이 돌아간다. 「천국 편」 1곡 참조."

돈 피노 신부가 덧붙였다.

"단테는 정말 참기 힘들어."

잔니가 다시 시작했다.

"「지옥 편」은 아직은 괜찮아. 하지만 「연옥 편」은 권태의 좌약이야. 「천국 편」은 뭘까⋯⋯."

"페트라르카가 더 나아."

"페트라르카는 변비약이야."

돈 피노 신부님이 자유롭고 무작위인 내 기억의 흐름을 끊고, 어떤 연속성도 없이 현재로 날 가져다놓는다.

"이 모자이크들을 구성하는 테세라를 생각해보렴. 처음에는 각자 자기 색깔과 형태와 결점을 갖고 수백만 개로 나뉘져 있지. 그러다가 모든 테세라 조각이 이미지를 구성하게 되는 거야. 신의 이미지. 우리는 옆에 놓여 있다가 함께 모여 세상에서 신의 다성 음악을 만들어내는 테세라와 같은 존재들이지."

"하지만 저는 다성 음악의 일부가 되는 건 관심 없어요. 저는 작은 테세라에 대해 알고 싶어요."

"전체를 생각하지 않는데 어떻게 작은 것을 이해할 수 있지?"

브란카치오에 가면서 내 숙제를 해결했다고 생각한 나는 이제 여기 내 방 침대 위에서 다시 그곳으로 돌아갈 생각을 하고 있다. 돈 피노 신부님이 부탁했기 때문이다. 지금은 휴가, 바다, 영국을 생각해야 한다……. 그 신부님이 아니라. 그리고 루치아가 아니라. 그런데 우리가 생각하지 못하는 것이 있다. 일부러 떠올리지 않는데도 머릿속에 자꾸 떠오르는 노래 가사처럼 맴도는 생각들이 있다. 두려움이 드는 생각, 예고 없이 항구에 정박하고 무엇을 싣고 있으며 어디로 가는지 모르는 배들이다.

만프레디 형이 늘 그랬듯이 노크도 없이 방 안으로 들어온다.

"시인, 이 우울한 분위기는 뭐야? 슬픔과 폐결핵으로 젊어서 죽은 보헤미안들 중 한 명의 다락방에 들어온 것 같아."

"언제부터 '다른 사람의 일'에 관심이 많았어?"

"시인들은 폐결핵이나 사랑 때문에 죽어. 둘 중 뭐야?"

"때때로 단순히 누군가의 얼굴을 깨부수고 싶은 욕구 때문에 죽기도 해."

"넌 수다쟁이에 별종이야. 수다쟁이에 별종."

만프레디 형이 「언터처블」의 드니로 같은 표정을 짓고 내게 달려드는 누군가를 제지하는 척하며 대꾸한다. 형은 그 영화에 꽂혔다. 특히 호텔에서의 점심식사 장면, 야구 방망이와 함께 테이블 위에 너부러진 머리 장면을 좋아한다.

"날 좀 가만히 놔둬."

"무슨 일이야, 동생?"

"아무것도 아니야, 아무것도 아니라고."

"네 아무것은 네가 믿게 만들고 싶은 것보다 더 많은 것을 포함하고 있어. 너도 알잖아."

형의 말이 맞다. 하지만 이번에 내 '아무것도'는 조언을 구하기 위해 형에게 간절히 말하고 싶은 것이 있다고 암시하기 위한 구실이 아니다. 누군가가 날 위해 해석해주기 전에 지금 내게 일어나고 있는 일의 가치를 평가하고 싶을 뿐이다. 한 번만이라도 나 자신과의 약속에 누군가를 앞세우지 않고 내가 먼저 도착하고 싶다. 그 사람이 만프레디 형이라도.

"우리랑 콘서트에 갈 거니?"

"당연히 가지."

"좋아, 그럼 빨리 움직여."

오늘 저녁 콘서트를 잊고 있었다. 여름이 무엇으로 채워지는지, 나는 잊고 있었다. 더는 뭐가 뭔지 모르겠다.

16

"신부가 짭새들을 숨기고 있어. 그래놓고 버젓이 휘젓고 다닌다고."

브란카치오의 저격팀 대장이 힘주어 말한다.

"확실해?"

마드레 나투라가 묻는다.

"텔레비전에서도 찍고 갔어. 기자들이 움직이면 골치 아파. 그자가 우릴 우롱하고 있다니까."

마드레 나투라는 침묵하며 그 코를레오네 사람의 말을 곱씹는다.

"그 사제의 뿔을 부러뜨려야 해. 그자에게 조직원들을 보내."

마드레 나투라는 브란카치오에서 명령을 내린다.

형제들과 삼위일체를 구성해 성부와 성자와 성령처럼 그 지역을 다스린다. 한 사람은 명령을 내리고, 한 사람은 재정을 맡아보고, 한 사람은 총을 쏜다. 이 지상의 삼위일체가 하는 일은 '사랑'이라는 말을 '존경'이라는 말로 대치하는 거다. 존경은 신도 가지지 못한 충성심과 두려움의 완벽한 종합이다. '나도 먹고 남도 먹인다'가 그들의 모토다. 일용할 양식을 주는 주님도 보장하지 못한 것이다.

그들은 브란카치오에서 일명 파파라고 불렸던 미켈레 그레코의 힘이 약화된 1984년 이후 코를레오네 사람들의 동의하에 그 지역을 다스리고 있다. 그들은 자기네 편인 코를레오네 사람들을 '조직원들'이라고 부른다. 그들은 모든 걸 안다. 모든 걸 본다. 그리고 모든 걸 한다. 다른 사람들의 손을 빌려서 말이다. 사냥꾼도 브란카치오의 저격팀에 속해 있다.

그들은 젊고 결단력이 있으며, 새롭게 떠오른 패밀리다. 마피아 두목은 모든 걸 알고 결정을 내리는 신이다. 눈, 정신, 말이다. 절대 권력을 휘두른다.

세 사람은 낮게 드리운 하늘처럼 그 거리를 무겁게 짓누른다. 지불해야 할 대가가 때때로 기절초풍할 정도지만 그들은 사람들을 보호해준다. 힘은 통제를 의미하고, 부하들을 사랑하는 선한 힘은 없다. 힘은 필요하다. 힘은 균형과 생존을 보장해준다. 빵이 있으면 불평할 이유가 없다.

"준비됐어?"

"말씀만 하십시오."

마드레 나투라가 돈을 나타내는 동작을 취한다.

"교구에 돈이 부족해. 지붕을 수리할 돈 말이야. 그자도 그걸 알아. 우리가 땅값을 두 배 이상 올렸는데도 센터 부지 비용을 마련했어. 고집불통이지. 그자가 조반니 팔코네를 추모하는 행진을 했을 때 우리가 성당 보수 작업을 맡은 회사의 트럭을 박살냈어. 그런데도 그자는 까딱도 안 해……."

"그자의 살은 딱딱할까? 낙지를 두드려 연하게 만들듯이 그자를 부드럽게 다져놔야겠어. 하지만 그자의 촉수부터 잡아야 해. 주변에 있는 자들을 먼저 손봐주자고."

17

같은 페이지를 열다섯 번째 읽고 있다. 때때로 내 뇌가 단단한 감옥이어서 책조차 마법을 부려도 들어가지 못하는 것 같다. 인쇄된 말 중간에 계속 뭔가가 끼어들어 실마리를 잃게 만든다. 아니, 그것이 실마리를 잡아 내 마음속으로 들어오는 걸까? 루치아. 배경음악이 거리의 소음을 둔화시키고 있는 지금 나는 이 흥미진진한 책을 읽어야 한다. 나는 영국 여행을 꿈꾸어야 하고 여행에 필요한 물건을 가방에 챙겨 넣어야 한다. 루치아. 말에 대한 통제력을 다시 찾아야 한다. 방법을 찾아야 한다. 루치아. 돌아가야 한다. 루치아. 나는. 루치아. 이제 그만!

'비록'의 연속이지만, 나는 사랑만 생각한다. 사랑이 모자이크 테세라, 조각, 파편들을 하나로 묶어 황금빛으로 녹이기 때문이다. 사랑은 늘 저녁 무렵 숨어 있다. 사랑은 페트라르카가 쓴 것과 같다. 마음을 헤집어놓아, 돌연 방 안에 틀어박혀 낙서를 휘갈기고 바티아토의 우울한 목소리가 라디오에서 흘러나오는 가운데 멍하니 누워 천장만 바라보게 만드는 미지의 신 같다.

조금씩 시간이 지나가고
이 열정이 뼈마디로 들어와
밖에서 전쟁이 벌어졌는데도
사랑이라는 이상한 감정을 느끼네…… 사랑…….

작가들은 우리가 하는 생각을 어떻게 생각하게 되었을까? 우리가 작가들의 생각을 생각하는 걸까? 루치아는 읽고 있던 책을 내려놓는다. 첫 부분만 읽었다.

'……하늘에 별들이 총총 박혀 반짝인다. 하늘을 가만히 바라보다가 자신도 모르게 저런 하늘 아래서 성질 고약한 사람들이 살 수 있을까 의문이 든다.'

루치아는 하늘 한 조각이 내다보이는 열린 창문으로 다가가 창턱에 두 팔을 기댄다. 형제들, 부모님을 생각한다. 하늘 아래에 있는 모든 선과 모든 악을 생각한다. 바로 그 하늘 아래서 악행을 저지르는 사람들이 있다. 잠시 열여섯 살에서 벗어나 나이를 두 배나 더 먹어서, 어딘지 모르겠지만 저처럼 아름다운 하늘 아래서 좀 더 온화한 사람들과 지내고 싶다. 우연히 만난 소년, 이 동네와 이곳 사람들에 비해 너무나 순진했던 소년이 다시 생각난다.

아버지가 방 안에 고개를 드밀고 루치아를 찾는다. 못이 박인 벽돌공의 손을 루치아의 머리에 얹고 조심스레 쓰다듬으며 밤이 늦었다고 말한다. 루치아는 아버지의 손에 한쪽 뺨을 기대며 아버지가 얼굴을 요람에 태워 흔들어주는 것처럼 의지한다.

"왜 아직 자지 않니?"

"책을 읽고 있었어요. 그러다 보니 여러 생각이 나서요."

"무슨 생각?"

"아무것도 아니에요. 그냥 생각이에요."

"안심해, 모두 잘될 거다. 이제 좀 쉬렴."

"어떻게 그걸 알아요?"

"뭘?"

"모두 잘될 거라는 거요."

"착하게 살면 모두 잘되는 거야. 넌 착한 애잖니. 나머지는 잘 해결될 거야."

부치아가 우울함이 밴 눈으로 웃는다. 아버지의 말을 믿고 싶지만, 자신의 운명이 몸담고 있는 세상의 한계를 너무 잘 안다. 이 도시에서는 착한 것만으로 부족하다.

꿈꾸는 것은 오직 책을 읽을 때만 허락되는 사치다.

100만 권의 책을 읽고, 수천 개의 도시를 방문하고, 수백 개의 언어를 배우고, 사물의 본질을 이해하고 싶다. 진실을 알고 싶다, 진실이 있다면. 팔코네와 보르셀리노처럼 강하고 용감한 사람이 되고 싶다. 아니면 적어도 만프레디 형처럼 되고 싶다. 하지만 용기를 어디서 찾을 수 있을까? 돈 피노 신부님과 대화를 해야 할 거다. 하지만 신 이야기로 빠질까 두렵다. 신에 대해 알고 싶지 않다. 십계명, 일곱 성사, 수많은 축복 없이 자유로운 인간이 되고 싶다. 약간의 진실이면 충분하다. 사랑하는 여인과 친구들을 위해 해야 할 선한 일들. 이것을 하는 데 신은 필요 없다. 사후에나 신을 생각할 거다. '사후'라는 말은 내가 좋아하는 단어다. 내가 좋아하는 주세페 토마시 디 람페두사처럼 죽은 다음에 작품이 발간된다. 할머니는 아침마다 람페두사가 과일 슬러시와 브리오슈로 아침식사를 하면서, 20세기의 가장 아름다운 소설이 그에게서 나올 줄 몰랐던 사람들 앞에서 작품을 쓰고 있는 모습을 보았다. 사후 작품.

내 생각들이 머리 밖으로 소리가 되어 나온다면 나는 정신병원에 갇히고 말 거라고 생각한다. 만프레디 형이 해준 말도 위안이 되지 못한다. 생각이 계속 흘러간다는 건 우리의 신경 회로가 잘 사용되고, 잘 돌아가며, 신경 시냅스에 기름칠이 잘되어 있다는 얘기라고 말했다. 나는 쓸모없는 톱니바퀴에 기름칠을 했다. 과학은 '어떻게'를 설명하지만, 그것으로 충분하지 않다.

내가 좋아하는 유일한 과학 과목은 화학, 특히 주기율표다. 주기율표는 알파벳 철자와 닮아서 그런 것 같다. 단어가 내 마음에 평온함을 주듯 주기율표가 그렇다. 겉으로 보기엔 복잡하지만 원소가 질서 있게 배열되어 있는 목록이다. 우리 화학 여선생님은 가장 중요한 원소들과 가장 이상한 원소들을 설명해주셨다. 내가 좋아하는 원소는 프랑슘이다. 주기율표에서 가장 불안한 원소다. 22분. 프랑슘이 존재할 수 있는 시간은 잘해야 22분을 넘지 않는다. 이 22분 동안 지구 표면에 28그램의 프랑슘만 존재하다가 사라진다.

프랑슘은 나와 닮았다. 내 자신감도 점차 떨어진다. 22분 이상 지속되지 못하고 약 28그램만 있다. 나는 프랑슘을 페데리치오라고 이름 붙였다. 왜냐하면 나도 자신감을 28그램만 지니고 있기 때문이다.

다이아몬드 탄소처럼 나는 더 안전해지고 싶다. 하지만 나는 프랑슘, 아니 페데리치오에 가깝다.

루치아와 페데리코는 말없는 밤의 생각을 생각한다. 바다와 달리 그 아이들은 자신 안에서 일어나는 새로운 것을 늘 뒤늦게 이해한다.

18

테이블과 마드레 나투라가 있다. 다른 사람들도 주변에 앉아 있다. 테이블 한가운데에 칼 한 자루와 권총 한 자루가 있다. 권총 앞에 성상, 마리아 안눈치아타의 성상이 있다.

"충성하겠는가?"

"그림자처럼."

"어떤 일이든 할 준비가 됐나?"

"어떤 일이든 하겠습니다."

"살인도?"

"이미 보여드렸습니다."

"기억해라. 다른 남자의 여자들은 건드리지 마라. 영역을 바꾸면 네 보스에게 알려야 하고, 네 마음대로 행동하지 말고 언제나 지시에 따라야 한다. 네가 감옥에 가게 되면 네 가족과 너는 우리가 생각해준다. 중요한 건 네 충성심이다…….

계율들을 나열한다. 계율 하나를 말할 때마다 의미심장한 눈길로 총과 칼을 바라본다. 이윽고 마드레 나투라가 그의 손을 잡고 바늘로 손가락 하나를 찔러 성상 위에 핏방울을 떨어뜨린다. 라이터를 꺼내 성상에 불을 붙이고 테이블 위에서 타들어가게 한다. 상대방의 두 손을 잡아 불꽃 위에 가져다 대고, 불꽃이 피부 껍질을 벌겋게 달구는 동안 강철같이 꽉 붙잡아 움직이지 못하게 한다. 그는 이를 꽉 문 채 움직이지 않는다.

"종이처럼 당신을 위해 몸을 태우겠습니다. 성녀처럼 당신을 숭배하겠습니다. 언젠가 혹시 제가 코사 노스트라를 배신하게 되면 이 종이를 불태우듯 제 몸을 불태우십시오.”

지옥을 연상시키는 서약을 말한다. 아니, 지옥을 만들고 있다.

“배신하면 네 몸을 내 손으로 불태우겠다.”

지금 하는 말이 법이라는 걸 느끼게 하려고 그의 손가락을 꽉 쥔다.

서로 눈을 마주 본다. 이제 그는 코사 노스트라의 일원이 되었다. 코사 노스트라는 그를 안전하게 보호해줄 거다.

작은 축하 파티가 이어지고, 한 시간에 걸쳐 음식이 나온다. 모두들 그에게 축하 인사를 하며 그의 손을 꽉 잡아 따끔거릴 때마다 충성 서약을 기억하도록 한다. 그리고 양쪽 볼에 입맞춤한다. 긴 관찰 후에 마침내 그는 패밀리에 소개되었고 입단했다. 모두가 패밀리가 되는 건 아니다. 뭐든지 할 준비가 되었고, 순종하고 헌신하는 자만 패밀리가 된다. 특히 입이 무거운 사람이.

그는 집으로 돌아간다. 이따금 바다에서 바람이 불어와 치명상을 입은 야수처럼 거리를 헤집는다. 아스팔트에서 습기가 올라와 사막 같은 신기루를 만든다. 어렸을 때 아스팔트 위로 피어오르는 그 아지랑이를 만지려 했다. 어렸을 때다. 하지만 가까이 다가가면 아지랑이는 사라졌다. 이제는 어린애가 아니다. 지금도 잠시 잠깐 신기루를 쫓아 달려가며 습기 찬 아지랑이가 열기를 식히는 광경 보기를 좋아하지만 말이다. 어머니가 그를 바다에 데려갔던 기억이 난다. 엄마는 그를 ‘곱슬머리’라고 불렀다. 정말 행복했지만 행복은 아이들에게만 해당되는 거다. 사는 건 다른 문제다. 충분히 행복할 수 있었을지 모른다. 이제 행복은 없다. 그에게 분노와 쓴 피, 5분을 만들어준 그 대단한 사제만 없다면 좀 더 행복할지도 모른다. 사제들은 성구실에 있어야 한다. 혁명이 아닌 종교 행렬을 이끌어야 한다. 그냥저냥 살아야 한다. 그런데 여기 이 사제는 성구실 밖으로 나와 말하고 행동한다. 그가 사제를 진정시킬 거다. 그래야 행동하고 말하고 밖으로 나오고 싶은 욕구가 사라질 거다. 사냥꾼이라 불리는 것에 걸맞게 행동할 거다.

19

30분째 책장 앞에 서서 루치아에게 줄 책을 찾는다. 내 책들 가운데 한 권을 루치아에게 빌려주고 싶지만 어떤 책을 줄지 모르겠다. 책이 루치아를 선택하게 하겠다. 나는 눈을 감고 제자리에서 오른쪽으로 세 번, 왼쪽으로 두 번 돌고, 다시 오른쪽으로 네 번, 왼쪽으로 한 번 돈다. 눈을 감은 채 오른팔을 뻗어 선반으로 향한다. 검지가 책등에 가닿는다. 눈을 뜬다. 나의 페트라르카다. 『칸조니에레』, 페트라르카보다 더 좋은 작가는 없다. 나는 배낭에 책을 집어넣고 브란카치오로 향한다. 페트라르카는 브란카치오에 가본 적이 없다. 이건 확실하다. 적어도 문학사에서 페트라르카를 브란카치오에 데려가는 건 내가 처음이다.

오후 시간이 천천히 흘러가며 이별을 고하고, 일 분 일 분이 물결처럼 반복적으로 굴러간다. 돈 피노 신부님이 급한 성당 일을 보고 곧 합류할 테니 내게 축구 시합 심판을 봐달라고 부탁했다.

"누구도 그 아이들을 돌보지 않아."

돈 피노 신부님이 내게 말했다.

"돌봄을 받지 못하는 아이는 버려진 아이야."

신부님이 덧붙인다. 나 혼자 시합을 시작해야 한다.

햇볕이 쨍쨍 내리쬐는 경사진 축구장에 아이들이 모여 와자지껄하다. 나는 촉매제 같은 힘을 가진 호루라기를 갖고 있다.

"컬러 팀 대 화이트 팀!"

학교에서 축구를 해본 경험을 토대로 큰 소리로 선언한다.

"누구야?"

"돈 피노 신부님의 학생이야. 오늘은 내가 심판을 볼 거야."

실수를 저지른 게 분명하다. 아이들의 냉담한 시선을 보고 실수를 직감한다. 내 이름을 말하지 않았다.

"우리는 돈 피노 신부님을 원해. 씨발, 네가 왜 끼어들어?"

이런 환영 인사에 불쾌한 마음을 숨겨보려 하지만 목소리 톤은 그걸 숨기지 못한다.

"대신 심판을 봐달라고 신부님이 부탁하셨어. 자, 여러 소리하지 마."

"이봐, 넌 끼어들어 명령을 내릴 자격이 없어. 그런데 말투 좀봐? 우리랑 다른데…….'

본능이 빠져나갈 방법을 내게 알려준다. 나는 발과 머리와 가슴과 무릎으로 볼 트래핑을 해본다. 아이들이 감탄스런 눈길로 날 쳐다본다. 내가 볼 트래핑 챔피언이라고 말했나?

"어, 잘하는데! 누가 가르쳐줬어?"

나는 계속 볼 트래핑을 하며 대답한다.

"아무도 안 가르쳐줬어. 50. 50 이상 할 수 있는 사람 있나 보자."

한 아이가 앞으로 나서 공을 채간다. 볼 트래핑을 시작한다. 머리가 갈퀴같이 뻣뻣하다. 깡마른 다리와 팔에서 그런 놀랍도록 유연한 움직임이 나올 것 같지 않다.

50을 세고 하나 더 한다. 소년은 볼 트래핑을 멈추고 내게 공을 돌려준다.

"한 방 먹었지?"

"나보다 잘하네. 훌륭해! 이름이 뭐니?"

"리카르도."

"좋아, 리카르도가 주장이야. 누가 상대 팀 주장 할래?"

골키퍼 장갑을 낀 아이가 앞으로 나선다. 누구도 감히 반대하지 못한다.

"넌 이름이 뭐니?"

"가에타노. 팀은 우리가 결정해. 티셔츠 색깔로 정하기 싫어. 그건 여자애들이나 하는 짓이라고."

아이들은 홀짝 게임을 해서 숙련된 매니저처럼 팀원들을 선별한다. 국가 합창만 빠진다.

"앞면 아니면 뒷면?"

"뒷면."

"뒷면. 공 아니면 진영?"

"공. 아무튼 진영권은 싫어."

휘슬 소리, 누런 모래 열풍이 부는 고통스런 하늘 아래서 혼란이 시작된다. 아이들의 티셔츠는 곧 땀과 먼지로 범벅되고 아이들은 6월 오후의 바다 빛 속에서 신기루 같은 공을 쫓아간다. 아이들의 요란한 욕설과 저주가 빈터를 멍멍하게 한다.

나는 아이들을 바라본다. 그 아이들의 미소, 상처, 부지런히 움직이는 다리와 팔, 포옹, 태클을 본다.

소년은 인물 전기의 제목처럼 짧은 이름을 가진 이 아이들의 이야기를 아직 모른다. 아이들의 내부에 이미 수많은 페이지의 고통과 단 몇 줄의 기쁨이 있다는 걸 모른다. 소년은 자신이 수없이 많이 축구를 했던 것처럼 아이들이 축구 하는 모습을 바라본다. 소년은 모든 걸 다 볼 수가 없다. 너무 이르다.

다리오는 눈에 우울함이 배어 있다. 다리오는 말을 하지 않는다. 아버지는 감옥에 있고, 어머니는 다리오와 형제들을 먹여 살리느라 일해야 한다. 어머니는 다리오가 학교에 가지 않을 때 무슨 일이 생기는지 모른다. 아니, 알고 싶어 하지 않는다. 누구도 그걸 모르며, 누구도 그걸 알려 하지 않는다. 다리오가 골을 넣었다. 모두가 다리오를 부둥켜안았고, 다리오도 안아준다. 따뜻한 포옹을 받자 다리오가 웃는다.

리카르도가 있다. 리카르도는 브란카치오에서 가장 똑똑한 아이다. 조각해 넣은 것 같은 갈퀴 모양의 검은 머리카락을 갖고 있다. 다리와 두뇌 회전이 빠르다. 늘 재치 있게 말한다. 그 지역에서 일어나는 모든 것을 관찰하고 안다. 누가 마약을 유포하고 누가 마약을 하는지, 누가 학교에 가고 누가 가지 않는지, 누가 누구와 함께 움직이는지 리카르도에게 물어보면 된다. 정보를 파는 상인처럼 말주변이 좋아서 다른 아이들은 그 아이에게 복종한다. 분명 뭔가 한자리할 텐데, 어떤 사람이 될지 결정하는 건 그 아이에게 달렸다. 리카르도의 가족은 마피아 사업에 관련되어 있다.

리카르도는 언젠가 약물 과다 복용으로 죽은 청년을 보았다. 인적 없는 골목에서 눈이 뒤로 돌아간 채 자신이 싼 배설물 한가운데에 드러누워 있었는데, 옆에 피가 묻은 주사기가 있었다. 10여 분 동안 지옥을 바라보고 있다가 혼자서 벌벌 떨며 자리를 떠났다. 돈 피노 신부가 웅크린 채 떨고 있는 리카르도를 발견했고, 리카르도는 신부에게 모든 걸 이야기했다. 그 죽은 청년이 어떻게 되었느냐고 물었다. 돈 피노 신부가 천국과 지옥에 대해 말해주자 리카르도는 천국과 지옥이 있는지 몰랐다고 고백했다. 리카르도는 천국에 가고 싶다고 대답했고, 돈 피노 신부는 함께 천국에 가자고 제안했다.

"돈 피노 신부님, 신부님은 천국 가는 길을 알아요?"

"응."

이 때문에 리카르도는 파드레 노스트로 센터에 와서 축구 시합을 한다. 왜냐하면 돈 피노 신부가 천국 가는 길을 알기 때문이다. 어떤 버스를 타야 하는지 안다. 신부가 그렇게 말했다.

축구 하는 게 영 어설퍼 보이는 소년이 있는데, 이름이 토토다. 성이 안토니오인지 살바토레인지 모른다. 할아버지 이름을 따라 토토라 불린다. 아버지는 노동자이고 어머니는 미용사다. 조용히 일하며 최선을 다해 아이들을 교육시키려 애쓰는 가족들 중 하나다. 토토는 친구들 대부분과 달리 식탁에서 포크와 나이프를 쓸 줄 안다. 토토는 매일 학교에 간다. 놀이복도 입어서 아이들의 놀림을 받는다. 커서 오케스트라 지휘자가 되고 싶어 하기 때문에 아이들이 놀린다. 텔레비전에서 검은 옷을 입은 신사가 지휘봉을 휘두르고 모든 악기가 지휘에 따르는 걸 보고 나서 지휘자가 되겠다고 결심했다. 머리를 날리며 눈을 감고 지휘하는 그 남자는 너무나 아름다운 것에 빠져 있는 듯 보였다. 그리고 다른 악기들도 이 멋진 것에 복종했다. 토토에게 음악은 참으로 아름다운 것이었다. 축구에선 바보지만 노래는 제일 잘한다. 아이들은 그런 꿈은 여자애들이나 꾸는 거라며 토토를 놀린다.

"난 커서 총을 사 팔레르모 경찰들을 모두 죽일 거야."

반 친구가 토토에게 말했다. 지휘봉과 음악이 아니었다.

소년이 축구 하는 아이들을 바라본다. 그 아이들의 이야기는 전혀 모른 채 그가 사는 곳에 비해 브란카치오에 무엇이 부족한지 본다. 바로 상상을 위한 공간이다. 별들이 떨어지고 바다가 시시각각 그 별빛을 반사하는 듯한 8월의 밤에 소망의 공간이 활짝 열린다. 그 아스팔트 조각, 경사지고 좁은 공간에 자리한 축구장은 아이들의 소망을 살려주지 못한다.

한 골 뒤진 팀이 동점 골을 넣는다. 하지만 상대 팀이 공격수가 반칙을 해 공을 가져갔다고 항의한다. 소년이 골을 인정하자 아이들이 욕설을 퍼붓는다.

"썩어빠진 심판이야."

"배신자."

"씨팔놈!"

순간, 즐거움이 공포로 돌변한다.

나는 피가 부글부글 끓는다. 어떻게 하지? 내게 욕한 아이를 내쫓는다. 아이가 조용히 자리를 떠나는가 싶더니 홱 돌아서 내 앞으로 와서는 어처구니없게도 내 얼굴, 내 코 아래쪽에 주먹을 날린다.

열 살쯤 된 아이다. 아이의 눈높이가 겨우 내 턱 정도여서, 폴짝 뛰어 아래에서 위로 주먹을 날리는 통에 입술이 깨졌다. 입에 손을 대보니 피가 흥건하다. 딱 한 번, 내게 이런 일이 있었다. 농구공이 내 코로 날아와 그날부터 내 코가 조금 삐뚤어졌다. 얼굴에 주먹을 맞는 건 영화에서나 나오는 일이라고 늘 생각해왔다. 그래서 주먹을 얻어맞는 건 말할 것도 없고 주먹을 어떻게 날리는지도 나는 모른다.

다른 아이들이 내 주변에 몰려든다. 고통이 영혼과 입술을 물어뜯지만 분노가 그보다 앞선다. 내 안의 뭔가가 깊이 생각해보지 않고 뭘 해야 할지 결정하고 있다. 자기 차례를 기다리고 있던 아이들까지 경기장으로 들어온다. 아이들은 이 상황이 어떻게 끝날지 보고 싶어 한다.

"네가 뭐라도 되는 줄 아나 보지? 메이커 신발을 신고 팔레르모에 있는 네 예쁜 집에나 가봐……. 여기서 당장 꺼져! 여기는 내가 태어난 곳이라고, 알아? 네 엄마 씨팔년에게 왜 가지 않는 거야?"

그 말에 내 안에서 뭔가가 요동친다. 나는 아이의 티셔츠를 부여잡고 흔들다가 땅바닥으로 밀어버린다. 아이의 가슴에 한쪽 무릎을 올려놓고 때리겠다고 위협한다. 이런 내 모습이 낯설다.

아이는 발버둥치며 발길질을 한다. 내게 침을 뱉는다.

"당장 꺼져, 안 그러면 이걸로 끝나지 않아."

내가 아이에게 소리친다.

"한번 해봐, 내가 널 죽일 테니까. 넌 여기선 명령을 내리지 못해. 알겠어? 꺼져야 하는 쪽은 너야. 안 그랬다간 우리 아버지를 부르겠어. 어떻게 끝나는지 두고 보자고."

나는 조용히 멈춘다. 내 안에서 뭔가가 천천히 호흡한다. 많은 눈이 날 지켜보고 있다. 낯선 사람에게서 자신을 지키려 하는 부랑자들과 닮은 눈이다. 나는 낙담해 두 팔을 스르르 내린다. 시선도 내린다. 나는 경멸하며 호루라기를 홱 내던지고 자리를 뜬다.

"이 지랄 같은 동네에서 잘 살아봐라, 개새끼들아!"

그 순간 돈 피노 신부님이 나타난다.

"무슨 일이야?"

"무슨 일이냐고요? 이런 일이에요!"

나는 소리치며 터진 입술을 보여준다.

"누가 그랬어?"

"난 이곳과 아무 상관없어요. 잘못 왔다고요. 신부님이 아니었다면 여기에 오지도 않았을 거예요, 젠장!"

돈 피노 신부가 주머니에서 손수건을 꺼내 건네준다.

신부가 아이들 쪽으로 간다.

"어떻게 된 거냐? 누가 그랬어?"

"나요. 이 머저리 자식이 와서 명령하잖아요."

"명령하는 것처럼 느꼈니?"

"우리는 저 자식이 싫어요."

많은 아이들이 고개를 끄덕이며 날카로운 말을 덧붙인다. 됐다, 내 안에서 뭔가가 눈물로 변하기 전에 떠나야겠다. 그런데 토토가 내 앞을 가로막으며 상처를 씻으라고 물 한 잔을 내민다. 축구 시합을 하러 갈 때면 늘 물병을 챙긴다. 물이 미지근하지만 입술보다 마음에 더 좋다.

"조심해야 해요. 저 앤 아버지를 진짜 부를 거라고요."

"난 신경 안 써. 저 애 아버지가 어떻게 행동해야 할지 가르쳐 줬나 보지⋯⋯."

"이 동네에서 아이들을 교육하는 방법대로 저 애 아버지도 저 앨 교육한 거야."

루치아다.

나는 루치아가 온 줄 몰랐다. 루치아가 싸늘하게 날 쳐다본다.

"내 입술을 터뜨려놓았어. 지금 생각하면 내 잘못이야⋯⋯."

"여기선 자신을 지키라고 교육받아. 희생자가 되고 싶지 않다면 공격을 해야 해. 다른 사람 앞에서 굴욕을 당해서도 안 돼. 그렇게 교육받고 자라. 심술을 부린 게 아니라 이 아이들의 생활 방식이야."

"정상적인 사람들은 그렇게 행동하지 않아⋯⋯."

"여기서 자라는 사람들에게는 그게 정상이야. 네가 정상이라고 생각하는 건 여기에 없어."

축구 경기를 재개시키고 나서 돈 피노 신부가 다가온다. 아이들은 금방 잊어버린 모양이다.

"여기 웬일이니, 루치아?"

"샌드위치 좀 가져왔어요. 안 그러면 또 식사를 거르시잖아요."

"더위 때문이야. 더위 때문에 입맛이 없어."

"겨울에는 추워서 입맛이 없고, 여름에서 더워서 입맛이 없죠……. 신부님은 늘 그런 핑계를 대며 식사를 거르거나 대충 끼니를 때우시잖아요."

루치아가 비닐봉지를 내민다. 안에 알루미늄 호일로 싼 샌드위치가 들어 있다. 약간의 과일과 함께.

돈 피노 신부가 빙그레 웃으며 봉지를 받아든다.

"고맙다."

그 광경을 바라보는 나는 외계 행성에 불시착한 우주비행사 같다. 혹은 새로운 땅을 찾아냈다고 믿었지만 기대했던 처녀지가 아닌 곳을 발견한 탐험가 같다.

"가자, 자전거로 데려다줄게."

걷기 전에 나는 루치아 쪽을 돌아본다. 루치아는 내게서 등을 돌렸지만, 잠시 후 고개를 돌려 잠깐 날 쳐다본다. 고통을 아는, 상처 입은 눈길이다.

"네가 아는 대로 판단하지 마. 인문계 학교에 다니면서 이것도 배우지 못하고 뭐한 거야?"

배낭을 닫다가 루치아에게 주려고 가져온 책을 본다.

책을 읽는 것만으로는 제대로 된 사람이 되지 못한다.

좋은 생각을 하는 것만으로는 좋은 사람이 되지 못한다.

20

체인이 땅바닥에 떨어져 있다. 내 자전거가 사라진 기둥이 허전해 보인다. 돈 피노 신부님이 더욱 난감해한다.

"미안하구나. 불행히도 이곳은 이래. 네가 이 동네 사람이 아니면 들어올 때 대가를 지불해야 하지. 나와 함께 있으면 널 보호해줄 거라고 너무 믿었던 모양이야. 그런데……."

거리가 활력이 없고 둔감해 보인다. 이 시간엔 더위가 조금 누그러지고 바다에서 바람이 살살 불어와 사물을 만져주며 예기치 않은 은총을 주지만 나는 바람에 입술 상처가 더욱 따끔거린다.

"데려다주마."

"버스 탈게요."

"정류장까지 데려다줄게. 내가 아는 길로 가자."

"신부님은 할 일이 있으실 텐데요."

"그래, 널 데려다주는 일."

나는 고통을 삼키며 혼자 있고 싶지만 신부님은 막무가내로 데려다주고 싶어 한다.

"여기 아이들은 모두 저 악동 같은가요?"

"악동이 아니야. 저 아이도 다른 아이들과 똑같아. 어떻게 행동하느냐가 다를 뿐이지. 루치아의 가족은 네게 평범해 보이니? 마리오 씨는 오래전 도시 이쪽에 살고 있던 토박이 소작농들 가운데 한 명이었어. 이쪽은 녹음이 짙고 비옥한 곳이었지. 그런데 시멘트와 아스팔트로 이 비옥한 땅을 덮어버렸어. 옛날 땅 주인들은 부자가 되었지만 소작농들은 먹고살 걱정을 해야 하는 상황에 놓였지. 그들은 방 두세 개짜리 아파트나 낡은 농가에서 살아. 그들의 문제는 집뿐만 아니라 끼니를 때울 수 있느냐 없느냐 하는 것이었지. 하지만 그들은 가난하게 살아도 자존심은 살아 있어. 이곳에선 어느 구석에서나 자존심을 확인할 수 있지. 넌 그걸 볼 수 있어야 해. 삶이 아무리 채찍질해도 등을 꼿꼿이 펴고 견딜 수 있는 사람이 많아."

우리는 뜨거운 햇살에 아스팔트가 석회처럼 변하고 어떤 탈출구도 없는 숨 막히고 질식할 듯한 미로로 천천히 들어간다. 나는 이곳에서 어서 벗어나고 싶다.

"생활비가 적게 들기 때문에 팔레르모의 다른 지역에서 새로운 가족이 오기도 해. 노동자들인데 더러 사무원도 있지. 매춘도 해. 잠자는 곳으로만 이용하기도 하지만, 어쨌든 이곳에서 살아가고 있단다. 토토 봤지? 네게 물을 따라준 아이 말이야. 토토는 그런 가족의 아이야. 그들 중 많은 사람들이 날 도와주고, 공동주택 자치위원회를 맡아 사회 복지 시설을 늘려달라고 요구하고 있단다. 하수 시설, 학교, 공원 같은 거 말이야."

"그런데 이 길이 더 멀지 않아요?"

"그래. 네게 보여줄 게 있단다."

신부님이 잡은 손을 놓지 않는다.

"뭔데요?"

우리는 큰길로 들어선다. 하준 거리. 시멘트 건물들이 바다를 보고 싶은 희망뿐만 아니라 시원한 바닷바람을 느끼고픈 희망마저 덮어버린다. 움푹 파인 구멍과 쓰레기봉투들이 거리를 어둡게 한다. 쓰레기통이 전쟁터 같은 거리에 바리케이드처럼 놓여 있다. 잡초가 보도 위로 무성하게 자랐다. 아이들이 색 바랜 슈퍼 산토스 축구공을 가지고 아스팔트 위에서 놀고 있다. 다리 사이로 간간이 들어오는 공을 따라 벌떼처럼 움직인다.

"저 건물을 보렴."

하늘을 향해 바벨탑처럼 뻗은 비석 같다.

"지옥은 땅 아래 있는 게 아니라 이 서민 시멘트 건물 안에 있단다. 저곳엔 시내 유적지, 쓰러져가는 집에서 살다 이주한 몇십가구가 거주하고 있어. 시 당국은 이곳에, 피난민 대피소처럼 변한 공동주택에 그들을 모아놓았지."

"어떻게 먹고살아요?"

"할 수 있는 일을 하면서. 잘된다 해도 암흑가에서 담배 밀수, 마약 거래, 매춘을 하며 살아……. 많은 사람들이 자택 감금 상태이고, 감방에 간 사람도 많아. 대개 문맹자이고, 아이들은 학교에 가지 않고 부모의 일을 배우지. 나머지는 거리에서 만들어져."

"다른 길을 찾을 수도 있잖아요."

"너도 여기서 태어났으면 그 아이들처럼 될 거다."

나는 따귀를 맞은 것처럼 말문이 막힌다.

"이 건물 지하실을 얻기 위해 몇 달째 애쓰고 있어. 시 소유인데, 나쁜 일에 사용되고 있지."

"돈 피노 신부님, 뭐라 말씀드려야 할지 모르겠네요. 이 장소와 저는 아무 상관없어요."

"상관있어. 넌 이곳에 들어왔다가 발가벗긴 채 나가는 중이잖아."

"사실 제가 이곳을 방문한 결과가 입술은 터지고 자전거는 도둑맞은 거네요. 이만하면 나쁘지 않아요……."

"더 나쁜 경우도 있지."

우리는 정류장에 도착한다. 거리에 개와 아이들이 떼 지어 돌아다닌다. 우리 동네에서는 우아한 귀부인들이 산책할 때 뉴펀

들랜드, 래브라도, 셰퍼드를 데리고 거리로 나온다. 이곳에서는 잡종견과 유기견들이 어슬렁거린다. 무정한 오후 햇살에 가난이 낱낱이 보인다.

버스가 브레이크 밟는 소리를 내며 멈춘다.

"행운을 빌어요, 돈 피노 신부님. 저는 일요일에 떠나요."

인사를 했다. 문이 닫히기 전에 신부님이 날 꼭 껴안는다.

"미안하구나. 여행 잘하렴. 내게 차 좀 가져다주겠니? 맛있는 걸로!"

신부님의 미소가 작별 인사다.

빈자리가 몇 개 있다. 나는 자리에 앉았다기보다 의자에 웅크리고 있다. 악의 견고함, 악의 깊이를 맛보기 위해 계속 터진 입술을 악문다. 응고된 피는 내가 공기와 꿈만이 아니라 살로 만들어진 물리적 존재임을 알려준다.

햇살이 누그러져 이젠 사물을 따갑게 내리치지 않는다. 모래, 먼지, 돌. 조금씩 다른 색깔이 보인다. 페인트, 유리, 바람. 어둑어둑하던 것이 점차 밝아지며 어둠에서 빛으로 나온다.

내가 아는 팔레르모의 동네 경계는 내 오른쪽 눈과 왼쪽 눈 사이의 공간, 그 이상이 아니었다. 이것만이 열일곱 살에 볼 수 있는 것이었다. 나는 세상이 하나이고, 모자이크의 한 조각이라고 믿었다. 높은 데서 보면 팔레르모는 너무나 아름답고 빛으로 가득한 듯하다. 그런데 팔레르모의 내장은 어둡고 슬프다.

버스가 빛이 꺼지지 않는 리베르타 거리에 멈춘다. 나는 버스에서 내리며 깨끗한 공기를 맛보고 싶어진다. 마졸리카 도자기에 상감 무늬를 넣은 옛 대가들이 영국 공원의 푸르른 나무들을 잎새 하나하나까지 유약을 발라 칠해놓은 듯하다. 거리는 황금 빛이고 바람까지도 이곳이 더 시원하게 느껴진다. 숨 쉬는 공기, 하늘과 하늘에서 내려오는 것들, 바다와 바다에서 올라오는 것들 자체가 이미 희망이다. 모든 것이 평소와 다름없어 보인다. 하지만 이제 나는 이게 전부가 아니라는 걸 안다. 지도책에서 손가락으로 파란색을 만지면 바다이고, 밤색은 산이고, 초록색은 초원이듯 말이다. 멀리 거리를 두는 게 나은 많은 것들을 지도는 숨기고 있다.

현실을 깨닫는 데 지불해야 할 대가가 내겐 너무 크다.

21

돈 피노 신부는 어렸을 적 따라가보고 싶었지만 너무 무서워 금방 되돌아오곤 했던 철길을 밟아본다. 어렸을 땐 철길을 끝까지 따라가볼 용기가 없었다.

철길은 어디든 가며 기차는 배 안으로 들어가 바다를 건널 수도 있다고 할아버지가 말씀해주곤 했다. 그는 할아버지의 이야기를 신기하게 들으며 철길이 바다에 떨어지는 상상을 했다.

어렸을 때 아버지가 세상 전부였다. 구두수선공이고 노동자였던 아버지는 말수는 적어도 행동이 많은 남자였다. 그의 어머니도 세상 전부였다. 재봉사였고 사랑이 넘쳤던 어머니는 살아가려면 자식들이 공부를 해야 한다고 믿었다. 어머니는 자식들의 손을 잡아주었고, 자식들에게 용기를 주려 애썼다. 죽을 때도 용기가 필요하다. 6년 전에 어머니가, 1년 전에 아버지가 돌아가셨다.

밥 먹으라고 누군가를 부르는 여인의 목소리가 기억이 가물가물한 시간 속으로 그를 데려간다. 길이 필름처럼 감기고, 풍경은 늘 보는 그대로다. 나지막하고 작은 건물들의 유리는 젖빛이고 알루미늄 창틀은 누렇게 변색되었으며, 발코니는 생활에 필요한 공간으로 변했다. 가난하고 보기 흉한 풍경이다.

바깥에 넌 빨래들이 건물 정면을 우글쭈글 구겨놓는다. 경찰관 밈모는 러닝셔츠와 팬티 차림으로 담배를 피운다. 기동수사대인 밈모는 두뇌 회전은 빠르지만 행동은 뇌만큼 빠르지 않다. 돈 피노 신부는 그가 같은 건물 위층에 산다는 게 안심이 된다. 마치 경호를 받는 기분이다. 하지만 누구에게도 그 사실을 말하지 않았다. 가는 곳마다 경호를 받아도 불편하지 않을 것 같다. 아니, 팬티 입은 수호천사를 가진 기분이다. 밈모는 그 지역에서 일어난 예상치 못한 변화와 아주 느린 변형을 분석해 자신의 의견을 신부에게 말해준다. 관계를 풀어 재창조한다. 비전문가의 눈에는 보이지 않는 관계를 알아내려는 화학자 같다. 하루 일과를 마치고 집으로 돌아왔을 때 밈모는 자신이 유심히 관찰한 모든 사항을 하나로 모아 권력과 범죄의 지도를 그린다. 복잡하게 얽힌 관계를 골똘히 생각하며 흡족해하고, 팔레르모의 비상한 두뇌만이 뜨거운 물질을 냉정하게 다룰 수 있다는 듯, 완벽한 추리를 해낼 때까지 아무것도 하지 않고 깊이 고심한다. 아랍 연금술사가 황금 연구에 몰두하듯, 복잡하게 얽힌 경찰들의 얘기를 골똘히 조합하며 허공을 쳐다보지만 친구가 와 생각을 흩뜨려 놓는다.

돈 피노에게 손인사를 하면서 매일 여름 저녁마다 반복되는 인자한 질책, 몇 년 전부터 반복되어온 뻔한 장면을 기다린다.

"자넨 담배를 너무 많이 피워, 밈모."

"뭔가로는 죽어야 하니까요, 신부님."

22

"배고프지 않아. 자러 갈래."

"하루 종일 어디 있었니?"

"바다에. 몬델로에 간다고 어제 말했잖아."

나는 엄마를 쳐다보지 않고 코가 간지러운 것처럼 손으로 얼굴을 가리려 한다.

하지만 엄마는 설명하지 않아도 내가 어떤지 안다.

"뭐 했는데?"

"아무것도 안 했어."

"뭐, 아무것도 안 했다고? 얼굴이 부었는데. 얼굴 좀 보여줘."

"아무것도 아니야, 엄마. 아무것도 아니라고."

"페데리코."

"별거 아냐. 축구 하다 공에 맞았어."

"공에 맞았다고? 이리 와봐, 얼음찜질 좀 하자."

나는 엄마의 놀란 말투에 굴복한다.

"네 얼굴 좀 봐. 어쩌다가 그랬어? 항상 축구가 말썽이라니까. 너와 네 형은 축구에 꽂혔어. 아니, 축구에 미쳤어!"

얼음이 고통을 마비시키지만 내 몸의 나머지 부분에서 고통을 느낀다. 악취, 몸 구석구석에서 아픔이 느껴진다.

"헤이, 시인. 무슨 짓을 한 거야?"

만프레디 형이 주방으로 들어온다. 나는 얼음주머니를 쥔 엄마와 함께 테이블 앞에 앉아 있다.

내가 "아무것도 아니야"라고 우물거리자 엄마가 얼음주머니 잡은 손을 잠깐 떼며 형에게 내 꼴을 보여준다.

"세로로 멋지게 찢어졌네. 어쩌다 그런 거야? 높은 의자에서 떨어졌니? 너보다 페트라르카의 소네트를 잘 외우는 녀석이랑 싸움박질이라도 했어?"

만프레디 형이 대꾸한다.

"꺼, 져, 버, 려."

얼음주머니가 입술을 눌러, 할 수 있는 대로 천천히 말해본다.

"괜찮니?"

만프레디 형이 날 놀린다.

"그래, 당장 꺼져."

형은 천천히 다가와 내 뒤통수를 때린다.

"형을 존경해야지."

"너희 둘 그만두지 못해."

"그런데 무슨 일이 있었던 거야?"

"싸웠어."

"공에 맞았다고 하지 않았니?"

엄마가 끼어든다.

"여자애를 차지하려고 싸운 거야? 그럴 정도의 여자애면 널 두꺼비로 보진 않는다는 얘기고, 네 첫 키스도 참아줄 만큼 배짱이 좋은 모양이지. 혹시 네가 키스를 하려다가 여자애한테 맞은 거 아니야?"

"그만해라."

"그만하라는 사람 안 무섭더라……. 그런데 누구야?"

"그만."

"처음 입술 터진 날을 잊어선 안 돼. 시인, 넌 남자가 되고 있어."

"그런데 형은 계속 바보잖아."

"페데리코, 불량배처럼 말하는 거 그만두지 못하겠니?"

"왜, 불량배가 뭐가 어때서?"

엄마가 내 대답에 속이 상하는지 할 말을 잃어버린다.

"페데, 너 가만있지 않으면 나머지 입술도 터질 줄 알아."

만프레디 형이 성질을 돋운다.

나는 벌떡 일어나 형에게 달려들어 마구 때린다. 미처 피하지 못하고 배를 얻어맞은 형은 고통에 몸을 웅크린다.

엄마가 날 떼어놓으려 하지만 뿌리친다.

"날 좀 가만히 놔두라고. 혼자 있고 싶다고 했잖아!"

나는 방에 틀어박혀 세포 하나하나에 스며드는 아픔을 느낀다. 몇 시간 사이 내가 가장 사랑하는 사람들에게 거칠게 행동했다. 지옥이 내게 붙어서, 낯선 바이러스처럼 집 안으로 지옥을 가져왔다.

집에서 이방인이 된 것 같다. 내 도시에서 이방인이 된 것 같다. 나 자신에게조차 낯설다.

23

지옥은 최소한의 단위, 식별 가능한 분자 상태를 가진다. 성취가 차단되고, 삶이 압축되고, 연민이 없는 상태다. 삶을 더럽히고, 상처 입히고, 닫고, 중단시키고, 파괴하는 모든 것과 차단의 테마 위에서 변이만 가능한 모든 것이 지옥이다. 지옥에 맞서려면 고치고, 다시 관계를 맺고, 복구하고, 다시 시작하고, 화해해야 한다…….

돈 피노 신부는 지옥은 연약한 몸, 즉 아이들에게 더 효과적으로 작용한다는 걸 안다. 누군가가 아이들의 영혼을 없애기 전에 보호해야 한다. 성스러움을 더 많이 가지고 있는 걸 보호해야 한다.

그는 아이들만이, 혹은 다시 아이처럼 될 수 있는 사람이 천국에 들어간다는 걸 안다. 아이들이 착하기 때문은 아니다. 그도 어렸을 적에는 착하지 않았다. 미사에 가려 하지 않았고, 놀고, 다른 남자애들을 때리고, 여자애들의 땋은 머리 잡아당기기를 좋아했다. 그도 도마뱀을 괴롭혔고, 과일장수의 사과를 훔쳤다. 아이들이 천국에 의지하기 때문에 천국은 아이들의 것이다. 아이들은 받아들일 줄만 안다. 아이가 부모에게 사랑을 받듯 사랑을 받을 줄 아는 사람은 천국에 살며, 언제나 도망쳐서 피할 장소가 마음속에 있다. 더는 쫓기지 않고 사랑이 편안하게 쉴 수 있는 장소가 있다.

돈 피노 신부는 모든 아이의 마음속에 있는 그런 장소를 지켜 줘야 한다는 걸 안다. 씨앗처럼 커질 선한 조각, 상처 입지 않으면 잘 자랄 수 있는 영혼의 조각을 지켜줘야 한다. 씨앗은 처음엔 작지만, 아주 작지만 나중에 뿌리, 줄기, 잎, 꽃, 열매가 된다.

브란카치오에선 너무 많은 아이들이 어둠 속 씨앗 같다. 싹을 틔우지 못하는 씨앗. 꿈꿀 공간, 아름다운 것을 꿈꾸며 상상의 날개를 펼칠 공간이 없다. 너무 많은 아이들이 살아 있지만 죽은 거나 마찬가지다. 너무 많은 아이들이 행복을 향해 뻗어나가기 전에 꺾이고 만다.

그런 아이들 중 한 명이 주세페다.

돈 피노 신부는 열서너 살 적 주세페를 똑똑히 기억한다. 신부는 자신의 자동차 옆에 주차된 차를 털고 있는 주세페를 잡았다.

"뭐 하는 거니?"

"당신이 무슨 상관이야?"

"그건 내 친구의 차야."

"친구한텐 안된 일이네."

"라디오를 그냥 놔둬."

"당신이 하란 대로 하지 않으면 짭새를 부를 건가? 신부는 짭새들의 친구야. 그러면 당신도 짭새네."

"그냥 놔둬. 그걸 갖고 뭐 할 거니?"

"이걸론 아무것도 안 해. 하지만 이걸 팔면 먹을 게 생겨."

"그냥 놔둬."

"우리 아버지한테 가서 그렇게 말해보시지? 가서 혁대로 좀 맞아볼래?"

"먹을 걸 살 돈은 내가 줄게. 차 문을 열고 라디오를 떼어가는 데 시간이 얼마나 걸리니?"

"5분."

"손이 그렇게 빠르면 아주 솜씨 좋은 기술자가 될 거야. 내 아버지는 구두수선공이었는데, 난 아버지가 구두 수선하는 걸 도와드리곤 했지. 넌 아주 솜씨가 좋을 거야."

"나는 땜장이가 되기 싫어."

"땜장이가 아니라 구두수선공이야."

"난 일하고 싶지 않다고."

"그럼 뭐 할 건데?"

"아버지가 시키는 거."

"내가 네 아버지를 만나볼까?"

"젠장, 난 짭새들과 얘기하면 안 된단 말이야. 절대."

"마구간을 만들고 있는데, 와서 도와주지 않을래? 솜씨 좋은 손이 좀 필요해."

"난 성당에 가지 않아."

"성당에 가지 않아도 돼. 와서 마구간만 만들어주면 돼. 나무, 폴리스티렌, 용접기로 집을 만들 거거든……."

"그게 뭔데?"

"와서 볼래?"

"돈을 얼마나 줄 건데?"

"자동차 라디오를 팔아 생기는 만큼."

"그건 아니지. 시간이 훨씬 더 많이 걸릴 텐데……."

"하지만 누구에게도 해가 되지 않는 거야."

"내가 훔친 자동차 라디오를 살 사람은 손해지. 돈이 있으면 또 다른 자동차 라디오를 살 거야."

자동차 주인이 오자 아이는 재빠르게 도망가며 신에게 저주를 퍼붓고 돈 피노에게도 욕설을 퍼부었다. 신부가 아이에게 소리치며 승부욕을 자극했다.

"네가 와서 마구간을 만들어주길 기다리마! 네 솜씨가 믿을 만한지 두고 보자."

주세페가 나타났고, 그곳에 왔다는 사실을 아버지에게 일러바칠 수 있는 사람의 눈에 띄지 않으려 조심했다.

"여기 웬일이니?"

"한번 보러 왔어."

"그런데 너 날 저세상에 보내지 않았니?"

"농담이었지."

"절대 농담해서는 안 되는 일이 있단다. 넌 이름이 뭐니?"

"주세페."

"그럼 마구간을 만들기 전에 사과해라."

"누구한테? 당신한테?"

"아니, 하느님에게."

"왜, 당신이 하느님이야?"

"아니, 넌 하느님에게 욕을 했어. 그러니 사과를 해야지."

"왜, 하느님이 듣기라도 하나? 어떻게? 하느님에게 귀가 붙었을 리가 없는데."

"너 어떻게 알았니? 여길 봐."

돈 피노가 자신의 귀를 가리켰다.

"그 귀는 당신 거잖아."

"맞아, 내 귀는 하느님을 위해 봉사해. 그래서 내 귀가 크고 예쁜 거야. 하느님은 이렇게 하신단다. 귀, 눈, 손을 빌려주는 사람들에게 물어보시지⋯⋯."

"당신은 항상 짭새네, 하느님의 짭새."

"예를 들어 마구간을 만드는 데 손을 거들어줄래? 네가 그걸 만들면 네 손은 하느님의 손이 되는 거야."

"쳇, 설마⋯⋯."

"해보면 네가 뭘 잘하는지 알게 될 거다. 하느님이 우리의 일부를 사용하면 우린 성스런 것을 만들어내지. 우린 위대한 화가의 손에 들린 붓이 되는 거란다."

"누구? 벽화 그리는 사람? 싫어, 난 배고파 죽고 싶지 않아."

"네 손을 봐. 그 손으로 넌 하느님을 땅으로 내려오게 할 수 있어."

주세페는 늘 보는 손이지만 그 말에 자신의 손을 바라보았다.

1992년 크리스마스 마구간은 산 가에타노 성당에서 지금까지 만들어진 마구간 중에서 가장 아름다웠다. 소년은 커서 목제품을 만드는 사람, 즉 목수가 되겠다는 생각까지 하게 되었다.

"예수님도 목수 일을 하셨어. 아버지가 그 일을 가르쳤는데, 아버지 이름은 너처럼 주세페, 즉 요셉이었지."

"그런데 예수님이 누구예요?"

"예수님은 네가 만든 그런 마구간에서 태어나셨단다. 하느님의 아들이야."

"칫, 예수가 하느님의 아들이면 뭐하러 일을 했겠어요?"

"널 위해 일을 하셨어."

"날 위해서?"

"목수 일은 하느님이 좋아하는 일이라는 걸 너에게 알려주려고."

주세페의 눈이 반짝거렸다.

돈 피노는 시멘트 틈새로 삐져나온 잡초 같았다. 브란카치오의 모든 아이가 그랬다. 떠돌이 개들을 죽을 때까지 싸움 붙이고, 고양이를 투견들에게 먹이로 던져주거나 목매달아 죽이면서 아이들은 지옥으로 다가선다. 그다음에는 마약 거래, 절도, 싸움, 매춘이 있다⋯⋯. 빛이 어두워지고, 분노가 빛을 대신한다. 이유도 모른 채 파괴를 일삼고 사랑하기 전에 지배하는 법부터 배우는 자의 분노, 사랑은 삶에 뭔가를 덧붙이고 증오는 뭔가를 빼는 것이며 증오가 더 쉽고 즉각적이라는 사실을 모르는 사람의 분노다. 분노는 삶과 빛을 느끼지 못하게 만드는 마취와도 같다. 많은 아이들이 더 큰 아이들로부터 성폭력을 당하며, 그래서 복종에 익숙해진다. 지배당하는 자는 어떻게 사랑을 하는지 더 이상 모르게 된다. 왜냐하면 어떻게 사랑받는지 모르기 때문이다. 팔코네가 살해당했을 때 '마피아 만세, 마피아가 이긴다!'라고 소리친 아이들이 있었다.

돈 피노 신부는 주세페를 위해 첫 성찬식을 준비하기 시작했다. 그러면서 십계명에 대해 말해주자 주세페는 성찬을 받을 수 없다고 항의했다. 일곱 번째 계명, 즉 도둑질하지 말라는 계명을 따를 수 없기 때문이었다.

"왜?"

"빈손으로 집에 돌아가면 아버지가 혁대로 때리니까요."

그 뒤 주세페는 사라졌고 다시는 보이지 않았다. 주세페는 시멘트로 다시 돌아갔다. 팔레르모의 소년원 말라스피나의 두꺼운 시멘트 벽 안으로.

오늘, 신부는 주세페를 만나러 간다. 말라스피나는 노타르바르톨로 거리 끝의 좋은 동네에 이탈자들의 요새처럼 끼어들어가 있다. 그 전에 페데리코에게 전화해 어떤지 알고 싶다.

"잘 지내요. 입술이 이젠 아프지 않아요. 신부님은요?"

"누가 날 죽이겠어? 오늘 너네 동네에 들를 거다."

"왜요?"

"주세페를 만나러 말라스피나에 갈 거야."

"주세페가 누군데요?"

"절도 혐의로 거기에 들어갔는데, 내가 잘 아는 아이야."

"그런데 신부님은 그 모든 아이를 어떻게 다 기억하세요?"

"너도 사랑하는 사람들은 노력하지 않아도 기억하잖니."

"그렇긴 하죠……. 집에서 말썽을 부렸어요, 신부님."

"네가 원한다면 그 얘길 해보자꾸나. 주세페에게 함께 갔다가 나중에 네 얘길 해주렴. 그래야 인사를 제대로 나누지. 지난번엔 너무 정신없이 헤어졌잖아."

"좋아요. 그런데 저도 감옥에 들어갈 수 있어요?"

"신분증을 가져오렴, 몸에 다른 건 지니지 말고. 나랑 함께 있다면 문제없을 거다."

"그러길 바라요."

24

나를 더 잘 묘사하는 수사법은 모순어법이다. 미치광이의 수사법, 어떤 것을 말하며 반대되는 행동을 하는 자의 수사법이다. 나는 평화가 없고 전쟁할 무기도 없지만 전쟁터로 가고 싶다.

말라스피나 소년원은 우리 아파트 꼭대기에서도 조금 보일 정도로 가까이에 있다. 사람이 살지 않는 황량한 건물 정도로 여겼다. 나는 그 앞을 수백 번이나 지나갔고 자식을 기다리는 어머니들, 얼굴에 죄책감이 서려 있는 아버지들, 마치 장난이라도 치고 있는 양 창살 뒤에서 형제를 기다리며 재미있어하는 아이들을 보았다.

우리는 감옥 안으로 들어가고, 나는 조용히 있다. 감옥에 갇혀 있다고 생각하니 무섭다. 돈 피노 신부님이 날 보고 빙그레 웃으며 내 어깨를 찰싹 친다.

내 앞에서 철문이 천천히, 하나씩 열리자 나는 점점 더 중압감을 느낀다. 감방 로비의 전등 불빛이 희미하다. 눈을 감고 선택해야 하는 운명의 바퀴를 생각나게 하는 구조다. 벽 색깔은 똑같고 습기에 얼룩져 있다. 한쪽 벽감 안에 성모상이 있다. 로살리아 성녀가 페스트로부터 팔레르모를 구했다는데, 페스트에 감염된 것처럼 성모상이 검은 점으로 얼룩져 있다. 햇빛이 어쩌다 그곳에 떨어진 것처럼 비스듬히 들어온다.

우리는 교도관의 호위를 받으며 앞으로 나아간다. 인원 초과 상태인 불 꺼진 감방이 마치 울타리 같다. 우리는 무엇을 잃어보기 전까진, 혹은 무언가를 잃어버린 사람을 만나기 전까진 자신이 뭘 가지고 있는지 모른다. 다운증후군을 앓고 있는 내 친구의 여동생을 만났을 때 나는 그걸 깨달았다. 내가 명민한 머리, 민첩한 몸, 시를 쓸 줄 아는 손을 가졌다는 사실을 당연시할 수 없다는 걸 그날 알았다. 지금 나는 그때와 똑같은 느낌, 마치 밖에서 나를 보는 것 같은 느낌을 경험한다.

열일곱 살에 처음으로 내가 자유롭다는 걸 깨닫는다. 오늘 아침에 일어났는데, 만약 그럴 수 없었다면. 나는 샤워를 했는데, 만약 샤워할 수 없었다면. 나는 외출을 했는데, 만약 그럴 수 없었다면. 나는 자유로웠다. 모든 것을 가졌다. 자유가 내 안에 있었다.

우리는 테이블 하나와 의자 두 개가 놓인 몇 제곱미터의 방으로 들어간다. 소년이 한 명 앉아 있다. 만일 길에서 만났다면 외면했을 소년, 내가 평생 모은 저축액으로 산 스와치 시계를 훔쳐간 소년과 비슷한 부류였다.

소년이 용수철처럼 벌떡 일어나더니 달려와서 돈 피노 신부님을 와락 껴안는다.

"돈 피노 신부님! 아, 여기까지 오셨어요?"

"당연하지, 주세페. 내가 여기에 널 그냥 놔둘 것 같아?"

나는 금이 간 벽에 몸을 기대고 서 있다.

"이쪽은 내 제자 페데리코다."

내가 가까이 다가가 손을 내밀자 소년은 내 편견을 깨뜨릴 만한 미소를 지으며 내 손을 꽉 잡는다. 주세페는 커다란 밤색 눈을 가졌다. 그것만 빼면 나와 다르지 않은 눈이다. 나도 주세페가 될 수 있었다. 노타르바르톨로가 아니라 브란카치오에서 태어났다면. 다른 운명을 타고났다면 나도 말라스피나 소년원에 있을지 모른다.

"책을 가져왔다."

돈 피노 신부가 가방에서 구겨진『피노키오』를 꺼낸다.

"목수와 그 아들 이야기야. 네가 좋아할 거다."

"하지만 난 거의 읽을 줄 모르는데요."

"그럼 배워, 무식한 녀석아."

주세페가 책을 받아 천천히 넘겨본다.

"칫, 글자가 너무 빽빽하네요."

"알아."

"너무 많아요."

"일단 읽어보럼. 글자가 너무 많은지는 두고 보자고. 할 일이 많은 건 아니지?"

주세페가 책장을 넘기며 이따금 단어를 읽는다.

"꼭두각시…… 요정…… 통나무…… 칫, 어려운 단어가 많은데 누가 이걸 설명해주겠어요?"

"표시를 해두면, 내가 다음에 와서 설명해줄게."

"약속했어요?"

"약속했어."

"이젠 아무도 날 찾아오지 않아요. 엄마도요."

"나오면 날 도와주러 오겠니?"

"네."

눈물을 숨기려고 눈을 찡그리며 말한다. 용수철을 누르고 있던 힘이 돌연 사라진 듯 소년이 갑자기 눈물을 터뜨린다. 계속 소리치며 암초에 붙은 문어처럼 신부님을 움켜잡는다.

"날 여기서 꺼내주세요, 신부님. 부탁이에요, 날 꺼내줘요. 안 그러면 내게 다시 그 짓을 할 거예요."

"무슨 짓?"

교도관 둘이 안으로 들이닥쳐 소년에게 달려든다. 나는 무서워서 손가락을 꼭 쥔 채 움직이지 못한다. 돈 피노 신부님에게서 떼어놓기 위해 교도관들이 양쪽에서 붙들어야 했다.

"곧 돌아오마, 주세페. 걱정하지 마, 곧 돌아오마."

주세페가 몸을 움츠리며 절망을 삼킨다.

우리는 강렬한 아침 햇살 속으로 나간다. 내가 숨 쉬는 공기가 이전과 다르다. 우리는 공기를 느끼지 못한다. 분명 공기를 특별히 생각해보지 않는다. 하지만 공기가 부족해지면 공기를 느낀다. 공기가 딱딱하고 만져진다.

돈 피노 신부님은 말이 없다. 두 팔에 주세페가 할퀸 손톱자국이 나 있다. 신부님의 눈에 다른 표시, 다른 상처가 있다.

"괜찮으세요, 신부님?"

"내 친구 하밀은 아랍인인데, 자신의 고향 땅에 대해 자주 말해줘. 그중에 내가 아주 좋아하는 얘기가 있지. 두 남자가 해변을 걷고 있는데, 폭풍에 밀려온 불가사리가 해변을 덮었대. 마치 별이 총총 뜬 하늘 같았다지? 햇빛이 불가사리들을 인정사정없이 태우고 있었어. 불가사리들은 몸이 완전히 굳기까지 천천히 꿈틀댔지. 둘 중 한 남자가 이따금 몸을 숙여 불가사리를 집어서는 바다로 던졌어. 불가사리는 수천 마리였어. 다른 남자가 서둘러

집으로 돌아가며 말했지. '뭐 하는 겐가, 불가사리들을 모두 바다로 던질 셈이야? 불가능한 일이야. 1주일은 걸릴 거야. 자네 미쳤어?' 다른 남자가 손에 든 불가사리를 보여주며 바닷물로 던지기 전에 이렇게 대답했어. '내가 미쳤다고 말하고 싶은 겐가?'"

"그래요, 미쳤네요."

"너도 사랑에 빠지면 큰 소리로 노래하고 길거리에서 히죽히죽 웃을 거야. 미친 사람처럼 보일지 몰라."

"무슨 말이에요?"

"미치광이는 사랑을 하는 사람이야. 너도 사랑할 수 있어. 사랑한다는 건 천국이지. 사랑할 수 있는 능력을 뺏기지 않는 한…… 페데리코, 늘 뭔가를 할 수 있어. 지옥은 사랑할 자유까지 잃어버리는 거란다."

우리는 포옹하며 작별 인사를 한다. 신부님은 동행해줘서 고맙다며, 달가운 면회가 아니어서 미안하다고 사과한다.

"잘 다녀오거라."

"감사합니다. 불가사리 많이 모으세요."

신부님이 미소를 지으며 자동차에 오른다.

이번에는 입술이 터진 게 아니라 영혼이 상처를 입었다. 입술이 터진 것보다 더 아프다. 왜냐하면 영혼이 상처 입으면 온몸이 다 아프기 때문이다.

25

"돈이 모자라잖아."

"돈이 없어. 기다려. 상황이 좋지 않아."

누치오는 작고 여윈 남자를 노려본다. 남자는 시선을 내리고 손가락을 비틀며 꽉 잡는다.

"당신 딸이 내게 작은 선물을 주게 될지 모르겠군. 딸 이름이…… 세레나였던가. 세레나, 예쁜 이름이야. 당신이 바다 한가운데서 배를 타고 있을 때 세레나가 날 기억하게 될 거야."

남자가 말없이 턱을 악물었다가 말을 내뱉는다.

"그 애를 건드리면 죽여버리겠어."

"어떻게 한다고?"

누치오는 총구를 남자의 뺨에 대고 조금씩 눌러 동그란 보라색 자국을 남기며 '어떻게 한다고?'를 연발한다. 총구가 얼굴에 닿자 언제 총알이 박힐지 몰라 남자는 겁에 질려 땀을 흘린다.

"하, 어떤 짓을 한다고?"

"아니야, 아니야…… 기다려, 원하는 대로 다 해줄게. 1주일만 시간을 줘."

"이제야 머리가 좀 돌아가는가 보군……. 1주일 안에 돈을 구하지 못하면 먼저 네 딸을 가질 거야. 그다음엔 네 가구를 불태울 거고, 그다음엔 이걸로 네 더러운 머리에 빵빵 쏠 거야!"

누치오가 나가자 남자는 흔들의자에 털썩 주저앉는다.

남자는 자신의 조그만 가구점 카사 돌체 카사, 이젠 없는 아내 엘비라의 사진, 대학교에서 공부하는 건축학과 1학년 딸아이의 사진을 쳐다본다. 딸은 그에게 남아 있는 유일한 꿈이기에, 그는 딸을 위해 최선을 다했다. 그런데 이제 와서 그 잔인한 빛에 딸을 내놓고 싶지 않다.

누치오는 바지춤에 총을 넣고 아무 일도 없었던 양 자리를 뜬다. 빨리 배우고 명령에 창조성을 더해 곧 성공 가도를 걸을 거다. 딸 얘기는 그가 생각해낸 거다. 그런 사람들에겐 어떤 방법을 써야 하는지 알고 있다. 그리고 얼마 전부터 딸을 찍었다. 작은 선물을 해주는 것도 나쁘지 않을 거다.

늑대인 그는 너무 작은 먹이를 삼켜서 배가 차지 않는다. 하지만 피가 더 큰 배고픔과 새로운 사냥 본능을 일깨웠다. 그는 공기 중에서 희생자의 냄새를 맡고 발자국을 따라간다. 이것 때문에 사냥을 하고 사냥감을 쫓아가 그 내장을 파먹는다.

26

"무슨 쓸데없는 생각을 하고 있는 거야, 시인?"

방으로 들어갔을 때 만프레디 형이 내 침대에 누워 책장을 넘기고 있다. 나는 대답하지 않는다.

"내가 타이거 마스크의 복근을 가진 걸 감사해. 그러지 않았으면 널 살려두지 않았어. 널 사후 시인으로 만들어놓았을 거야."

"미안해."

"그런데 무슨 일이야? 저주받은 시인이 되기로 결심한 거야? 나도 모르는 사이에 페트라르카에서 랭보가 된 거야?"

"아무것도 아니야."

"이제 말해봐, 네 종아리를 물어뜯거나 네 책을 불사르기 전에."

"브란카치오에 가본 적 있어?"

"내 몸은 소중해."

"난 불알이 소중한데."

"분명 저주받은 시인이야……."

침묵. 형은 내 침묵이 질문을 하라는 표시라는 걸 안다. 나는 절대 자발적으로 이야기하지 않는다. 질문해라, 가능한 짧게 대답해줄 질문을 해라, 그러면 대답해줄 거다, 라는 식이다.

"거기서 입술이 터졌어?"

"응."

"어쩌다 그랬어?"

"종교학 선생님이 도와달라고 부탁했어."

"누구, 풀리시 신부님? 학교 다닐 때 선생님의 모습이 기억난다. 신부님은 휴식 시간에 복도를 지나다니며 아이들의 질문에 대답해주곤 했지. 교무실은 싫어했어. 교무실엔 선생님이 너무 많다면서. 아직도 비토리오 에마누엘레 고등학교에 계시니?"

"응."

"이상주의 시인은 절대 물러나지 않고 얼굴에 주먹을 맞았어. 남자답긴 해."

나는 책을 들고, 혹시 적힌 말이 무슨 말을 해야 할지 알려줄까 싶어 건성으로 책장을 앞뒤로 넘긴다.

"그런데 누가 때렸어?"

"어린아이."

"어린아이?"

"그래. 그리고 자전거도 도둑맞았어."

"어쩌다가 어린애한테 맞아 입술이 터진 거야?"

"끝났어?"

"너희 시인들은 늘 날 놀라게 한다니까."

"나 농담하는 거 아니야."

"나도. 다행히 넌 이제 곧 영국으로 가. 그러면 현실로 돌아올 거야. 너에게 유익한 일을 하고 위험한 데는 가지 마. 다음번엔 네 입술이 아니라 네 머리를 깨뜨릴 거야. 구세주가 되고 싶은 모양인데, 넌 그들의 세계를 몰라. 네 세계에 있어. 영웅들의 이 도시는 그들을 신경 쓰지 않아, 그들을 날려버리는 것 빼고는."

"난 아무것도 하지 않는 영웅은 되기 싫어. 더는 아무것도 확신하지 못하겠어. 교본에 적혀 있는 대로 따라갔던 것 같아. 형이 가는 대로 말이야. 연수, 영어, 대학, 경력…… 첫째의 발자국을 따라가 똑같은 성공을 얻어내는 똑똑한 둘째. 난 형과 달라!"

"시시해 보여도 안정된 길이야. 한 가정에서 완벽은 단 한 번 이룰 수 있는 거야. 넌 버려도 되는 패야. 너에겐 공기와 꿈이 있었어."

"꿈꾸고 있는 건 형이야. 형의 완벽하고 아름다운 세계, 완벽한 여자친구, 완벽한 미래로 말이야. 형이 현실을 안다고 생각해? 형이 보는 현실은 어디 있는지 알아?"

"어디 있는데?"

"우리가 사는 온실 속이야. 우리는 온실 속 나무처럼 자라고 있어. 온실 밖으로 고개를 내밀면 일어날 수 있는 가장 좋은 일이 입술이 터지는 거야."

"범죄자의 길을 선택한 사람들에게 내가 죄책감이라도 느껴야 하니?"

"그들이 선택했다고? 확실해?"

"그래, 확실해."

"그럼 형의 멋진 오토바이를 타고 형의 예쁜 여자친구랑 그곳에서 애피타이저라도 먹어봐."

"너, 머리가 너무 뜨거운 거 아니야? 언젠가 시인들의 머리를 과학적으로 연구해볼 거야. 두개골의 어느 부위에 꿈이 들어 있고 현실의 몇 퍼센트가 그 머릿속에 손상되지 않고 남아 있는지 알고 싶어."

"아니, 내 뇌는 아주 차가워. 뜨거운 건 심장이야."

"좋아, 네 심장이 식으면 그때 다시 얘기하자. 엄마에게 사과드려. 난 네가 이성적으로 생각하게 해줘야겠어. 현실은 네가 바꿀 수 있는 게 아니라, 이미 있는 거야. 다음번엔 널 더 많이 해칠지도 몰라."

"코스탄차나 생각해. 난 혼자 알아서 할 테니까."

"그럼 잘해봐. 네 입술이나 터지게 하는 아이들과 있는 게 낫다면 말이야. 넌 그 애들과 정신연령이 같아."

형이 문을 박차고 나간다.

분노의 힘은 정확히 22분 동안 지속된다. 이윽고 자학에 가까운 고독이 고통을 안겨준다. 나는 이상주의자가 될 육체를 가지고 있지 않다.

27

"뭐지?"

마드레 나투라가 묻는다.

"이 아이가 우리한테 할 말이 있답니다."

우 투르코가 대답한다.

"넌 누구냐?"

"리카르도예요."

"내가 누군지 알고 있니?"

"당연히 알죠. 모르면 여기에 왔겠어요?"

"무슨 일이냐?"

"신부가 나쁜 얘기를 했다는 걸 알려드리고 싶었어요. 불명예스런 일이에요."

"네가 그걸 어떻게 알지?"

"나도 거기에 가거든요. 축구 하러요. 센터에 다녀요. 내가 직접 듣고 봤어요."

"뭘 들었는데?"

"지난번에 우리한테 조직원의 주기도문을 외우게 했어요."

"뭔데?"

"웃기는 기도문이에요. 우리에게 먼저 진짜 주기도문을 가르쳐줬어요. 성당에서 말하는 거요. 그리고 조직원의 주기도문이라고 적힌 종이를 주며 진짜 주기도문과 완전히 반대라고 말했어요."

"어떻게?"

리카르도가 주머니에서 구깃구깃한 쪽지를 꺼내 마드레 나투라에게 내민다.

"네가 읽어봐."

아이는 종이를 펴고 두려움에 떨며 읽는다.

나와 우리 가족의 대부시여,

명예와 용기를 가진 분이시니

이름이 존경을 받으시오며

우리 모두는 대부님께 복종합니다.

당신이 말씀하시는 모든 것은 이루어져야 합니다,

죽고 싶지 않으면 그게 법이니까요.

당신은 우리의 아버지시고 우리에게

빵과 일을 주시며, 조직원들이

먹어야 하기에 물러서지 않고

가진 자를 처단하십니다.

실수하는 자는 대가를 받아야 한다는 걸 압니다.

용서하지 마십시오, 안 그러면 당신에게 불명예입니다.

비밀을 말하고 스파이 짓을 하는 자는 파렴치한입니다.

이것이 이 조직의 법입니다!

청컨대 나의 아버지시여,

짭새들과 경찰서에서 날 풀어주소서.

나와 당신의 모든 친구를 자유롭게 해주소서.

언제나 그래왔고, 앞으로도 늘 그렇게 해주소서.

리카르도가 말을 멈췄다가 이렇게 덧붙인다.

"하지만 전 이런 걸 생각하고 싶지 않아요."

"어째서? 사실 이것들을 생각해야 한다. 넌 훌륭한 조직원이 되고 싶지 않니?"

"물론이죠! 그래서 여기에 온 걸요."

"잘했다. 앞으로도 그렇게 그 신부 쪽에서 일어나는 일을 내게 알려주면 된다. 아니, 계약을 하자. 내게 와서 그 사제가 하는 일을 얘기해주는 거다. 알겠지?"

"좋아요."

"맹세하느냐?"

"맹세해요."

"똑똑하구나. 넌 유능한 조직원이 될 거야. 나와 같이 갈 거다."

마드레 나투라가 1만 리라(약 6,500원)짜리 지폐를 준다.

"피자 사 먹어. 잘 행동하면 더 많이 가질 수 있을 거다."

리카르도는 지폐를 손에 쥐니 키가 커지고 가슴이 펴지는 듯하다. 마드레 나투라가 리카르도의 머리를 쓰다듬다가 헝클어뜨리며 뺨을 살짝 때린다. 아이는 자신의 상금을 조몰락거리며 자리를 떠난다. 영악해서 벌써 마드레 나투라의 눈이 되었다. 벌써 이중 스파이 노릇을 한다.

"이 신부는 진짜 주기도문으로 기도해야 할 거야. 기도발이 있는지 보자고."

마드레 나투라가 냉소적인 말을 던진다.

28

"대학교는 어때?"

루치아가 묻는다.

"힘들어. 선배들과 비교하면 난 노는 거나 마찬가지야. 하지만 좋아하는 공부를 하는 건 참 멋진 일이야."

세레나가 뺨을 부풀렸다가 숨을 뱉으며 말한다. 미소와 함께 눈빛이 초롱초롱 빛난다.

"넌 너희 가구점을 거쳐 간 가구를 많이 봤잖아. 넌 훌륭한 인테리어 디자이너가 될 거야."

"맞아. 엄마는 내가 대학교에 들어갔을 때 너무나 자랑스러워했어. 엄마는 대학교에 다닐 수 없었거든. 엄마는 인테리어 잡지에 푹 빠져 살았어."

"엄마가 보고 싶니?"

"언제나. 어떤 순간엔 더 많이 보고 싶어. 새로운 일을 시작할 때면, 엄마가 내 옆에 있으면 얼마나 좋을까 싶어. 외로워. 넌 형제가 많으니까 좋겠다."

"가끔 동생들을 모두 집 밖으로 쫓아내고 싶을 때가 있어. 집 안에 숨 쉴 공기가 부족해."

"앞으로 뭘 할 건지 결정했니? 대학교에 들어갈 거야?"

"교사자격증을 딸 거야. 제일 원하는 꿈은 연출가가 되는 거지만. 허황된 꿈은 꾸지 않는 게 좋아……."

둘은 바닷가에서 집 쪽으로 조용히 산책한다. 강렬한 여름 햇살이 그녀들의 가무잡잡한 피부를 더욱 돋보이게 한다. 두 사람은 서로 미소를 나누며 인사한다. 루치아는 아스팔트가 누덕누덕 기워져 있는 길로 들어선다. 보도는 곳곳이 파였고, 회칠이 되지 않은 벽돌들은 그곳의 집들이 임시 거처라는 인상을 확 풍긴다. 식구들이 북적이는 비좁은 집 가까이에 그렇게 큰 바다가 있다는 건 루치아를 더욱 고통스럽게 한다. 너무 큰 바다는 아픔을 준다. 몸이 아니라 마음에. 너무 먼 미래가 저 멀리 수평선에서 살랑살랑 목을 간질이지만, 그 골목길에서 할 수 있는 일에 미래를 한정해야 한다. 너무 많은 소망을 가슴속에 심어주는데 어떻게 바다를 사랑할 수 있을까? 모퉁이를 돌면 빛이 보이지 않는데 어떻게 그 빛을 사랑할 수 있을까?

"이봐, 참 예쁜데?"

누치오가 루치아를 향해 소리친다. 루치아는 시선을 내리고 못 본 척 앞으로 가려 한다. 한순간 두려움이 열여섯 살 소녀의 허망한 꿈을 날려버리고 현실로 되돌려놓는다. 두려움에 몸과 다리가 굳는다.

누치오가 놓치지 않고 루치아의 체취를 맡으며 따라온다.

"언젠가 우리 멋진 산책을 함께하자, 루치아?"

루치아가 걸음을 재촉한다.

"뭐야, 내가 싫어? 내가 어떤 놈인지 한번 알아는 봐야지. 난 네 입술이 마음에 들어……."

누치오가 루치아의 옆으로 온다. 해파리의 촉수처럼 어깨를 깨문다.

"우린 멋진 커플이 될 수 있을 거야. 넌 팔자가 달라질 거고. 널 지켜주고 싶어. 어떤 놈도 네 곁에 올 수 없을 거야."

루치아가 우뚝 멈춰 선다. 없는 용기를 짜내어 똑바로 쳐다보며 떨리는 입술로 말한다.

"날 가만둬요, 알겠어요? 날 가만두라고요."

"안 그러면 뭐 어쩔 건데?"

누치오가 땀에 젖은 손으로 루치아의 한쪽 팔을 잡으며 말한다.

루치아는 손을 뿌리치고 도망간다.

누치오는 웃음을 터뜨린다. 두려움을 불러일으키는 게 여자와 섹스를 하는 것보다 그를 더 흥분시킨다.

"얌전히 지내는 게 좋을 거야. 난 원하는 게 있으면 갖고 싶을 때 가지니까."

루치아는 그 말을 들을 수 없다. 두려움에 귀가 먹먹하고 눈물이 앞을 가린다. 지옥은 희망이 이루어지지 않는 곳이 아니라 희망조차 가질 수 없는 곳이다. 여자인 몸이 루치아를 두렵게 만들고, 루치아의 미모가 그녀를 폭력에 노출시킨다. 희망을 모두 모아 손바닥에 올려놓고 훅 불어버려야 한다.

집에 도착하자 루치아는 엄마 품으로 뛰어들며 눈물을 흘린다.

"언니, 왜 울어?"

어린 여동생이 묻는다.

젬마는 루치아의 머리를 쓰다듬기만 할 뿐 무슨 일이냐고 묻지는 못한다. 딸의 고통을 몸으로 느껴도 지금은 묻지 못한다. 오늘 저녁은 집 안의 희미한 빛에 화분에 핀 장미꽃조차 슬퍼 보인다. 이곳은 전체가 항구인데도 도망갈 길이 막혀 있다.

29

"당신에게 돈을 주겠어."

돈 피노 신부가 테이블 위에 5만 리라(약 3만 2,000원)가 든 봉투를 내려놓자 마리아가 피곤한 눈으로 그를 쳐다본다.

"어쩌라고요! 돈 피노 신부님, 그들이 날 죽일 거예요."

"일자리를 찾아보고, 몸을 파는 건 그만둬."

"무슨 일을 하죠? 전 아무것도 할 줄 몰라요."

"우리 한번 찾아보자고."

"불가능해요, 신부님. 그 일을 하지 않으면 집을 빼앗을 거예요."

"프란체스코도 이렇게 살아가는 걸 원해?"

마리아가 입을 연다. 하고 싶은 말이 고통스런 눈물로 변한다. 눈가에 마스카라가 번지고, 머리카락이 얼굴을 가리고, 흐느낌으로 가슴이 들썩인다.

"도와주세요, 제발 도와주세요. 더는 그걸 할 수가 없어요! 제가 창문에서 뛰어내리지 않는 건 오직 프란체스코 때문이에요."

돈 피노 신부가 마리아를 껴안으며, 아이에게 하듯 머리카락을 귀 뒤로 넘겨 정리해준다. 마리아는 연신 눈물로 얼굴을 적시고 머리카락으로 눈물을 닦는다.

"모두 잘될 거야. 두고 봐, 마리아. 무서워하지 마."

"용서하세요, 전 그럴 용기가 없어요."

"좀 더 생각해봐. 프란체스코를 데리고 바다로 가. 그리고 차분하게 생각해봐."

돈 피노 신부의 검은색 셔츠가 눈물에 얼룩졌다.

"노부인 댁에서 청소 일을 하면 어떻겠어? 아니면 장봐주는 일을 하던가?"

"하지만 사람들이 날 알아보면······."

"여기 말고. 다른 데서 찾아보자고."

"누가 시킨 거예요, 신부님?"

"뭐를?"

"나 같은 여자를 돕는 거요. 뭐 때문에 이런 일을 하시는 거죠?"

"당신의 미소 때문에."

잠시 마리아가 그를 가만히 쳐다본다. 그 미소에서 신부는 처음으로 프란체스코를 보았다. 그 미소에서 처음으로 그녀가 사랑하는 소년을 보았다. 마리아가 진정한 사랑의 밤을 보내고, 그 미소를 지으며 아침에 깨길 바란다.

문이 등 뒤로 닫혔을 때 돈 피노 신부는 마리아에게 돈을 받으러 온 누치오를 만난다.

"당신도? 신부님, 훌륭하십니다. 좋은 취향이에요!"

담배를 너무 많이 피워 누레진 이를 드러내며 누치오가 빈정댄다.

"당신들, 이 여인을 가만 놔둬."

"어째서요? 당신은 되고 나는 안 되나요, 신부님? 이게 무슨 정의인가요?"

"지금 무슨 말 하는 거야? 무슨 얘기를 하는 거냐고!"

"신부님, 오입질을 좋아한다 해도 전혀 나쁜 게 아닙니다. 우린 남자니까요."

"아니, 자넨 짐승이야. 나는 사람이고."

"말 좀 가려 하시지? 당신, 이미 상당히 잘못하고 있어."

"말이 지나친 건 자네야. 마리아는 일자리가 필요한 어머니라고. 그러니 가만히 내버려둬."

"신부님, 당신은 빠지시죠. 벌써 피가 끓어서 무슨 일을 저지를지 모르니까."

"아니, 난 가지 않겠어. 썩 꺼져, 다신 오지 말고."

신부는 문 앞에서 꼼짝하지 않는다. 눈빛은 단호하지만 두려움에 떨고 있다.

"비키지 않으면 죽일 거야."

돈 피노 신부는 한 손을 뻗어 자비를 비는 것처럼 손바닥을 위로 향한 채 천천히 다가간다. 누치오의 팔에 손을 댄다.

"제발, 가게."

신부가 미소를 지으며 말한다. 그 온화한 미소에 누치오는 자기 어머니의 눈이 떠오르고, 뭔지 모르겠지만 마음속의 어떤 것, 혹은 누군지 모르겠지만 마음속의 누군가가 떠오르며 신부를 밀쳐낸다.

"신부, 이게 끝이 아니야. 당신 일이나 하라고. 알았어?"

돈 피노 신부는 멀어져가는 누치오를 쳐다본다. 셔츠가 땀에 흠뻑 젖었다.

문이 열리고 마리아가 나온다.

"무슨 일이에요?"

"아니, 아무 일도 없었어. 머리가 어지러웠을 뿐이야. 잠깐 앉아 있어야 했어."

"물 한잔 드릴까요?"

"아니, 아니. 지나갔어."

"무척 피곤해 보여요, 신부님. 이런 더위에 돌아다니시니."

"여기서 나가야 해, 마리아."

"고집이 세시네요, 신부님⋯⋯."

30

트렁크를 연다. 「호빗」의 용 이후로 더는 무서울 게 없다. 트렁크가 입을 크게 벌리고 다 먹어치울 것 같다. 안에 뭘 넣어야 할까⋯⋯. 나는 22분 동안 가만히 있을 수 있다고 앞에서 말했다. 영국에서 지내는 45일 동안 무엇이 필요할지 파악하는 데도 22분이 걸렸다.

나는 순전히 시적인 기준으로 물건들을 트렁크에 집어넣는다. 원어로 읽고 싶은 책들, 선글라스가 영국에서 햇볕으로부터 날 보호해줄지 잘 모르겠지만 만프레디 형의 선글라스를 넣는다. 형은 새것을 샀다. 진바지 한두 벌과 티셔츠 30여 장, 아홉 살 때 선물 받은 뒤로 사용할 줄 모르면서도 여행 갈 때마다 챙겼던 다용도 주머니칼. 몸이 아프면 읽을 만화책 몇 권. 이것이 내가 만든 시적인 트렁크다.

엄마가 점검을 하더니 처음부터 다시 싼다.

숨을 돌려야 한다. 미래가 나를 너무나 지치게 한다. 나는 지도책을 넘겨본다. 이젠 표지가 너덜너덜하다. 섬 지도책이다. 초등학교 1학년 때 나는 내가 만든 섬에 보물 지도를 그려 넣곤 했다. 그래서 부모님이 세계의 모든 섬이 그려진 지도책을 내게 선물해주었다. 그 지도들에서 나는 보물을 캐고, 괴물들에게 생포되고, 나와 다른 많은 사람들의 생각을 알게 되었다. 어떤 사람들은 귀가 네 개이고, 어떤 사람들은 내 가슴 높이의 난쟁이이거나 땅까지 닿는 긴 팔을 가졌다. 그 지도책에서 나는 지도가 보물보다 더 중요하다는 걸 배웠다. 나는 계속 찾아다니는 걸 좋아했다. 지도에서 보물 상자를 찾아내면 또 다른 지도를 찾아 몇 페이지 앞에 있는 섬으로 보물 상자를 다시 보냈다. 그렇게 여행이 계속되었다. 나는 모든 바다를 항해할 수 있는 배가 있었다. 지도책에서 지도는 다 똑같다. 파란색 농도만 변하고 늘 잠잠하다. '마젤란 호'라 이름 붙인 내 배는 그 파란색 바다를 항해하며 포옹하는 모양의 반원형 만이나, 성게처럼 뾰족뾰족한 피오르드 해안, 아주 길고 황량한 해변에 정박했다. 나는 내 꿈이 거기서 시작되었다고 생각한다.

나는 지도책에 나오는 섬에 이름을 만들어 붙이곤 했다. 내가 제일 좋아하는 섬은 '천국의 섬'이다. 오직 나만의 천국에 형태를 주고 싶어 그렇게 이름 붙였다. 사실 섬의 보물들은 내가 좋아했던 것에 대한 숭배와, 내게 부족했던 것에 대한 기대를 담고 있었다. 예를 들어 첫 번째 범주의 보물섬은 퐁고 인형, 레고, 병정 등이 무한히 담겨 있는 저장고였다. 두 번째 범주의 보물섬은 수영장, 늑대, 보이지 않게 해주는 투명 모자였다. 보물은 섬 자체였고, 모험을 할 때마다 내가 갖고 싶은 것을 만들어냈다. 섬을 보지 않은 지 꽤 되었다. 섬은 지도의 파란색 위에 가만히 멈취 있었다.

이제 그 섬 안에 뭘 넣을까?

내가 좋아하는 것으로 책에 대한 숭배를 넣고 싶다.

내가 갖고 있지 않은 것으로 사랑, 용기, 바다에 다시 던져 넣을 불가사리들을 넣고 싶다.

영국은 많은 것을 찾아내게 될 섬이 될 거다.

내일 떠난다.

상상 속 섬의 시간은 끝났다.

31

우리는 저녁 식탁 앞에 앉아 있다. 만프레디 형의 여자친구인 코스탄차도 와 있다.

모두 다섯 명인데도 엄마는 요리를 15인분이나 준비했다. 우리 집에서 사랑은 세 배로 늘어나고 칼로리 폭탄으로 나타난다.

형과 나는 다시 화해했다. 우리는 싸우고 24시간을 넘기지 않았다. 싸운 지 얼마 후 우리는 누가 잘못했든 서로 웃어넘긴다.

"준비 다 했어?"

코스탄차가 묻는다. 지구에서 가장 우아한 동물들이 코스탄차의 몸에 사는 듯하다. 목에는 백조가, 가슴에는 그레이하운드가, 눈에는 페르시아고양이가, 머리카락 사이엔 수천 종의 나비들이 산다.

"응."

"넌 아주 잘 지낼 거야. 해롯 백화점과 포트넘 앤 메이슨에는 꼭 가봐야 해. 갖가지 차, 쿠키, 에센스, 향신료, 향수가 있어⋯⋯. 천국이야."

"코스탄차의 말이 맞아. 그곳에만 있는 로열 브랜드 차를 엄마에게 사다주렴. 조금 비싸지만 그만한 가치가 있어."

엄마가 흥분해 말한다.

"난 비틀즈 레코드를 원해, 오리지널로. 그리고 애비 로드 횡단보도에서 사진을 찍어봐."

만프레디 형이 말한다.

형은 비틀즈에 꽂혀 있다. 레논과 아주 비슷해서 형을 '존'이라 부르던 때도 있었다.

아빠는 아내의 요리에 경의를 표하러 모인 자신의 가족을 흐뭇하게 바라본다. 딸이 하나 있으면 했는데, 그랬으면 아내에게 더 좋았을 거다. 나는 엄마가 나와 만프레디 형을 키우며 어떻게 살아남았는지 모르겠다.

"아빠, 아빠는 뭘 원하세요?"

"네가 원하는 걸로, 페데리코. 깜짝 선물로. 난 네가 잘 지내고 신이 명한 대로 영어를 잘 배우기만 하면 좋겠어."

"신이 영어를 배우라고 명했어요? 신까지도요? 이제 신이 없다는 게 정말인가 봐요. 모두가 영어에 꽂혀 있어요."

내가 부드럽게 농담을 던진다.

"이번 연수에 돈이 얼마나 드는지 알 거다, 페데리코. 열심히 해."

"그럴 거예요. 사실 돈을 아끼기로 결심했어요."

모두가 나를 쳐다본다.

"영국에 가지 않기로 결정했어요."

"너 무섭구나, 시인? 그 마음 나도 알아. 나도 그랬거든. 떠나기 전날 밤 가고 싶지 않더라."

만프레디 형이 웃으며 말한다.

"무섭지 않아. 다른 할 일이 있어. 무섭지 않기 때문에 남는 거야."

"너 지금 무슨 말을 하는 거니?"

엄마가 묻는다.

"남아서 브란카치오에 계신 피노 풀리시 신부님을 돕겠어요. 내가 사는 도시의 다른 절반도 모르는데 영국에 가는 게 무슨 의미가 있겠어요? 내 나라 말도 할 줄 모르는데 새로운 언어를 배우러 갈 수는 없어요. 거기 가서 뭐하겠어요?"

"페데리코, 이런 얘기는 할 필요 없다. 돈은 이미 지불됐어. 돌아와서 원하는 만큼 신부님을 도와드리면 돼. 두 가지가 양립할 수 없는 일인 것 같지 않아."

"이미 결정했어요. 다들 이해 못하네요. 계획을 세워 하는 일이 아니에요. 들어간 돈은 일해서 벌어 갚을게요."

"대화는 여기서 끝났다. 넌 내일 떠나. 끝!"

아버지는 절대 목소리를 높이지 않는다. 목소리를 높일 때는 대화가 정말 끝났다는 표시다. 최종 협상의 여지가 없다. 그래서 나도 큰 목소리를 내야 한다.

나는 식탁에서 일어난다. 나는 방 안에 틀어박혀 비행기를 타기엔 시간이 너무 늦을 때까지 나오지 않을 거다.

이성과 용기 사이에서 나는 용기를 선택했다. 그만한 가치가 있다.

밤에 바다는 수많은 손이 사랑스럽게 다독이듯 항구를 품에 안는다. 재스민 덤불 냄새가 어둠과 섞인다. 방금 저문 낮의 열풍이 강했던 날이면 향기가 더욱 진하다. 한적한 길에 희미하게 두 형체가 보인다.

다리오가 한 소녀와 이야기한다. 다리오는 열 살 정도이고 아직 앳된 얼굴이지만 잘생긴 청년이 될 거다. 아직 성숙하지 못한 몸에 팔과 다리가 말랐지만 신체의 비례가 적당하다. 달콤한 시선은 고통 어린 우수의 선물이다. 곱슬머리가 암초 위 거품처럼 이마에서 보글거린다.

"이 돈으로 뭐 할 건데?"

"내가 좋아하는 옷을 잔뜩 살 거야. 식구들에게 먹을 것도 주고. 넌?"

"난 총을 살 거야."

"뭐 하려고?"

"날 여기에 갖다 놓은 사람을 죽이고 떠나려고."

"어디로?"

"내가 지금 만들고 있는 날개를 달고 바람 부는 대로."

한순간 침묵이 멀리서 들려오는 도시 소음의 공범자가 된다. 몇몇 집에서 켜놓은 텔레비전이 열린 창문을 통해 빛과 목소리를 웅얼거린다. 이때쯤 바다가 일어나 항구 전체를 덮어버리고 항구에서 인간의 쓰레기 파편을 씻어낼 거다. 하지만 바다는 자신이 깎아내는 해안에서 무슨 일이 일어나는지 너무 모른다.

자동차 한 대가 아스팔트에 널려 있는 깨진 병 조각들을 으깨며 천천히 다가온다. 수염이 지저분하고 머리카락이 땀에 젖은 50대 남자가 다리오를 쳐다보며 타라는 신호를 보낸다.

다리오는 검지와 엄지로 권총을 흉내 내며 소녀에게 빙그레 웃는다. 다리오가 올라타자 차는 수풀 사이로 냉장고, 컴퓨터 케이스, 소파 등이 버려져 있는 어둠 속으로 사라진다.

다리오는 주머니에 돈을 넣고 걸어간다. 몽유병 환자처럼 걸어간다.

곧 권총을 살 거고 날개는 준비될 거다.

캄캄한 바닷가 해변에 누워 루치아가 들려주었던 이야기를 떠올리며 잠이 든다. 괴물에게서 도망가기 위해 아버지에게서 펜과 초로 만든 날개를 얻어 훨훨 날아간 소년의 이야기다. 그 소년처럼 훨훨 날아갈 거다. 하지만 태양에 너무 가까이 가진 않을 거다. 상상의 날개를 활짝 펴다 보니 희망에 부풀어 생기가 돌던 다리오도 잠에 곯아떨어진다.

바다에서 나온 여인이 다리오를 품에 안고 바다 깊은 곳으로 데려가는 꿈을 꾼다. 바다가 밤 파도를 타고 다리오에게 다가온다. 다리오를 위로하고 자신의 품에 숨겨서 또 다른 날의 고통스런 빛을 피하게 해주고 싶어 하는 듯하다.

33

"그 방에서 당장 나오지 않으면 다신 못 나올 줄 알아."

오늘 아침 아버지가 그렇게 말했다. 비행기가 이륙할 때까지 나는 방 안에 틀어박혀 있었다. 비행기 출발 시각이 지나서야 나는 자신만만해하며 방문을 열었다. 아버지가 아무 말 없이 방 안으로 들어와 방문 열쇠를 챙겨 밖에서 날 가두었을 때, 나는 내가 전쟁이 아니라 작은 전투에서 이겼을 뿐이라는 걸 알았다. 내 방에 죄인처럼 갇힐 줄은 미처 생각지 못했다. 항구인 작은 방이 죄수선이 되었다. 아버지는 이러면 내가 잘못을 반성할 시간을 가질 거라고 생각했다. 사실 먹지도 못하고 화장실에 가지도 못한 채 방 안에 있어야 하기 때문에 감각이 위태로워지는 게 문제다. 적어도 먹을 것과 양동이를 가져다주길 바란다. 정치범에게 그 정도는 제공한다.

다행히 만프레디 형이 있다. 부모님이 외출하자 형이 문을 열어줘 기본적인 생존 기능을 회복할 수 있었다.

"시인, 너 일을 크게 벌이고 있어! 잠깐 앉아 얘기 좀 하자. 자세히 알고 싶어. 어쩌다 네 고추가 한번에 이렇게 커버린 거야?"

"이젠 생각이 명확히 정리된 것 같아."

"너의 유일한 아군인 나까지 적으로 만드는 건 좋지 않아. 들어봐. 네가 다신 브란카치오에 발을 들여놓지 못하게 하겠다고 부모님이 결정하셨어. 탈 없이 넘어가진 못할 거야."

"어떻게 하시겠대? 날 집 안에 가둬놓으시겠대? 난 열일곱 살이야. 경찰을 부를 거야."

"그래, 미치겠네. 진정 좀 해. 형이 이성적인 사람인 거 알지? 이제 자세히 설명 좀 해봐."

"어떤 것들을 보면 더는 무시할 수 없게 돼. 얼굴을 돌리고 못 본 척하고 싶지 않아."

"너, 과장이 심한 것 같지 않니? 마치 아프리카 아이들 다큐멘터리를 보고 문제를 해결하러 떠나려는 것 같아."

"맞아. 우린 너무나 바보여서 문제를 봐도 문제로 느끼지 못해. 내가 할 수 있는 작은 일이라도 해야 한다고 생각해. 내가 본 걸 외면할 수가 없어."

"뭘 봤는데?"

"도움이 필요한 사람, 매일 그곳에서 죽을 고비를 넘기는 사람, 아이들의 목숨을 책임지고 있는 사람. 과장하고 있는 게 아니야. 난 내 미래만 생각하려고 태어나지 않았어."

"그럼 뭘 생각해야 하는데? 다른 사람들의 미래? 네가 좀 흥분한 것 같다."

"아냐, 내가 가진 걸 나눠 주고 싶을 뿐이야. 그리고 봤어……."

"뭘?"

"루치아를 봤어."

"누군데?"

"여자애."

"이럴 줄 알았어. 시인들이 그렇듯 너도 좋아하는 여자를 한 번만 보고도 사랑에 빠졌다고 생각하는 거야. 언제 열일곱 살 철부지 짓을 그만둘래?"

"형이 인정하든 말든 상관없어. 내 열일곱 살이야. 형 게 아니라고."

만프레디 형이 잠시 침묵한다.

"어때?"

"내 열일곱 살?"

"아니, 그 여자애."

"예뻐. 강하고 현실적이야."

"현실적이라고?"

"응, 현실적이야. 나보다 한 살 어리지만 나처럼 세상 밖에서 살지 않아. 현실 속에서 태어났고 자랐어."

"너는 아니고?"

"나도 현실 속에 있어. 하지만 있는 그대로 온전한 현실에 있진 않아. 현실엔 빛과 그림자가 있어."

"올바른 일을 한다고 확신해?"

"그렇게 확신하고 싶어. 하지만 내가 날 던지지 않으면 정의는 이루어지지 않을 거야. 더는 해안에 있지 못하고 파도치는 바다 한가운데에 있는 것 같아."

"누구의 시야?"

"내 말이야. 육지에 있기도 하고 바다에 있기도 해. 들어가고 나갈 공간은 있지만, 바다와 땅 두 개를 나누는 경계선은 이제 없어."

"어떤 때 너는 나까지도 끌어당기는 매력이 있어. 엄마 아빠와 얘기해볼게."

"부탁 하나만 들어줘."

"뭔데?"

"못 본 척 좀 해줘. 오늘 브란카치오에 갔다 오고 싶어."

"안 돼, 내가 부모님께 말할 때까지 기다려. 시작하기도 전에 협상이 결렬될 거야."

"코르테스는 신세계에 도착했을 때(1519년 스페인의 탐험가 에르난 코르테스는 유카탄 반도에 상륙해 아즈텍 왕국을 점령했다 - 옮긴이) 해변에서 배들을 불살랐어. 후회할 여지 없이 전진할 수밖에 없도록 말이야. 하지 않고 후회하는 것보다 하고 후회하는 게 나아."

"페데, 넌 코르테스가 아니야."

"코르테스는 자기 배들을 불사르고 나서야 코르테스가 됐어."

만프레디 형이 웃는다.

"해야 할 일이 하나 있어. 다녀올게. 형은 내가 방 안에 틀어박혀 누구도 만나고 싶어 하지 않는 척해줘. 음악을 틀어놓을게."

"서둘러. 아, 네게 되돌려줄 게 있어."

나는 형을 바라보며 눈빛으로 뭐냐고 묻는다. 형이 내 배를 가격했고, 나는 방어하려고 몸을 굽히지만 너무 늦었다.

"이래야 공평하지, 돈키호테. 강철 지그의 해머 드릴을 가진 아이들을 조심해. 그런데 우리 타이거 마스크를 보지 않은 지 꽤 됐어. 애들한테 얻어터지지 않으려면 몇 가지 기술을 복습해두는 게 도움이 될 거야."

나는 허리를 감고 숨도 못 쉬며 몇 마디 내뱉으려 하지만 말이 나오지 않는다.

"그냥 넘어갈 거라고 생각했어? 지켜야 할 위계질서가 있다는 걸 명심해."

조금씩 호흡이 돌아온다.

"먼저 태어난 걸 갖고 유세 떨지 마."

"내가 좋아하는 시인으로 있어줘, 저주받은 시인이라도 말이야."

"젠장. 꺼져!"

"서둘러."

남자들은 이렇게 분쟁을 해결한다. 여자들은 절대 모르는 거다. 형이 없었다면 나는 남자다운 남자가 되지 못할 거다.

34

신발. 그렇다, 신발. 책을 가지곤 가만히 머물러 있고 싶은 곳으로 간다. 하지만 신발을 신곤 몸과 발이 닿는 먼 곳으로 간다. 오늘 내 신발이 얼마나 중요한지 분명해졌다. 신발 덕분에 나는 인생이라는 이 미로를 지나갈 수 있을 거다. 미로는 피할 수 없지만 실이 끊어지지 않도록 조심하면 된다. 루치아가 실타래의 한쪽 끝을 잡고 있다는 걸 나는 안다. 잠깐만이라도 루치아를 보고 싶다. 루치아에게 사과하고 싶다. 떠나지 않고 남았다고 말하고 싶다. 밤의 사용설명서를 배우고 싶다. 결국 인생은 늘 어딘가에 붙들리게 된다. 신발 아래. 말 안에.

나는 루치아의 집을 찾아낼 수 있었다. 노크를 하자 루치아가 문을 열어준다. 『백야』를 손에 쥐고 있는데 책 한가운데에 손가락 하나를 끼웠다. 꿈꾸는 거냐고 묻고 싶은 눈빛으로 내가 어떤 세상에 있는지 초점을 맞추려 애쓴다.

"다시 왔어. 마음에 드니?"

내가 책을 가리키며 묻는다.

"응…… 넌 책 주인공처럼 이랬다저랬다 하네."

"영국으로 떠나야 했지만 가지 않았어. 널 다시 보고 싶었어."

"왜?"

"난 귀찮은 놈이니까."

"몇 살이야?"

"열일곱 살."

"그렇게 보이지 않아."

나는 시선을 내리고 어떻게든 얘깃거리를 찾아내려 애쓴다. 간단할 거라 착각하며 그 길을 걸어온 내 신발을 내려다본다. 제 나이로 보이기까지 얼마나 많은 다른 길을 걸어가야 할까.

"네가 어린아이 같은 얼굴을 가졌다는 뜻이야."

루치아가 웃는다.

다 망친 건 아니다. 나도 웃는다.

"곧 또 올게. 지금은 가봐야 해."

루치아가 날 가만히 쳐다보며 아무 말 없이 계속 미소 짓는다. 나는 어딜 봐야 할지 더는 모르겠다. 내 신발에 신경을 집중하지만 자꾸 왔던 쪽으로 되돌아가고 싶다. 열기로 판단컨대 얼굴이 빨갛게 달아오른 게 틀림없다.

볼 트래핑에서 날 꺾었던 꼬마를 길에서 만난다. 나는 발등으로 공 차는 시늉을 하며 인사한다.

"너, 이름이 뭐니?"

"무슨 상관인데?"

"나보다 볼 트래핑을 잘하는 애가 누군지 알아야겠어."

"리카르도야."

"안녕, 리카르도. 다음에 보자."

"넌 이름이 뭔데?"

"페데리코."

"몇 살인데?"

"열일곱 살."

"너는?"

"열한 살."

"그런데 그렇게 튼튼해? 축구 선수 해도 되겠다."

"아버지가 팔레르모 팀의 오디션을 보게 해주겠다고 했어."

"그렇게 될 거야."

"넌 여기에 뭐 하러 왔어?"

"그냥, 친구가 있어."

"누구?"

"난 돈 피노 신부님의 친구야."

"돈 피노 신부님은 훌륭하신 분이야. 모두의 친구지."

"그래. 너도 신부님의 친구야?"

"물론이지. 천국 가는 길을 알려주겠다고 약속했어."

"그것도 아신대?"

"응."

"나한테도 말해달라고 해야겠다."

"하지만 내가 먼저야."

"좋아. 안녕, 리카르도. 다시 보자."

"안녕. 넌 어디 살아?"

"저쪽에."

"팔레르모에?"

"맞아, 팔레르모."

우리는 인사한다. 피하지 않고 대면한 나 자신에게 만족하며 길을 걷는다. 나는 지금 나 자신의 틀을 깨고, 신발이 아닌 슬리퍼만 신기 때문에 마냥 부드럽기만 했던 관념에서 벗어나기 시작했다. 공공장소에서 내 생각을 표현하기 시작했다. 뒤돌아보니 리카르도가 서서 날 지켜보고 있다. 나는 다시 리카르도에게 인사한다.

집에 도착했을 때는 거의 저녁 시간이 되었다. 초인종이 울리지 않도록 만프레디 형이 뒷문을 열어주었다. 집 전화가 한 번 울리면 문을 열어주기로 미리 약속해두었다. 나는 내 방으로 다시 들어가고 만프레디 형이 다시 협상을 해온다. 10대를 이해하지 못하는 나라에서 대사로서의 내 외교력은 만족할 만한 결과를 얻어냈다. 나는 브란카치오에 갈 수 있지만 바다로 휴가를 갈 때까지만이다. 나는 식구들과 휴가를 갈 거다. 그것엔 토를 달지 못한다. 영국 연수는 마지막 순간에 계약을 해지했지만 수강료는 반환될 거다. 여행 경비는 날렸다. 그 돈을 부모님께 되돌려드리기 위해 아르바이트 일을 찾아야 할 거다.

"어쨌든 아버진 널 자랑스러워하셔. 하지만 절대 네게 그 말은 하지 않으실 거야. 난 네가 미쳤다고 생각하지 않아. 하지만 엄마는 부르주아 혁명가들이 그렇듯 네가 나쁜 길로 빠질까봐 두려워하셔."

"부르주아 혁명가는 어떤 사람들이야? 형은 그 말이 뭔지 알아?"

"집을 가지고 있고, 사는 집이 아닌 다른 데서 휴가를 보낼 수 있는 사람들이라고 생각해."

"나쁜 거야?"

"그런 것 같지 않아."

엄마가 저녁을 먹으라고 부른다. 나는 사과하고 이전처럼 다시 생활한다. 식구들이 그렇게 생각하도록 말이다.

35

"떠나는 거 아니었니?"

"불가사리를 주우려고 여기에 왔어요."

"무슨 일이 있었니?"

"주세페."

"말라스피나?"

"네. 다른 나라 도시의 언어와 문화와 풍습을 배우는데, 내 나라 도시에서 일어나는 일을 전혀 모른다면 무슨 의미가 있겠어요?"

"가족들은?"

"절 잡으면 병원에 보낼 거예요. 비행기 표 값을 날렸거든요. 하지만 수강료는 돌려줄 거예요. 아무튼 집에선 제가 미쳤다고 생각해요."

"비 오는 날 사람들은 우울해. 하지만 애인을 만나러 가는, 사랑에 빠진 남자는 노래를 흥얼거리지. 미친 사람처럼 보이지만 사실 유일하게 정상적인 사람이야. 그래서 날 도와줄 거니?"

"그러지 않으려면 왜 제가 여기에 남았겠어요? 후회하지 않게 해주세요……."

"우리 내기할까, 다신 떠나고 싶지 않을 거라고?"

"내기해요."

돈 피노 신부가 날 보고 빙그레 웃으며 안아준다.

"고맙다."

신부님을 껴안자 집에 있는 것같이 편하다. 찾아내어 예쁘게 꾸며줄 방이 아직 많지만 벽이 단단하고 햇볕에 너무 많이 노출된 집 같다.

"그럼 산책을 나가자. 가면서 설명해줄게."

그들의 그림자가 사람들을 숨기고 보호해주는 집 안에서 사나운 햇볕에 쫓겨나 도망치는 것 같다.

"우린 이곳 거리를 돌아다니며 우리 모습을 보여줘야 해. 두려울 게 없다는 듯 머리를 꼿꼿이 들고 다녀야 해."

"왜요?"

"가라지를 대신할 것이 심어져 있다는 걸 이해시키기 위해서."

"그게 뭔데요?"

"며칠 전에 얘기해줬던 땅 주인들 생각나지? 땅을 팔아 부자가 된 사람들 말이야. 그런 일들이 시칠리아에서 자주 일어난다다. 그들의 줄을 타고 마피아들이 왔어. 그들은 자신의 땅에 집을 짓고 살던 사람들에 대해 계속 보호권을 행사하고 있어. 땅에 대한 노동을 땅에 대한 권력으로 대체했지. 무지와 가난 속에서 마피아라는 가라지는 더 쉽게 큰단다. 난 브란카치오를 밀과 가라지가 자라는 거대한 밭으로 본다."

"가라지가 뭔지 모르겠어요. 먹는 거예요?"

"내 수업을 듣지 않았구나. 밀과 너무나도 비슷한 잡초란다. 이삭이 패기 시작할 때 밀은 알곡을 맺지. 가라지는 밀을 흉내 내지만 그 알곡은 아무 쓸모가 없어. 몸에 나쁜 밀가루가 나오거든. 이곳에도 밀은 있지만 잡초들 때문에 까딱하면 시들고 말지."

"정치인들은 왜 아무것도 안 해요?"

"정치인들? 사람들을 살리는 정책이 없어. 이런 사태를 대부분 보고도 못 본 척하지. 중요한 건 각자의 선택이야. 네가 정책이란다. 네가 이 거리를 거닐면서 매일 하는 선택이 정책이 되는 거야. 널 때렸던 아이 기억나니? 그 애를 어떻게 하고 싶었니?"

"죽이고 싶었어요."

"알아. 사랑하는 법을 배우지 못하면 너도 아이로 남는 거다. 그 애와 같은 아이들을 사랑하는 것이 브란카치오를 바꾸는 유일한 정책이야. 판단하기는 너무 쉽다. 정치체제에 잘못을 돌리는 건? 그것도 쉽지. 밀과 가라지를 함께 자라게 해야 해. 계속 함께 자라겠지. 가라지는 성장 속도가 아주 빠르고 뿌리가 얕아. 밀밭 한가운데서 완벽하게 밀 흉내를 내며 자라지. 밀을 해치지 않고 가라지만 뽑아내기가 어려워. 선한 사람과 악한 사람이 있는 게 아니라 한 사람 안에 밀과 가라지가 함께 있는 거란다. 차이는 때가 되면 나타나게 돼. 밀로는 빵을 만들지만, 잡초로는 횃불을 만들지. 가라지의 영향권을 조금씩 줄여나가야 해."

"전 어떻게 해야 할지 모르겠어요."

"누군 그걸 알겠니? '사랑을 원하면 사랑할 방법을 찾는다.' 하지만 사랑은 사람들이 만드는 거야. 우리는 모든 걸 배우지. 모든 걸 우리에게 가르쳐줘. 그런데 가장 중요하지만 가장 어려운 사랑을 누구도 우리에게 가르쳐주지 않아. 하지만 사랑을 배우지 않으면 삶을 모르는 문맹자로 남게 돼."

노인들이 집 문 앞에 앉아 이야기를 나눈다. 구겨진 카드들이 테이블에 덩그러니 놓여 있다. 누군가가 인사하자 신부님은 손짓과 미소로 답한다. 조금 멀리서 아이들이 담 위에 유리병을 올려놓고 돌을 던져 맞힌다. 돌에 맞아 깨지는 유리 파편들이 햇볕에 빛의 알갱이처럼 보인다. 머리에 젤을 잔뜩 바른 청년들이 목적 없이 오토바이를 타고 뱅뱅 돌며 타이어 자국을 낸다. 한 여인이 장을 본 자루들을 질질 끌고 간다. 슬리퍼를 신은 소녀가 집 앞 보도를 빗자루로 쓸며, 집 안에 있는 사람만 알아들을 수 있는 말로 분노와 좌절을 쏟아낸다. 나의 시각적 지평이 확장되고, 열대림으로 들어가는 탐험가처럼 긴장했던 근육이 서서히 풀어진다.

"브란카치오를 변화시키려면 마피아에 맞서 전쟁을 벌이는 게 아니라 무지와 가난에 맞서 끈질기게 인내심을 갖고 저항해야 한단다. 나는 아이들을 위해 여름 재밌거리를 준비하고 싶구나. 아이들을 바다로 데려가 별을 보여주고 싶어. 보르셀리노 사망 기념일 다음 첫 번째 일요일에 그를 기리는 운동회를 준비할 거다. 날 좀 도와줘야 할 거야."

"멋진 생각이에요. 그런데 신부님은 어떻게 낙담하지 않고 용기를 낼 수 있는 거죠?"

"예수님이 늘 나와 함께하시니까. 그리고 난 정원사처럼 일하려 한단다. 모든 아이를 밀처럼 다루려 해. 밀을 밀로서 다뤄야만 빵이 된단다. 자선을 베푸는 것만으론 안 돼. 사랑이 필요하지. 아이들의 얼굴에서 숱한 패배의 흔적, 너무나 많은 굴욕의 상처가 보인단다. 내가 할 일은 이 거리에 있으면서 모든 아이를 사랑하는 거야."

돈 피노 신부님은 사랑을 하나의 구체적인 것으로 말한다. 페트라르카가 사랑을 대문자 'Amore'로 적으면서 보이지 않지만 반드시 있는 확고한 존재에 비유하는 것과 조금 비슷하다.

돈 피노 신부님이 계속 말한다.

"나도 하존 거리의 건물에서 태어났다면 아무것도 선택할 수 없었을 거다. 만일 지옥에서 태어났다면 지옥이 아닌 것의 한 조각을 봐야 해. 그래야 다른 세상이 존재한다는 걸 알게 되지. 이것 때문에 아이들부터 시작해야 한단다. 거리가 아이들을 먹어치우기 전에, 아이들의 마음속에 딱딱한 껍질이 생기기 전에 아이들을 데려와야 해. 그래서 유치원과 중학교가 필요한 거야. 힘은 필요 없어. 머리와 마음이 필요해. 그리고 도와줄 팔이. 이 세 가지로 무엇을 할 수 있을지 아직은 아이디어가 떠오르지 않는구나."

내가 건너온 철길 건널목 너머에 뭐가 있는지 전혀 상상되지 않는다. 나는 지금까지 어디를 보았던 걸까?

"그다음에는 소녀들을 구해야 해. 아직 청소년인 소녀들이 자신을 임신시킨 남자와 좀 더 안전한 곳을 찾아 도망가지. 잘되면 결혼하지만 대부분 열다섯 살에 미혼모가 되어 키워야 할 아이를 데리고 홀로 남게 된단다. 강아지를 데리고 있는 암캐처럼 홀로 말이야.”

돈 피노 신부님이 분노로 얼굴이 일그러지며 턱을 앙다문다. 이런 표정은 보지 못했는데 어디에 숨어 있었는지 모르겠다.

“루치아가 그런 결말을 맞게 되길 원치 않아요.”

나는 그렇게 말했다. 아직 많이 친하지 않은 내 마음속의 누군가가 그렇게 말했다.

“그렇게 만들지 않을 거야.”

“루치아는 다른 여자애들과 좀 다른 것 같아요……”

“다르지 않아. 다른 여자애들과 같아. 다만 다른 방식으로 교육받았을 뿐이지. 그것이 인간이 되는 사람과, 무리에 들어가는 사람의 차이를 만든단다.”

브란카치오. ‘브란코’, 즉 무리라는 뜻의 단어에 약탈이라는 의미가 더해져 경멸스런 단어처럼 보인다. 2000년대가 시작될 때 누군가는 브란카치오가 감귤류와 물이 풍부한 아랍 노르만의 에덴동산이라고 생각했던 것 같다. 모든 걸 비옥하게 했던 이 물의 빛바랜 표시를 아직도 볼 수 있다. 분수의 성, 파바라와 코스탄차의 유명한 ‘시로코의 방’이다. 그 방에서 페데리코 2세의 아름다운 어머니는 지중해 햇볕에 탄 피부를 회복했다. 그 당시 팔레르모 전체는 1000년대 말에 아랍인들이 개발한 지하 수로 시스템 덕분에 무더위가 맹위를 떨쳤는데도 푸르른 녹색 도시였다. 우물과 동굴에서 물이 솟아났다. 그 기적을 만든 사람은 풍부한 지하수에서 물을 끌어낼 줄 알았던 물의 장인들이었다. 그리고 모든 것이 그 땅에서 꽃봉오리를 피울 수 있는 듯했다.

그 기술이 있었는지 몰랐던 많은 방문자들은 팔레르모의 정원들을 신의 선물이라고 생각했다.

　돈 피노 신부님이 황량한 아스팔트길을 걷는다. 물의 장인들처럼 파고 파고 또 파서 숨어 있던 깊은 곳에서 물을 끌어내어 분출시킨다. 모든 사람의 마음속 단단한 바위에 숨어 있는 물, 가장 메마른 마음속에서도 물을 끌어올린다.

　마피아는 팔레르모가 자신들의 지하수를 퍼내지 못하도록 강요하고, 도시를 메마르게 하고, 물이 없다고 믿게 만든다. 점차 사람들은 정말 물이 없으며 자비로운 기부로만 얻어진다고 믿기 시작한다. 하지만 물은 단순히 보이지 않을 뿐이다. 정원과 채소밭 자리에 가라지같이 나쁜 잡초가 자란다. 물의 장인들이 필요한데 시로코 열풍의 군주들만 번성한다.

"내가 어디서 태어났는지 아니?"

"브란카치오 아니에요?"

"미국에서."

"무슨 말이에요?"

"사실이야."

"그런데 영어를 모르시던데."

"네 말이 맞아. 난 또 다른 미국을 말하는 거야. 브란카치오에서 가장 가난한 동네, 게토 안의 게토를 그렇게 불렀다. 철길 건널목 하나가 아니라 두 개가 막고 있는 곳. 철도 일을 하는 사람과, 시칠리아와 이탈리아의 여러 곳에서 이주해온 사람들이 그곳에 정착했다. 마치 타향 같았지. 그들 사이에 철도원이었던 내 할아버지도 계셨단다. 루치아도 그곳에 살아."

"언제 태어나셨어요, 돈 피노 신부님? 19세기에요?"

"너무 멀리 갔구나……. 난 1937년 9월 15일에 기차 소음과 선로를 바꾸는 덜컹거리는 소리를 들으면서 그곳에서 태어났단다. 어려서부터 그 소리가 귀에 익숙해. 난 기차를 보면서 어디론가 떠나고 싶었지. 하지만 삶의 기차는 1990년 10월에 날 다시 이곳에 데려왔단다. 사제로."

"외롭지 않으세요?"

"난 혼자가 아니야……. 마피아는 강하지만 하느님은 전지전능하지."

"그런데 왜 하느님은 아무것도 하지 않아요?"

돈 피노 신부님이 침묵한다. 날 보고 빙그레 웃는다. 신부님은 비밀을 말해주고 싶은 듯 가까이 다가오라고 손짓한다.

"한 가지는 이미 하셨어."

"뭔데요?"

"너와 나."

"이런 말 하긴 그렇지만, 대단한 일도 아닌데요……. 더 큰 일을 할 수도 있는데."

"사막을 잘 아는 내 친구 하밀이 말했단다. 대추야자 씨를 뿌리는 사람은 대추야자를 먹지 못한다고."

"무슨 말이에요?"

"대추야자수가 열매를 맺으려면 적어도 두 세대는 지나야 하기 때문이야. 내가 지금 시작하면 50년 후에 누군가가 그걸 먹을 테고, 그 그늘에서 쉴 수 있을 거야."

"멋지네요. 하지만 씨를 뿌리는 사람은 무슨 기쁨이 있겠어요?"

"네가 아버지가 되면 그 마음을 이해할 거다."

"아니요, 지금 알고 싶어요."

"넌 투사가 됐어. 걱정이구나……. 아버지는 자식들이 기뻐하는 걸 보면 기쁘단다. 기쁨이 배가되지. 아버지의 기쁨은 배가된단다. 자식들 모두의 기쁨을 흡수하기 때문에 그 개인의 기쁨보다 훨씬 더 크지."

"신부님도 그래요?"

"매일."

36

태양이 바다 뒤로 넘어가고 갓 나온 별들이 담쟁이덩굴처럼 황혼에 달라붙는다. 일하고 사랑하는 사람들과 정원이 많은 변화된 새로운 도시 위로 태양이 뜬다면 멋질 거다. 사람들의 노동이 자기 자신으로부터 도주하는 게 아니라 꿈과 현실을 이어주는 다리가 되는 곳. 어둠 속에서 한 남자가 신의 도시에 산다.

지옥에서 천국을 발견했습니다.

천국은 지옥보다 훨씬 작고 짧습니다.

천국은 정원 한구석이고 1분 남짓입니다. 하지만 천국엔 모든 것이 있습니다.

천국은 무언가가 성취되는 곳입니다.

씨앗이 장미꽃이 되고

남자가 남자가 되고

여자가 여자가 되고

하느님이 만물에 임재하는 곳입니다.

비록 낯선 아름다움, 그 미완의 얼굴만 보여준다 해도 천국은 조용히 승리합니다. 천국은 추방되었습니다.

천국은 자신의 길을 가고 그 무엇도, 그 누구도 천국을 붙잡아 우리에 가둘 수 없습니다. 천국은 진실처럼 두렵고 아름다운 여인처럼 정복하기 어렵습니다.

제가 천국의 꽃을 더디 피울 때마다 저를 불쌍히 여기소서.

저를 불쌍히 여기소서. 신이시여, 게을러서 저까지도 그 지옥을 만들었다면 저를 불쌍히 여기소서. 악을 피할 수만은 없습니다. 선을 만들어야 합니다.

오늘 저의 작은 노력이 빛을 불러왔습니다. 어두운 땅속에 숨어 있는 모든 씨앗이 두려움에 떱니다. 그 씨앗은 빛을 일으키는 게 아니라 빛이 안으로 들어오기를 희구합니다.

그래서 저는 당신께 빛을 구합니다. 씨앗처럼.

저의 빛으로 이렇게 메마르고 어두운 땅에서 자라기엔 너무 작은 씨앗입니다.

도와주소서. 신이시여, 홀로 남지 않게 해주소서.

당신을 믿을 수 있게 도와주소서.

그의 마음속에서 그 도시는 현실이 된다. 옛날에 물의 장인들이 석회암 안에서도 물을 찾아낼 줄 알았듯이 좀 더 오래 계속될 꿈을 끌어낸다.

한편 바다가 종교 교리처럼 단단한 해안에서 부서지며 한없이 이어진 그 항구에 불변의 것을 믿으라 한다. 전체가 항구인 곳에선 희망을 품지 않을 수 없다.

37

"투리도 이야기를 해줘요!"
"또?"
돈 피노 신부는 이야기를 해주는 걸 좋아한다. 아이들을 가르치는 가장 좋은 방법이다. 학생들에게 종종 이야기를 해준다. '말하다parlare'라는 동사는 '우화를 이야기하다parabolare'라는 동사에서 나왔다. 최근엔 동네일에 신경 쓰느라 시간을 줄여야 했지만, 그는 15년 전부터 학교에서 끊임없이 이야기를 하면서 가르쳐왔다. 이 15년간 교실에서 만난 아이가 수천 명이다. 학생 수가 많은 공립 고등학교 18학급에서 매주 18시간. 학급마다 매년 20~30명의 학생들을 만난다. 15년간 그가 웃음을 선물해준 학생의 수가 거의 1만 명이다. 그는 한 아이의 삶에 1주일에 적어도 한 번 미소를 지어줄 수 있다는 걸 안다. 절대 학생들을 가르치는 걸 놓지 않을 거다. 말년이 되면 제자가 10만 명에 이를지 누가 알겠는가. 10만 명의 아이들로 나라가 바뀌지는 않는다. 하지만 10만 명이면 혁명을 일으킬 수 있다. 모든 선생님은 국가에서 가장 위험한 잠재적인 투사다. 예상치 못한 핵반응을 일으킬 수 있는 융합이다.

텔레비전도 라디오도 없던 시절에는 어머니가 그에게 이야기를 해주셨다. 팔레르모의 골목골목에 닻처럼 박혀 있는 민속 이야기였다. 자신의 이야기를 잃어버리지 않은 민족은 구원의 희망이 있다.

"어서요!"

프란체스코는 손가락을 부리가 뒤집힌 모양으로 만든다. 손가락을 모아 손끝으로 노크하듯 자신의 가슴을 두세 번 두드리는 건 시칠리아에서 뭔가를 요구할 때 취하는 전통적인 동작이다.

"옛날에 투리도라는 소년이 있었다……."

"아니, 아니요, 신부님. 신부님 엄마 이야기로 먼저 시작해야 해요. 재봉사였고 손놀림이 아주 빨랐다는……."

"고집 센 녀석."

"신부님을 닮았나 보죠."

"재봉사였고 옷을 지을 때 손놀림이 아주 빨랐던 우리 어머니가 어느 날 말씀하셨다. 신은 그 자비가 어머니 같고 그 힘은 아버지 같다고 말이야. 힘은 이해했지만 자비라는 말을 이해 못했던 나는 설명을 해달라고 부탁했지. 어머니는 공부를 많이 하지 못한 순박한 여인이었지만 복잡한 것을 이야기처럼 술술 설명할 줄 아셨단다. 어머니는 내게 투리도 이야기를 해주셨다."

한 번 더 우화가 세상의 비밀을 드러내주길 기다리며 프란체스코의 눈이 기쁨으로 빛난다. 이야기가 재미있을 때는 정신이 딴 데 팔리지 않는다. 잡념은 사라지고 깊이 숨어 있는 고통까지도 사라진다. 모든 것이 사라진다. 투리도가 무대로 등장한다.

"옛날에 흑사병으로 남편과 자식들을 잃은 어머니가 있었다.

이름이 투리도인 아들 하나, 가장 사랑하는 아들만 남았어. 불쌍한 어머니는 어떻게 해서든 아들을 키우기 위해 허리가 휘도록 밤낮으로 일해야 했다. 부잣집의 빨래를 해주면 어린 아들에게 줄 백년초 열매를 사서 건강하게 키울 수 있었지. 아들은 백년초 열매. 특히 그의 머리 색깔을 닮은 빨간색 열매를 무척이나 좋아했다. 덕분에 아들은 건장하고 꿈이 많은 소년이 되었어. 그런데 허구한 날 카드 게임만 하는 어두운 영혼을 가진 친구들과 사귀기 시작했어. 간혹 이길 때도 있었지만 질 때가 더 많았지. 어머니는 늘 동틀 때까지 부엌에 앉아 아들을 기다렸다. 싱싱한 백년초 열매를 한 접시 마련해놓고 말이다. 아들은 아무 말 없이 열매를 먹었지만 마음속으로 인생을 바꾸겠다고 맹세했지.

어느 날 투리도는 남아 있던 마지막 돈을 모두 잃었고, 빚까지 졌다. 빚을 갚아야 했어. 그러지 않으면 도박판 친구들이 그를 몽둥이질하거나 목매달아 죽이거나, 늙은 당나귀처럼 익사시킬지 몰랐다. 그러자 투리도는 밤중에 몰래 도망쳐 담벼락 아래에 주저앉아 두 손으로 머리를 감싸고 괴로워하며 가슴을 쳤단다. 개들이 짖고 달도 무서워 사라졌어. 그러더니 뭔가가 움직였다. 거대한 망토를 둘렀고, 얼굴까지 덮을 정도로 아주 크고 어둠보다 더 검은 모자를 쓴 남자였어. 투리도는 깜짝 놀랐지.

'누구세요?'

'내가 널 도와줄 수 있다.'

남자가 대답했어.

'어떻게요?'

'내일 자정에 네 엄마의 심장을 가지고 교수형에 처해진 자의

갈림길로 가져오너라. 그럼 네가 필요한 돈을 주겠다.'

'당신은 누구시죠?'

망토를 입은 남자는 아무런 대답 없이 어둠 속으로 사라졌어.

투리도는 더 절망했어. 투리도를 훌륭한 청년으로 성장시키기 위해 갖은 고생을 한 어머니를 해칠 수 없었거든. 하지만 개 짖는 소리가 빚을 갚지 않으면 잔인한 죽음이 기다리고 있다는 사실을 상기시켰어. 다음 날 밤 투리도는 칼로 잠든 어머니의 가슴을 열고 심장을 꺼냈지. 그런 다음 행주로 심장을 싸서 교수형에 처해진 자의 갈림길로 달려갔어. 칠흑같이 어두운 밤이었다. 하늘에 별도 없었어. 투리도는 미친 듯이 헉헉거리며 뛰어갔어. 자신이 저지른 일 때문에 공포와 분노가 컸거든. 옆구리에 꼭 끼고 있는 어머니의 심장이 박동을 멈추지 않았고 어머니가 늘 내놓던 백년초 열매와 너무나 닮았기 때문에 특히 더 그랬지. 가능한 한 빨리 이 상황에서 벗어나고 싶었어. 약속 시간이 다가왔지. 그런데 길에 위험한 게 많아서 투리도는 미친 듯이 달리다가 그만 발이 걸려 넘어졌다. 피범벅이 된 채 아직까지도 뛰고 있는 심장이 행주에서 빠져나와 길을 따라 데굴데굴 굴러갔어. 투리도는 심장에서 나오는 가느다란 목소리를 들었어. 자신이 미쳤나 보다 생각했지만, 몸을 숙여 심장을 잡으려는 순간 가슴 찢어지는 슬픈 목소리를 분명히 들었지. 조용한 밤에 목소리가 들렸어.

'내 아들, 내 혈육. 다치지 않았니?'

그 심장은 자신의 피를 받은 아들에게 다치지 않았냐고 물었단다."

프란체스코는 입을 헤벌리고 이야기를 듣는다. 놀라움과 침묵이 이야기의 진실이다. 이야기가 끝나고 예전의 생각으로 돌아가거나 금방 말하게 된다면, 그건 나쁜 이야기다. 아니면 이야기하는 사람이 시원치 않았다는 거다. 이야기를 듣거나 읽은 사람이 침묵한다면, 혹은 입을 반쯤 벌린다면, 그건 분명 좋은 이야기이고 삶의 거짓인 절망이나 권태라는 감옥에서 누군가를 구하게 된다. 이것 때문에 아이들은 계속 똑같은 이야기가 반복되어도 주의 깊게 듣는다. 왜냐하면 진실을 듣는 게 절대 피곤하지 않기 때문이다.

"투리도는 빚을 갚았어. 집으로 돌아왔을 때 테이블에 백년초 열매 한 접시가 놓인 걸 보고 엉엉 울었지……. 신은 그 어머니 같은 분이라고 우리 어머니가 말씀하셨다. 신에게 자식은 언제까지나 자식인 거란다."

"돈 피노 신부님, 신부님은 왜 이 이야기를 그렇게 좋아해요?"

"내 어머니를 기억나게 하기 때문이야. 어머니는 내게 용서를 가르치셨지."

"그런데 투리도는 나중에 어떻게 됐어요?"

"모르겠어. 어머니가 거기까지밖에 얘기해주시지 않았거든. 누가 알아, 몹시 후회했을지."

"지옥에 갔을 거예요……."

"그런 어머니를 뒀는데?"

"착한 어머니를 뒀으면 지옥에 가지 않나요?"

"가지 않아."

"그가 나쁜 사람이라도요?"

“그가 나쁜 사람이라도.”

“신부님은 지옥에 가본 적 있어요?”

“가끔.”

“어째서요?”

“프란체스코, 네가 저지른 가장 나쁜 짓이 뭐니?”

“모르겠어요.”

“생각해봐. 나중에 끔찍한 고통을 겪었고 어떻게 빠져나와야 할지 알지 못했던 나쁜 짓.”

프란체스코는 주저한다. 손을 비틀다 눈을 감고 자신의 눈 위에 손을 댄다.

“개를 발로 찼어요.”

“그게 왜 나쁜 짓이었지?”

“개가 아무것도 하지 못했기 때문에요.”

“그래, 그게 지옥이다. 개를 발로 차고 난 다음에 네가 겪은 고독. 네가 사랑하지 않기로 결심할 때, 사랑할 수 없을 때, 그 모든 게 지옥인 거야.”

“그럼 난 지옥에 갈까요?”

“아니. 용서를 구하면 돼.”

“누구에게요?”

“예수님께, 그리고 개에게.”

“어떻게 하면 돼요?”

“지옥을 만들고 나서 네가 겪은 고독을 고백하면서, 예수님께 이야기를 해주듯이 하면 돼. 예수님은 항상 우리 이야기를 좋아하시지. 아주 슬픈 이야기도.”

"어떻게 내 말을 듣게 하죠?"

"네가 내게 말하면, 나중에 내가 예수님께 전할게."

"그럼 신부님께 자세히 이야기할게요."

프란체스코는 개 이야기를 한다. 그리고 친구 안토니오에게 침을 뱉었던 일, 어머니를 때렸던 일, 자전거를 훔쳤던 일, 도마뱀 두 마리와 고양이 꼬리를 태웠던 일, 다른 팀 애들을 향해 돌을 던지고 한 아이의 머리에 상처를 낸 일 등을 이야기한다.

돈 피노는 눈을 감고 이야기를 들으며 고개를 끄덕인다. 프란체스코가 이야기를 마치자 눈을 뜨고 미소를 보낸다.

"그것뿐이야?"

프란체스코는 모든 불행을 지나보낸 사람처럼 큰 숨을 쉰 다음 편안한 얼굴이 된다.

"그것뿐이에요."

"나는 성부와 성자와 성령의 이름으로 네 죄를 사하노라."

프란체스코의 손을 잡고 성호 긋는 걸 가르친다. 그런 다음 아이를 꼭 안아준다.

"어떻게 했어요?"

"난 아무것도 안 했어. 하느님이 지옥을 없애셨단다. 네가 저질렀던 일들은 이제 없어. 지워졌다."

"그럼 천국에 갈 수 있는 거예요?"

"그래. 하지만 천국에 가는 게 아니란다, 프란체스코."

"아니라고요?"

"천국이나 지옥에 있거나 없는 거야. 가는 게 아니란다."

"무슨 말이에요?"

"우리 안에 천국과 지옥이 있다는 말이야. 우리가 천국에 자리를 내주느냐, 지옥에 자리를 내주느냐 하는 문제지."

"어째서요?"

"네가 개를 발로 차면 지옥에 자리를 내주는 거야. 네가 개를 쓰다듬어주면 천국에 자리를 주는 거지. 개를 죽이면 그게 지옥인 거야. 개를 살리면 그게 천국인 거고. 네가 선택해라."

"지금 마음이 기뻐요. 날아갈 듯 기뻐요."

"그래, 그렇다면 넌 천국에 있는 거다."

38

해야 할 일을 한다는 걸 사냥꾼은 안다. 마드레 나투라가 그걸 선택한 지금 더더욱 그렇다. 지금 해야 할 일은 남자를 죽이는 거다. 남자를 죽이라고 그에게 말했다. 사냥꾼이 솜씨가 빠르고 단호하고 정확성을 보장하기 때문이라고 했다.

스무 살까지 그는 지치지 않는 노동자였다. 당나귀처럼 뼈 빠지게 일했다. 아내와 첫째아들을 사랑하기 때문에 열심히 일했다. 그런데 세상일이 그렇듯 일이 자꾸 꼬였다. 일자리를 잃었고 돈이 필요했다. 바로 그 사람들을 만났고 강도짓부터 시작했다.

사다리를 올라가듯 일이 점점 더 커졌다.

그리고 돈이, 많은 돈이 생겼다. 쉬웠다. 뼈 빠지게 일하지 않고도 많은 돈을 벌었다.

스포츠용품점을 열고 가게가 잘 돌아가지 않자 그들이 생활비로 한 달에 200만 리라(약 130만 원)를 주었다. 그의 헌신과 복종은 그 이후 한 달에 500만 리라를 그에게 안겨주었다. 벽돌공으로 한 달에 100만 리라를 벌자면 몸이 가루가 되도록 일하다가 힘들어 죽을 지경이 되는데 말이다.

이제 가끔 누군가를 죽이면 된다. 그런 결정을 해도 돈이 들지는 않는다. 누구도 그만큼 많은 결정을 내리지 못한다. 그런 결정을 해도 국가에 돈을 내진 않는다. 혹시 영혼에 뭔가를 지불할진 몰라도 그 가려움은 금방 지나간다. 특히 먹여 살릴 가족이 있을 경우엔 말이다.

누군가를 죽일 일이 있으면 그의 팔은 이미 칼집에서 뽑힌 조용하고 날카로운 검이 된다. 이것 때문에 마드레 나투라는 자신을 위해 그를 선택했고 자신의 부대, 저격조에 그를 불러들였다.

사냥꾼은 집에서 나가는 남자를 본다. 40대 남자다.

이른 오후이고 거리엔 인적이 없다. 피곤한 휴일의 침묵이 거리를 덮고 있다.

사냥꾼은 생명을 얻은 돌처럼 벽에서 떨어진다. 일요일 점심을 먹고 나서 팽팽해진 배를 허리춤의 권총이 누른다.

남자가 좀 더 한산한 옆 골목으로 들어간다. 집 안에 켜놓은 텔레비전 속 말소리가 거리로 흘러나오지만 곧 증발해버린다.

남자는 담배 연기를 뿜으며 조용히 걸어간다. 그때 사냥꾼이 남자 옆으로 다가가 머리에 총을 쏜다. 소음기를 단 권총이 남자에게 한 번의 딸꾹질, 동정심이 깔린 딸꾹질을 선물한다. 왜냐하면 고통을 느낄 시간을 주지 않기 때문이다. 머리에 난 구멍에서 영혼이 나가며 텔레비전 속 목소리와 섞였다가 날아간다. 살점에 쇳조각을 박은 거다. 사냥꾼은 배신자의 가슴에 다시 두 번 총을 쏜다.

사냥꾼은 계속 걷는다. 누구도 보지 못했고 아무것도 듣지 못했다. 하늘과 땅 사이에 걸린 빨래는 얼룩 하나 묻지 않고 햇볕에 말라간다. 바람이 빨래를 쓰다듬고 모든 것이 단순하고 깨끗해 보인다. 하지만 피가 번진다.

사냥꾼은 외딴곳으로 간다. 권총을 평소에 이용하는 창고에 숨기고 권총으로부터 자유로워진다.

집으로 돌아와 자식들 중 한 명의 머리를 쓰다듬으며 함께 놀아준다.

한 시간 뒤 사냥꾼은 다시 거리로 나와 시체 주변에 모여 있는 사람들 쪽으로 다가간다.

경찰이 벌써 현장 조사를 하고 있다.

사냥꾼은 조심스레 동정심을 보이며 무슨 일이냐고 묻는다.

여자아이가 남자의 시체 옆에 무릎을 꿇고 앉아 있다. 옆에 옷이 반쯤 벗겨진 인형을 들고 있다.

핏물이 여자아이의 무릎을 더럽히자 아이 엄마가 아이를 떼어놓으려 한다.

"사람들이 다 떠나면 아빠가 돌아와? 피가 없어지고 눈을 떠?"

아이가 이제 기억의 공간에 갇힌 아버지의 손을 잡자 엄마가 고개를 돌리며 흐느낀다. 마지막 기억은 넘어갈 수 없는 경계가 될 거다. 형체를 알아보기 힘든 얼굴. 가슴우리 안에서 터져버린 심장.

사냥꾼은 눈이 없다. 텔레비전에서 재미있는 프로그램이 없을 때 수없이 본 영화를 또 보는 것처럼 그 장면을 바라본다.

해야 할 일을 한 거다.

39

오늘은 바람이 땅에서부터 올라오며 거리를 조금 상쾌하게 해주는 날들 중 하루다. 열기가 움직이지 않아 정체되어 있던, 웅얼웅얼하는 텔레비전 소리를 바람이 덮으며 조심스레 모든 걸 다시 움직인다. 나는 브란카치오로 가는 버스를 타고 차창 밖으로 스치는 집들과 사람들을 본다. 내 영혼은 글로 적고 싶은 말로 꽉 차 있다.

고등학교 1학년 때 이탈리아 문학의 첫 기록물에 대해 공부했던 국어 시간이 생각난다. 수업은 수수께끼 같았다. 흰 페이지를 파종기의 비옥한 밭으로, 글쓰기를 그 밭고랑에 검은 씨를 뿌리는 것으로 비유했다.

선생님이 우리에게 말씀하셨다.

'말이 없다면 사물은 거의 존재하지 않는다. 사물을 담고 있는 층 아래에 숨어 있는 것들은 특히 더 그렇다. 페이지는 땅이다. 뒤집어엎고, 가래질을 하고, 비료를 줘야 정확히 완성된 말을 생산한다. 사물은 아직 스스로를 드러낼 수 없기 때문에, 말이 사물에 이름을 붙이면서 우리 안에 존재케 한다. 말이 사물을 빛에 내놓는다. 아니, 사물에 빛을 준다.'

그다음에는 두 번째 기록물을 공부했다. 작업반장이 불쌍한 인부 셋을 다그치며 거칠게 욕을 했다. '빨리 움직여, 개새끼들 아.' 선생님은 이렇게 말은 상처를 줄 수도 있다고 말씀하셨다. 하지만 말은 그 세 인부의 수고, 고통, 좌절을 느끼게도 한다. 그들이 짊어진 짐 아래에 숨어 있는 삶의 무게를 느끼게 한다.

이탈리아 문학의 기원에 씨앗과 욕설 같은 글쓰기의 이미지가 있다는 사실이 나는 흥미로웠다. 결국 말은 선이나 악을 말하는 데 쓰이는 게 아닐까? 축복하고 저주하는 데에. 말은 이런 것에만 쓰인다. 또다시 어느 쪽을 선택하느냐의 문제가 남는다.

돈 피노 신부님은 제단 가까이에 놓인 화병에 싱싱한 꽃을 꽂고 있다.

"망자를 축복하러 가야 한다. 같이 가자."

"시작이 좋네요……. 누군데요?"

"몰라. 총에 맞았어."

죽음을 축복한다고?

죽음도 축복할 수 있는 걸까?

40

사냥꾼이 어린 염소 고기를 부위별로 자른다.

"젖먹이 염소는 양고기보다 더 연해. 고기가 아주 부드럽지. 맛과 냄새가 약해서 포도주와 향신료로 잘 요리해야 해. 입안에서 살살 녹아."

"젖먹이는 어리다는 뜻이에요?"

"그래, 풀이 아닌 젖만 먹은 새끼라는 뜻이지. 고기 색깔 좀 봐!"

세심하고 숙달된 솜씨로 분홍빛 힘줄을 자른다. 가죽이 쓸모 없는 옷처럼 한쪽 구석에 처박힌다. 새끼 염소가 창피한 줄도 모르고 점점 더 발가벗겨지는 듯하다. 허공을 바라보는 텅 빈 눈과 이빨 사이로 무기력하게 늘어진 혀.

사냥꾼이 꺼낸 내장이 두 손 사이에서 살아 있는 듯 찰랑댄다. 그는 외과 의사처럼 정확하게 부위를 나눈다. 날카로운 칼날 아래서 염소의 근육이 떨어져나간다. 지방은 하얗게 굳어 있고, 고기는 여전히 칼날에 고통을 느끼는 것처럼 떨린다.

"한 가지만 좀 처리해줘."

"말해요."

칼끝이 살과 뼈를 연결하는 힘줄을 잘라내는 걸 보면서 누치오가 대답한다.

사냥꾼은 염소의 가슴통 안으로 두 손을 집어넣어 휘젓는다. 손을 뺐을 때는 피가 뚝뚝 떨어지는 작은 심장이 들려 있다.

"이걸 간, 폐, 콩팥, 췌장과 함께 조각내서 소금, 다진 양파, 월계수 잎을 넣어 요리하면 천국의 맛이 돼."

사냥꾼은 그릇에 내장을 모두 담는다. 내장이 그릇 안에서 피에 잠겨 흐늘거린다. 이제 새끼 염소의 부드러운 살점만 남는다.

"몇 군데 문을 불살라야 해."

"왜 그래야 하죠? 막내들의 일인데."

"조심해, 누치오. 넌 너무 전문가처럼 굴어. 너무 자신만만하다고. 어리석은 짓 하지 마."

"내가 같이 있어서 당신이 편안한 거라고요."

"옛날에 궁전 앞 풀밭에서 노예들을 죽이는 로마 황제가 있었어. 단지 녹색 풀밭에서 싱싱한 피가 반짝이는 걸 보고 싶어서였지."

"누가 그 이야기를 해줬는데요?"

"기억나지 않아. 어디선가 읽었어. 아니, 형의 이야기책에 있었는데 형이 내게 얘기해주었지."

"왜 나한테 그 이야기를 하는데요?"

"왜냐하면 우린 그런 짓을 하지 않기 때문이야. 그 황제는 자신의 경호대에 살해당했어. 경호대가 화장실로 도망가는 황제의 머리를 잘라버렸지. 황제의 벌거벗은 몸을 질질 끌고 온 도시를 돌아다니다가 결국 강에 버렸어."

"황제가 그런 벌을 받을 만했나 보죠."

"그래, 그런 벌을 받을 만했지."

사냥꾼이 염소의 목을 싹둑 자르자 마지막 공격을 알고 있었다는 듯 머리가 한순간 살아 있는 것처럼 테이블에서 튀어오른다.

41

관이 방 한가운데에 놓여 있다. 열려 있다. 주변에는 검은 옷을 입은 여인들이 둘러싸고 있다. 남자들이 들어와 고개를 숙이고 몇 초 동안 침묵한 다음 밖으로 나간다. 나지막한 한탄, 저주, 기도 소리가 흘러나온다. 소년은 한쪽 구석에 꼼짝 않고 서 있다. 모두가 의아한 눈길로 소년을 쳐다본다. 웅성웅성 추측이 난무한다.

돈 피노는 인형을 든 여자아이 옆에 앉는다. 신부는 인형으로 아이를 알아본다. 지금 여자아이는 깨끗하고 좋은 냄새가 난다. 천진한 눈에는 눈물이 글썽이고 코가 질질 흘러내린다.

돈 피노 신부가 조용히 기도한다.

"뭐 하는 거예요?"

여자아이가 묻는다.

"기도를 하는 거란다."

"뭐하러 기도하는데요?"

"그분에게 말하기 위해."

"구멍이 뻥 뚫렸어요. 숨이 새어나갔다고 엄마가 말했어요. 다신 돌아오지 않는대요."

"틀린 말이야. 하늘에 계셔."

"난 아빠가 여기에 있길 바라요. 하늘이 아니라요. 아니, 바다에서 아빨 보고 싶어요. 우린 토요일마다 바다에 갔는데, 내가 파도를 무서워해서 아빠가 조금씩 수영을 가르쳐줬거든요. 아빠랑 있으면 파도가 무섭지 않아요. 하지만 이제 아빠는 올 수 없어요."

"아빠는 살아 계셔. 네가 외로워하길 원치 않으실 거야. 아빠는 널 버리지 않았어."

"아니, 버렸어요. 우리가 바다에 갈 때 내 손을 잡고 길을 건널 수도 없잖아요."

"내가 널 바다로 데려가 수영을 가르쳐줄게."

"파도치는 데서 수영할 줄 알아요? 못할 것 같은데……."

"못한다고? 난 물고기야!"

돈 피노 신부가 거짓말한다. 어린 소녀가 파도와 출렁이는 바다를 두려워하는 만큼 돈 피노 신부도 무서워한다.

"아빠가 살아 있다면 아빠가 선물해준 인형을 줄 거예요. 여기 상자 안에 인형을 놔도 돼요?"

소녀가 관을 가리키며 묻는데 유치가 몇 개 빠져 있다.

"아니, 안 돼. 아빠가 선물한 거잖아. 네가 갖고 노는 걸 기뻐하실 거야. 네가 인형을 갖고 놀길 원하셔. 그래야 네가 인형 옷을 입히고 인형에게 말하고 쓰다듬어줄 때 아빠를 기억하잖아."

"정말요?"

"물론이지. 봐."

돈 피노 신부가 주머니에서 뭔가를 찾더니 묵주를 꺼낸다.

"뭐예요, 목걸이예요?"

"그래, 우리 엄마 거란다. 난 이걸 항상 갖고 다니며 말도 걸어."

"그럼 대답해요?"

"물론이지."

"뭐라고 해요?"

"엄마가 늘 나와 함께하니까 두려워하지 말라고."

"그럼 나도 인형을 갖고 있을래요. 그래야 아빠도 내게 말을 하잖아요."

"그래, 그게 좋을 것 같구나."

"이름이 뭐예요?"

"돈 피노."

"돈 피노? 이름이 뭐 그래요? 이상해요⋯⋯."

"그래, 조금 이상하긴 해."

그가 얼굴을 찌푸리며 대답한다.

아이가 웃는다.

"혹시 이것도 알아요? 내 인형은 왜 항상 눈을 뜨고 있는 거예요?"

아이가 그에게 인형의 크게 뜬 파란 눈을 보여준다.

"그래야 널 보호해주지. 인형 이름이 뭐니?"

"인형이요."

"예쁜 이름이구나."

묵주 기도가 밀려오는 파도처럼 리듬 있는 말로 애도의 분위기를 자아낸다. 도시의 탑을 저희를 위하여 빌어주소서. 천국의 문을 저희를 위하여 빌어주소서. 아침의 별을 저희를 위하여 빌어주소서. 고통에서 벗어나길 저희를 위해 빌어주소서. 평화의 여왕을 저희를 위해 빌어주소서. 아멘. 아멘.

여자아이가 돈 피노 신부의 품에서 잠이 든다. 신부는 아이의 머리를 쓰다듬는다. 가까이에서 본 죽음은 삶의 반대편이 아니라 삶의 부재다. 삶은 항상 안에 생명을 품고 있다. 번데기 고치처럼 죽어 있어 보여도 안에 생명이 들어 있다. 하지만 죽음은 아무것도 품고 있지 않다. 고통스런 변형의 결과물이 아니다. 사람들은 죽음을 거부할 때 신의 이름을 부른다. 왜냐하면 죽음보다 더 큰 누군가가 있기 때문이다.

42

빛은 건물 계단에서 침묵하고 네온 빛이 희뿌옇게 반짝인다. 세 남자는 무장한 밤 그림자다. 6월 29일 밤이다. 그들은 서사시에서 도시를 정복했던 수단인 불을 가져간다. 같은 단지의 세 곳으로 동시에 들어가기 위해 갈라진다. 우 투르코, 사냥꾼, 누치오. 적이 없는 전쟁, 무기라곤 고집밖에 없는 세 가장에게 전쟁을 선포한 전사들이다. 세 가장은 브란카치오에 없는 것, 즉 하수 시설, 중학교, 공원을 얻어내기로 결심한 사람들이다. 공동주택 자치위원회를 만든 사람들이다. 그들은 정치인과 마피아에 저항하기 위해, 특권을 얻어내기 위해서가 아니라 마피아의 권력에 고개 숙이지 않고 인간 본연의 존엄함에 필요한 것을 얻어내기 위해 싸우고자 결심한 사람들을 한 명씩 자치위원회에 끌어들였다. 그 지역 힘의 관계를 규정짓는 압제자와 억압받는 자의 질서를 깨겠다고 결심한 사람들이다. 그들은 편지를 들고 공화국 대통령을 찾아가기까지 했다. 마침내 관심을 얻어냈고, 하수 시설 공사를 하기에 이르렀다. 그들은 팔레르모 사람이 어떤 결심을 하면 죽음을 무릅쓰고 그 일을 해낸다는 것을 보여주었다. 그들은 계속 자신들의 이야기를 널리 퍼뜨리며 돌아다녔다.

나무로 만든 머리들이 불에 탄다. 통에 든 휘발유를 벽에 뿌린다. 들리는 거라곤 누치오의 발걸음 소리뿐이다. 누치오의 종교는 오직 한 가지 계명, 즉 마드레 나투라에게 인정받는 거다. 돈과 여자와 존경이 뒤따른다. 이것이 사냥꾼이 가르쳐준 대로 해야 하는 이유다. 그들이 불태워야 하는 세 개의 문 중에서 하나

앞에 있다. 6층. 초인종 위에 '마르티네츠'라고 적혀 있다. 7층 '디 귀다'. 9층 '로마노'. 동시에 멋진 불꽃놀이가 시작될 거다.

낮에 열심히 일한 사람이 조용히 잠들어 있는 사이에 현관 앞 매트 위로 휘발유를 뿌린다. 불이 목재를 태우며 벽을 타고 확 옮겨 붙는다. 문이 무너진다. 그래야 그 신부와 같이 일한 대가가 무엇인지 배울 거다. 돈 피노 신부의 주변을 불태운다. 지역 정치인들이 불평했다. 당신들은 왜 사제, 사무원 같은 사람들을 제대로 감시하지 못하는 거야……. 짭새들도 그렇고!

이것 때문에 문이 연기가 되어 사라졌다. 이것 때문에 지난 한 달 동안 성당 수리를 맡았던 회사의 트럭이 불태워졌다. 시체의 시크무레한 냄새보다는 탄 나무 냄새, 자동차 페인트 냄새, 카펫 천 냄새, 타이어 고무 냄새가 났다.

이 도시에서는 달팽이집이 안전하지 않을 때 불길에서 도망 가려는 달팽이들을 도망가지 못하게 막으려고 냄비 가장자리에 소금을 바른 후 삶아 빨아 먹는데, 그것처럼 사람이 사람의 영혼을 빨아 먹는다.

그렇게 침묵을 산다. 불로 마음을 복종시키고, 허리를 굽히고, 시선을 내리고, 뇌를 무감각하게 만든다. 그날 밤 아이들이 울어 대도 그 이유를 댈 수 있는 사람은 없다. 아버지는 진실보다 자신의 가족을 품어야 한다.

그런데 그 세 사람은 달랐다. 마르티네츠, 디 귀다, 로마노는 정상적인 사람들이다. 다른 사람들이 공동주택 자치위원회, 편지, 요청서로 그 지역을 망신거리로 만든다고 맹렬히 비난해도 그들은 꿋꿋이 악한 행위를 고발했다. 밤중에 걸려온 익명의 전

화에도 불구하고, 예를 들어 여인이 '살려줘요, 살려줘요!' 하고
소리치고 잔 부딪치는 소리와 소름끼치는 쉰 목소리가 들려와
도 그들은 고발하고, 말하고, 편지를 썼다.

불과 늑대 무리의 으르렁대는 소리에도 불구하고 그들은 몇
백 년간 이어져온 마피아에 대한 침묵의 규칙을 말로 깨뜨렸다.

평범한 서사시의 영웅들이다.

43

여러분이 이제 들을 이야기는
영웅들과 여인들의 이야기입니다.
때로는 무섭고, 때로는 아름다운
수많은 모험을 하게 됩니다.
이야기꾼인 제가 그중에서도
가장 아름다운 이야기를 해드릴까 해요.
남녀노소 여러분,
이제 귀를 열고 상상해보세요.

토토가 양말 모양의 모자를 쓰고 자신의 말에 리듬을 맞추며
검을 휘두른다. 토토가 맡은 역할은 이야기꾼이다. 토토는 작품
의 도입부를 완벽하게 외웠다. 루치아는 아이들에게 그 말을 외
우게 했다.

루치아의 꿈은 연극이다. 샤를마뉴 용병들의 꼭두각시극에서

따온 이야기를 돈 피노 신부와 함께 무대에 올리기로 결심했다. 꼭두각시는 아이들이 맡을 거다. 꼭두각시 인형, 즉 '푸포pupo'는 사투리로 아이라는 의미도 갖고 있다.

루치아는 연출가에게 필요한 재능을 타고났다. 어떤 배우에게 어떤 역이 제일 잘 맞는지 직감했고, 줄거리를 만들고, 대사를 쓰고, 의상을 만든다……. 그 아이들의 겨울같이 차가운 마음속에 숨어 있는 아름다운 씨앗이 따뜻한 햇살에 열매를 맺도록 말이다. 루치아는 엄마들, 할머니들, 그리고 몇몇 아빠까지 연극을 준비하는 데 끌어들였다. 각자 할 수 있는 대로 도와줄 거다.

연극의 제목은 '도시를 정복한 어린 롤랑'이다. 이야기 전통에 따라 용감한 롤랑의 어린 시절을 조명한다. 롤랑은 아버지가 전쟁터에서 죽은 뒤 어머니와 숲에서 살아간다. 롤랑은 어려서부터 책략이 뛰어나고 놀라운 힘을 가졌다. 책에서 배울 수가 없어서, 나중에 그의 종자가 되는 충직한 친구 비르티키우와 함께 숲을 탐험하면서 모든 걸 배운다. 어린 롤랑은 자신이 금지된 사랑의 결실이라는 사실을 모른다. 그의 어머니는 샤를마뉴의 누이였다. 가난한 남자와 사랑에 빠진 그녀는 파리에서 도망가 숨어 살았다. 어느 날 어린 롤랑은 숲에서 마상 시합에 참가하러 도시로 가는 나그네들, 즉 야심만만한 기사들, 귀족과 가난한 사람들, 방랑자와 상인들, 모험가와 상속권을 박탈당한 사람들의 행렬을 만난다. 모두 용감한 롤랑처럼 아주 젊었다. 샤를마뉴가 롤랑을 궁으로 데려가고 싶어서 롤랑에 대해 알아보다가 진실을 알게 된다. 그의 조카였다. 샤를마뉴의 귀족 참모였던 가늘롱은 왕의 신임을 잃을까봐 젊은 상속자를 제거하기로 결심한다. 하지만 영리한 롤랑은 마법사 피피노의 도움을 받아 마상 시합장에서 알게 된 친구들과 함께 가늘롱의 음모를 밝히려 한다. 사실 가늘롱은 샤를마뉴를 제거하고 자신이 왕이 되고자 했다.

루치아가 이야기와 대본을 각색했고, 매주 파드레 노스트로 센터에서 연습을 했다. 루치아는 열다섯 명의 아이들을 관리해야 한다. 어린 롤랑 역은 프란체스코에게 돌아갔다. 비르티키우는 누치오의 남동생인 칼로제로가 맡는다. 얼마 전 그룹에 들어온, 인형을 들고 다니는 소녀도 궁정 여인을 맡는다. 가늘롱은 리카르도, 착한 마법사 피피노는 돈 피노 신부가 가짜 수염을 달고 직접 연기할 거다. 아직까지 신부는 그런 사실을 모른다. 루치아는 롤랑의 어머니를 맡을 거다. 그런데 샤를마뉴 역을 맡을 사람이 없다.

종이 갑옷과 방패, 에메랄드빛 치마와 파란색 천으로 만든 코르셋, 가짜 깃털을 단 투구와 플라스틱 왕관은 브란카치오 아이들의 상상 속에서 강철 무기와 손으로 짠 브로케이드 천이나 마찬가지로 아름답게 빛난다.

"마법사 멀린(아서 왕 전설에 등장하는 마법사 - 옮긴이)처럼 이 수염을 달고 모자를 써야 한다는 걸 알게 됐을 때 돈 피노 신부님의 표정이 어떨까?"

프란체스코가 무대 의상에 장식을 꿰매 달고 있는 루치아의 팔을 잡으며 묻는다.

"재미있어하실 거야. 잊지 못할 생일이 될 거야."

9월 15일에 깜짝 선물로 첫 공연을 무대에 올리기로 결정했다.

"근데 신부님이 대사를 외울 수 있을 것 같아?"

"안심해, 내가 다 생각해놓았어. 깜짝 선물이 될 거야."

루치아가 손가락으로 말하지 말라는 신호를 보낸다.

"문제가 있다면, 신부님이 제시간에 오실까 하는 거야……."

아이들이 서로서로 1미터 간격을 두고 동그랗게 위치한다. 토토가 의기양양하게 검을 휘두르며 열변을 토한다.

가늘롱의 칼은 용감한 롤랑에 맞서

아무것도 할 수 없어요.

머리를 쓰지 않는 팔은 아무것도 못하죠.

용감한 소년을 무찌를 수 없어요.

친구들과 계획이 있거든요.

피피노 마법사 할아버지가 도와줄 거예요.

깜짝 놀랄 준비를 하세요.

누가 승리할까요, 누가 실패할까요?

"패배야, 토토. 패배! 실패가 왜 들어가?"

"그 단어가 어려워…… 모르겠어. 그리고 나 배고파……."

"네 말이 맞아. 설명해줄게. 패배는 승리의 반대말이야, 굴복하는 것."

"응, 알았어. 절대 잊지 않을게……."

아이들이 까마귀 깃털 장식을 단 검은 옷을 입은 가늘롱을 둘러싼다. 가늘롱은 아이들에게 둘러싸인 채 누구를 때려야 할지 모른다. 왜냐하면 행동을 취하려 하자마자 둘러싼 무리가 문어발처럼 좁혀오며 등을 때리고, 발을 걸고, 밀고, 머리를 때린다.

"항복해라, 나는 샤를마뉴의 조카다. 언젠가 이곳은 나의 왕궁이 될 거다."

"저주받을 녀석들, 내 칼 앞에서 감히 뭘 하겠다는 거냐? 너희를 멜론 조각처럼 잘라버리겠다."

"기사가 짜증이 심한 것 같아. 캐모마일 차(향이 좋고 심신을 안정시켜주는 허브 차 - 옮긴이)가 필요해."

비르티키우가 놀린다.

"아니, 공기가 조금 필요해. 갑옷 때문에 숨이 막힐 거야."

어린 롤랑이 대꾸한다.

누가 뒤에서 롤랑의 바지를 내리자 롤랑이 바퀴벌레처럼 우스꽝스럽게 종종걸음을 쳤고, 빨간색 팬티가 모두의 눈에 들어온다.

아이들이 웃자 롤랑은 그 틈을 타 가늘롱의 머리를 한 방 때린다.

"좋은 포도주는 작은 통에 있다."

한 아이가 말한다.

"물방울이 바위를 뚫는다."

또 다른 아이가 대꾸한다.

"아주 작은 것이 쌓여 큰 것을 만든다."

배신자가 바닥에 넘어지고 모두가 배신자를 덮친다.

"이 도시는 우리들 거다!"

"우와아아, 우와아아, 우와아아!"

아이들이 패배한 가늘롱을 둘러싸고 빙빙 돌며 환호하고 자유의 노래를 합창한다.

루치아가 아이들을 북돋아주기 위해 무대 동작을 흉내 낸다.

마지막으로 아이들이 하늘을 향해 두 손을 들고 함성, 기쁨의 함성을 지른다. 함성 뒤에 관객들을 시공간적으로 다시 돌려놓는 데 필요한 침묵이 몇 초 동안 이어질 거다.

멀리서 와서 바다로 흘러드는 강물처럼 노래의 마법이 아이들의 정신과 마음을 사로잡았다. 아이들은 위대한 이야기로 강해졌다. 아버지에서 아들로 전승되는 위대한 이야기가 없다면, 권력을 가진 자가 만들어낸 시시한 이야기에 물들 거다. 위대한 이야기를 가진 사람만이 아몬드 가지에 핀 꽃이 제일 먼저 봄을 말해주는 것처럼 자신의 이야기를 만들어낼 수 있다.

구석에서 나도 웃으며 박수를 보낸다. 나는 모습을 보이지 않고 보기 위해 늘 한쪽 구석에 처박혀 있었다. 나는 구석에 어울리는 사람이다.

루치아가 돌아본다.

"여기서 뭐 하는 거야?"

"샤를마뉴 역을 찾는다고 들었어."

루치아가 빙그레 웃는다. 아이들이 환호한다.

"여기에 자주 와야 할 거야. 할 일이 아주 많아."

"정말?"

"그래. 나는 연출가야. 네가 참여하고 싶다면 다른 아이들처럼 규칙을 따라야 해."

나는 비록 왕을 맡았지만 알겠다는 복종의 표시로 고개를 숙이고 침묵한다.

44

일요일 미사에서 돈 피노 신부는 평소보다 진지하다. 앞줄에 앉은 아이들이 눈치를 채고 긴장한다. 아이들 사이에 프란체스코가 있다. 다리오가 있다. 토토가 있다. 살바토레가 있다. 리카르도가 있다. 루치아와 형제들이 있다. 뒷자리에 젬마와 그녀의 남편, 휠체어를 탄 마리오 씨가 있다. 문이 불탄 집 가장들이 있다. 경찰관 밈모가 있다. 돈 피노 신부를 돕는 수녀 몇 명이 있다. 그들, 늑대 무리도 있다. 영역 표시를 하러, 달갑지 않은 습격으로부터 무리를 지키러 왔다.

"신부님이 좋아하는 성경 구절이 뭔지 아니, 얘들아?"

아이들의 '아니요'라는 합창 소리가 땀에 젖은 공기를 가른다.

"행복이 어떻게 얻어지는지를 말해주는 축복의 구절이야. 특히 이 구절이란다. '의에 주리고 목마른 자는 복이 있나니 그들이 배부를 것임이요.'

여기에서 사람들의 정의가 이루어진다고 말하는 게 아닙니다. 우리의 정의는 오히려 종종 불의하기 때문입니다. 실현될 수 없는 어떤 것에 주리고 목마르기 때문에 행복해질 수 없습니다. 행복은 분명 목마르고 배고파 죽는 것이 아니라 배불리 먹는 데에 있습니다. 여기에서 말하는 정의는 하느님이 인간들에게 한 약속, 하느님의 힘이 우세해지는 것, 폭력이 사랑을 억압하는 듯할 때도 사랑이 언제나 마지막 말이 되는 것입니다. 이상한 정의입니다. 정의는 절대 붙잡히지 않는 잠복자처럼 조용히 숨어서 잡히지 않고 세상으로 들어갑니다. 하느님은 우리가 이루지 못하는 것을 하시기 때문에 우리는 배부를 것입니다. 하지만 하느님은 우리가 거니는 거리로 이 정의를 들여보내고 하느님의 약속을 실현시키기 위해 우리의 삶의 문을 열라고 요구하십니다. 우리가 하느님의 정의이기 때문입니다. 우리가 하느님의 요구에 응답한다면 우리는 배부르고 다른 사람들까지 배부르게 할 것입니다.

하느님이 인간에게 던진 질문은 두 가지입니다. 첫 번째 질문은 죄를 저지른 뒤 숨어 있는 아담에게 한 것입니다. '너는 어디 있느냐?' 하느님은 우리가 어디에 숨었느냐고 묻습니다. 우리는 우리가 저지른 악이 부끄러워 숨었습니다. 우리는 잘못을 저질렀기에 벌을 받아야 하고, 이젠 하느님의 사랑을 받을 자격이 없다고 생각하면서 하느님의 자비를 더는 받으려 하지 않습니다. 하느님은 우리에게 사랑을 공짜로 주고 싶어 하시는데도 말입니다."

돈 피노 신부가 잠시 설교를 멈추고 나무 십자가를 가리키더니 다시 말한다.

"두 번째 질문은, 동생 아벨을 죽인 카인에게 하느님이 묻습니다. '네 아우는 어디 있느냐?' 그리고 대답이 들립니다. '내가 내 아우를 지키는 자이니까?' 그래, 바로 너다. 우리 각자는 곁에 있는 자를 지키는 자, 즉 친척, 친구, 직장 동료, 이웃을 지키는 자입니다. 우리 각자는 다른 이들에게 맡겨졌고, 다른 이들은 우리에게 맡겨졌습니다. 하느님은 우리가 더 사랑하고 더 사랑받게 하기 위해 모든 걸 움직이시기 때문입니다. 오늘 우리가 하느님으로부터 듣는 두 개의 질문은 이것입니다. '너는 어디 있

216

느냐?', '네 아우는 어디 있느냐?'.

지금 여기 있는 우리는 어떻게 대답할까요? 중학교, 공원, 아이들을 놀게 할 장소가 없는 동네에서요? 여러분은 그것을 계속 요구하는 게 당연한 일입니다. 하느님은 그의 뜻을 이루라고 인간에게 맡기십니다. 맡은 일을 일상의 노동으로 해낼 수 있는 인간이 있는 곳에서 하느님은 기적을 허락하지 않으십니다. 하지만 인간이 존엄하게 그 자신의 상황에 맞춰 사는 걸 원치 않는 이들이 있습니다. 나는 그 이유를 이해할 수 없습니다. 그런 사람들에게 여기에 오라고 부탁합니다. 한번 말해봅시다. 일대일로 그 문제를 놓고 토론해봅시다. 여러분은 이 성당의 자식들입니다. 난 여러분을 기다립니다. 광장에서 봅시다. 나는 이 동네에서 태어났고 자랐습니다. 거리를 방황하는 아이들과 청소년들을 보고 싶지 않습니다. 우리는 뭔가 새로운 것을 만들 수 있습니다."

돈 피노 신부가 사람들을 진지하게 바라본다.

누치오는 코를 실룩거리고 뾰족한 치아를 내보이며 입을 비튼다. 아이들은 돈 피노 신부의 말을 이해하지 못했기 때문에 조용하다. 신부가 화가 난 듯하고, 어려운 이야기를 한다.

사제는 빵과 포도주를 나눠 준다. 그러면서 자기 삶의 모든 걸도 나눠 준다. 신부는 자신의 아이들을 보자 「요한계시록」의 말이 떠오른다. '보라, 내가 세상 만물을 새롭게 하노라.' 악이 더 크게 소리치지만 조용한 봄이 그 새싹들 안으로 들어간다. 그는 그 아이들을 보살펴야 한다. 세상 전체를 구원하는 데 신의 피 한 방울이면 충분하니, 팔레르모의 동네 하나쯤이야. 하지만 신의 약한 전지전능함은 인간 없이 아무것도 할 수 없다. 인간의 자유는 신이 자신의 전지전능을 막아두고자 했던 제방이다.

신부는 모두를 위해 빵을 잘라 나눠 준다.

그가 웃는 곳에서는 웃음이 돌아온다. 멀리서 빛과 함께 웃음이 돌아온다. 그 빛은 인간의 길에서 나오는 것이 아니라 누구도 건드릴 수 없는 공간, 폭풍우 치는 가운데 집에 편안히 있는 것 같은 공간, 요동치는 파도의 몇 미터 아래에 있는 조용하고 잔잔한 파란색 바다 같은 공간에서 나온다. 주림과 목마름을 이미 체험했기 때문에 그의 주림과 그의 목마름은 충족된다. 파란만장했던 항해를 마치고 목적지에 도착한 사람의 기쁨. 하느님은 그에게 '항구 전체'이고, 인간은 정박지를 찾는 '말라스피나'다.

45

"이건 네 거야."

"뭔데?"

"책이야."

"볼게."

"페트라르카의 『칸초니에레』야. 내가 제일 좋아하는 시인이지. 지난번에 너 주려고 가져왔는데, 주먹질을 당하는 바람에 못 줬어."

루치아가 책을 건네받아 책장을 열고 냄새를 맡는다.

루치아가 책장을 넘기며 훑어본다.

"난 시집을 읽어본 적이 없어. 시만 있는 책이네."

"다른 책들과 비슷해. 길이가 짧을 뿐이지."

"왜 나한테 이 시집을 가져왔어?"

"네가 책을 좋아하고 난 책이 아주 많기 때문이야. 그리고 혹시 날 용서해줄까 해서."

"그럼 왜 이 책을 골랐어? 학교에서 배운 페트라르카는 조금 지루했는데."

"페트라르카가 이 시를 바쳤던 여인에 대한 사랑을 이야기하고 있기 때문이야."

나는 손을 꼬며 얼굴이 확 달아오른다.

"어떻게 됐더라? 기억이 나지 않네."

"잘되지 않았어."

"왜?"

"여자가 죽어."

"그럼 페트라르카는?"

"그는 계속 그녀를 사랑하고, 기억하며 글을 써."

"네가 제일 좋아하는 시는 뭔데?"

나는 가장 많이 표시된 페이지를 찾은 다음 루치아에게 책을 내민다.

"네가 읽어줘."

루치아가 내게 말한다.

"싫어, 네가 읽어……."

"네가 읽어. 네 거잖아."

나는 잠시 목청을 가다듬고 조금 쑥스러워하며 천천히 읽는다.

나는 평화를 찾지 못하지만 싸울 방법이 없네.

무섭다가도 희망이 솟고, 열정에 불타다가도 차갑게 식어버리지.

하늘을 날다가도 땅에 드러눕네.

난 그 무엇도 붙들지 못하다가도 세상 전체를 포옹하지.

그녀는 날 감옥 안에 가두고 날 풀어주지도 구속하지도 않네.

날 소유하지도, 자유롭게 놔두지도 않지.

사랑이 날 죽이지도 풀어주지도 않네.

내가 살기를 원하지 않고, 날 구해주지도 않지.

난 눈 없이 보고, 혀가 없지만 소리치지.

난 죽음을 원하며 도움을 청하네.

난 나 자신을 증오하고 다른 이들을 사랑하오.

난 고통을 먹고, 울면서 웃지.

난 죽음과 삶을 모두 증오하네.

여인이여, 그대 때문에 난 이런 상태에 있소.

"앞부분은 정말 아름다워. 이해가 되기 때문이기도 해. 평화가 없지만 어떻게 싸워야 할지 모른대. 앞뒤가 맞지 않는 게 많아. 그 뒤는 더 이해가 안 돼."

"원한다면 내가 설명해줄게."

"그래, 설명해줘. 누가 그를 감옥에 가둔 거야?"

"라우라, 시인이 사랑했던 여인이야. 감옥에 넣지 않았지만 감옥에 넣은 것 같다는 거야. 감옥 문을 열어주지도 가두지도 않고, 그를 묶지도 않지만 풀어주지도 않기 때문이야. 사랑은 그런 거야. 페트라르카가 사랑을 대문자로 쓴 거('Amore') 보이지? 그

에게 사랑은 미스터리한 존재, 그를 억누르는 그림자야. 네가 방
안에 있는데 어둠 속에서 누군가의 존재를 느끼는 것과 같지. 넌
누군가가 거기 있다고 확신하지만 그는 아무 말도 하지 않고, 넌
무서워 묻지 못하는 거야."

나는 눈을 들 용기를 내지 못한 채 대답한다.

"이상해. 페트라르카가 함께할 수 없는 것을 말하기 때문이
야. 묶고 풀고, 가두고 열어주고. 어떻게 그럴 수 있지?"

"시라서 그래. 시에서는 달리 설명할 수 없는 것들이 일어나.
그럴 수 있어. 페트라르카는 사랑 때문에 분열되고, 나뉘고, 동
시에 두 상태가 된 걸 단어를 찾아 말했던 사람이야."

루치아는 저글러가 스키틀을 쥐고 있듯 손에 단어를 쥐고 있
는 것 같은 내 동작을 보고 웃는다.

"그리고 혀가 없지만 소리친다고 하네? 눈이 없지만 본다고?"

"응. 옥시모론, 모순어법을 쓴 거야. 서로 상반되는데 함께하
는 단어지."

"옥시모론?"

"응."

"마음에 들어. 이 단어를 몰랐어. 무슨 과일 이름 같아. 그런데
'키에지오 아이타'는 무슨 말이야?"

"도움을 청하다."

"'파스코미'는?"

"먹는다."

"'울면서 웃는다'는 모순어법이야?"

"그래, 이 시에서 가장 아름다운 부분이야."

"너도 그래본 적 있니?"

"모순어법?"

"응. 아니, 울면서 웃어본 적 있니?"

"아니, 너는?"

"있어."

"언제?"

"개인적인 일이야. 넌 단어를 아주 좋아하나 봐…….."

"나한테 단어는 닻 같은 거야. 사물을 붙드는 데 필요해."

나는 루치아의 눈을 본다.

"페트라르카도 흥미롭네. 학교 선생님은 지루하게 설명했는데……. 있잖아, 「어린 롤랑」 대본에 문제가 있어. 정리하기가 쉽지 않아."

"아주 멋졌던 것 같은데."

"추켜세우지 마. 몇몇 부분이 잘 풀리지 않아. 그 부분을 도와줬으면 해. 책 고마워."

루치아가 책을 챙기며 말한다.

"하지만 말만으론 멋진 공연을 못해. 시간과 땀이 필요해. 아이들을 다루는 게 큰일이야. 이것 때문에 연습 때마다 와야 한다고 네게 말했던 거야. 난 도움이 필요해."

"난 여기에 오려고 영국에 가지 않았어."

루치아가 잠시 침묵하다가 묻는다.

"그런데 넌 왜 사물을 붙들어야 하니?"

"그러지 않으면 멀미가 나."

루치아가 지금까지 한 번도 보지 못했던 미소를 보여준다. 무장 해제시키는 미소다. 그 미소를 보는 사람에게 이렇게 말하는 듯하다. '내게 상처 입히고 싶지 않다면 네가 이해해야 할 게 바로 이거야.'

모순어법. 모순.

삶은 스스로 내게 오지 않아. 삶을 얻으려면 누군가를 위해 삶을 잃어야 해.

46

바다 도시, 저녁때마다 바다가 하늘을 무시하고 자신만의 색깔을 띠는 때가 있다. 「죽음의 승리」라는 멋진 그림을 그린 화가가 사용했던 청색이다. 이 그림의 제목 외에 다른 이름을 남기지 않은 무명의 화가가 팔레르모에서 15세기에 이 그림을 그렸다.

그림을 보고 있노라면 죽음을 만난다. 왜냐하면 그림을 그렸던 화가가 죽음의 군주의 팔레트에 직접 붓을 적셨기 때문이다. 그림 중앙에 말을 탄 죽음이 있다. 죽음은 엑스레이 사진인 듯한 군마를 타고 대각선으로 장면을 갈라놓고 있다. '히잉' 하는 말 울음소리가 들리는 듯하다. 죽음은 어둠의 존재를 무시하는 권력가와 부자들을 향해 화살을 쏜다. 한편 죽음은 절망에 빠져 삶의 무게를 덜어달라고 호소하는 사람들을 무시한다. 죽음의 심판은 불공평하다.

습기가 세상 모든 아름다운 것을 다 먹어치우고 팔레르모에서는 아름다운 것도 영원하지 않다는 말이 되풀이되기 전에 이 그림을 잘 보라. 죽음이 쏜 화살은 청색 옷을 입은 우아한 금발 청년의 목에 꽂혀 있다. 청년의 반대편 구석에 개 두 마리가 있다. 그림이 개들의 털과 무섭게 짖는 소리를 보존하는 한 그 개들은 죽지 않을 거다. 청년은 우리가 쓴 술잔에서 맛보는 그 완전한 고독을 피하고자 눈을 크게 부릅뜬 채 친구의 손을 잡고 생명을 붙들고 있으며, 친구는 손을 잡아주는 것밖에 아무것도 할 수 없다. 이 프레스코 벽화는 원래의 벽에서 떼어져 지금은 안토넬로 다 메시나의「성모 수태고지」가 보존되어 있는 건물에 가 있다. 인간이 불림 받는 두 가지를 표현하기 위해 절대 섞이지 않는 두 색깔이 한곳에 보관되어 있다. 죽음에의 불림과 삶에의 불림,「죽음의 승리」의 청색과「성모 수태고지」의 청색. 그 청색은 신이 어둠을 찢고 만든 빛의 땅에서 인간이 울고 있는 걸 상징한다. 청색은 삶과 죽음의 비밀을 소유한 특권을 신에게서 뺏기 위해 사용되었다.

한순간 사물이 침묵하고 삶과 죽음을 넘어선 것처럼 보이는 저녁 시간에 두 친구가 그 청색 바다의 해변을 산책한다.

"왜 그런 말을 했나, 돈 피노?"

"자네라면 어떻게 했겠나?"

"나라면 피했을 거야."

"그들이 사람들의 문에 불을 지르니까, 우린 진실의 불을 지르는 거야."

"무슨 진실? 이 도시에서 언제부터 진실을 말했는데? 팔코네와 보르셀리노가 어떤 결말을 맞았는지 보지 않았나? 과연 소용이 있을까?"

"우리가 진실을 계속 다락방에 처박아놓으면 조만간 우린 진실이라는 게 있다는 사실조차 잊게 될 걸세. 이 도시의 문제는 말이 서로 반대의 것을 의미한다는 거야."

"이중의 의미가 있다는 거지."

"모르겠어? 내가 이러는 건 삶을 위해서야. 이 지역의 삶, 아이들의 삶, 여자들의 삶, 남자들의 삶, 삶 때문이야! 아버지라면 이걸 해야 해! 그들이 할 수 있는 건 기껏해야 날 죽이는 것뿐일세. 그래서 뭐?"

"농담이라도 그런 말 하지 말게."

"밈모가 늘 말했지. 사람은 뭔가로 죽게 되어 있다고. 자네는 아내와 자식들이 있어, 하밀. 그들이 날 죽이더라도 난 상관없어. 괜찮아, 그들이 사제를 죽이지는 않을 걸세. 우리가 말만 하지 아무것도 하지 않는다는 걸 그들은 알아."

제 2 부

갈망

바다여, 그대 너머에서 난 천국을 가지네.
그곳에서 난 불행이 아닌 기쁨의 옷을 입노라.
이븐 함디스, 「칸초니에레 II」, 20~21행

사과나무 가지 사이의 아이들,
기대하지 않기에 무시되는 아이들,
밀려오는 파도 사이사이
침묵 속에서 들릴 듯 말 듯 들리는 아이들.
자, 빨리, 여기에, 지금, 늘······.
T. S. 엘리엇, 『4개의 4중주』, 「리틀 기딩」, 35~39행

1

빛의 침략이 저녁 무렵에야 바다에서 풀린다. 지금은 저항하며 머물 시간이다. 하지만 바닷가에 사는 사람이 어떻게 남아 저항하라는 걸까? 짠 바닷물은 아무리 물이 많아도 목마른 자의 갈증을 풀어주지 못하고, 사람들은 모두 사라지지 않은 자신의 상처를 본다.

소년은 모든 것을, 아무것도 아닌 것을 갈망한다. 돈 피노 신부는 정의를 갈망한다. 루치아는 바라는 꿈이 손상되지 않고 아름답게 남길 갈망한다. 마리아는 남자의 따스한 애정을 갈망한다. 만프레디 형은 빛나는 경력을 갈망한다. 부모님은 성공한 아들을 갈망한다. 사냥꾼은 자식들을 위한 행복한 삶을 갈망한다. 누치오는 상관들의 인정을 갈망한다. 다리오는 약간의 순수함을 갈망한다. 토토는 오케스트라 지휘자의 지휘봉을 갈망한다. 리카르도는 쉬운 돈벌이를 갈망한다.

모두 삶의 피조물이다. 모두 사랑과 고통이 뒤섞인 피조물이다. 신은 피조물 안에 갖가지 갈망을 일으킨다.

이곳에서 태어난 사람의 심장은 바다 건너에 있는 것을 원한다. 황홀감에 젖어 자기 자신 밖으로 나간다. 이 무한한 갈망이 심장을 갈기갈기 찢고, 필요하다면 많은 갈망이 심장을 비우고 사랑으로 심장을 해체하기도 한다. 팔레르모에서 갈망은 고통스럽다. 바라볼 바다와 시작해야 할 여행이 너무 많기 때문이다.

밖에서 오는 사람에게 팔레르모는 전체가 항구다. 하지만 팔레르모에서 태어난 사람에겐 모든 게 출발, 갈망, 도주다. 지금까지의 시간에서는 이루어지지 않았던, 나중에 있을 것을 찾아 떠나고픈 갈망.

전체가 항구인 곳에서는 실제 여행과 상상하는 여행이 무한히 일어난다. 팔레르모에는 갚아야 할 빚이 있지만 달콤한 마법도 있다. 늘 수평선 뒤에 있는 어떤 것을 부른다.

"신의 이름으로 바다에."

어부는 바다에 그물을 던지며 하루를 시작한다. "신의 이름으로 바다에." 지중해는 대륙 이동의 가장 큰 선물이다. 그 바다의 기억이 젖어 있는 성스런 공간은 이제 없다. 한때 바다는 영웅들의 눈물을 모았지만 이제는 어부들의 땀을 모은다.

'아 마레A mare'(바다에)와 '아마레amare'(사랑하다)는 발음이 같다. 모호한 모든 것이 여기서 진실을 담는다. 심장은 삶을 갈망하고, 삶은 절대 그 심장을 충족시키지 않는다.

소년은 책이 없는데도 바다의 페이지를 직접 읽는다. 수평선이 책의 마지막 줄 같다. 눈과 심장이 그 넓은 바다를 잡는다. 무한은 책과 도서관 안에만 있는 게 아니다. 무한은 모든 지역에 있다. 자신의 의미를 찾아가는 모든 삶 안에 있다.

이윽고 항구를 뒤로하고 천천히 항구 뒤에 자리한 도시로 깊숙이 들어간다. 칼사 지역으로 들어간다. 그곳 알칼리사에 술탄이 자신의 궁정을 짓고 살았다. 왜냐하면 오레토 강의 단물이 그 지역 한가운데를 가로질러 흐르기 때문이다. 강을 지나면 '옛날 옛날에'의 시대에 브란카치오의 비옥한 땅이었던 곳이 열린다. 그 근처에 시장, 팔레르모에서 가장 아름다운 박물관과 건물, 식물원, 소년의 부모님이 결혼식을 올렸던 마지오네 성당이 있다. 소년은 로마노 주세페 거리를 따라 올라간다. 산타 테레사 거리. 스파지모 거리. 그렇다, 바다 근처에 있는 스파지모 거리, 즉 갈망의 거리는 바다를 등 뒤에 두고 있는 사람이 느끼는 감정이 거리 이름으로 붙여졌다. 원했든 원치 않았든 거리들이 그 자체의 본질을 나타내는 도시가 있다.

그 스파지모 거리에 성당이 있다. 성인이나 성녀에게 바친 성당이 아니라 그 감정에 바친 성당이다. 그 이름은 마리아 성당이지만 누구도 그걸 모른다. 모두가 스파지모 성당이라고 부른다. 천장이 없고, 항구가 바다를 보듯 하늘을 올려다본다. 선원이 갈망했던 것에서 돌아오듯, 신이 뻥 뚫린 천장을 통해 땅으로 다시 내려오지 않을까 하는 생각이 잠깐 든다.

밖에서 오는 사람에게는 전체가 항구다. 남아 있는 사람에게는 전체가 갈망이다. 패러독스 위에 세워진 도시, 늘 도착과 기다림이 있는 도시.

소년은 성당 벽이 잘라놓은 그 하늘 아래에 앉아 햇볕에 불타는 파란 하늘을 쳐다본다.

소년은 햇살을 느낀다. 사랑이 솟아나는 곳에서는 늘 변화가 있다.

갈망이 이 모든 삶을 구할까? 아니면 삶을 고통스럽게 할까?

2

"기타 좀 빌려줄 수 있어?"

"안 돼."

"그래도 가져갈래."

"그럼 네 책을 불사를 거야."

"줘, 만프레디 형……."

"기타로 뭘 하려고?"

"오케스트라 지휘자가 되고 싶어 하는 아이가 있어. 그 애의 꿈이야."

"그게 나랑 무슨 상관인데?"

"상관있어. 원하는 사람이 있으면 상관있는 거야."

"기타로 뭘 해야 하는데?"

"악기 연주하는 법을 배우면 좋을 거야. 그 애가 정말 좋아하면 좋겠는데."

"그래서 내 기타로 가르쳐주겠다는 거야?"

"아니면 다른 방법 있어? 아, 난 기타 치는 솜씨가 서투르니까 형이 브란카치오에 가서 레슨을 해주는 게 어때?"

"내가 그렇게나 할 일이 없어 보이니?"

"거기로 이사하라는 게 아니잖아. 여기서 불과 몇 킬로미터 떨어진 도시에서 몇 시간만 써달라고 부탁하는 거잖아."

"그런 말 하지 마. 기타는 빌려줄게. 하지만 네가 책임져야 해. 만약 기타가 부서지면, 널 부숴버릴 거야."

"걱정 마. 내가 잘 볼게."

"바로 그게 내가 걱정되는 부분이야. 넌 물건을 잃어버리기로 유명하잖아."

"중요한 건 영혼을 잃어버리지 않는 거야."

"누가 그런 말을 했는데?"

"기억나지 않아."

"물의 시인 존 테일러가 그랬지. 그 안에서 영혼을 잃지 않도록 조심해."

3

"이 자전거는 뭐니?"

"자전거 타는 법을 가르쳐줘요. 칫, 나만 자전거를 탈 줄 모르잖아요!"

프란체스코가 단호하게 대답한다.

마주 보고 얘기하는 상대는 여섯 살 아이와 쉰여섯 살이 되어가는 남자다.

"맞아. 좋아, 네가 탈 수 있는지 보자."

"난 무섭지 않아요."

"무섭지 않은데 왜 나한테 그 말을 하니?"

"조금 무섭기도 해서요. 하지만 누구한테도 그 말을 하면 안 돼요."

"미안한데, 무서우면 안 되는 거니?"

"무서워하면 누구도 존중해주지 않아요."

"무서운 건 나쁜 게 아니야, 프란체스코."

"신부님도 무서워요?"

"그럼."

"뭐가요?"

"높은 파도가."

"그리고요?"

"고통이."

"그리고?"

"죽는 게."

"누가 신부님을 죽이려 해요?"

"아니, 그런 사람 없어. 말이 그렇다는 거야. 넌 뭐가 무섭니?"

"엄마가 날 혼자 두고 떠나는 거요."

"아니야, 네 엄마는 절대 널 떠나지 않아."

"어떻게 알아요? 가끔 엄마가 나쁜 얘기를 해요."

"나한텐 네 자랑만 하던데? 엄마가 그런 얘기를 해도, 정말 그렇게 생각하는 건 아니야. 네가 엄마를 화나게 해서 그런 거지."

돈 피노 신부가 낡은 그라지엘라 자전거를 잡고 자세히 살핀다.

"자전거는 어디서 났니?"

프란체스코가 대답하지 않는다.

"훔쳤구나?"

"버려진 거예요."

"그래, 아마 체인도 버려졌겠지."

"내가 알아서 해요."

"그럼 이렇게 하자. 자전거 타는 법을 가르쳐줄 테니까, 다 배우고 나서 자전거를 제자리에 갖다 놓는 걸로."

"싫다면요?"

"싫으면 네가 알아서 잘해봐."

"좋아요. 칫, 신부님은 진짜 선수라니까."

"난 선수가 아니야, 프란체스코. 그 말은 남들을 속이려고 교활한 짓을 하는 사람을 가리키는 거야."

"신부님이 진짜 선수가 아니면 끝이 안 좋을 거예요. 가장 뛰어난 선수가 이기니까요."

"누가 그런 말을 했니?"

"몰라요. 그렇게들 말해요."

"자, 이제 자전거에 올라타렴."

프란체스코가 높은 안장에 앉는다. 발이 땅에 닿지 않는다.

돈 피노 신부가 뒤에서 잡아준다. 모든 아버지가 그렇듯 뒤에서 잡고 한 바퀴 돌다가 잠시 손을 뗀다.

프란체스코는 금방 배운다. 모든 아이가 그렇듯 넘어져 무릎과 팔꿈치가 까진다. 아이들이 자전거를 처음 배울 때 영원히 기억하게 될 상처다.

결국 프란체스코는 혼자 자전거를 타고 사라진다.

돈 피노 신부는 홀로 남아 텅 빈 거리를 쳐다본다.

"자식들은 그런 거야. 조만간 떠나게 돼 있어."

4

"어떻게 오케스트라 지휘자가 되는 거야?"

며칠 전에 토토가 내게 물었다.

"우선 음악을 알아야 해."

내가 대답했다.

적어도 그렇게 생각한다. 사실 나는 지휘봉을 손에 든 사람이 얼마나 중요한 사람인지 잘 모른다. 요정은 아니다.

아무튼 오늘 첫 수업을 시작한다. 만프레디 형의 기타가 도시를 가로질러, 전에는 상상할 수도 없는 세계에서 지금 소리를 낸다.

우리는 손가락 푸는 연습으로 시작한다.

토토의 손가락에 자국이 남을 때까지 기타 줄을 눌러댄다.

"이렇게 아플 줄 몰랐어."

"처음엔 다 그래. 나중엔 자연스러워져."

악기를 처음 배우는 사람이 그렇듯 기타 줄에서 통통거리는 소리만 난다. 토토는 상관하지 않는다. 기타 소리에, 음의 차이에 푹 빠져 있다.

오른손이 기타 통 위에서 재빨리 위치를 잡는다. 리듬감이 부족하지 않은 것 같다.

"넌 재능이 있어."

"아니, 재능을 가져오지 않았는데."

"무슨 말인지 아는 거니?"

"재능?"

"응."

"그게 뭔데?"

"잘한다는 거야. 뭔가에 재주가 있다는 거지."

"정말이야?"

"사실이야."

"형은 무슨 재능이 있는데?"

"말썽 부리기."

"예를 들어?"

"예를 들어 부모님 화나게 하기."

"그건 나도 아주 잘하는 거 모르지? 또?"

"단어들을 좋아해."

"그거 갖고 뭘 만드는데?"

"너는 음 갖고 뭘 만드니?"

"음악."

"단어로는 상황을 변화시켜."

"예를 들어?"

"예를 들어 넌 '재능'이라는 단어를 몰랐어. 그런데 지금은 그 단어를 아니까 네가 그걸 갖고 있다는 걸 알아. 전에는 그걸 몰랐잖아."

"음, 맞아. 그럼 단어들도 가르쳐줘. 그럼 더 많은 상황을 알게 되잖아."

"좋아."

"예를 들어?"

"예를 들어 뭐?"

"다른 단어를 가르쳐줘."

"생각 좀 해볼게……."

"음악과 관계있는 단어로."

"폴리포니아 Polifonia."

"암탉들 음악이야?"

"아니, 'Pollifonia'가 아니라 'l'이 하나야. 제각각 특성을 가진 여러 목소리나 소리가 있을 때를 말하는 거야. 여러 목소리가 동시에 노래하는데, 하나의 완성된 하모니를 이루는 거지."

"이해가 잘 안 돼. 더 쉽게 얘기해줄 수 없어?"

"생각해볼게, 기다려봐. 자, 이 기타 줄들을 봐. 미, 라, 레, 솔, 시, 미. 내가 한 번에 한 줄을 건드리면 각각 다른 소리가 나는데, 함께 연주를 하면 하모니를 만들어. 들리니?"

"응."

"폴리포니아, 다성은 다른 악기들과 목소리들 사이의 하모니인 거야."

"이해했어. 음, 형은 상황을 잘 설명하는 재주가 있네. 이제 내가 하모니를 만들어볼래. 오케스트라 지휘자는 이걸 하는 거지, 안 그래? 지휘자는 지휘봉을 움직이며 많은 악기를 하나로 만드는 거야."

"너, 지휘봉은 갖고 있니?"

"없어, 지금은 없어."

"마련해보자."

"음, 그럼 정말 멋질 거야. 하지만 형이 가르쳐줘."

"뭘?"

"이 폴리포니아."

"그래볼게."

"형은 단어들에 재주가 있으니까 많은 걸 가르쳐줄 수 있어. 형이 학교 선생님보다 나아."

"칭찬이 과한데?"

나는 아이들이 와글와글한 그 방을 쳐다본다. 아이들은 그림을 그리고, 장난치고, 연기하고, 춤을 추면서 즐거워한다……. 그 아이들이 삶의 폴리포니아다.

돈 피노 신부님이 온다.

"맛있는 간식을 먹을까?"

합창하듯 대답한다. 모두가 신부님을 따라 큰 방으로 간다. 코카콜라와 빵과 누텔라가 테이블 위에 준비되어 있다. 나머지 간식들은 다른 상표의 것이 있을 수 있는데, 코카콜라와 누텔라는 늘 똑같은 상표다. 혁명이 필요하다.

나는 루치아의 눈과 마주치려 하지만, 루치아는 아이들을 돌보느라 너무 바쁘다. 다리오와 얘기 중인데, 갈매기 날개가 하강하는 것처럼 손을 움직이면서 뭔가를 설명한다. 루치아를 바라보다가 놀라고 만다. 아직 다 탐험하지 못한 내 내부의 지리 한쪽에서, 암기해두었던 몇 가지 말이 떠오른다.

'사랑이여, 완전 무장 해제된 날 찾아와주오. / 마음의 눈으로

길을 열어주오.'

방이 이제 거의 비어갈 때 나는 집으로 돌아가기 위해 내 물건을 챙긴다.

기타가 사라졌다.

나는 움찔한다. 만프레디 형의 기타.

우리는 여기저기를 기웃거리며 기타를 찾아보지만 없다. 예언은 항상 이루어진다. 특히 나쁜 예언인 경우에는 더욱더.

센터를 난장판으로 만들지만 기타는 나오지 않는다. 나는 연극 연습실로 들어가본다. 어둠 속에서 기타 줄 튕기는 소리가 들린다. 다가가보니 토토가 한쪽 구석에 앉아 기타에 한쪽 귀를 바싹 붙이고 줄을 튕기며 소리를 듣는다. 나는 화가 치민다. 휴가를 떠나는 잔니와 인사를 나누려고 피자집에서 만나기로 했는데 늦었기 때문이기도 하다. 친구들은 내가 완전히 미쳤다고 떠들어대며 계속 내 얘기만 하고 있을 거다. 옥스퍼드 대신 브란카치오라니.

하지만 마치 꿈에서 깨어난 듯 나를 올려다보는 토토의 두 눈이 기쁨으로 빛난다. 나를 무장 해제시킨 토토가 너무나도 순진한 얼굴로 웃는다.

"이렇게 멋진 걸 가져본 적이 없어."

나는 토토 옆에 앉는다.

"계속 연습해. 기타를 빌려줄게. 하지만 잘 다뤄야 해."

그 말을 하는 순간 또 다른 나는 지금 돌이킬 수 없는 실수를 저질렀다는 것을 안다. '난 더 좋은 것을 보는데, 더 악한 것이

날 붙잡네.'

토토가 여전히 눈을 반짝이며 웃는다.

"기타는 내 재능이야."

토토가 내 형의 기타에 뽀뽀한다.

토토가 날 안아준다.

나는 이제 죽었다는 걸 안다. 내 일부가 그렇게 말한다.

나는 이제 살았다는 걸 안다. 또 다른 내 일부가 말한다.

5

나지막한 불빛이 저녁을 점점이 밝힌다. 바깥에 놓인 전기 모기퇴치기가 화성의 형광빛을 발산한다. 모기향과 튀김 냄새가 섞이고, 여자들의 노출된 피부와 헤어 컨디셔너 냄새가 아직도 동물의 생존 본능이 남아 있는 거리에서 사냥 본능을 일깨운다.

"겨우 한 시간 늦었네. 어디 있었어?"

잔니가 묻는다.

"할 일이 있었어."

"여름에? 누가 네 말을 믿겠어……."

"너한테 도대체 무슨 일이 있는 건지 우리한테 말해봐. 왜 떠나지 않은 거야?"

"암고양이가 숨어 있는 거야? 금발에 파란 눈을 가진? 너 혹시 벌써……."

모호한 태도다.

나는 피자와 맥주를 주문한다. 그런 다음 모든 일을 털어놓는다. 친구들은 믿을 수 없다는 동정 어린 표정으로 내 말을 듣는다.

"너희도 가지 않을래?"

"어딜?"

"도와주러 브란카치오로?"

"우린 휴가 중이야, 페데리코. 휴가가 뭔지 알고나 하는 소린지 모르겠어……."

"내 머리는 휴가란 생각이 안 들어. 오히려 긴 휴가를 마치고 돌아온 기분이야. 우리는 보르셀리노 사망 1주년에 맞춰 행사를 준비하고 있어. 운동회, 그러니까 달리기, 자전거, 줄다리기 시합이 있을 거야. 엄마들을 위한 케이크 만들기 시합도 있을 거고, 그다음엔 먹고 즐길 거야. 표시를 남겨야만 하는 날이야! 행사를 더 멋지게 치르려면 도움이 필요해. 각자 자기 시간을 조금만 할애하면……."

친구들이 고개를 끄덕인다. 물론. 물론. 이제 우리 계획을 짜보자. 난 빈 시간을 찾아봐야 해. 물론 휴가를 떠나기 전에. 용기가 필요한 일이야. 불행히도 난 가족들과 바다에 가야 해. 안 그러면 난 내일이라도 갈 텐데. 돌아와서는 혹시 모르겠다. 난 예전에 한 번 자원봉사 활동을 한 적이 있어. 물론 가겠지만 이번 주말에는 갈 수가 없어. 돈 피노 신부님은 훌륭한 분이셔. 할머니가 건강이 그리 좋지 않으셔.

장황하고 진부한 변명이 이어진다.

"왜 너흰 싫다고 말하지 않고 거짓말로 둘러대는 거야?"

"영웅 노릇 하겠다고 결심하니까 우쭐해지나 본데?"

"무슨 영웅? 별다른 일이 없을 때 몇 시간만 내달라고 부탁하는 거잖아."

"돈 피노 신부님이 널 세뇌시켰니? 신부들과는 거리를 두라고 내가 항상 말하잖아."

"너희는 지금 자신이 무슨 말을 하는지 몰라. 너희는 정말 진부하기 짝이 없는 녀석들이야."

"우리가 영웅이 아니라서 미안해."

잔니가 냉소적으로 말한다. 날 항상 보호해주었던 잔니가. 잠깐 나는 우리가 얼마나 멀어졌는지 깨닫는다.

"이 일과 영웅이 무슨 상관이야? 평소처럼 넌 아무것도 이해 못했어. 영웅도 불알 달린 남자일 뿐이야. 넌 네 불알을 어디다 놔뒀는지 알지도 못해."

"너무 위험한 일이야. 그냥 내버려둬, 페데리코. 그쪽 사람들은 멀리하는 게 좋아. 친구로서 하는 말이야."

잔니가 단호하게 잘라 말한다.

"네가 뭘 알아?"

"이런 일들은 알아. 넌 브란카치오에 대해 말하고 있잖아, 페데. 다시 한 번 말해줄까? 브란카치오."

"개자식. 다시 한 번 말해줄까? 개자식."

"진정해. 도대체 왜 그러는 거야?"

"너희가 날 깠잖아."

나는 일어나 자리를 떠난다.

내 눈으로 이 도시의 상처를 훑으며 목적지 없이 걷는다. 불빛으로 채색된 거리가 오늘 밤 내가 걷기엔 너무 복잡한 미로로 엉켜 있다.

오토바이 한 대가 내 옆에 멈춘다. 잔니다.
"이렇게 헤어져야겠어? 타."
생각하고 있을 필요가 없다. 알록달록 색칠한 잔니의 오토바이에 올라타고 우리가 좋아하는 장소로 향한다. 우리가 처음 담배를 피웠던 곳이다. 나에겐 마지막 담배이기도 했다. 이틀 동안 기침이 멈추지 않았기 때문이다. 베르지네 마리아 다랑어 어장 근처다. 몇 년째 방치되어 있는데, 그곳 타워의 발코니에서 바다가 바라다 보인다. 동화에서 바로 튀어나온 듯한 곳이다.
우리 앞에 바다의 검은 어둠이 있다. 바다가 낮의 무더위에 지쳐 있던 거대한 야수처럼 천천히 숨을 쉬며 일어난다.
"어떻게 된 얘긴지 설명해봐. 이해 못하겠어."
"나, 사랑에 빠졌어."
"누구?"
"브란카치오에 사는 여자애야. 이름은 루치아야."
"그래서 그 애를 찾아 그곳에 갔던 거야? 팔레르모에도 여자애가 그렇게 많은데? 몇 달째 널 쫓아다니는 아녜제는 어떡하고?"
"장난 아니야."
"같이 잤어?"
"아니. 세 번 얘기해봤을 뿐이야. 그중 한 번은 말다툼을 했고."
"그럼 플라토닉 러브 중이구나. 정신 차려, 페데!"
"아무튼 그것 때문만은 아니야."
"뭔데?"

"모두."

"모두 뭐?"

"나머지 모두. 그곳 삶은 내가 살아온 것에 비해 너무 리얼해. 난 비현실 속에서 계속 살아갈 수 없어. 영국에 가는 건 바다를 경험해보고 난 뒤 조그만 수영장에서 계속 수영해야 하는 것과 같았어."

"현실의 어떤 것을 찾아냈는데?"

"아이들. 비록 아주 작지만 그 아이들을 위해 뭔가를 할 수 있어. 그리고 돈 피노 신부님. 에너지가 아주 많아. 그 에너지를 어디서 끌어내는지 모르겠지만."

"너, 개종하려는 거야?"

"뭐로?"

"내가 아는 그거. 혹시 기도도 하니?"

"아니. 삶에 대해, 살아 있다고 느끼는 것에 대해 얘기해. 지금까지 난 원하는 대로 상황이 이루어지는 마법의 세계에서 산 것 같아. 그런데 그곳은 달라. 원하는 것을 할 용기를 낼 때만 원하는 상황이 일어나."

"루치아는 어때? 이탈리아어를 할 줄 알아?"

"너, 바보구나."

바람이 야자수 꼭대기를 쓰다듬자 별들도 흔들리는 것 같다.

"아주 예쁜 초록색 눈에 오늘 밤 바다처럼 까만 머리카락을 가졌어. 책을 좋아해. 다른 여자애들과 달라."

"우리 쪽에도 검은 머리에 초록색 눈, 책을 좋아하는 여자애가 적지는 않은 것 같은데."

"그래, 하지만 그 애는 진짜야."

"그러길 바라, 페데리코. 네 환상 속에만 있는 여자애를 사랑한 게 처음은 아니잖아."

"그 애는 용기가 있다는 말이야. 도망가지 않아. 물러서지도 않고. 있는 그대로 삶을 대해. 하지만 삶에 치여 으깨지지 않아."

"너 알아? 이제 막 그 애를 만났다는 거……."

"와서 봐, 잔니."

"휴가 가려는데, 페데."

"줄리아하고는 어떻게 지내?"

"잘."

"'잘'이 어떻게야?"

"좋았다가 나빴다가 해."

"도시에 좀 더 남아 있을 수 있잖아. 너도 와. 줄리아도 데려오고."

"뭐하려고?"

"나랑 축구 하는 걸 도와줄 수 있잖아. 줄리아는 루치아를 도와줄 수 있고."

"모르겠어. 마지막 순간에 계획을 바꾸기가 쉽지 않아."

"알아, 하지만 일단 해보면 독립심이 생겨."

"네 부모님은 화내지 않으셨어?"

"다른 아들을 원하지 않으셨냐고? 이런 아들을 가진 것도 그분들의 운명이야."

"운이 없으시네."

나는 잔니를 가볍게 어깨로 친다. 우리는 잠시 조용히 바다를 바라본다. 지루해하지 않고 그렇게 몇 시간이라도 볼 수 있을 것 같다. 밤의 어둠이 바다에 아스팔트를 깐 것 같다. 바다가 마음속에 꽂아 넣은 그 광활함을 받아들이며 땅에 남아 저항하는 게 바다를 건너는 것보다 힘든 일일 거다.

6

「어린 롤랑」의 대본 작업을 하기 위해 우리 집에 루치아를 초대했다. 루치아에게 내 방을 보여주고 싶었다. 지금 생각해보면 나 자신부터 시작해서 모든 게 적절치 않았던 것 같다.

루치아는 자신을 그대로 보여준다. 성격은 아주 소박하다. 루치아 덕분에 나는 꾸며서라도 자신을 드러내려는 여자와, 자신을 있는 그대로 보여주려는 여자의 차이점을 배웠다. 전자는 자신과 다른 사람 사이에 자신이 되고 싶은 모습을 넣는다. 그런 여자와 친해지려면 켜켜이 쌓인 위장된 불안의 층위부터 넘어서야 한다. 후자는 자신을 꾸며 보여주려 하지 않고, 있는 그대로 보여준다. 다른 걸 덧붙이지 않는다. 루치아는 화장을 하지 않는다. 루치아는 중세 아랍의 시들에서 묘사한 피부, 강한 향기, 이 땅의 것이 아닌 이국적인 분위기를 갖고 있다. 내가 루치아를 이상화하고 있는 건지 모르겠다. 모두 페트라르카 탓이다. 나는 아직 말하기가 두렵지만 '사랑이 내 마음속에 쓰는 이름'은 그 애의 이름이다. 평온한 빛, 시원한 그늘 같은 루치아. 목마른 날 깨끗한 물 같은 루치아. 루치아, 네가 내 방에, 내 항구에 있다. 내 물건들을 둘러본다. 내 물건들이 얼마나 보잘것없는지,

네게 줄 것이 얼마나 부족한지 알아. 하지만 넌 여기 이 작고 조용한 항구에 정박할 수 있어.

"모두 네 거니?"

"응."

내 책을 하나씩 살펴본다. 밑줄이 쳐지고, 표시되어 있고, 구겨진 책들이다. 그 책들과 나는 싸운다.

"왜 문장에 밑줄을 치니?"

"그 문장을 기억하려고."

"넌 머릿속에 모두 넣어두고 싶구나."

"잘못됐니?"

"아니. 하지만 삶은 우리 머릿속에 들어올 수 있는 것보다 크다고 생각해. 가끔 넌 사물을 작은 조각으로 해체해 통제하려는 것 같단 생각이 들어."

"그리 나쁜 것 같지 않은데."

"하지만 불가능해. 모든 걸 통제할 순 없어."

"두려워서 그럴 수 있어."

"뭐가 두려운데?"

"모르겠어."

"또 '모르겠어'네. 늘 '모르겠어'로 끝나. 그게 웃겨."

"우는 것보다는 낫네."

루치아가 미소 짓는다.

"네가 제일 좋아하는 다섯 단어는 뭐니, 루치아?"

이 질문에 놀라지 않는 눈치다. 루치아가 생각해본다. 내 책하나를 집어 책장을 펼치더니, 연필로 뭔가를 쓴다. 그러더니 획

248

돌아서 다른 책들 사이에 섞는다.

"찾아봐. 그럼 일을 시작할까? 피날레에 문제가 있어. 몇 군데서 리듬이 잘 맞지 않아. 보여줄게."

나는 보물을 찾기 위해 루치아가 뒤섞어놓은 책의 배열을 기억해놓은 다음 루치아가 손으로 쓴 대본에 집중한다.

엄마가 시원한 차 주전자를 들고 들어온다.

"이 예쁜 애는 누구니?"

"루치아."

루치아가 일어나 미소를 띠며 악수한다.

"집이 참 예뻐요. 방도 환하고 물건도 참 많네요."

"고맙구나."

엄마가 제대로 들은 건지 조금 의아해하며 대답한다.

"페데리코의 학교 친구니? 전에 본 적이 없는 것 같은데."

"아니요. 그냥 친구예요. 브란카치오에서 만났어요."

"아, 브란카치오에 사는구나. 페데리코가 그곳에서 뭘 하는지 우리한테 절대 얘기해주질 않아. 그곳에 가서 도와주려고 영국 연수를 포기했다는 것만 알아. 그런데 너희들 무슨 재미있는 일을 준비하니?"

"직접 물어보세요."

루치아가 냉랭하게 대꾸한다.

"아…… 알겠다. 난 갈게. 하던 일 해라, 얘들아. 방해했다면 미안하구나."

우리는 서로 말이 없다.

"왜 우월감을 느끼는 거야?"

"뭐?"

"너희 엄마가 했던 말, 너도 들었잖아. 영국 연수, 포기했다…….
마치 우리가 도움을 받아야 할 환자들인 양 말씀하셨어."

"엄마가 그런 의도로 말한 건 아닐 거야. 엄마는 단지…….""

"네가 우리한테 적선을 베풀러 갔다는 점을 강조하고 싶어 하
셨어. 네 도움이 없어도 우린 잘해왔어, 알아?"

"과장이 심해. 판단하지 말라고 내게 말했잖아. 그런데 지금
네가 그러고 있어."

"과장하는 게 아니야. 우린 너무 달라, 페데리코. 방이나 돈을
많이 갖고 있다고 해서 다른 사람들보다 나은 사람이 되는 건 아
니야. 내가 영국에 간다면 난 내 돈으로 갈 거야. 하느님만이 내
가 얼마나 영국에 가고 싶어 하는지 아실 거야. 너에겐 뭐든 해
줄 수 있는 아빠가 있어. 그래서 넌 어떻게 살아야 하는지 다른
사람들에게 가르치고 싶은 거야. 사는 게 너무 쉬운 거지…….""

"난 누구에게도 어떤 것을 가르치려 하지 않아. 내가 뭘 해야
하는지도 잘 몰라. 난 돈 피노 신부님이 부탁해서 간 거라고. 신
부님이 도움이 필요하다고 하셨어."

"알아, 네가 그러겠다고 대답한 건 잘한 일이야. 하지만 더는
영국 연수를 포기했다는 따위의 얘기는 듣고 싶지 않아."

나의 문학적 꿈인 루치아가 거친 현실의 한 조각으로 변하고
있다. 루치아가 방금 한 말 때문에 루치아를 미워하는 대신 내가
바뀌기로, 더 나은 사람으로 변할 준비를 한다.

"난 아무것도 필요 없어, 페데리코."

나는 말을 못하도록 루치아의 입술에 손가락 하나를 댄다. 이

웅고 뺨을 만진다.

루치아가 깜짝 놀라며 경직되지만 잠깐 내 손바닥에 얼굴을 기댄다. 나는 처음으로 애무를 경험한다. 책에서 묘사한 달콤함은 그 접촉이 주는 기쁨의 반도 못 된다.

해수욕장에 나타나는 해파리처럼 타이밍을 딱 맞춰 만프레디 형이 얼굴을 들이민다. 형이 들이닥칠 줄 알았다.

"미안해, 페데리코. 기타가 필요해. 아, 미안해. 내가 방해했나 보네. 이렇게 열심일 줄 몰랐어."

"이쪽은…….."

"루치아인 것 같은데?"

루치아가 만프레디 형이 느닷없이 들어와 다른 사람도 같이 웃게 만드는 미소를 발사하자 따라 웃는다.

"내 동생은 네 말만 계속했어. 장담하는데, 네 말을 하지 않을 땐 네 생각을 하고 있을 거야."

"그만해."

나는 형을 내보내려 한다. 내 뺨이 빨갛게 달아올랐고, 루치아의 뺨도 빨개진다.

"그런데, 기타는?"

"응, 기타…….."

"그래, 기타. 손잡이와 줄이 달린 타원형 물건 말이야. 기억하지? 그런 물건을 하나 가지고 있었는데 너한테 빌려줬잖아? 지금 기타를 좀 치고 싶어."

"그래. 지금은 칠 수 없어."

"무슨 말이야?"

"형에게 말했던 그 아이한테 빌려줬어."

"빌려줬다고? 내 기타를? 너 미쳤니?"

"네, 미쳤어요. 내가 부탁했어요. 하지만 동생은 마음이 아주 넓어서 그 애가 행복해하는 모습을 보고 빌려주고 싶다는 마음이 든 거예요."

만프레디 형은 루치아의 차분하고 대담한 태도에 말문이 막힌다.

"결국 손잡이와 줄이 달린 타원형 물건 아닌가요?"

루치아가 웃는 얼굴로 덧붙인다.

"그래, 하지만 내 거라는 게 문제지."

"자랑스러워할 이유가 또 하나 생긴 거예요! 토토가 오빠 기타 덕분에 자신의 재능을 발견하면 얼마나 멋진 일일지 생각해봐요. 안 그래요?"

"설득력 있네."

나는 지금 벌어지는 일이 현실인지, 아니면 내가 영화 속 하이라이트 장면 안으로 들어간 건지 모르겠다. 형의 오른쪽 뺨에 살짝 파인 보조개가 말해주듯, 루치아가 방금 만프레디 형을 이겼다. 형은 마음에 들면 그렇게 보조개가 파인다.

"오빠는 뭐 해요? 공부해요?"

"신경학을 전공하고 있어."

"정확히 무슨 공부를 하는 거예요?"

"난 신경외과 의사가 되고 싶어. 뇌질환을 공부하고 치료해. 뇌."

"파킨슨병도요?"

"물론."

"할아버지가 파킨슨병을 앓아요. 늘 휠체어를 타고 다녀야 하고, 침이 흘러 턱받이를 차야 해요. 요즘은 무슨 말을 하는지 하나도 못 알아듣겠어요. 할아버지의 건강이 좀 나아지려면 뭘 어떻게 해드려야 할지 모르겠어요."

"어떤 치료를 받으시는데?"

"모르겠어요. 약을 엄청 많이 드세요."

"지금 점차적인 근육 마비를 호전시킬 새로운 치료법을 실험 중이야."

"오빠가 한번 와서 봐줬으면 좋겠어요. 그럼 좋은 치료법이 생각날지 모르잖아요."

"난 의사가 아니라 학생일 뿐이야."

"언젠가는 의사가 될 거잖아요. 많이 다른 것 같지 않은데요."

"어떤 의미에선……. 넌 뭐 하니?"

"선생님이 되려고 사범학교에서 공부해요. 하지만 다른 일을 했으면 좋겠어요."

"뭔데?"

"연극이요."

"연기?"

"아니, 연출이요. 아, 브란카치오에서 아이들과 함께 오빠 동생과 우리가 준비하고 있는 연극에 초대할게요."

루치아는 몇 주 동안 내가 말하지 못했던 것을 간단히 말해버린다.

"내 동생도? 나한테 그런 말 안 했는데."

"샤를마뉴 역이에요. 완벽해요."

루치아가 마지막 말을 엄숙하게 발음하며 하늘을 올려다본다.

형이 웃음을 터뜨린다.

"동생이 아직도 어둠을 무서워하는데."

만프레디 형이 한술 더 뜬다.

"모든 왕은 약점이 있어요."

루치아가 대답한다.

형과 루치아가 웃는다. 나는 그들을 바라보며 말문이 막힌다.

"결국 내가 직접 가서 기타를 가져와야겠네."

"그럴 줄 알았어요."

루치아가 말한다.

"그럼 난 이만 갈게. 너하고는 나중에 계산하자."

형은 나가면서 루치아가 등을 돌린 틈을 타 눈을 휘둥그레 뜨고 날 바라보며, 마치 내가 월드컵에서 골을 넣은 것처럼 잘했다는 암묵적인 신호를 보낸다.

"우리가 어디까지 했더라?"

루치아가 묻는다.

"여기."

나는 루치아의 뺨에 손을 대고, 루치아가 내 손바닥에 얼굴을 기대게 한다.

7

소녀가 누치오의 손안에서 소리친다. 누치오가 소녀의 목을 조른다. 어둠 속으로 소녀의 몸을 밀치자 어둠이 소녀를 꿀꺽 삼킨다.

예전에 도적들은 몰래 숨어 상인들을 기다렸다가 먼지 나는 길에서 수레를 붙잡고 피초 세를 요구했다. 그들은 가난한 가장들, 노동자들에게 어느 정도를 요구해야 하는지 알기에 물건을 조금 빼앗는 것으로 그쳤다.

피초는 수레의 숨어 있는 가장 중요한 부분으로, 약한 부분을 보완해주기 위해 수레 몸통 아래에 끼워 넣는 튼튼한 나무 막대기다. 불운과 도적들로부터 자신을 보호하기 위한 성스런 이미지로 종종 이야기되듯, 피초가 없으면 널빤지가 쉽게 부서져 무거운 짐이 수레와 상인의 등을 부수고 만다. 수레가 없으면 일자리를 놓친다.

"돈을 주지 않으면, 피초를 망가뜨리겠다."

그들은 사람을 죽이지는 않았다. 원칙이 있는 사람들이었다. 하지만 그들도 돈을 얻어내야 했다. 기부, 그 이상이 아니었다. 기부를 하지 않으면 그들은 피초를 박살내고 마차가 부서졌다.

상인은 돈을 내고 가던 길을 갔다. 결국 세금이었고, 보증금을 준 것이다. 그런 도적들은 늘 있었고, 돈을 내면 목숨을 빼앗지는 않았다.

상점 주인은 피초 세를 내지 않았다. 그래서 누치오는 자신에게 속한 몫을 요구하러 왔다.

숨죽인 비명은 누치오가 영혼을 조각내고 있는 소녀의 비명이다.

아무도 그에게 부탁하지 않았지만, 해야 할 일을 했다는 자부심과 당연히 받아야 할 것을 손에 넣었다는 표정으로 가슴을 펴고 당당히 자리를 떠난다.

그는 아무것도 느끼지 않는다. 지옥은 귀머거리 벙어리다.

8

빛과 어둠의 달력 안에서 날짜가 지나간다.

7월 25일 행사 준비는 이제 열이 올랐다.

루치아는 손이 빠르고 정확한 다리오의 도움을 받으며 현수막을 준비하고 있다. 이따금 다리오가 일손을 멈추고, 덧붙일 정확한 글자가 생각나지 않는 것처럼 손에 붓을 든 채 허공을 가만히 쳐다본다.

"어서, 다리오. 시간이 별로 없어."

루치아가 다리오를 일깨운다.

다리오가 진지한 표정으로 루치아를 본다.

"뭘 보니?"

"날 안아줄 수 있어?"

루치아가 가까이 다가가자 다리오는 루치아의 품으로 뛰어들어 가슴에 얼굴을 묻는다. 가만히 흐느끼며 루치아가 아픔을 느낄 정도로 꼭 껴안는다.

"왜 그래, 다리오? 무슨 일 있었니?"

다리오가 천천히 떨어졌지만 땅에서 눈을 떼지 못한다. 다리오는 부끄러워 도망친다.

"아빠, 목말 태워줄 수 있어요?"
아이가 묻는다.
"왜?"
"그래야 잘 보이거든요. 여기에선 아무것도 보이지 않아요! 난 너무 작아."
"좋아. 네가 가지 못하는 곳엔 아빠가 같이 갈 거야."
아버지가 아이를 들어 어깨에 앉힌다. 아이가 아버지의 이마를 잡는다. 오두막들에 가려 보이지 않던 드넓은 파란 바다가 갑자기 눈앞에 펼쳐진다. 여름철이면 오두막들이 몬델로 해변을 공략할 수 있는 알록달록한 작은 요새로 바꾸어놓는다.
"아, 정말 예뻐요! 바다 전체가 보여요."
"좋니?"
"네, 아빠. 바다가 무척 아름다워요. 이렇게 바다 전체를 보고 싶어요."
"아빠한테 부탁하면 아빠가 해줄게."
"아이스크림도 사줄 거예요?"
"네가 착하게 굴면."
"난 항상 착하게 굴잖아요."
"가끔 심술을 부리잖아."
"난 아이잖아요. 아이들은 가끔 심술을 부려요. 아빠는 안 그랬어요?"
"가끔. 맞다."

"그럼 아이스크림 사줄 거예요?"

"음, 협상이 됐으니 가볼까. 크림 있는 거, 없는 거?"

"크림 아이스크림이죠! 크림이 없으면 아이스크림이에요?"

아이는 말을 타는 것처럼 아버지의 어깨 위에서 들썩인다.

사냥꾼은 아이의 움직임에 리듬을 맞추며 아버지의 튼튼한 손으로 아이 다리를 꽉 잡는다.

다른 아이에게 일을 맡기고 난 뒤 루치아는 다리오를 찾아다닌다. 외딴곳에 앉아 허공을 바라보고 있다.

"무슨 일이야?"

다리오가 대답하지는 않고 보일락 말락 고개만 살짝 젓는다.

루치아가 다리오의 얼굴을 잡고 고개를 들게 한다.

"무슨 일이야?"

"날 아프게 해요, 루치아. 항상 날 아프게 해요."

"누가?"

"어른들이요."

"그러니까 누가?"

다리오는 눈을 내리고 또다시 깊은 침묵에 잠긴다.

9

7월 25일은 태양이 강렬한 빛을 쏟아내는 일요일이지만 바다에서 예상치 못한 바람이 불어와 한결 시원하다. 돈 피노 신부와 일행이 보르셀리노 사망 1주년을 맞이해 준비한 행사일이다. 브란카치오를 위해 목숨을 바친 사람이다. 이날 행사에는 달리기 시합, 자전거 경주, 여러 가지 게임과 푸짐한 먹거리가 준비되었다. 재정 지원을 약속했던 주 당국은 한 푼도 주지 않았다. 모두 이 지역 사람들의 자발적인 헌금으로 충당되었다. 지역 정치인들로부터 어떤 도움도 받지 못했다. 정치인들은 브란카치오를 위해 손가락 하나 까딱하지 않고 표를 긁어모을 수 있는 공식 행사에만 참석한다.

늦은 오후, 돈 피노 신부의 동료이자 친구인 로베르토 교수가 함께 준비한 연설문을 읽는다.

"작년 19일, 오늘 같은 7월의 아침 7시였습니다. 일요일인데도 파올로 보르셀리노는 평상시처럼 아침 일찍 일어났습니다. 아직은 시원한 아침 햇살을 받으며 일하고 있던 방에 딸 루치아가 들어와 안락의자에 앉았습니다. 그는 편지의 마지막 줄에 신경 쓰느라 딸이 온 줄도 몰랐습니다. 아이들과의 만남의 자리에 참석해달라고 그를 초대한 선생님에게 답장을 쓰는 중이었습니다. 편지가 여러 차례 다른 곳으로 배달되어 판사는 참석할 수도 없었고 답장을 쓸 수도 없었습니다. 그래서 선생님은 그에게 또다시 편지를 보내 불평을 늘어놓았습니다. 부끄러웠던 보르셀리노는 모임에 참석하지 못한 것에 대해 사과하며 선생님이 던진 몇 가지 질문에 답장했습니다.

그즈음 몇 달 동안 그는 일이 바빠 아이들과 시간을 보내지 못했습니다. 집에서 나갈 때 아이들은 자고 있고, 밤늦게 귀가했을 때 이미 잠자리에 들었기 때문이었죠. 그날 일요일은 가족들과 시간을 보내기로 약속되어 있었습니다. 그래서 새벽에 일어나 책상 앞에 앉았던 겁니다. 루치아는 아버지가 전화 한 통을 받았고 그때서야 서재 한구석의 안락의자에 앉아 있는 자신의 존재를 알았다고 합니다. 아버지는 그날 바다에 갈 거냐고 딸에게 물었습니다. 딸은 대학 시험 준비를 하느라 그때까지 일광욕을 하지 못했기 때문입니다. '까무잡잡하게 탄 너를 보고 싶구나.' 바다에서 수영한 다음 함께 할머니를 찾아뵙고 집으로 돌아오자고 딸에게 제안했습니다. 집에 와서 그는 다시 일하고, 딸은 공부하자고 말입니다. 루치아는 친구의 생일 파티에 초대받아 점심을 먹고 함께 시험 최종 정리를 할 거라며 거절했습니다. 그 친구의 방에서 공부하다가 루치아는 할머니의 집 근처에서 폭탄이 터졌다는 소식을 듣게 됩니다. 그녀의 아버지를 죽인 폭탄이 루치아도 죽였을지 모를 일이었습니다.

일요일에 그는 잠시 일손을 놓고 아내를 바다에 데려다주었습니다. 그런 다음 보트 여행을 하기 위해 친구와 함께 사라졌습니다. 경호원은 그를 걱정하며 해변에서 기다렸습니다. 그는 바다에서 자신의 도시, 거대한 항구를 마지막으로 바라보았을 것입니다. 오늘 이런 상쾌한 바람을 보내주는 그 바다에서 말입니다.

오늘 우리는 이 남자를 기억하려 합니다. 그는 아내에게 '각자 자신의 작은 꿈을 실현하고 다른 이들에게 꿈을 선물한다면 이탈리아가 얼마나 아름다워지겠소' 하고 말했습니다. 그가 선생님에게 보낸 마지막 편지의 마지막 줄에 쓴 단어 하나를 우리가 지워야 합니다. 바로 '동의'입니다. 보르셀리노는 '마피아의 힘은 동의에 있다'라고 편지에 썼습니다. 지금 우리는 이 말을 지우려 노력하다가 목숨을 잃은 남자를 기억하기 위해 이곳에 모였습니다.

파드레 노스트로 센터의 지원으로 공동주택 자치위원회는 브란카치오 거리를 팔코네와 보르셀리노 거리로 이름을 바꿔달라고 공식적으로 요청했습니다. 돈 피노 신부님이 늘 말했듯이, 모든 큰 변화는 작은 것에서 시작되기 때문입니다."

행사 참석자가 많다. 여기자 한 명이 연설 내용을 메모한다. 아마도 그녀는 자신의 신문사 일자리를 걸고 기사를 내야 할 거다. 그래도 그녀가 진실을 말하는 마지막 기자는 되지 않을 거다.

교수가 연설문을 읽고 나자 침묵이 잠시 광장과 발코니, 창문들과 하늘을 채운다. 이윽고 박수갈채가 두려움과 함께 그 침묵을 날려버린다.

나는 땀으로 범벅된 아이들의 얼굴을 본다. 프란체스코는 방금 달리기 시합에서 이겨 메달을 목에 걸었다. 토토는 햇살을 막아보려고 도널드 덕 모자를 썼다. 다리오는 하늘을 멍하니 쳐다본다. 여러 얼굴과 미소가 하나 된 다성 음악이다. 이들 사이에 놀랍게도 너무나 친숙한 얼굴이 보인다.

만프레디 형이다. 잠깐 우리의 시선이 부딪친다. 형은 날 자랑스러워한다. 치고받고 싸우며 울음과 눈물을 함께 나눈 형제는 평생 서로 할 말이 많다. 어떤 오르가슴도 서로 사랑하는 형제보다 오래 기억에 남지 못한다. 만프레디 형이 날 바라보며 고개를 끄떡였고, 나는 지금 올바른 일을 했다는 확신이 든다.

"형이 왔어."

루치아에게 속삭인다. 루치아의 왼쪽 뺨에 흘러내린 눈물을 태양과 바람이 가져가버리기 전에 잠깐 보았다.

"뭐라고 했어?"

"아니야, 아무 말 안 했어."

루치아가 내게 살짝 기대자, 그 순간 완벽한 기억이 된다. 아름다운 것 앞에 홀로 있을 때 느끼는 미완의 감정이 아니다. 가벼운 접촉이지만, 우리는 서로 말하지 않아도 원했던 접촉이었다는 걸 알기 때문이다.

사람들이 서로 인사를 하고 대화를 한다. 이렇게 즐거운 광경은 이 광장에서 못 본 지 오래되었다. 그런 기쁨을 광장에 담기가 힘들다. 평범한 게 이쪽에서는 사치라는 생각이 잠깐 든다. 심장과 손이 희망으로 바빠지는 게 사치다.

범죄 소식이 아니라 다른 걸 찍기 위해 출동한 텔레비전 카메라들도 그 사실을 안다. 돈 피노 신부님을 인터뷰한다. 신부님의 말은 잠든 사람들의 거실에, 아직 잠들지 않은 사람들의 거실에 울려 퍼진다. 누가 더 위험한지 모를 일이다.

"우리는 3년 전부터 아무런 소득 없이 일해왔습니다. 시장과 의원들, 책임자의 방, 경찰서, 보건청까지 찾아다녔습니다. 적어도 중학교 하나, 지역사회 보건지구, 아이들이 마음껏 뛰어놀 수 있는 자그마한 공원을 요구하기 위해서 말입니다. 지역 위원회와 공동주택 자치위원회에서도 지지한 요구 사항들입니다. 결과는? 지금까지 얻은 게 없습니다. 지역에 희망은 있습니다. 놀랍게도 판사가 실행법을 만들 거라고 약속했습니다. 장소는 있습니다. 두드리는 자에게 문이 열리기 때문에 우리는 끊임없이 요구할 것입니다. 여기에서 말입니다."

지진의 시작이다. 카메라들이 그 확고한 말을 찍어 전송한다. 안테나가 그 말을 잡아 신호로 바꾸고, 케이블을 통해 집 안에 있는 텔레비전에 고스란히 방영된다. 도화선을 기다리는 폭탄 같다.

모두들 브란카치오에서 그런 일을 본 적이 없었다고 생각한다. 그렇게 명확한 목표를 본 적이 없다.

만프레디 형이 마리오 씨의 손을 잡는다.

"상태를 봐줘요. 이게 할아버지가 드시는 약이에요. 약봉지가 얼마나 많은지……."

나는 그 모습을 마치 영화 속 한 장면인 듯 지켜본다. 나의 형이 루치아의 집에 있다. 연통관(둘 이상의 관 밑을 하나로 연결한 관 - 옮긴이)이 각각의 내용물을 서로 교환해 전에는 생각할 수 없었던 균형을 찾는 것처럼 말이다. 사람들은 서로를 파괴하기 위해서라기보다 이 균형을 찾기 위해 더 애쓰는 듯하다. 서로 멀리 떨어져 있던 두 사람이 어쩌다 이런 변화를 맞게 되었는지 모르겠다. 결국 한 마리는 이기고 한 마리는 진 시합을 하고 난 뒤 같은 여물을 먹는 말 두 마리는 서로의 차이를 드러내 보이며 시간을 낭비하지 않는다. 같은 방식으로 여물을 먹는다. 우리는 진화에 역행하는 존재들이다. 같은 뇌와 같은 손으로『신곡』과『나의 투쟁』을 만든다.

"약은 좋지만, 마리오 할아버지가 근육이 좀 더 유연해지고 감각이 살아나도록 다른 약을 첨가할 필요가 있어. 병원에서 약을 구해 가져다줄게.”

“그럴 필요 없어요. 약값은 우리가 내요. 어떤 약인지 알려주면 의사에게 처방전을 써달라고 하면 돼요.”

“그렇게 하든지. 하지만 먼저 병원 약국장에게 조언을 구해야겠어. 우린 약을 실험하고 있거든.”

“그렇게 해요.”

만프레디 형이 유능한 의사처럼 보인다. 형이 자랑스럽다. 이제야 한시름 놓았는지 루치아와 젬마 부인의 얼굴에서 기쁜 표정이 나타난다. 우리가 사랑으로 삶을 단순화할 때 삶은 기본적인 자리를 찾아가는 것 같다.

10

어린 소녀가 더위에 포위된 그늘에 앉아 있다. 바다가 내려다보이는 버려진 건물의 테라스에 아치 세 개가 남아 있다. 아이 옆에 놓인 인형이 늘 뜨고 있는 파란 눈으로 조용히 앞을 바라본다.

바다가 드넓게 펼쳐져 있고 하늘과 뒤섞인 바다 끝자락은 환상만 일으킨다. 저쪽 어디에서는 땅이 바다를 안고 있을 거다. 아이는 바다 안에 땅이 있는지, 땅 안에 바다가 있는지 아직 모른다. 다만 저 건너편으로 가고 싶을 뿐이다. 혹시 아버지가 그곳에서 기다리고 있을지 모른다. 하지만 아이는 헤엄칠 줄 모른다. 이젠 수영을 가르쳐줄 사람도 없다.

유리 조각, 콘돔, 주사기가 소금기가 달라붙은 바닥에 널려 있다.

아이는 사랑을 찾아 이곳에서 도망가고 싶다.

흰 거품 이는 바다 위 갈매기들이 평온한 풍경을 가장한다.

옆에 놓인 인형이 눈을 크게 뜨고 수평선을 바라보고, 아이는 인형에게 바다를 얘기한다.

"바다처럼 아름다운 것이 있다면, 어디서나 삶이 참 아름다울 거야."

소녀는 인형을 가슴에 꼭 안는다. 눈에서 포기하는 흔적이 흘러내린다.

어느 순간 눈물이 그치고, 불모의 바다는 그곳에 그대로 있다. 배가 고프고 목이 말라 아이는 다시 불꽃 속으로 돌아간다.

11

대본을 큰 소리로 읽어주며 아이들에게 스토리를 설명하는 동안, 달빛에 반짝이는 밤바다처럼 루치아의 머리카락이 빛난다.

질문이 꼬리를 물고 이어진다. 루치아는 지친 기색이 없다. 루치아의 이야기 재능은 내가 이 동네에서 찾아내리라곤 상상도 못했던 거다.

루치아가 손을 움직인다. 인형극처럼 살아 있는 듯하다. 말이 생명을 얻고, 상상한 주인공의 감정에 따라 루치아의 눈이 깊어졌다가, 날카로워졌다가, 열정에 불탔다가, 겁에 질린 표정이 된다.

웃는 표정과 잠시 침묵하는 표정이 내 영혼을 만진다. 내 영혼을 뒤적거리며 영혼의 빈구석을 활짝 연다. 루치아의 존재가 내

게 나 자신을 찾게 해준다. 루치아를 보면 볼수록 잃어버린 누군
가를, 내가 울어줄 누군가를 가지고 싶다. 마음속 깊은 곳에 누
군가를 넣는 게 고통스러울지라도.

12

마드레 나투라는 마치 신처럼 보이지 않게 움직인다. 남들 눈
에 띄지 않게 모임은 지하실에서 이루어진다. 그 지역에서 마드
레 나투라의 행동대장은 우 투르코다. 우 투르코라는 별명은 피
부색이 짙어서 붙은 게 아니라 어딜 가든 담배 연기가 따라다니
기 때문이다. 그의 보고서는 상세해서 질문할 여지를 남기지 않
는다.

"신문에서 기사를 모두 읽었어. 브란카치오에서 짭새들의 파
티가 벌어지다니! 기자들, 텔레비전 카메라, 또 다른 짭새들.
짭새들이 활개치고 있어. 우리가 뉴욕에 있는 거야? 미칠 노릇
이군!"

"미칠 노릇이지. 그러게 내가 신경 쓰라고 했잖아."

"우리를 바보 취급 하고 있어."

"신문보다 더 바보짓을 하는 건 공산주의 사제야. 그럴 줄 누
가 생각이나 했겠어, 파파?"

"파티를 하고 싶다고? 그럼 우리도 그에게 특별한 파티를 열
어주자고, 초를 많이 켜고."

"케이크를 준비할까?"

"그래, 하지만 당장은 아니야. 파티가 막 끝났잖아. 한두 달 뒤에, 좋은 기회가 왔을 때."

"뭘 어떻게 해야 할지, 언제가 좋을지 생각해보자고."

우 투르코가 뭔가를 쓰러뜨리는 것처럼 엄지와 검지로 동작을 취한다.

"서두르지 마. 급할 것 없어. 먼저 그자에게 결과가 어떨지 알려주자고. 당황한 어린양이 회개할지도 모르잖아."

"그래, 파티용 고기는 연한 게 좋으니까. 안 그러면 질겨서 먹을 수가 없다니까."

"먹는 얘기가 나와서 말인데, 맛있는 빵과 파넬라 좀 가져와. 너도 하나 먹고."

"복종은 언제나 즐겁다니까."

우 투르코가 웃으며 대답한다.

마드레 나투라는 그 지역의 지배권을 절대 잃고 싶지 않다. 그건 약하다는 표시이고, 코를레오네 사람들의 시대에 약자가 될 수는 없다. 루키노의 말이 따끔하다.

'너희 구역의 사제 한 명이 너희를 우롱하고 있어. 우스운 꼴이 됐다고. 진작 손을 봐줬어야 했어.'

누가 그걸 생각이나 했을까? 그 신부는 성사, 고백, 결혼, 아이들의 교리 문답 같은 사제들이 흔히 하는 행동을 했다.

마드레 나투라와 그 형제들은 그 지역에 대한 자신들의 지배력을 단번에 공고히 해야 한다. 다른 마피아들은 자동차나 거리 하나를 통째로 날려버렸다. 그런데 그들은 1미터 60센티미터의 사제 하나도 해치우지 못하고 있다. 그 1미터 60센티미터는 그

267

들의 소유여야 하는 것을 빼내갈 정도로 너무나 위험한 라이벌이다. 그들과 같아지고 있고, 그들을 대신하고 있기 때문에 제거되어야 한다. 그들의 힘을 보여줄 때가 왔다.

우 투르코가 마드레 나투라에게 그걸 보여줄 거다.

사냥꾼이 우 투르코에게 그걸 보여줄 거다.

누치오가 사냥꾼에게 그걸 보여줄 거다.

지금까지처럼 영원히.

13

"넌 여기 와선 안 돼, 알았어?"

나보다 큰 청년이 말한다.

두 명이다. 그들이 날 벽으로 몰아붙인다. 슬프게도 길에 사람이 없다. 잦아든 텔레비전 소리만 침묵을 채운다. 바다는 멀리서 침묵한다. 입안이 바짝바짝 마른다.

"내가 무슨 나쁜 짓이라도 했어?"

"무슨 짓을 했냐고? 그 머저리 신부와 한통속이잖아. 그리고 이쪽 여자애들에게 눈길도 줘선 안 돼."

"무슨 말이야?"

"누치오, 이 자식 멍청이네."

내가 방어할 틈도 없이 주먹이 내 얼굴로 날아온다. 잠깐 눈앞에 별이 번쩍하더니 캄캄해진다.

아드레날린이 다리에서 폭발하며 저절로 달리기 시작하자 공격자들이 화들짝 놀란다. 입맛이 쓰고 폐가 따끔거리지만 나는 미친 듯이 달린다. 짧기만 했던 골목길이 이젠 끝없이 길다. 내가 그들보다 빠르다. 여기를 빠져나가야 살 수 있다. 하지만 다른 두 명이 불쑥 나타나 도주로를 막는다. 나는 멈출 수 없었고 그들의 팔 안에 떨어지고 만다. 말할 시간이 없다. 말은 아무 소용없다.

나는 몸을 숙이고 날 잡은 손을 뿌리치려 하지만 무릎을 발로 차이고 바닥에 넘어진다. 한쪽 다리가 계속 발길질을 당하자 나는 다른 쪽 다리로 발길질을 해본다. 헛발질만 하는 사이 칼로 베이는 듯한 고통이 등짝에 가해진다. 누군가가 내 머리를 잡고 아스팔트에 찧는다. 눈에서 피가 난다. 배를 발로 차이자 침이 진하고 쓴 액체로 변한다.

"널 죽이지 않은 걸 감사해. 다시는 여기에 나타나지 마."

아까의 그 목소리가 말한다. 내 얼굴을 덮은 피 때문에 소리가 먹먹하다.

나는 바닥에 쓰러진 채 공포 때문에 바람이 빠진 폐에 숨을 불어넣으려 애쓴다. 네 사람의 그림자가 멀어지는 걸 보며 나는 팔이 몸에 붙어 있는지 확인하려고 두 팔을 벌린다. 하늘을 바라보는데 몸 여기저기가 사라진 듯하고 무더위에 목구멍이 가죽처럼 말라버린 듯하다.

이제 폭력이 무엇인지 알겠다.

몸을 일으켜보려 하지만 무릎이 후들거린다. 눈이 저절로 감긴다. 내 것 같지 않은 손으로 머리카락을 만져본다. 피로 젖었다.

몸을 일으켜 벽에 기대고 앉는다. 울고 싶지만 분노와 고통이 자기 연민에 빠질 여지를 주지 않는다.

지금 얼굴에 바다, 바닷바람을 느끼고 싶다.

지금 이곳 지옥이 아니라 영국이나 어디 다른 곳에 있고 싶다.

몇 분, 몇 시간이 지난 것 같다. 집들 사이의 전깃줄에 걸린 노르스름한 전등 불빛이 없다면 길이 어둠에 잠겨 있을 거다. 나는 움직여보려 하지만 고통이 내 가슴을 쥐고 흔든다.

날 찾은 사람은 루치아다. 내가 본 마지막 모습이 루치아다. 당황해 소리치는 말소리가 들리고 캄캄해진다.

14

나는 병실에서 눈을 뜬다.

벌레가 머릿속을 파먹는 것처럼 머리가 따끔거리고, 붕대를 감은 한쪽 눈이 떨린다.

"어때?"

루치아가 묻는다. 그렇게 걱정스런 표정을 짓는 루치아를 본 적이 없다.

"눈이 부셔. 혹시 안 보이는 거야?"

"다행히 크게 다친 데는 없어. 눈썹 위쪽을 맞았어. 조금 쉬면 괜찮아질 거야."

조금씩 고통을 통해 신체 각 부분을 느낀다. 무릎에도 붕대가 감겨 있다.

"누가 날 여기로 데려왔어?"

"구급차. 물 좀 마실래?"

"네게서 떨어지라고 했어."

"누가?"

"날 팼던 녀석들이. 한 녀석을 누치오라고 불렀어. 너 여기서 도망쳐야 해, 루치아. 떠나야 해. 지옥이야. 대학에 등록해야 해. 우린 다른 도시로 갈 수 있어. 널 그 안에, 그 짐승 같은 놈들과 있게 내버려두지 않겠어. 그놈들은 짐승이야."

루치아가 물 한 잔을 들고 다가온다.

"맞아, 너무 위험한 곳이야. 하지만 완전히 지옥은 아니야. 돈 피노 신부님이 말했듯이 지옥은 더는 사랑할 수 없을 때, 자기 자신의 어떤 것도 주지 않고 남들로부터 어떤 것도 받을 수 없을 때야. 이곳은 아직 가능성이 있어."

"착각이야. 그럴 가치가 없어."

"사실 네가 이제 오지 않길 바라. 다시는 와선 안 돼."

"너도 떠나."

"아직도 이핼 못했구나? 이곳은 내 동네야. 이곳에 내 가족이 있어. 나 혼자 행복해지자고 도망칠 순 없어. 넌 몰라. 넌 정말 이해 못해."

"아니, 내가 이해 못하는 건 미안한데 난 죽을 뻔했어. 하지만 난 정말 모르겠어."

"그래, 그러니까 더는 오지 마. 우리는 다신 만나서는 안 돼. 다시는."

루치아가 침대 머리맡 탁자 위에 물병을 놓고 아무 말 없이 병실을 나간다.

"기다려, 루치아. 기다려!"

문은 다시 열리지 않고 몸의 통증에 쓰디쓴 좌절의 고통이 더해진다. 나는 일어나 루치아를 뒤따라가려 하지만, 그 순간 가족들이 들어온다.

"무슨 일이야?"

아버지가 묻는다.

"몸은 괜찮은 거야, 페데리코?"

어머니가 소리친다.

나는 눈을 감고 베개에 머리를 누인다. 부모님의 감정적이고 합리적인 질문이 쏟아진다. 합리적인 말은 아버지가 쏟아내고, 감정적인 말은 엄마가 쏟아낸다. 두 가지가 합쳐져 완성된 형태를 이룬다. 입 밖으로 말하지는 않아도 아버지의 결론은 일어날 일이 일어났지만 이런 아들을 둬서 자랑스럽다는 거다. 엄마가 말한 결론은 영웅 노릇 하는 장난은 끝났으며, 다시는 그 동네에 발을 들여놓지 못하게 할 거고, 엄마가 돈 피노 신부님과 얘기하겠다는 거였다. 어느 순간 잠이 들었기 때문에 기억나지 않는 말도 많다.

얼마나 지났는지 모르지만 형이 발을 간지럼 태우며 깨운다. 형은 늘 그런 식으로 나를 고문했다. 형이 가장 좋아하는 기술은 무릎 위에 앉아 내 다리를 꼼짝 못하게 한 다음 한 손으로 내 팔을 머리 위로 들어 올려 잡고, 다른 손으로 내 겨드랑이를 간지럼 태우는 거다. 나는 웃다가 숨이 막혀 죽을 것 같다. 그러면 나는 뭐든지 하겠다고 굴복한다. 한 달 내내 식탁을 차리고 치우고, 식기세척기를 돌리고, 형의 잠옷을 개어주는 등 봉사를 한다. 형이 날 놓아주면 나는 해변에 올라온 고래처럼 기진맥진해 있었다.

형이 날 바라보며 웃는다.

"너 정말 멋진 녀석이야. 이젠 정말 비트 세대의 시인이야."

나는 웃는다. 눈에서 통증이 시작되어 발끝까지 퍼진다.

"그만해. 웃기지 마."

"못하겠다면 어쩔래?"

"설사가 나게 할 거야."

"내가 여자라면 너랑 결혼할 거야, 시인. 넌 내 영웅이야. 선을 위해 두들겨 맞았잖아. 난 그런 용기가 없어."

나는 조심스레 웃는다.

"미치광이 케루악, 네가 이렇게 됐으니 도움의 손길이 필요하다면 형에게 부탁해."

"토토에게 가서 기타 치는 법 좀 가르쳐줘."

15

그 뒤 며칠간의 고독은 너무 두꺼워서 그 무엇도 잘라낼 수 없을 것 같다. 방에 갇혀 있는 동안 내가 할 수 있는 건 내 눈두덩이 검은색에서 보라색으로, 자색에서 흐린 연보라색으로 변하는 과정을 지켜보는 것뿐이었다. 나는 책을 읽고 「슈퍼카」에서 「해피 데이즈」까지 텔레비전 영화를 모두 본다. 돈 피노 신부님이 병문안을 왔고, 병원에 들르기 전에 말라스피나 소년원에 있는 주세페를 면회했다. 신부님은 이런 일이 벌어진 건 모두 자기 탓이라며 부모님께 사과했다. 브란카치오에 가지 못하게 하겠다는 결정에 신부님도 동의했다. 너무 위험해졌다.

"주세페는 어때요?"

"그렇지 뭐. 안부 전해달라더라."

"얘기를 나눠본 적이 없는데요."

"주세페는 널 기억해. 그 아이는 마음이 착해. 그래서 난 그 애를 놓지 못하는 거야. 단순히 버르장머리가 없는 아이와, 악에 물든 아이를 구분하는 법을 배웠거든."

"저도 그걸 알겠어요."

나는 내 한쪽 눈을 가리키며 대답한다.

신부님이 빙그레 웃는다.

"며칠 뒤에 몬델로 해변으로 데려갈 거야."

"누구를요?"

"아이들. 괜찮다면 너도 와서 아이들과 인사하렴."

"가족들이……."

"브란카치오가 아니라…… 몬델로에 가는 거잖아."

돈 피노 신부님이 눈을 찡긋하며 웃는다.

8월 초 햇볕이 환각을 일으킬 정도로 기승을 떨친다. 7월 더위는 무릎을 흐물거리게 하지만, 8월 더위는 생각을 흐물거리게 한다.

모래밭을 비우려면 얼마나 많은 모래시계가 필요할까? 새싹이 사과나무가 되려면 시간이 얼마나 걸릴까? 평균 시간이라는 게 있는 걸까, 아니면 각각의 사건 시간이 다른 걸까? 아침에 바다를 데울 때 빛은 어떤 속도로 날아오는 걸까? 두 시선이 불타오르는 거리는 정해져 있는 걸까, 아니면 경우에 따라 제각각일까? 루치아의 검은 머리색은 빛이 부재한 걸까, 아니면 빛이 꽉 차 있는 걸까? 비밀의 무게는 얼마나 무거울까? 행복과 미소의 길이 사이에는 어떤 관계가 있는 걸까? 마음의 부피는 얼마나 될까?

머릿속이 쓸데없는 질문으로 복잡하다. 쓸데없는 질문들이 대답을 찾지 못한 채 고독에 젖은 나를 계속 귀찮게 군다. 어느 날 아침 깨어보니 바퀴벌레가 되었고, 모든 두려움이 현실이 된 그레고리가 된 기분이다. 나는 카프카의 책을 집어 34페이지에서 연필로 쓴 다섯 단어를 발견한다. 파도, 검은색, 애무, 꿈, 씨앗.

루치아가 쓴 단어다. 만약 내가 얻어맞지 않았다면 이걸 찾아내지 못했을 거다. 이 다섯 단어는 공식의 요소다. 단어들을 어떻게 하나로 모아 말할 수 있을지 알아내야 한다. '사랑, 너는 너무나 아름답구나.'

16

"나 여길 떠날 거야, 루치아."

"무슨 말이야, 세레나? 어디로?"

"여기서 떠나기만 하면 돼."

"무슨 일이야? 나한테 말 한마디 없이 사라지더니 지금은 여길 떠나겠다고? 도대체 무슨 일이야?"

"나 임신했어."

루치아가 세레나를 안으려다가 멈칫한다. 세레나의 얼굴이 분명히 말하고 있다, 뭔가 좋지 않다는 것을. 루치아의 얼굴에 언뜻 비친 미소도 사라진다. 본능적으로 직감한다.

"누구도 임신 사실을 몰라."

세레나가 울음을 터뜨린다. 루치아가 안아주자 세레나는 흐느낌을 멈추지 못한다.

누치오. 성폭행. 아이 아버지. 아기. 낙태. 도주. 모든 걸 뒤로하고. 북쪽으로. 벗어날 수 없는 악몽에 시달리다가 짬짬이 깨어 튀어나온 말들이다.

"돈 피노 신부님에게 말해봤어?"

"무슨 소용 있겠어? 내 인생은 끝났어."

루치아는 이제 힘이 없다. 지옥이 친구의 자궁까지 모든 걸 삼켰다. 수많은 얘기를 나누고 수다를 떨었던 친구. 상점에서 물건을 사지 않은 채 같이 화장도 해보고 옷도 입어보았던 친구. 대학교에 간 언니뻘 친구. 그 친구에게 이젠 고통에 말라버린 몸과 원치 않은 배 속의 아이만 남았다.

17

승합차가 덜컹덜컹 굴러간다. 많은 인원이 구겨 들어가서 운전석에는 불평할 공간조차 없다. 돈 피노 신부가 아이들을 바다로 데려가는 중이기 때문에 아이들은 좋아서 난리다. 루치아가 신부를 돕기 위해 따라나섰다. 아이들은 접이식 의자에 앉아 있다. 승합차에는 좌석이 없는데 돈 피노 신부가 아이들이 앉을 수 있도록 개조해 작은 의자들을 설치했다. 아이들의 웃음소리는 경쾌하고 루치아는 차멀미를 한다.

"난 몬델로에 가본 적이 없어요."

프란체스코가 또다시 말한다.

"한 번도?"

"한 번도. 어때요?"

"해변이 참 아름답단다. 물도 맑아. 모래는 하얗고 아주 고와서 밀가루 같지. 그리고 옷을 갈아입을 수 있는 오두막과 더울 때 아이스크림을 먹을 수 있는 노점이 아주 많단다."

"우리도 아이스크림 먹어요?"

"물론이지!"

"언제 도착해요?"

인형을 든 여자아이가 돈 피노 신부의 어깨를 두드리며 노래 후렴구처럼 자꾸자꾸 묻는다.

"아직 좀 더 가야 해."

"음, 몬델로는 정말 머네요."

"그래야 도착했을 때 더 즐겁겠지."

"그런데 인형은 뭐라고 해? 수영복은 가지고 있대?"

"아니요, 인형은 수영할 줄 몰라요. 햇볕을 쬐고 있을 거예요."

"넌?"

"나도."

"아니, 넌 수영을 배워야 해."

"아주 쉬워. 물에 뜨기만 하면 돼."

프란체스코가 어린 소녀를 안심시킨다.

"하지만 아빠가 수영을 가르쳐줬는데, 이젠 없어."

"아빠가 어디 있는데?"

"이젠 없어."

"우리 아빠도 없어. 엄마가 수영을 내게 배웠어."

"'가르쳤어'라고 해야지!"

돈 피노 신부가 끼어든다.

"우리 엄마는 그럴 시간이 없어."

"돈 피노 신부님이 네게 수영을 가르쳐줄 거야! 그렇죠?"

프란체스코가 정확하게 사용한 동사에 악센트를 주며 묻는다.

돈 피노 신부가 잠시 진지해진다.

"물론이지."

그러자 여자아이가 돈 피노 신부의 한쪽 뺨에 인형을 가져다 대고 입으로 쪽 소리를 내며 뽀뽀한다.

태양이 돈 피노 신부의 피부를 태우고 검은 옷을 내리�쬔다. 신부는 뜨거운 햇살로부터 몸을 지키기엔 너무 작은 모자를 썼다.

밀려오는 파도처럼 어디서 힘이 계속 솟아나는지 아이들은 연신 달리고 물속으로 뛰어든다. 루치아와 나는 아이들의 주체하지 못하는 싱싱한 에너지를 통제하려 애쓴다. 루치아가 올 줄은 예상치 못했다. 루치아를 보았을 때 나는 어딘가로 숨고 싶었다. 루치아는 고갯짓으로 인사를 할 뿐 내내 말을 걸지 않는다.

나는 거울과 진주조차 모르는 야만인처럼 행동하는 그 아이들이 잠깐 부끄럽다. 아는 사람을 만날까 무섭다. 루치아가 자연스럽게 아이들을 보살피는 모습을 보면서 어색하지만 나도 루치아를 따라 하려 노력한다. 나는 다른 사람들의 판단으로부터 자유로운 루치아가 부럽다. 비록 홀로 의로운 일을 하더라도 의로운 일을 할 줄 아는 자유가 부럽다. 돈 피노 신부님의 말이 생각난다. 아이들은 버르장머리가 조금 없지만 악에 완전히 물든 건 아니라는. 우리는 아이들에게 세상의 아름다움을 보여주기 위해 이곳에 왔다. 때가 꼬질꼬질한 아이들의 마음을 세상의 아름다움이 깨끗이 씻어주고 행복이 샘솟도록 말이다. 하지만 루치아는 말이 없고 눈빛이 예전과 달리 꺼져 있다.

인형을 든 아이가 물가에 앉아 발만 적시고 있다. 무릎까지 바지를 걷어 올린 돈 피노 신부도 아이를 따라 옆에 앉는다.

"수영 가르쳐줄 거예요, 돈 피노?"

"자신 있어? 물이 무섭지 않니?"

"신부님이 있으면 안 무서워요. 그리고 저 뒤로 가고 싶어요."

"저 뒤 어디?"

"저기, 저 선이 있는 곳."

"어떤 선?"

"바다와 하늘이 만나는 저 선."

"왜 저기에 가고 싶은데?"

"저 뒤에 많은 게 있어요. 아빠도 있고. 기차도 모두 저기로 가는 것 같아요."

"누가 그런 말을 해줬는데?"

"인형이."

"인형은 어떻게 그걸 아는데?"

"인형은 저기에 있었으니까."

"언제?"

"오래전에. 인형은 여행자예요. 아빠가 나한테 가져다주기 전에 세상의 아름다운 것을 모두 봤대요. 인형은 자기가 본 걸 나도 보기를 원한대요. 자기처럼 항상 눈을 뜨고 있으라고 말했어요. 하지만 난 저기까지 헤엄쳐갈 수 없어요."

"나도."

"신부님도?"

"우린 이 근처에 있으면 돼."

"싫어요, 난 아빠와 그랬던 것처럼 발이 닿지 않는 곳에 가고 싶어요. 저곳까지 갈 수 있어요, 돈 피노?"

"그래."

돈 피노 신부가 잠깐 망설이다가 대답한다.

아이는 말없이 신부의 손을 잡는다. 함께 물속으로 들어간다. 누가 누구를 붙잡고 가는지 모르겠다.

소년과 루치아는 돈 피노 신부가 바지를 걷어 올리고 티셔츠 차림으로 물속에 들어가는 모습을 재미있어라 웃으며 지켜본다.

돈 피노 신부와 아이는 천천히 물속으로 들어간다. 아이는 한 손으로 돈 피노 신부의 손을 잡고, 다른 손으로 점점 더 인형을 꼭 부여잡는다.

"물이 차가워요!"

"거짓말 마, 물이 아주 뜨듯한데."

"맞아요, 돈 피노. 무서워서 그랬어요."

"걱정하지 마. 우린 해변 가까이에 있어."

"아니요, 난 발이 닿지 않는 곳에서 뜨는 걸 배우고 싶어요."

"자신 있니?"

"네, 가요."

그들이 계속 나아간다. 어느 순간 발이 닿지 않자 아이가 두 손을 움켜잡는다. 인형을 어떻게 해야 할지 몰라 한다. 그러자 돈 피노 신부가 인형을 잡아 겨드랑이에 끼고, 두 손으로 아이가 물에 뜨도록 도와준다. 그도 더는 발이 닿지 않을까봐 무섭지만 다행히 아직은 괜찮다.

"아빠가 자전거 타듯 다리를 움직이라고 했어요."

"맞아."

"됐어요. 봐요, 내가 물에 떠요!"

"아주 잘했다. 하지만 좀 더 천천히, 천천히 움직이렴."

"됐어요?"

"그래, 훌륭해. 이제 다른 걸 해보자. 물속에서 원을 그리듯 팔을 움직여보렴."

"신부님을 잡고 있어야 하는데, 어떻게 움직여요?"

"한 손을 놔야 해."

"정말이요?"

"해봐."

"정말, 정말이요?"

"그래."

아이가 잠깐 한쪽 손을 놓았다가 이내 다시 움켜잡는다.

"무서워하지 마."

아이가 용기를 내어 손을 놓고 원을 그리기 시작한다.

"좀 더 천천히. 계속 다리를 움직여."

"봐요, 떴어요! 한 손만으로!"

"그럼 이제 손을 놓고 해보자."

"어떻게요?"

"지금 했던 것처럼."

"어떻게요, 또 원을 그려요?"

"그래, 원을 더 크게 그려보렴."

어린 소녀가 해보지만 금방 가라앉는다. 모래에 발이 닿자 눌려 있다 튀어오르는 용수철처럼 발을 굴려 물 위로 다시 나온다. 소녀가 두 손으로 신부를 잡는다. 눈을 감은 채 물을 뱉어낸다. 돈 피노 신부의 배에 얼굴을 묻는다.

"휴, 가라앉을 뻔했어요. 신부님이 있어서 다행이에요, 돈 피노!"

"가라앉게 놔두지 않아. 안심해. 다시 해볼까?"

"먼저 조금 쉴래요."

"좋아."

아이가 신부를 꼭 끌어안고 바라보자 그도 웃어준다.

"넌 정말 뛰어난 아이야."

"신부님도 우리 아빠처럼 훌륭해요."

헤어질 시간이 되자 아이들이 날 끌어안고 합창하듯 내 이름을 반복한다. 내 이름이 해변에 울려 퍼진다. 내가 떠들썩한 소음의 주범이 된 것 같다. 나는 얼굴이 빨개진다. 삶이 천진난만한 아이들의 장난을 닮지 않고 뭘 닮았을까?

"언제 돌아올 거야? 음을 많이 배웠는데 형한테 들려주고 싶어. 형의 형은 형보다 더 잘해."

"우리 형을 네가 어떻게 알아?"

"형이 바빠서 잠시 형 대신 가르쳐주겠다고 했어."

형이 내 부탁을 들어주었다! 그런데도 내겐 말 한마디 하지 않았다. 너무했다……. 나는 토토의 눈에서 행복을 본다. 지금 이 순간 내가 느끼는 행복과 비슷할 거라고 생각한다.

"이제 부모님과 휴가를 떠나야 해. 돌아오면 내게 들려줘, 좋지? 연습해둬!"

"매일 연습해. 엄마가 싫어해. 어제는 기타를 창문 밖으로 던져버리려 했어."

"안 돼!"

"속았다! 거짓말이야. 만프레디 형이 내가 이대로 계속하면 기타를 선물해주겠다고 했어."

나는 바닷물에 젖어 있는 토토의 머리카락을 흩뜨린다.

인사하러 루치아 쪽으로 다가가자, 루치아가 오지 말라고 손짓하며 침착한 미소로 이별을 고한다. 나는 루치아의 눈에서 더는 아무것도 읽을 수 없다.

그렇게 헤어질 수 없다. 부모님으로부터 추방 명령이 내려지기 전에 내일 브란카치오로 다시 가야겠다.

18

"왜 말 안 했어?"

"그 근처를 지나다가 그냥 한번 들러본 거야. 돈 피노 신부님
께 인사드리고 싶었고, 무엇보다 내 기타가 괜찮은지 알고 싶었
거든……."

"돌아와서도 얘기 안 했잖아."

"네가 너무 의기양양해할까봐서. 네가 말하는 걸 내가 해준
적이 없었잖아. 게다가 그 꼬마 정말 순박하더라. 네가 집에서
꼼짝 못하는데, 그 꼬마가 기타 레슨을 못 받게 내가 그냥 놔두
겠어?"

만프레디 형의 오토바이가 햇볕이 쨍쨍한 거리를 달린다. 무
섭지만 브란카치오에 다시 가고 싶다고 고백하자 형은 나와 같
이 가주겠다고 대답했다. 둘이면 좀 나을까 싶었다. 형이 옆에
있으니까 어떤 것이든 부딪칠 수 있다.

우리는 브란카치오에서 1킬로미터쯤 떨어진 곳에 오토바이
를 세워둔다. 기타를 찾으러 갔다가 오토바이를 잃어버리고 싶
지 않았다.

철길 건널목은 우리 도시의 또 다른 세계로 우리를 데려간다.

우리는 한쪽 구석에서 아이들과 루치아가 공연 연습을 마칠
때까지 기다린다.

"샤를마뉴가 돌아왔어!"

토토가 소리치며 달려온다.

다른 아이들이 웃음을 터뜨린다.

"새 화음을 배웠니?"

만프레디 형이 토토에게 묻는다.

"물론!"

"그럼 내게 들려줘."

아이는 웃으며 기타를 가지러 달려간다.

"여기서 뭐 하는 거야?"

루치아가 내게 묻는다.

"네가 내 책을 가지고 있는 것 같은데, 아닌가? 부모님과 휴가 떠나기 전에 책을 가지러 왔어."

"네가 또 오길 바라지 않아. 가서 책을 가져올게."

"따라갈게."

"그러면 나랑 같이 있는 걸 보게 돼. 너, 정말 바보야."

"상관없어. 이번이 마지막이니까. 네가 그러라고 했잖아."

형은 토토를 비롯한 다른 아이들과 남아 있다. 형은 노래로 아이들의 마음을 사로잡는다.

우리는 루치아의 집 쪽으로 걸어간다.

"넌 나보고 이곳에 오지 말라고 계속 말해. 그런데 넌 도무지 이 동네를 떠나려 하지 않아. 유일한 해결책은 내가 형의 호위를 받으며 오거나 방탄조끼를 사는 거야."

"농담할 일이 아니야, 페데리코. 넌 이해하려 하지 않아. 이번에는 몇 군데 다치고 무사히 빠져나왔어. 다음번에는 어떨지 나도 몰라……."

나는 루치아의 눈에서 뭔가 덧붙이고 싶지만 주저하는 기색

을 읽는다. 루치아는 한 손으로 머리카락을 어깨 뒤로 쓸어 넘긴
다. 머리카락이 밤바다의 잔잔한 파도 같다.

　우리는 루치아의 집까지 조용히 걸어간다. 루치아가 책을 가
져와 내게 건네준다.

　"너 가져. 너랑 같이 있고 싶어서 핑계를 댄 거야."

　"너 정말 고집이 세구나. 브란카치오에 와서 네 머리만 깨졌
잖아."

　"브란카치오에 와서 내 심장도 깨졌어. 너 때문에. 난 차라리
깨진 머리와 깨진 심장으로 돌아다닐 거야, 살아서."

　"이곳에선 살아남지 못해."

　"과장이 심한데?"

　"리타 아트리아가 누군지 아니?"

　"몰라."

　"너도 모르는구나. 우리는 학교에 가지만 학교는 우리에게 아
무것도 가르쳐주지 않아. 우리 머리에 여러 개념을 채워주지만
인생을 가르쳐주진 않아."

　"누군데? 네 친구야?"

　"친구나 마찬가지야. 유명한 마피아 패밀리, 파르탄나의 일
원이었어. 열한 살 때 아버지가 살해당했지. 몇 년 뒤에는 오빠
도 살해당했어. 오빠와 아주 친했는데, 오빠는 자신이 알고 있
는 사건을 리타에게 모두 얘기해줬지. 오빠가 죽자 리타는 그 비
밀을 밝히겠다고 결심했어. 리타가 존경하는 보르셀리노를 만
나 모든 얘기를 해주려 했어. 그러자 어머니와 친척들이 어떻게
했는지 알아? 집에서 내쫓아버렸어. 리타는 팔레르모를 떠나야

했지. 이후 보르셀리노가 살해당했고, 리타는 1주일 뒤 8층에서 떨어졌어. 몇 주째 로마에 혼자 있었지. 보르셀리노는 리타가 어머니와 화해하도록 둘이 만나게 해주려 했지만 소용없었어. 열아홉 살이었어. 알겠어? 장례식에 친척들 중 누구도, 리타를 집에서 쫓아낸 어머니도 오지 않았어. 몇 주 뒤 리타의 어머니는 무덤에 가서 망치로 딸의 사진을 떼어냈지."

"그런 이야기는 듣지 못했는데?"

"이게 문제야. 침묵. 일반 사람들, 말하기로 결심한 사람들 주변에 침묵이 있는 한 이 도시에선 아무것도 변하지 않을 거야. 영웅들을 따라 하기엔 너무 높이 있어. 팔코네. 보르셀리노. 그들은 우리가 따라갈 수 없는 곳에 있어. 돈 피노 신부님처럼 해야 해. 사람들에게 자신의 존엄성을 찾을 용기를 주는 거야. 리타는 죽어서까지 혼자였기 때문에 그러지 못했어. 언젠가 나는 리타에게 바치는 연극을 만들고 싶어. 모두가 리타를 잊어버렸기 때문이야. 넌 나보고 떠나라고, 다른 도시에 가서 대학에 다니라고, 도망치라고 말해. 하지만 여기서 태어났고 대다수 사람들과 다른데 그게 무슨 소용이 있겠어?"

그 말이 머리 깊숙한 곳에 박힌다.

"그래서 난 널 혼자 내버려둘 수 없어."

"안 돼, 페데리코. 널 좋아하기 때문에 떠나라고 하는 거야. 세레나에게 어떤 짓을 했는지 봐……."

"세레나가 누군데?"

"아니, 아니야. 날 좀 내버려둬."

"파도, 검은색, 애무, 꿈, 씨앗. 난 다섯 단어를 지켜주고 싶어."

루치아의 눈이 반짝이더니 시선을 감춘다.

"학교 선생님이 스탈린 정권에 저항했기 때문에 시베리아 노동수용소에 갇힌 러시아 시인의 이야기를 해준 적이 있어. 그가 갖고 간 것은 입고 있는 옷과 『신곡』뿐이었어. 그는 독학으로 공부해 그걸 읽었지. 시인의 아내는 사형 선고를 받은 남편을 다시는 만나지 못했지만 그를 버리지 않았어. 부인이 어떻게 했는지 알아. 남편을 평생 간직하기 위해 남편이 쓴 시를 외웠어. 그의 흔적과 뼈가 얼음과 진흙탕 속에 파묻히고 난 뒤에도 말이야. 그의 책이 모두 불살라졌지만 말이야."

루치아의 눈이 다시 내게로 향하며 마음속 갈등을 내비친다. 두려움과 고통의 그물에서 한순간 미소가 보인다.

나는 루치아의 힘과 연약함을 본다. 나는 이 순간을 절대 잊지 않을 거다. 한 남자의 인생에서 단 한 번 일어날 수 있는 순간이다. 자신이 알고 있던 것과 전혀 닮지 않은 무언가를 길에서 만났을 때다. 버려진 연못의 쓰레기더미 사이에 떠 있는 흰 백조처럼, 삶에 밴 피로를 뚫고 놀라운 기쁨이 솟아오른다.

"난 널 떠나지 않을 거야. 아니, 널 여기에 놔둘 거야. 하지만 나도 이곳에 남을 거야."

19

리카르도는 주머니에 칼을 감춘 채 멀리서 지켜본다. 차가 서 있다. 차가 덜컹거리며 몇 미터를 달리자 돈 피노 신부는 차를 세워야 했다. 걸어서 집으로 돌아간다. 처음 만난 사람이 바로 리카르도다. 리카르도가 교활한 미소로 인사하자 신부도 피곤함을 감추며 인사를 받는다. 무더운 날이다. 땀이 등을 타고 흘러내리고 혀가 입천장에 달라붙는다.

열쇠 구멍에 열쇠를 집어넣는데, 해변에 쓰러져 있지만 목숨은 붙어 있는 조난자가 된 기분이다. 집 문을 열었는데 미처 다시 닫지 못한다. 모자를 쓴 남자 둘이 그를 바닥에 넘어뜨렸기 때문이다. 한 명이 그의 입에 주먹을 날리고, 다른 한 명은 눈앞에 칼을 겨눈다. 신부는 두려움에 몸이 덜덜 떨리고 감히 움직이지 못한다.

"그 짓거리를 끝내야 한다는 거 알겠어? 행사, 인터뷰, 설교? 만일 내 말을 이해 못했다면 다시 와서 자세히 설명해주지!"

돈 피노 신부는 한마디도 못한다. 그들은 나가려다 말고 다시 한 번 주먹을 날리고 신부를 바닥에 내버려둔 채 밖으로 나간다.

신부는 자신이 벌레가 된 기분이다. 심장이 관자놀이에서 소리치는데, 그 소리를 듣지 않으려 귀를 막을 수조차 없다. 몸이 덜덜 떨린다.

그날 저녁 이전에는 고독이 뭔지 정말 몰랐다. 이마를 바닥에 댄 채 쓰러져 벌어진 입술에서 피가 뚝뚝 떨어지는 가운데 모든 것이 빨리 지나가길 희망한다. 하지만 지나가지 않을 거다. 그 순간 이후로 다시는 예전처럼 웃지 못할 거다. 고통이 쉽게 지워지지 않을 거다. 리카르도는 돈을 센다. 단 한 번에 그렇게 많은 돈을 쥐어본 적이 없다. 자동차 타이어를 찢어놓고 돈 피노 신부가 집으로 돌아간다는 신호를 보내는 것만으로 그 돈을 받았다.

다른 집에서 텔레비전 불빛은 평온하고 안정된 순간을 이야기하지만, 돈 피노 신부의 집 안은 어둡다. 밤의 상처가 너무 빨리 조명되어서는 안 된다. 두려움도 그를 굴복시키지 못한다. 그는 어둠 속에서 동무를 찾는다. 조금씩 밤의 소리가 잦아들더니 아무 소리도 들리지 않는다. 몇 시간 뒤. 아직도 바닥에 쓰러져 있다. 몸이 굳어오는 것과 싸우며 천천히 몸을 일으켜 팔레르모의 어두운 밤이 내다보이는 창문 쪽으로 향한다.

하느님, 왜 저를 버리시나이까? 아버지시여, 피곤합니다. 당신을 볼 수가 없습니다. 두렵습니다. 살고 싶습니다, 죽고 싶지 않습니다. 먼 바다를 날다 지쳐 홀로 바다로 떨어지는 갈매기처럼 떠나고 싶지 않습니다.
죽어야 한다는 거 압니다. 하지만 준비가 되지 않았습니다.
왜 저를 홀로 놔두십니까?
왜 무한한 가능성에서 이것만 제외하셨습니까?
우리가 만들려는 세상이 지금 세상보다 더 좋다는 걸 압니다. 하지만 제가 너무 작습니다.
아버지 당신은 제게 너무 많을 것을 요구하십니다.

그가 '인생의 파이π'라고 부르는 것, 「출애굽기」 3장 14절이 마음속에서 울려 퍼진다. 하느님이 잡을 수 없고 꺼뜨릴 수 없는 불꽃 형태로 무력한 맨발의 남자 앞에서 자신의 이름을 밝힌다.
'나는 스스로 있는 자이니라.'
하느님은 떨리는 존재의 호흡만 남은 벌거벗은 사람, 연약한 고아에게 자신의 정체를 드러낸다.

'나의 아버지시여.'

신부는 호흡하듯 그 말을 되풀이한다.

신부는 일어나 밤바람이 가져온 소금기에 희뿌예진 창으로 다가간다. 모두가 침묵한다. 누구도 그와 같이 깨어 있지 않다.

그의 눈과 마음에서 펑펑 눈물이 난다.

말은 끝났다. 이제 그에겐 아무것도 남지 않았고, 줄 수 있는 건 자기 자신과 세상을 향해 흘리는 뜨거운 눈물뿐이다.

20

그 이후 며칠간 멀리 휴가지에서 지낸다. 여름이면 익숙한 것들이 있다. 친구들, 바다, 아빠 엄마와의 대화, 만프레디 형과 고무보트 타기, 시원한 맥주와 슬러시. 바쁜 일상의 시간에서 빠져나와 미의 여신과 태만의 신의 신전에 바치는 날들.

1993년 산 로렌초의 밤, 별과 바다의 밤이다. 별이 쏟아지는 밤들 중 하나다. '옛날 옛날에' 이전의 시간을 아는 은하수가 우주를 가득 채우는 밤이다. 우리가 어둠을 보는 건 빛이 우리의 약한 눈에 닿을 정도로 빠르지 못하기 때문이다. 사실 밤에도 빛이 있다.

별들이 궤적을 이탈해 떨어져 나오게 해줄 바람이 없다. 일상의 기억을 담고 있는 별들, 화석이 발굴되듯 기억을 되살려주는 별들이다.

소년은 우리의 태양계가 별의 폭발로 생겨났기 때문에 별들을 바라보며 화학 과목의 목적을 배우게 했던 과학 선생님을 떠올린다. 여러 요소가 흩어졌다 모이면서 우리의 행성이 형성되는 조건이 되었다.

하늘의 불이 쏟아져 내리고, 떨어지는 별 조각에 삶의 요소들이 생각지 못했던 새로운 형태로 섞인다. 루치아, 아이들, 돈 피노 신부님, 고통, 도주, 두려움, 피……

존재의 이 모든 결정이 무無 속으로 떨어지지 않으려면 우리의 눈이 필요하다.

어린 소녀는 바다 뒤, 모든 별이 떨어지는 지점에 무엇이 있을지 궁금해하며 별들을 바라본다. 어린 소녀는 인형에게 그 이야기를 해준다. 인형은 인내심 있게 조용히 소녀의 말을 듣는다.

돈 피노 신부는 사람의 아들의 축제일에 터지는 불꽃놀이처럼, 별똥별로 환하게 밝혀진 하늘에 감사한다. 그의 소망은 계속 사랑하기 위해 하늘의 힘을 갖는 거다.

마리아와 프란체스코는 앞으로 찾아올 행복한 삶을 기다린다. 누구도 그들에게 행복한 삶을 허락하지 않았지만 말이다. 마리아는 그날 밤 누구도 자신들의 집 문을 두드리길 원치 않는다. 그래서 초인종이 헛되이 울리고 전등불이 꺼져 있다.

만프레디와 코스탄차는 행복한 삶의 나날과 아이들의 이름을 어떻게 지을지 얘기한다.

루치아는 누가 더 많이 별을 보는지 동생들과 경쟁한다. 브란 카치오에서도 떨어지는 별을 보며 소원을 빌기 때문이다.

사냥꾼은 자식들에게 별을 보여준다. 할 수 있다면 아이들에게 별을 따다 줄 수도 있을 거다.

몸을 팔던 거리에서 도망쳐 나온 다리오는 자신에게 또 다른 운명이 있다는 확신을 얻기 위해 별을 가능한 한 많이 품고 싶다. 날개는 거의 준비되었다.

세레나는 돈 피노 신부를 찾아가 의논해야 할지 말아야 할지 결정하지 못한 채 밖을 내다볼 힘조차 없다. 그 하늘에 믿어야 할 신은 없다.

토토는 여전히 행복한 얼굴로 잠들어 있다.

리카르도는 돈을 세듯 별을 센다.

누치오도 별을 바라보며 어린 시절 엄마가 별을 보여주었던 때를 떠올린다. 하지만 그의 어머니는 오래전에 세상을 떠났다.

그날 밤, 별이 쏟아지는 도시에서 그 무엇도 사람들의 소망을 지울 수 없는 듯하다.

모든 인생에 기대되는 것이 있고, 모든 날에 소망이 있다.

그 무엇도 손상되지 않도록 무한히 많은 운명과 갈망을 귀중히 보살피고, 이날들을 소중히 여길 이 누가 있을까?

21

늘 똑같은 신발이다. 신발은 무한히 고칠 수 있다. 그의 아버지가 그렇게 가르쳤다. 재료가 좋으면 다시 태어나지 못할 신발은 없다. 그 신발로 돈 피노 신부는 브란카치오의 흐물흐물한 아스팔트를 밟고 다닌다. 거리가 그의 집이라는 걸 신발은 잘 안다. 먼지 나는 그 거리를 잘 안다.

걸음이 좀 더 조심스럽지만 당당하다. 돈 피노 신부는 그가 신은 신발 같다. 일단 수선이 되면 멈추지 않고 앞으로 간다. 어려움 속에서도 힘이 다시 샘솟고, 매일 위에서 그 힘이 생겨나 거리로 내려온다. 길이 그를 목적지로 데려간다.

"돌봐줄 사람이 필요한 노부인을 찾아냈어. 가보겠어?"

"아니요, 그러고 싶지 않아요."

"왜, 마리아?"

"이곳이 안전해요. 적어도 프란체스코를 위해 지붕과 침대를 마련해줄 수 있고, 돈도 부족하지 않아요."

"얼마나 그렇게 살 수 있을 것 같아?"

"상관없어요. 하루하루 살아가면 돼요."

"아니야, 당신은 하루하루 죽어가고 있어."

돈 피노 신부가 마리아의 한쪽 뺨을 만지며 눈을 감는다. 그가 눈을 뜨자 눈물이 반짝인다.

이윽고 신부는 아무 말 없이 나간다.

거리는 아직 그곳에서 그를 기다리고 있다. 그는 미로에서 빠져나갈 실타래를 쥐고 철조망을 무너뜨리려 한다. 루치아가 그에게 할 얘기가 있으니 세레나의 집에서 만나자고 했다.

"어떻게 해야 해요, 돈 피노 신부님? 어떻게 해야 해요?"

돈 피노는 인간적이지 않은 대답을 찾는다. 인간적인 대답을 갖고 있지 않기 때문이다. 친구의 손을 꽉 잡고 있는 루치아의 손을 가만히 바라본다. 그렇게 꽉 잡아야 친구의 고통을 조금이나마 자신이 빨아들일 수 있다는 듯이.

"아이를 지킬 수 있어. 안전하게 있을 곳을 알아. 아이를 키우고 싶어 하지 않는다는 걸 알지만, 낳을 수는 있잖아."

"어떻게 내 배 속에 상처를 계속 가지고 있으라는 거죠? 잔인해요!"

"인간들의 잔인함이야. 하지만 아이는 잘못이 없어. 넌 폭력의 고통 후에 또 다른 고통을 겪을지 몰라."

"지옥으로 들어갈 수는 없어요. 구역질이 나요. 온몸의 살갗에서 그때의 고통이 생각나요. 기분 좋은 일이 아니죠. 내 인생, 내 미래예요. 내가 형벌을 선택해야겠어요? 날 파괴한 남자를 닮은 아이를 낳아야겠어요?"

"차분하게 생각해봐. 네가 어떤 결정을 하든 난 여기에 있어. 기억해, 사랑이 없는 곳에 네가 사랑을 놓는다면 사랑을 얻게 돼. 고치는 게 처음 만드는 것보다 훨씬 더 영웅적인 일이야, 세레나."

루치아가 친구를 끌어안는다. 친구는 루치아의 가슴에 머리를 묻고 계속 흐느낀다.

"난 그럴 힘이 없어."

"한 번에 한 걸음씩, 세레나. 손에 작은 등불을 들고 어두운 골짜기 전체를 비춰보면 점점 더 무서워질 거야. 다음 걸음을 내딛을 곳을 비추고 한 걸음만 내딛어봐. 한 번에 한 걸음씩. 넌 힘이 있어. 아니, 우리는 힘이 있어."

22

8월은 신화의 시대에 속한다. 달력 밖에 있고, 유용성의 규칙에서 벗어나 있다.

사냥꾼의 아들은 손에 문어를 들고 물 밖으로 나온다.

"내가 잡았어, 아빠. 내가 잡았어!"

사냥꾼은 흡족한 표정으로 가까이 다가가, 문어가 아들의 손을 쥐지 않도록 홱 낚아챈다. 그러고는 문어 다리를 잡은 다음 거칠고 냉정하게 바위에 문어 머리를 내리친다.

"곧바로 이렇게 해야 해. 그래야 고기가 훨씬 더 부드러워지거든."

아이가 진지하게 쳐다본다.

아버지는 문어 머리를 잡고 구멍 안으로 양손 엄지를 집어넣어 양말처럼 뒤집는다. 그러고는 붙어 있는 검은 내장을 떼어낸다. 내장이 아직도 떨린다.

"문어의 다리를 잡고 돌리다가 몇 번 더 내리쳐라. 고기가 훨씬 더 부드러워진 걸 느낄 거야."

아들이 아빠 말대로 한다.

"어때, 부드럽지?"

"네."

다리가 무기력하게 축 늘어져 있다. 레몬을 뿌린 문어는 아주 맛있는 애피타이저다.

"알겠니? 머리를 부숴야 해."

"네."

"다음번엔 혼자서 해봐라."

아이가 고개를 끄덕이며 눈은 바닥으로 향한다.

아이는 이것보다 모래성을 만들고 싶었다.

23

갑자기 역사의 시간이 시작된다. 도시의 시간. 9월이 그 시작을 알린다.

바닷가에서 돌아오자마자 나는 루치아에게 모두 이야기해준다. 그리고 나도 루치아의 이야기를 듣고 싶다. 루치아의 목소리로 또 다른 얘기를 듣고 싶다. 스파지모에서 만나기로 약속했다. 가까운 곳이지만 브란카치오에서는 적당히 먼 곳이다. 가까이 다가온 밤의 냄새가 자신감을 불어넣어준 듯 바닷바람이 조금 강하게 분다.

땅과 바다가 만나는 몇 제곱미터의 그 공간에 들어갔을 때 모든 것이 제자리로 돌아온다.

얘기해줘. 바다. 친구들. 불꽃. 또, 또. 책과 바다, 그리고 또 바다. 너는, 너는, 얘기해봐. 아이들. 더위. 나도 바다. 나도 책. 페트라르카를 다 읽었어. 여러 단어를 설명해줘야 할 거야. 모르는 단어에 모두 줄을 쳐놓았어. 네가 괜찮다면 말이야. 난 괜찮아. 마리오 할아버지. 더위를 더 많이 타지만 괜찮으셔. 우리 가족들도 잘 지내. 우리 가족도. 이제 학교가 다시 시작돼. 지루해. 그래, 지루해. 하지만 곧 돈 피노 신부님을 위한 공연이 있어서 우린 준비를 해야 해. 네가 와줬으면 해. 보고 싶었어. 하지만 그들이 네게 나쁜 짓을 할까봐 무서워. 난 너와 떨어지는 게 무서워. 최근에 내가 본 모든 일이 중단됐어. 결국 사람들은 미완으로 끝나는 데 지치고, 인생의 반을 낭비하지. 그래도 한 번뿐인 삶이야. 돈 피노 신부님은 어떠셔? 걱정돼. 피곤해 보이셔. 우리가 신부님을 도와드려야 해. 맞아. 너와 이곳에 있으니까 정말 좋다. 우리가 함께 있지 않을 때 우리는 어디 있었을까? 난 가끔 그런 질문을 해봐. 널 데리고 어디든 가고 싶어. 지금 우리는 여기 이 파란 돌 같은 하늘 아래에 있어. 시간의 위협을 받지 않는 단 한 순간 속에 말이야.

또 다른 얘기. 분위기가 무르익고 말로 다하지 못한 아쉬움이 자연스레 키스로 이어진다.

나는 피아노를 치고 싶다. 피아노는 내게 어울리는 악기다. 모든 사람은 어떤 악기와 닮았다. 클래식 음악 콘서트 연습실에서 그걸 알았다. 중학교 3학년 때 마시모 극장 심포니 오케스트라에 친구가 있던 음악 선생님이 우리를 그곳으로 데려갔다. 선생님은 우리에게 악기들을 설명해주기 위해 그 소리를 하나씩 듣게 했다. 선생님은 악기와 어떤 종류의 영혼을 비교하곤 했는데, 각자 자신의 영혼을 찾아야 했다. 플루트 영혼은 달콤하고, 때때로 슬프고 우울하지만 돌연 활기차고 유쾌하다. 클라리넷 영혼은 완고하고 섬세하다. 색소폰 영혼은 관능적이고, 변하기 쉽고, 파악하기 어렵다. 첼로 영혼은 열려 있고, 평온하고, 조용하다.

내 영혼은 피아노다. 지금까지 나는 내 영혼의 흰 건반을 더 많이 알았다. 검은 건반을 두드릴 수 있는 사람이 오자 내가 모르는 부분, 반음을 낼 수 있는 부분이 있다는 걸 알았다. 루치아의 손은 반음을 이해하고, 그것을 누르면서 소리를 완성시킬 줄 안다. 아마도 루치아는 하프일 거다. 그 오케스트라에서 하프는 피아노와 가까이 있었던 걸로 기억한다.

내가 나 자신을 온전히 알고 싶다면 다른 사람의 손이 내 마음속으로 들어오는 걸 받아들여야 한다. 그 손에 무기를 들려주어 나와 싸우도록 해야 하고, 나 자신을 보여주고, 가장 약한 부분을 칠 수 있는 가능성을 줘야 한다. 사랑은 다른 사람의 손에 무기를 들려주는 게 아닐까? 영혼이 침해당하는 것은 사랑에 지불해야 할 대가다. 우리 내부에서 들을 수 있을 거라 예상치 못했던 악보를 그 손이 연주할지 모른다. '이미' 나를 안다고 생각했는데, 이제 '겨우' 나를 알아간다.

캄캄한 어둠 속에서 사랑이 날 찾아와야만 했을까?

24

여름의 끝을 알리는 9월이 도처에, 뜨거운 여름을 가장 잘 견딘 곳에 찾아든다. 대성당 옆의 거대한 건물이 해변에 널린 뼈다귀처럼 반짝인다.

학생 한 명이 마치 월드컵 결승전에서 결정적인 골을 넣기라도 한 듯 복도에서 춤을 추며 흥분에 들떠 있다.

"제가 해냈어요!"

재시험을 두고 하는 말이다. 학생은 그 순간 복도로 들어선 돈 피노 신부를 끌어안는다.

"쌤, 하느님을 다시 믿을래요. 제게 기적을 일으켜주셨어요!"

한 학생이 시험 차례를 기다리며 떨리는 마음으로 나아간다. 살아남은 친구의 기쁨이 마냥 부럽다.

"돈 피노 신부님, 저를 위해 기도해주세요."

"이런 얼굴로? 장례식을 기다리는 것 같은데…….."

"네, 시험에 합격하지 못하면 식구들이 제 장례식을 치르게 될 거예요."

"마음 편하게 가져."

신부는 질의응답 시험을 위해 강단에 앉아 있는 선생들을 본다. 학생들을 재시험 보게 한 것을 후회하는 얼굴이다. 학생들이 똑똑해서가 아니라 옷이 피부에 달라붙을 정도로 땀을 뻘뻘 흘리며 시저와 호머에 대해 묻는 대신 그 시간에 바다에 있어야 하기 때문이다. 신부는 미소로 동료 선생들에게 인사하고 교장실로 향한다.

"올해는 할 수 없을 것 같네. 교구 일도 더 늘어났고 영적 지도자로서 해야 할 세미나도 있어. 이제 그만 떠나야 할 것 같아, 안토니오. 학교에서 5일은 너무 많아. 중요한 일이지만 말이야."

안토니오는 말로는 알 수가 없기 때문에 돈 피노의 얼굴을 유심히 살핀다. 60년대 말 몬델로에서 함께했던 긴 저녁 산책이 기억난다. 그는 교육 봉사활동을 하는 대학생이었고, 돈 피노는 루스벨트 재단의 보좌신부로 고아나 열악한 상황에 놓인 아이들을 돌보고 있었다. 당시 스무 살이었던 안토니오는 몇 시간 동안 돈 피노의 이야기를 듣곤 했다.

그 시절 밤 산책은 상쾌했다. 저녁 무렵 친구끼리 별다른 목적 없이 산책을 위한 산책을 하다가 밤이 깊어질 때까지 둘이서 우스꽝스런 농담을 즐겁게 주고받았다. 술집에 가서 삶은 달걀을 소금에 찍어 먹었고 포도주 한 잔을 마시곤 했다. 사람들이 그를 신부의 동생으로 착각하자 피노 신부는 껄껄 웃었다. 그들은 다른 눈으로 세상을 보았다. 한 명은 유토피아의 눈으로, 다른 한 명은 신앙의 눈으로. 돈 피노 신부는 어려운 순간에, 예를 들어 그가 대학 학위를 준비하는 동안 옆에 있어주었다. 그의 부모님도 참석하지 않은 졸업식장에 와주었다. 돈 피노 같은 친구는 이 세상에 또 없었다. 절대. 돈 피노는 좋은 친구일 뿐만 아니라 필요할 때면 아버지 역할까지 하는 카리스마를 갖고 있었다.

"피노, 교구와 세미나만큼이나 아이들도 중요하다는 걸 나보다 잘 알잖나. 그것 때문에 학교에 그만 나오겠다고 하진 않았잖은가. 올해로 몇 년째지?"

"1978년부터니까. 세상에, 우리도 많이 늙었군."

"자네를 두고 하는 말이지."

비토리오 에마누엘레 고등학교의 교장이 농담을 던지지만, 평생 친구는 정신이 다른 데 가 있는 듯하다. 그런 모습을 본 적이 없는 것 같다.

"자넨 이미 수업 시간을 줄였어. 수업 시간을 몰아보세. 그러면 나머지 일을 할 시간이 생길 거야……. 난 자네를 이 학교에서 절대 떠나보내지 않겠어."

"자넨 정말 고집불통이라니까."

"좋은 선생님을 잃기 싫어. 그런데 무슨 일 있나?"

"아니야, 아무 일 아니야. 자네 아내 문제는 어떻게 됐나?"

"해결됐어. 음, 아직도 기억하고 있군."

"자넨 내 친구잖아, 안토니오."

"저, 무슨 걱정거리라도 있나? 기분이 좀 처져 보여. 자네가 학교 일을 그만두겠다고 말할 줄은 생각지도 못했네."

"아니, 아무 일 없어. 열풍 때문일 거야. 내가 정말 늙었는지도 모르지."

"맞아. 며칠 뒤면 자네 생일이야. 몇 살이지?"

"열 번째."

"일흔인가?"

"멍청이. 다섯하고 여섯이야. 나는 10년마다 한 번 세. 그러면 항상 아이로 남게 되지."

돈 피노가 아이처럼 웃는다.

"이제 어떻게 해야 할지 보세. 시간표 짜는 담당자와 얘기해보겠네."

"고마워, 안토니오. 날 위해 기도해주게."

"신과 좋은 관계가 아니라는 걸 자네도 알잖아."

교장이 눈으로 천장을 가리키고 입을 삐죽이며 대답한다.

"친구를 위해 노력해봐!"

"자네를 위해서라면 예외를 만들어보지."

"고맙네, 난 기도가 필요해."

25

해변은 땅과 바다가 부딪히는 곳이다. 그 경계에서 아이들과 아버지들이 파도의 위협을 받으며 모래성을 쌓는다. 마찬가지로 깨진 입술은 복종과 진실 사이의 충돌점이다. 폭력이 진실을 억누르려 하는 이상한 전쟁은 절대 끝이 나지 않을 거다. 폭력은 진실을 무너뜨리고, 진실을 날려버리고, 진실을 무효화시키기 위해 온갖 노력을 다하지만 진실은 더 세게 저항할 뿐이다. 반대로 진실은 성난 개처럼 폭력을 흥분시킨다. 한쪽 힘이 다른 쪽 힘과 맞부딪칠 때 당연히 힘센 쪽이 약한 쪽을 파괴한다. 폭력과 진실은 물리법칙이나 인간들의 법칙과 다른 듯하다. 폭력과 진실은 서로를 완전히 없앨 수 없다.

영혼 속으로 들어와 영혼을 확장시켜주는 손이 있고, 영혼을 으깨어버리는 손이 있다. 전자의 손은 강하지만 섬세하다. 후자는 거칠고 잔인한 손이다. 아직도 돈 피노를 협박하고, 늦은 저녁에 매복해 있다가 성당 부속실에서 그의 얼굴을 가격한 손이다. 손은 말처럼 기능하고, 축복과 저주에 쓰이며, 쓰다듬어주기도 하고 때리기도 하고, 꿰매기도 하고 찢기도 한다. 고통 때문에 몸이 마비되고 영혼은 구석 자리로 물러난다. 돈 피노의 영혼은 그렇지 않다. 고통 속에서도 확장된다. 아버지가 자식들을 먹여 살리고 보호하기 위해 겪는 고통이고, 그의 아픔은 해결책을 낳기 때문이다.

"뭐지?"

돈 피노 신부님이 봉투를 받아들며 묻는다.

"영어 수강료예요. 여기서 더 필요할 것 같아서요."

내가 신부님께 대답한다.

"부모님도 아시니?"

"선물이었어요. 내 돈으로 뭘 해야 할지는 내가 결정해요."

"늘 그랬듯이 꼭 필요할 때 생기는구나. 고맙다."

서류 뭉치들을 정리하려 해도 정리가 되지 않던 테이블 앞에 앉아 있던 돈 피노 신부님이 다가와 나를 꼭 안아준다. 나는 입술이 터지고, 상처 윗부분에 멍이 든 신부님을 바라본다. 단지 피곤해서 그런 것이 아니다. 다크서클도 더욱 짙어져 있다. 그 표시들을 알아보고 본능적으로 내 입술을 만지지만, 이젠 상처가 남아 있지 않다.

"무슨 일 있었어요?"

내가 입을 가리키며 묻는다.

"면도하다 베었어."

돈 피노 신부님이 빙그레 웃는다. 하지만 아파서 입술을 제대로 펴지 못하는 잔잔한 미소다.

"그건 베인 게 아니라 타박상인데요. 무슨 일이에요?"

"넌 여기서 뭐 하는 거야? 네 부모님은 뭐라고 하셔?"

"제가 먼저 물었잖아요."

"너도 참 고집이 세다. 캄캄한데 화장실에 가다가 부딪혔어. 별것 아니야. 너는?"

"추방당한 땅에서 돌아왔어요. 부모님을 설득했어요. 만프레디 형이 날 데려다주는 조건으로 브란카치오에 올 수 있어요."

"형은 어디 있는데?"

"오늘은 올 수 없었어요……. 하지만 신부님께 이 봉투를 가져다드리고 싶어서 마음이 급했어요. 아무도 날 보지 못했으니까 안심하세요."

"아니야, 페데리코. 혼자 와선 안 돼. 다시는 절대 혼자 오지 마라, 약속해."

돈 피노 신부님이 진지하다. 나는 신부님께 깜짝 선물을 하고 싶었는데, 신부님의 표정이 굳어 있다.

"약속해!"

"좋아요, 다신 혼자 오지 않을게요. 그런데 무슨 일이에요?"

"아니, 아무것도 아니야. 할 일이 너무 많아서 그래. 이제 가라, 어서. 미안하지만 일이 많아 바쁘구나."

"그자들이 그랬어요?"

신부님이 내 눈을 똑바로 쳐다본다. 얼굴에 썼던 가면이 서서히 벗겨진다.

"마피아는 강해. 하지만 신은 전지전능하단다."

신부님에게서 수없이 그 말을 들었다.

"하느님은 더는 나서서 일하지 않아요."

우리는 서로 마주 본 채 말이 없다.

"루치아는 어떻게 지내니?"

화제를 바꾸는 방법이라는 걸 잘 안다. 달리 할 말도 많지 않다.

"루치아가 옳았어요. 이젠 이곳에서 떠나고 싶지 않아요."

"이곳에서 사랑을 찾았구나. 사랑을 찾게 되면 자신을 아낌없이 주게 되고 두려움에 스스로를 가두지 않게 되지."

신부님이 빙그레 웃는다. 하지만 우울해 보인다.

"신부님은 슬픔이 바이러스보다 훨씬 더 빨리 사람을 죽일 수 있다고 말했어요. 전 신부님이 걱정돼요. 제가 여기에 왔는데, 절 보고도 기뻐하지 않으시잖아요."

"아니야, 난 슬프지 않아. 조금 피곤할 뿐이야. 널 소홀히 대했다면 미안하다. 돈을 빨리 모아 센터 부지 값을 치러야 하기 때문에 신경이 날카롭구나. 우린 3억 리라(약 2억 원)를 모아야 해. 하지만 모든 게 잘될 거다. 하느님의 가호와 너 같은 사람들의 도움으로 해낼 수 있을 거다."

평소의 그 미소가 보인다. 다시 평온해진 신부님의 눈이 나를 안심시킨다.

"걱정하지 마, 페데리코. 모든 게 잘될 거다. 그리고 네가 누군가와 함께 온다면 좀 더 마음이 놓일 것 같구나."

"약속해요. 신부님도 좀 더 주무시겠다고 약속해주세요."

"영생에 들면 푹 쉴 수 있어. 부탁이 하나 있구나. 내게 무슨 일이 생기면, 날 혼자 두지 말아다오."

"무슨 일이요?"

대답이 오지 않는다. 신부님은 벌써 자리를 떠났다. 돈 피노 신부님이 마치 잠깐 폭풍우 치는 날 먹이를 찾지 못하고 시퍼렇게 멍든 바다 위를 나는 외로운 갈매기 같다.

26

하루의 색깔이 소년의 섬 지도책 색깔을 연상시킨다. 거의 끝물인 여름에 그렇다.

모든 것이 처음 기본이 된다. 색깔, 둘레, 형태, 행복. 루치아와 소년은 칼사의 아름다운 바닷가 동네 안에 있는 빌라 줄리아를 지나 산책한다. 팔레르모의 제니오 조각상 앞에 이른다. 그들은 조각상의 달콤하고 쓴 본질을 알지 못한 채 조각상의 이목구비를 관찰한다. 왕관을 쓰고 왕좌에 앉아 있는 고대 이교도의 신은 심장 높이쯤에 그의 가슴을 먹고 사는 뱀을 붙들고 있다. 발밑에 웅크리고 있는 충성의 상징인 개와 독수리, 트리나크리아(세 발 달린 메두사 - 옮긴이)처럼 시칠리아를 나타내는 다리가 세 개인 고르고의 머리 트리스켈리온, 팔레르모를 표현할 때 동반되는 풍요의 뿔 코르누코피아로 쇄신과 파괴를 표현한다. '위풍당당하고 충직한 팔레르모, 팔라스와 케레스의 선물을 받았노라.' 고대에 이 수호신을 표현해 적어놓은 끔찍한 말 'Panormus, conca aurea, suos devorat alienos nutrit', 즉 '황금 수문 팔레르모는 자기 자식들을 잡아먹고 이방인들을 먹여 살린다'와 비교하면 훨씬 더 달콤한 정의다.

"팔레르모의 제니오도 말하잖아. 이곳에 삶의 선물이 있다고."

"넌 지나친 낙관주의자야."

"아니, 난 돈 피노 신부님처럼 현실주의자야. 물의 장인들이 있었다는 거 알지? 막대기 점을 치던 품위 있는 고대인들 말이야……."

"'막대기 점을 치던 사람들'이 누구야?"

"땅속 깊은 곳에 있는 물을 찾아내는 재능을 가진 사람들이야. 그들은 시로코 열풍과 가뭄에 맞서 싸웠어. 그들은 낙관주의자가 아니라 현실주의자였어. 우리도 이 도시에서 그렇게 해야 해."

길을 잃지 않을까 하는 두려움도 없이 미로같이 엉켜 있는 길로 계속 들어간다.

시장이 대성당처럼 위엄을 갖추고 우리를 맞이한다. 의미와 감각이 넘쳐나 세속적인 것이 성스러워지는 장소들 중 한 곳이 칼사의 시장이다.

진열대에 물건이 잔뜩 쌓여 있고, 상인들의 고함 소리가 대화 소리를 덮는다. 풍물을 찾지 않고 가판대를 제대로 보려면, 가판대를 보며 고통을 찾으려면 훈련된 눈이 필요하다.

물건이 넘쳐난다. 과일과 꽃들이 하늘과 땅 사이에서 화려한 플라밍고 춤을 춘다. 땅의 수액을 쪽쪽 빨아들인 듯 빨간 수박이 폭발한다. 레몬은 노란색을 외치며 나무껍질처럼 쭈글거린다. 연두색 애호박은 순한 뱀처럼 매끄럽다. 커다란 대구 바구니는 그믐달이 가득 들어 있는 것 같다. 숭어는 바닥에 깔린 흰 얼음에 불을 지르고, 오징어와 문어는 꾸물대는 게 싱싱하다. 갈고리에 걸린 동물 사체들은 십자가처럼 보인다. 마늘 다발이 교수형에 처해진 사람 모양으로 매달려 마녀와 악한 자를 물리치는 주문을 건다. 페페론치노 다발과 오돌토돌한 브로콜리, 향기가 진한 오레가노 다발, 안에 뭐가 들어 있는지 알 수 없는 주석 바구니들. 색깔과 굵기가 제각각인 올리브 바구니들. 냄새가 섞이며, 콧구멍을 급히 지나 심장까지 곧바로 들어온다.

그 상자들과 그 가판대에 팔레르모의 이야기가 담겨 있다. 갖가지 달콤함이 있는 도시다. 팔레르모를 건설한 페니키아인들에게 팔레르모는 'Zyz', 꽃이었다. 바다와 땅이 합쳐진 곳에서 끝없이 이어진 부두라는 상업적인 달콤한 본질을 찾았던 그리스인들과 로마인들에게 팔레르모는 전체가 항구였다. 항구라는 정의를 버리지 않으면서 그들의 입에서 나온 소리에서 이름을 따온 아랍인들에게 팔레르모는 '발라름Balarm'이었다. 팔레르모를 지중해의 진주로 만든 페데리코 2세에게는 '발레르무스Balermus'였다. 너무나 풍요롭고 다채롭고 향기가 진해서 약탈을 당하지 않을 수 없었다. 이 도시의 냄새와 고통은 하나다. 녹이 슨 놋쇠 저울은 그 물건들과 그 이야기를 계속 저울질한다.

과거의 빛나는 기억이 남아 있을 것 같은 흥미로운 박물관 같은 그 거리를 허투루 다닐 수 없다. 잘 보면 에덴동산 뒤에 모순

되는 여러 소리, 때때로 제물이 되고 희생자가 되고 마는 갈망들이 보인다.

나란히 걸어가다 손이 스친다. 바다에서 올라와 골목길을 지나온 바람이 때때로 루치아의 옷을 어루만진다.

"돈 피노 신부님이 걱정돼."

"왜?"

"이상한 얘기를 하셔."

"늘 그런 얘기를 하시잖아."

"몹시 피곤해 보여."

"입에 난 상처를 봤니?"

"응. 처음엔 면도날에 베었다고 하더니 나중엔 부딪혔대……"

"난 그 말을 믿지 않아. 두려워."

"혼자 남겨두지 말라고 부탁하셨어."

"신부님이 우리만 남겨두고 떠나지 않길 나도 바라."

27

창문턱에 늘어선 귤들이 계절을 착각하게 한다. 사실 옛날 재밋거리, 시간을 붙잡는 어떤 것이다. 루치아는 돈 피노 신부에게서 그걸 배웠다.

귤 한가운데에 칼로 금을 긋고 껍질 윗부분을 벗긴 다음 기름을 머금은 꽃자루가 망가지지 않게 귤을 한 조각씩 떼어낸다. 먼저 잘라낸 부분에 구멍을 뚫고 꽃자루에 불을 지핀 다음 나머지

반쪽을 덮는다. 겉으로 보기엔 꼭대기에 구멍이 뚫린 귤 같지만 실은 작은 등불이다.

루치아는 돈 피노 신부의 느리고 정확한 손놀림을 지켜보길 좋아한다. 짙은 귤 향기를 풍기며 마술을 부리는 것 같다. 그 작업을 하며 지금 신부는 루치아가 샌드위치와 함께 가져온 과일을 먹고 있다. 그가 먹는다는 것은 그도 몸을 가지고 있다는 걸 상기시켜준다. 등불 향기는 기억일 뿐이지만 존재의 향기를 내뿜는 듯한, 살아 있는 기억이다.

"너희 여자들은 300그램 정도의 심장을 갖고 있다는 걸 잊지 마라. 그것 때문에 여자들이 더 고통 받고, 300그램 정도의 뇌를 가진 남자들의 이기적인 계산의 희생자가 되는 거란다. 남자들이 더 똑똑해서가 아니라 더 합리적이고 계산적이기 때문이지."

"그래요? 제 자신을 못 믿겠어요. 페데리코가 좋아요, 돈 피노 신부님. 그 애를 이곳으로 데려온 건 신부님 잘못이에요."

루치아가 대답한다.

"루치아, 사랑에 빠지는 건 창밖으로 얼굴을 내미는 것과 같은 거야. 처음에는 창문이 높고 키가 닿지도 않지만, 창문 밖으로 얼굴을 내미는 순간이 온단다. 바깥세상이 보고 싶어지고, 조금씩 창문을 열고 얼굴을 내밀고 싶어지지. 그러다가 발코니로 나가게 되는 거야. 그러다가 달려 내려가 위에서 내려다본 풍경 속을 걷게 되지. 그건 인생으로 들어가는 참으로 아름다운 걸음이란다. 하지만 큰 변화의 순간이고, 그래서 불안한 시기라는 걸 기억해둬라. 종종 다른 세상에 거는 기대가 너무 커지기도 한단다. 멀리 높은 데서 뭔가를 바라보았을 때 그런 것처럼 말이야.

그것이 깊은 상처를 만들 수도 있어. 그걸 잊지 마. 너무 성급하게 발코니 밖으로 얼굴을 내밀 필요가 없단다. 잘못했다간 떨어져 상처를 입으니까 말이야. 거리로 내려가 함께 걸어가야 해."

"신중하게 생각하고 행동할게요. 아무튼 조언을 해주실 신부님이 계실 거잖아요."

"모르는 일이야……."

"왜 그렇게 말씀하세요?"

"아니, 그냥 해본 말이다! 우리 사제들은 어느 날은 어떤 곳에 있다가, 또 어느 날은 세상 반대쪽에 있기도 하단다. 뭘 해야 할지 모를 땐 기도를 해라. 진실을 따르도록 도와줄 거야. 진실만이 자유롭게 해준단다. 매일 그 창문을 열어라. 요즘 사람들은 수많은 선택을 할 수 있기 때문에 더 자유롭다고 생각하지만, 자유는 더 많은 선택을 하는 것이 아니라 진실을 선택하는 거야. 기도는 희생을 치러서라도 잊지 않고 진실을 선택하는 가장 좋은 방법이란다."

"하지만 기도할 때면 가끔 지루해요."

"서로 사랑하는 사람들도 때때로 지루해져. 하지만 지루하다고 그들의 사랑이 진실하지 않은 건 아니란다."

"그 애랑 있으면 지루하지 않아요."

"그 애가 너의 기도야. 모든 사랑은 몰래 숨어서 일한다는 걸 잊지 마라."

"무슨 뜻이에요?"

"몰래 숨어서 일한다는 건 하느님의 계산이 있다는 거야. 페데리코는 훌륭한 애다. 난 그 애를 믿어. 넌 그 애를 보호해야 해, 알겠니? 그 애는 큰 영혼을 갖고 있고, 때론 날아갈 위험도 있어."

"바로 그것 때문에 그 애가 좋아요. 사랑은 혁명이에요, 돈 피노 신부님!"

"사랑은 계시야, 루치아."

돈 피노 신부가 빙그레 웃으며 루치아를 쓰다듬어준다.

28

「노동과 나날」(헤시오도스가 쓴 약 800편의 그리스어 운문. 불의가 지배하는 세상에서 정직한 노동과 정의가 갖는 의미에 대해 노래한 교훈시 - 옮긴이)은 서사시다. 일상의 운문을 시로 변화시킨 작품이다. 이번 한 달간의 노동과 나날은 서사적이다. 시간은 갈망의 낱알로 만들어진다. 우연치 않게 인간은 시간을 말하기 위해 태양과 바다와 바람에 깎인 모래를 선택했다. 돈 피노는 날을 노동으로 채우고 노동을 날로 채운다. 그의 생각을 실행하기는 쉽지 않다. 하지만 마음은 굴복하지 않고 끊임없이 기대한다. 그렇지만 두렵다.

9월 13일은 시간의 모래알 중 하나다. 계절에 맞지 않게 이상하게도 어두컴컴한 날이다. 도시를 모래로 뒤덮고, 자동차와 집 유리창을 얼룩지게 해서 여름을 먼지 낀 기억으로 남기고 싶어 하는 누런 구름이 하늘에 잔뜩 끼어 있다.

돈 피노는 성무일과서의 장들에 밑줄을 긋는다. 지금까지는 그래본 적이 없다. 요한 크리소스톰의 말이다. 그를 추방지로 데려가는 배에서 쓴 말이다. 배가 큰 바다로 들어가는 동안 선미에서 불꽃이 일렁이는 항구를, 배 앞머리에서 저물어가는 태양이 수평선을 피로 물들이는 광경을 지켜본다.

'거센 파도와 위협적인 폭풍우가 날 덮치지만 난 수몰될까 두렵지 않다. 난 바위에 단단히 박혀 있기 때문이다. 내가 뭘 두려워할까? 죽음? 나에게 삶은 그리스도요, 죽음은 이득이다. 그리스도께서 나와 함께 있는데 내가 누구를 무서워할까? 난 가난한 자로 왔고, 가난한 자로 떠날 것이다.'

요한은 길 위에서 죽음을 맞이한다. 그의 마지막 말은 '만물에 계신 하느님께 영광을'이다.

9월 14일, 십자가 축제일은 또 다른 모래알이다. 콘스탄티누스의 어머니 헬레나가 그리스도의 십자가를 발견한 것을 기념하는 날이다. 그리스도가 사망하고 몇 년 후 하드리아누스 황제가 그리스도인들의 고통스런 사랑 대신 이교도의 달콤한 에로스의 포도주를 보여주려고 골고다 언덕에 세운 비너스 신전의 잔해 사이에서 십자가를 발굴해 세상에 다시 빛을 보게 했다. 돈 피노 신부는 미혼모 공동체를 위해 미사를 드린다. 예배당에 안토넬로 다 메시나의 「성모 수태고지」 복사본이 있다. 청색은 저주라는 의미를 담고 있는데, 청색 베일을 두른 얼굴에 미소와 두려움이 섞여 있다. 때문에 캔버스에 직접 바다 색깔을 칠했고, 햇볕 좋은 날 바다에서 보이는 금빛 물결이 그려져 있다. 돈 피노 신부는 미혼모들에게 마리아는 사람들이 보기에, 약혼자 요셉이 보기에도 미혼모였다고 설명한다. 마리아의 임신은 인간의 일이 아니라 분명하게 설명하기가 쉽지 않다. 그 때문에 수태고지의 순간에 마리아의 얼굴에는 두려움과 평온함이 공존하고 있다. 하느님을 아는 사람만이 경험하는 패러독스, 믿음의 가장 아름다운 패러독스 안에 있다.

돈 피노는 앞에 있는 얼굴들을 훑어보다가 그림 속 여인을 다시 본다. 그림 속 여인은 사랑이 스쳐 지나갔고 그 결실이 보호를 받아야 하기 때문에, 그러한 표시로 한 손은 앞에 두고 다른 손은 옷깃을 여미고 있다. 한 미혼모의 까만 머리카락에서, 또 다른 미혼모의 검은 피부에서, 모두의 피곤하고 겁에 질린 눈에서, 세레나의 희망에 찬 눈에서 그림 속 여인을 본다. 그렇다, 세레나가 왔다. 늦게 와서 뒤쪽 깊숙이 앉아 있다. 세레나는 초조하게 배를 어루만지며 멀리서 돈 피노에게 미소를 보낸다.

돈 피노는 생기가 나서 말이 더 힘 있게 흘러나온다.

"앞으로 자신의 수치감과 맞대면해야 한다는 걸 알았을 때 마리아가 어디를 보는지 보십시오. 이 그림에서 마리아가 바라보는 곳을 보십시오. 하느님을 보십시오. 하느님은 절대 여러분을 혼자 내버려두지 않는다는 걸 믿으십시오."

이윽고 신부는 모든 패배를 승리로 바꾸며, 십자가 형태처럼 마이너스 기호를 플러스 기호로 바꾸는 그날의 축제에 대해 말한다. 십자가 위에서 하느님은 자신들이 뭘 하는지 이해하지 못하는 박해자들을 용서한다. 그리스도가 겟세마네 동산에서 피땀 흘리면서까지 고통을 겪었다는 점을 상기시킨다.

"그리스도는 외로워 세 남자에게 동행해달라고 부탁합니다. 하지만 그들은 잠이 들었고, 그리스도는 피땀을 흘립니다. 그만큼 두려움이 그리스도를 엄습했기 때문입니다. 죽음과 사랑이 그리스도 안에서 싸웠습니다. 사랑이 이겼지만 죽음의 공포가 피땀을 흘리게 했습니다. 우리는 두려움과 고통 속에서도 절대 혼자가 아닙니다. 왜냐하면 그리스도께서도 두려움과 고통을 겪었고 이겨냈기 때문입니다. 더 크고 무한한 사랑의 삶을 향해 나아가는 것일 뿐입니다. 우리가 십자가를 만들어냈고, 우리의 십자가입니다. 예수님이 우리에게 짊어지게 한 게 아닙니다. 예수님은 사랑을 만드셨습니다. 우리 옆에 있는 사람, 삶이 우리에게 맡긴 사람들에 대한 사랑입니다. 여러분의 배 속 아이는 달콤한 짐입니다. 십자가는 고통이 아니라, 아픔이 아니라, 자신을 헌신하며 보살피고 치료해주는 사랑입니다."

미혼모들은 그를 가만히 쳐다보는데, 그의 말을 다 이해하지는 못한 눈치다. 세레나는 눈물을 흘리며 그에게 미소를 보낸다. 신부가 용기를 낸 자신에게 하는 말이라는 걸 알기 때문이다. 활짝 웃는 신부를 보고 다른 미혼모들도 그의 말이 진실이라고 생각한다.

29

바로 그날, 고양이가 지붕을 밟듯 빛이 바다 수면에서 조심스레 이동하고, 먹잇감을 굴리며 노는 고양이 앞발처럼 파도가 빛을 가지고 놀 때, 소년과 루치아는 조용히 걸어간다. 무엇을 할지 알기 때문에 서두르지 않는다는 듯 바다가 느긋하게 해안으로 들어온다.

소년은 피곤한 듯 넘어가는 태양이 드넓은 바다를 핏빛으로 물들이는 광경을 쳐다본다. 빛이 불그스름하게 흩뿌려진다. 누구도 큰 약속을 할 때 시시콜콜한 것을 증인으로 부르지 않는다. 달리 어쩔 수 없지 않는 한, 누구도 차고에서 자신의 사랑을 고백하지 않는다. 바닷가에서 사랑하는 연인은 손을 잡고, 비밀을 속삭이고, 하늘과 땅이 만나는 수평선 앞에서 '사랑해'라고 말한다. 소년은 루치아를 돌아본다. 루치아는 처음으로 '사랑해'라는 말을 들을 때 모든 여자가 경험하는 두려움과 놀라움이 섞인 눈빛으로 설렘을 갖고 소년을 바라본다. 손으로 그 말을 잡고 평생 가슴속에 품고 싶다.

"널 사랑하고 싶어, 루치아."

소년은 바람에 나부끼는 머리카락을 귀 뒤로 쓸어 넘기며 말한다. '널 사랑해'라고 말하고 싶었는데 그 말이 나와버렸다.

루치아는 잠깐 바다, 하늘, 모래, 산을 둘러보며 그것들을 증인으로 부른다. 이윽고 소년의 눈으로 돌아온다. 눈에 갈망이 어려 있다. 진실을 찾는 사람의 깨끗한 눈이다. 두려운데도 두려움에 짓밟히지 않고 삶에 모든 공간을 열어주고 싶어 하는 사람의 연약한 눈이다. 꽃잎이 피는 장미처럼 소년의 가슴에 이마를 대고, 일몰의 정적 속에서 대답한다.

"날 떠나지 마. 난 끝나지 않는 여름이 될 거야."

소년은 삶을 둥글게 감싸 모든 공격과 좌절로부터 보호하려는 듯 두 팔로 루치아를 감싸 안는다. 행복의 주기율표 원소들인 양 시간에서 빠져나온 모든 존재가 루치아의 감각 속으로 들어간다. 모래, 바위, 물결, 바람.

9월이다. 여름이 끝나가고 가을이 움트는 달이다. 바다는 여름과 가을, 두 영혼을 어떻게 담아내야 할지 몰라 두 영혼 모두를 노래한다.

"너의 가장 중요한 부분이 뭔지 말해봐."

루치아가 검은 머리카락을 날리며 불쑥 묻는다.

"갈망, 꿈, 아름다운 것들을 담고 있는 심장이야. 하지만 난 갑옷이 없어."

소년이 대답한다. 하지만 곧 창피한 줄도 모르고 자신의 정수, 삶을 증류해 찌꺼기가 걸러진 자신의 향수를 루치아에게 건네준 것 같아 부끄럽다.

루치아는 웃으면서 자신이 내 갑옷이 되겠다고 한다. 내 갑옷.

그 소년은 바로 나다.

페데리코.

30

돈 피노 신부의 생일날이 돌아왔다. 9월 15일. 슬픔의 성모에게 바친 날이다. 자식의 죽음에 눈물 흘리는 어머니. 그에겐 고통스레 기다려온 날이다.

시간의 모래알이 끝났고, 기도는 앞날을 예기하는 꿈 같다.

당신을 편하게 대하라 했으니 이제 그렇게 하겠습니다.

318

당신 때문에 저는 여인도, 가족도, 자식도 포기했습니다.

당신은 범죄와 잔해와 성인들의 이 불행한 동네를 제게 가족으로 주셨습니다. 그리고 자식들도.

제 옆에 계실 거라 약속하셨습니다.

어디에 계십니까?

그들 안에 계십니까?

당신의 얼굴에 침을 뱉는 자를 어떻게 사랑하란 말입니까?

당신을 죽이려는 자를 어떻게 사랑하란 말입니까?

자신의 적을 사랑하라는 건 정말 미친 짓입니다.

그들은 마지막 말, 그들의 힘을 증명해 보여줄 겁니다.

사람들은 그들과 저를 똑같이 부릅니다. 돈.

돈 주세페 풀리시. 돈 주세페 그라비아노. 우 파리누. 그들도 저처럼 '돈don'이 붙습니다.

사람들이 어디로 간다고 생각하십니까? 힘을 가진 그들일까요, 아니면 책과 말만 가진 저일까요? 군대의 하느님, 전지전능한 하느님?

연약한 침묵의 하느님.

그들을 당신의 친구들로 여기시나요?

그래서 당신은 친구가 별로 없습니다.

친구들은 당신을 버리지 않습니다. 당신은 제게 모든 걸 주셨습니다.

이제 저를 잡아주십시오. 저를 저 높이 데려가, 빛과 공기 사이에서 제 날개를 펴게 해주십시오.

제 어머니가 저를 품에 안고 입맞춤해주었을 때처럼 해주십시오.

제 아버지가 잔뜩 쌓인 수선할 신발들 사이에서 저를 어깨에 태우고 세상을 보여주었을 때처럼 해주십시오. 아버지의 어깨에서 바다도 보였습니다.

저를 당신의 어깨에 태우고 바다를 보여주십시오.

저 위에서는 건너야 할 검푸른 바다도 두렵지 않을 겁니다.

제 안에 천국이 없다 해도, 전 그 안으로 들어갈 겁니다.

죽음은 두렵지 않습니다.

죽는 건 두렵습니다.

당신의 얼굴을 찾으니, 제게 숨기지 말아주십시오.

이제 제 죽음의 시간이 왔습니다.

31

생일날 우리는 우리가 영원히 살지 못한다는 사실을 축하한다.

누군가가 말하길, 스무 살 때의 얼굴은 주어진 것이지만 쉰 살 때의 얼굴은 그동안 어떻게 살아왔는지를 보여준다고 한다. 그는 쉰여섯 살이 되었고, 그의 얼굴은 아주 명확하다. 거뭇한 눈구멍은 피로에 지쳐 움푹 꺼졌고, 미소는 부드럽게 활짝 퍼진다. 이건 사랑과 헌신을 보여준다. 게다가 그의 얼굴은 아직 아이의 얼굴이다.

9월 15일은 어둠의 것이 탈출하지 못하게 만드는 완벽한 빛의 날이다. 소멸되고야 말 짙은 그림자도 보인다. 빛을 제거해 어둠이 승리하지만, 표면적이고 일시적인 승리다.

지상 최고의 시인이 썼듯 파란색이 황금빛 안에서 '황홀하게' 빛난다. 지상에선 아마란스색, 오렌지색, 주홍색, 아이보리색, 라일락색, 아몬드색, 민트색, 산호색 등 자연의 색깔이 다채롭다. 하지만 인간의 도시를 잘 들여다보면 반짝반짝한 에나멜과 부서진 잔해가 천국과 지옥처럼 중첩되어 있다. 엄마가 아이를 쓰다듬어주고 신랑이 신부에게 입맞춤하는 동안 다른 이들이 얼굴, 등짝, 인생을 학살한다.

오후에 루치아와 아이들은 연극 공연 전 리허설을 하느라 분주하다. 흥분, 두려움, 집중이 무대 위에 쌓이면서 시험 직전에 공부했던 걸 모두 잊어버렸다고 생각하는 학생처럼 당혹감이 일어난다. 하지만 아이들이 있을 때는 언제나 판단과 효율성으로부터 자유로운 게임의 활기가 우선한다. 중요한 것은 그곳에 모두 함께 있다는 거다. 공연이 끝난 뒤 돈 피노 신부를 축하해주기 위해 마련한 피자를 기다리며 모두 함께한다는 거다.

"신부님께 깜짝 파티를 해주자. 신부님의 집 근처로 가서「생일 축하합니다」노래를 불러드리는 거야."

다른 아이들도 이미 알고 있는 얘긴데 프란체스코가 수도 없이 설명한다. 입안에서 캐러멜을 돌리며 빨아먹듯 '깜짝 선물'이라는 말을 반복하며 즐거워한다.

"부탁인데, 신부님께 말해서는 절대 안 된다."

루치아가 강조한다.

나는 샤를마뉴 역 외에 피피노 마법사, 일명 돈 피노 역도 맡았다. 나중에 돈 피노 신부님이 피피노 마법사 역을 즉흥적으로 연기하게 될 거다.

토토는 가짜 검으로 시작을 알린다.

어린 롤랑이 필사적으로 소리칩니다.
버려진 성탑 안에
사악한 가늘롱이 롤랑을 가뒀어요.
그 뿔난 못된 배신자가요!
이제 살아갈 희망을 잃고
그 탑 안에서 굶어 죽을 거예요.
하지만 빛이 용사를 깨우고
피피노 마법사가 마법처럼 나타나요.

나는 치아까지 땀에 젖게 하는 가짜 수염을 달고 눈 위까지 내려오는 멀린 마법사 모자를 쓴 채 무대로 들어간다. 대사를 하기도 전에 절로 웃음이 터진다.

"못하겠어. 이 피피노 마법사는 너무 웃겨."

그러자 아이들도 덩달아 한마디씩 내뱉는다.

"그래, 이상한 이름이긴 해!"

"이건 돈 피노 신부님을 놀리는 거야."

"맞아."

루치아가 야단치자 아이들이 곧 차려 자세로 돌아간다.

"마지막 두 시구부터 다시 해, 토토. 그리고 너까지 거들지 마!"

루치아가 날 부르며 말한다.

하지만 빛이 용사를 깨우고

피피노 마법사가 마법처럼 나타나요.

나는 허벅지를 꼬집으며 웃음을 멈추려 애쓴다.

"무서워하지 마라. 애야. 내가 왔다."

"난 당신이 누군지 몰라요. 날 죽이려는 건가요?"

"죽이다니! 이런 수염을 가진 사람이 나쁜 짓을 할 수 있을 것 같니?"

"수염을 믿을 수 있는지 모르겠어요."

어린 롤랑이 몸을 숙인 마법사의 수염을 만진다.

"가늘롱의 손아귀에서 널 구해주러 왔다."

"하지만 여기서 나가 목숨을 구한다 해도 난 도망쳐야 할 거예요."

"아니야, 네가 용기를 내어 친구들에게 도움을 구하면 돼. 친구들과 함께 가늘롱을 함정에 빠뜨리고, 샤를마뉴의 진정한 후계자가 될 수 있을 거다."

"어떻게요?"

"가까이 와보렴."

어린 롤랑이 한쪽 귀를 가까이 가져가자 피피노 마법사가 뭐라고 말하지만 관객은 들을 수 없다. 롤랑의 얼굴이 환해진다. 그 순간 가늘롱이 들어와 마법사와 끔찍한 결투를 벌인다.

"도망가, 롤랑. 도망가. 난 걱정하지 마라. 늘 함께 있을 거야."

롤랑이 주저한다.

"가, 모든 걸 헛수고로 만들지 말고 말해준 대로 해."

어린 롤랑이 무대에서 나간다.

결투는 계속되고 가늘롱이 기사의 갑옷을 뚫을 무기 하나 없이 오직 지팡이로 무장한 늙은 마법사를 찌른다.

가늘롱이 롤랑을 쫓아 무대 밖으로 나간다.

마법사의 몸이 무대 한가운데에 무기력하게 누워 있다.

아이들은 마법사가 정말 죽기라도 한 듯 조용히 그를 바라본다.

"아주 잘했어! 이때 빛이 꺼지고 피피노는 무대에서 나가는 거야. 롤랑이 친구들을 불러 모으고, 마법사가 해준 말을 친구들에게 해줘. 친구들은 놀라고 흥분하며 롤랑을 따라가. 그러면 관객은 점점 더 호기심을 보이며 무슨 계획인지 알고 싶을 거야."

늑대 무리가 더는 먹이를 찾아내어 사냥하고 송곳니를 박아 영양분을 섭취하지 못할 때, 힘을 잃은 늑대 무리가 자신들의 사냥터와 소굴을 잃었을 때 무리에서 가장 약한 늑대를 살육한다. 늑대 무리는 자신들의 고기를 먹는 거다. 늑대 인간들도 같은 식으로 행동한다. 자신이 강하다는 걸 느끼기 위해 가까이 있는 사람을 희생시킨다. 늑대 인간들은 가장 약한 자를 선택한다. 그렇게 지배권과 힘을 얻는다. 하지만 인간들 사이에서 가장 약한 자의 희생은, 무관심하거나 겁이 나서 멀찌감치 떨어져 있던 사람을 일깨운다. 약자의 희생이 약자를 먹어치운 늑대 인간들보다 더 많은 사람들을 살린다. 9월 15일, 배고픈 늑대 무리가 배를 채워줄 먹이를 찾아 브란카치오를 어슬렁거린다.

돈 피노는 늦게 도착한다. 결혼을 앞둔 커플들이 30분 전부터 그를 기다리고 있다. 평소와 다름없는 하루다. 이미 두 커플의 결혼식을 집전했고, 하존 거리에 있는 장소를 부지로 달라고 요청하기 위해 아퀼레 건물에서 열린 회의에 참석했다.

"늦어서 미안합니다."

"태어났을 때도 이렇게 늦으셨나요?"

"당신은 농담이지만, 호적부에 내 출생일이 실수로 9월 24일로 적혔는데, 난 15일에 태어났잖습니까? 9일을 보너스로 받은 셈이죠. 그 때문에 늘 늦습니다."

"보너스는 얼마 전에 다 써버리신 걸로 아는데요……."

돈 피노는 감사한 마음으로 침착하게 그들을 쳐다본다. 혼인성사를 받게 하기 위해 몇 달 동안 그들을 쫓아다녔고 이제 혼인성사가 임박했다.

돈 피노 신부가 생각에 잠겼다가 말한다.

"중요한 것은 살 집도 피로연도 아닙니다. 여러분 둘이서 그리스도가 되는 것입니다. 그리스도의 삶이 여러분 안에 들어오고, 그 순간부터 여러분의 사랑은 죽을 때까지 다시 생겨납니다. 마법이 아닙니다. 여러분이 사랑하며 살아간다면 실제로 일어나는 일입니다."

미래의 신랑 신부는 지치지 않는 사랑을 꿈꾸는 사람의 눈으로 돈 피노의 말을 듣는다.

"약하고, 불완전하고, 실패하기 쉽지만 인간적인 사랑을 나누며 산다면 여러분의 결혼은 천국의 한자리가 될 수 있습니다. 많은 경우 결혼 생활에도 지옥이 있습니다……. 하지만 여러분의 경우는 아닐 겁니다. 여러분이 사랑하지 않는다면 지옥입니다.

여러분, 제게 사랑하며 살겠다고 약속하겠습니까?"

"물론입니다. 안 그러면 저희가 이곳에 왔겠습니까?"

한 청년이 대답한다. 청년은 돈 피노 신부에게 다가와 귀에 대고 뭐라 속삭이며 신부의 재킷 주머니에 봉투를 넣는다.

"이것은 파드레 노스트로 센터를 위한 저희 부부의 헌금입니다. 많지는 않지만, 제가 일해서 번 돈입니다."

돈 피노 신부가 청년을 껴안는다.

"고맙네, 아들이여. 이렇게 작은 것들이 모여 우리는 큰일을 만들고 있는 걸세. 몬레알레의 모자이크처럼 조금씩 모으면 머잖아 3억 리라를 마련할 수 있을 걸세."

"어느 정도 마련됐습니까?"

"반 이상 마련됐어. 하지만 성당 공사는 중단됐네. 시가 압력에 굴복한 걸로 알아. 어떻게 해야 할까?"

돈 피노의 말은 중단된다. 돈 피노 신부가 그동안 갖은 노력, 미소, 견책을 아끼지 않았던 젊은 커플들이 갑작스레 생일 축하 노래를 부르며 그의 질문을 덮어버린다. 디저트인 카놀리와 카사티네가 담긴 쟁반을 들고 친한 친구들이 합류한다. 카사티네 하나에 촛불 하나가 꽂혀 있다. 돈 피노는 편안한 항구 같은 미소를 지으며 케이크를 바라본다.

그들을 바라본다.

"고맙습니다."

돈 피노는 자신의 쉰여섯 살 생일 촛불을 끈다.

하늘에는 달빛 한 점 없다. 다음 날 새 달이 뜰 것이다. 하늘엔 별들만 반짝이고, 아직 완전히 캄캄해지지 않은 어둠을 자동차 헤드라이트 불빛이 밝힌다. 밤이 이미 바다를 먹물로 물들였고 거대한 항구를 조용히 쓰다듬는다. 항구의 불빛이 첫 별들에 화답한다. 무슨 일이든 일어날 수 있을 것 같다. 그 검은 바다에서 사이렌이나 트리톤이나 바다 괴물의 모습으로 뭔가 튀어나올 듯하다.

배고픈 늑대처럼, 지방 종말론의 기사들처럼 그 어둠 속에서 네 명이 튀어나온다. 어둠 속에 웅크리고 있던 악마의 무리다. 그들이 시로코의 신과 함께 빚을 갚으러 달려간다. 바다가 움직임을 늦추고 대리석같이 잔잔해지며 브란카치오의 인적 없는 거리와 키 작은 남자의 가벼운 발걸음 사이에서 벌어지는 악마의 잔치 소리를 들으려 한다. 노란 가로등 불빛이 희미하게 어둠을 밝히며 가는 길을 겨우 보여준다. 악마들이 신의 일꾼의 길을 막고, 박살내고, 짓밟고, 으깨고, 구멍 내고, 그의 계획을 무산시키러 앞으로 나아간다. 그의 뼈를 산산조각 내러. 그의 근육을 끊어놓으러. 그의 눈을 빼내러. 그의 살 속에 쇳조각을 박으러. 그의 입을 막으러. 그의 심장을 멈추게 하러. 생일 파티를 해주러 나아간다.

긴장을 풀려고 줄담배를 피운다. 사제의 발걸음을 쫓아가다가 적절한 순간에 붙잡고 총을 쏴야 한다. 그 기회는 한순간이다. 그의 움직임, 발걸음, 행동에 특별한 것이 없기 때문이다. 사제는 동네 길을 따라 혼자 집으로 돌아가다가 공중전화 부스 안으로 들어간다.

"빨리 해치우자."

우 투르코가 말한다.

"오토바이 없이?"

사냥꾼이 묻는다.

"오토바이가 왜 필요해? 혼자잖아. 강도같이 꾸미면 돼."

그들은 창고로 급히 들어간다. 사냥꾼은 무기를 세심히 점검한다. 7.65구경이면 충분하다. 평소에 쓰는 엽총이나 38구경 혹은 357구경 권총은 필요 없다. 생일 축하로 아주 작은 초 하나면 충분하다.

그가 쏘게 될 거다.

잠시, 그를 왜 죽여야 하는지 궁금하다. 대답은 하나다. 명령을 받았기 때문이다.

훔친 자동차가 아니라 평소에 사용하는 자동차를 탄다. 장난거리다. 마피아 역사에서 가장 냉정한 저격조에 비하면 너무나 쉬운 일이다. 성난 폭도처럼 반항심이 생기는 이 나약함은 도대체 뭘까?

"마리아, 내 말 잘 들어요. 당신은 일자리를 찾아야 해. 당분간 지낼 돈을 주겠어. 하지만 매춘을 그만두겠다고 약속해줘. 아니 마리아, 약속을 해줘야 해. 이제는, 그래 이제는. 프란체스코를 위해 그렇게 해야 해. 아니, 울지 마. 내 말 잘 들어! 내가 알려준 센터로 가. 그곳에서 지내며 먹고살 수 있어. 당신이 일자리를 찾도록 센터에서 도와줄 거야. 당신에게 줄 헌금을 받았어. 다음 번에 봉투를 갖다 줄게. 당신이 일자리를 찾을 때까지 돈은 충분할 거야. 당신은 할 수 있어. 당신은 강한 여자야. 멋진 아들을 둔 멋진 어머니지. 이제 그만 전화 끊을게. 울지 마. 내가 늘 옆에 있어. 두고 봐, 모두 잘될 테니까."

신부가 공중전화 부스에서 나온다. 그가 만난 마지막 사람은 리카르도다. 리카르도가 생일 축하 인사를 하며 양쪽 볼에 입맞춤한다.

"돈 피노 신부님도 늙었네요!"

"무슨 소리야, 아직 소년인데."

"생일 축하해요, 신부님."

리카르도가 눈을 찡긋하고 멀리 달려간다.

차 두 대로 그들이 신부를 기다린다. 담배 연기가 날아가고 재를 털기 위해 팔을 창문 밖으로 내밀고 있다. 차 한 대에 두 사람이 탔고, 나머지 한 대에 그들을 도우러 또 한 사람이 탔다. 두 남자가 차를 운전하지 않고 동시에 내린다. 이제 집 문 가까이 오자 돈 피노는 가방에서 열쇠를 찾지만 미처 문을 열지 못한다.

처음 보는 남자가 그의 앞을 가로막는다. 무슨 일이냐고 물으려는데 남자가 먼저 말을 꺼낸다.

"신부님, 강도를 만난 겁니다!"

"기다렸소."

돈 피노 신부가 그에게 미소를 보낸다.

신부 옆으로 다가선 사냥꾼이 20센티미터 거리에서 총을 쏜다. 상대의 얼굴을 마주 볼 용기가 없다. 하지만 비켜선 위치에서도 신부의 미소가 보인다.

신부의 마지막 말.

그의 삶을 마감하는 말이다.

신부가 말했다.

"기다렸소."

1993년 9월 15일 20시 40분에 돈 피노는 준비가 되었다고 말했다.

그리고 웃었다.

이것이 마지막 말이다.

그는 죽음을 기다렸다.

약속 장소에 나온 사람, 오랜 기다림 끝에 방문을 받은 사람처럼 기다렸다.

그는 미소를 지으며 죽는다.

그는 두 사람을 살인자가 아니라 두 아들로 본다. 오랜만에 멀리서 돌아오는 아들을 마중하러 달려 나가는 아버지처럼 미소를 지으며 그들을 기다렸다. 신부는 그들을 통해서 본다. 그들 너머를 본다. 그 시선 속에서 그들은 어린 시절의 자신을 본다. 사냥꾼은 곱슬머리라는 별명을 가졌다. 어머니가 그를 곱슬머리라는 애칭으로 불렀다. 신부가 어린 시절을 떠올리게 한다. 그 미소가 그에게 말한다. 당신은 이런 짓을 할 사람이 아니야. 이건 당신이 아니야. 그 미소는 살인자에게 가할 수 있는 가장 잔인한 형벌이다. 사냥꾼은 더 이상 밤에 잠을 이룰 수 없을 거다. 죄를 짓고 벌을 받으려는데 도리어 용서를 받게 되는 경우다.

돈 피노는 이제 그를 기다리고 있던 사람을 본다.

그의 일거수일투족을 지켜봐온 사람을 본다.

왕의 거대한 날개가 훨훨 날아오르듯 그를 짓눌렀던 무게가 떨어져나가는 걸 느낀다.

신을 본다. 신의 얼굴을 마주 본다. 신이 미소 짓는다.

7.65구경 반자동 권총이 목덜미에서 20센티미터 되는 거리에서 발사된다. 수준 낮은 도둑이 쓰는 아마추어용 권총이다. 그렇게 가까운 거리에서는 충분히 잘 나간다.

총알이 목덜미를 터뜨리고 영혼에 탈출구를 준다.

돈 피노는 쓰러지며 입술로 길에 키스한다. 쓴 피 맛이 먼지 맛과 섞인다.

그들이 신부의 가방을 뺏는다. 절망에 빠진 사람이 강도짓을 한 것처럼 보여야 한다.

신부의 몸이 바닥에 엎어져 있다. 거의 9시다.

무리는 운송 회사 창고로 들어간다. 영혼을 저세상으로 보내는 사람에겐 최적의 장소다. 사냥꾼의 손이 떨린다. 권총을 버리고 신부의 가방을 연다.

"이번엔 우리가 그에게 축복을 해줬어."

봉투가 보인다. 5만 리라와 축하 쪽지가 들어 있다.

'다른 사람들이 우리를 손가락질할 때 아버지처럼 우리를 대해주신 돈 피노 신부님께. 생일을 축하드립니다.'

"아니, 우리가 멋진 생일 선물을 해줬어. 여기를 봐!"

가방 안에 두툼한 돈 봉투가 또 하나 있다. '마리아에게'라고 적혀 있다.

사냥꾼은 보이지 않게 주머니에 그 봉투를 넣는다. 페데리코의 영국 연수 수강료다.

다른 건 없다. 비밀 쪽지, 경찰과 공조한 흔적, 경찰과의 계약서 따위는 없다. 아무것도 없다. 지폐 몇 장, 운전면허증, 생일 축하 카드가 전부다.

다른 남자가 운전면허증에서 인지들을 떼어낸다.

"이건 언제나 쓸모가 있어."

각자 하나씩 인지를 나눈다.

그들은 만족해하며 웃는다. 맥주를 마신다. 긴장해서 이마에 송송 밴 식은땀을 차가운 맥주가 식혀준다.

"이제 담배 가게 차례야."

열이 나 떨며 사냥꾼이 말한다.

"멋진 밤인데! 우리가 뭘 해야 한다고?"

"담배 가게를 불태워야 해."

무리는 아직도 배가 고프다. 방금 희생된 먹이는 너무 약하다. 좀 더 큰 희생자가 필요하다. 늑대 무리는 마피아 역사에서 지금까지 못했던 것을 시도하려 한다. 로마 올림픽 경기장 앞에서 고성능 폭탄이 장착된 자동차를 경기가 끝나고 나올 때 폭파시키는 거다. 국가라는 종이 우상을 한 방 먹이는 거다. 국가는 언제나 과거이고, 그들이 현재요 미래다.

32

아니타 가리발디 광장의 침묵 속에서 공기가 멈춰 있다. 목덜미 상처에서 흘러나오는 피처럼 일 분 일 분이 천천히 흐르고, 의식이 뚝뚝 떨어지며 생명의 마지막 리듬을 다하고 있다. 마지막 몇 초 동안 의식이 너무나 또렷하다.

죽기 직전에 사람이 애석해하는 것은 다섯 가지다. 살아생전엔 중요하다고 생각했던 것들이 아니다. 우리가 애석해하는 건 여행사 진열장에 전시된 여행이 아니다. 새 차도, 꿈꾸던 여자나 남자도, 높은 연봉도 아니다. 아니, 죽음의 순간에 모든 것이 마침내 현실로 다가온다. 죽음의 순간에 우리가 애석해하는 다섯 가지는 삶에 있어야 했던 소중한 것들이다.

첫 번째로 애석한 점은 우리의 성향에 따라 산 것이 아니라 다른 사람들의 기대감에 갇혀 살았다는 거다. 남에게 호감을 줄 수 있는 가면, 아니 그럴 거라 믿었던 가면을 벗어버려야 했다. 유행에 따라, 혹은 지금까지 받은 상처에 대한 분노를 치유해줄 거라고 믿었던 우리의 잘못된 기대감에 의해 만들어진 가면이다. 사랑받는 것이 아니라 남에게 호감을 주는 것에 만족하는 사람의 가면.

두 번째로 애석한 점은 경쟁이나 결과물 때문에, 혹은 우리의 머릿속에만 있는 것이기에 결코 오지 않았던 어떤 것을 좇아서 여러 가지 관계를 무시하고 너무 열심히 일했다는 거다. 모두에게 사과하고 싶지만 이제 시간이 없다.

세 번째로 우리는 진실을 말할 용기를 내지 못했던 것을 애석해할 거다. 옆에 있는 사람에게 '사랑해', 자식들에게 '네가 자랑스럽다', 잘못을 저질렀을 때나 혹은 우리 생각이 옳았을 때도 '미안해'라고 말하지 못했던 것을 후회할 거다. 우리는 진실보다 썩어 문드러질 원한과 긴 침묵을 더 원했다.

그리고 사랑하는 사람과 더 많은 시간을 함께 보내지 못한 것을 애석해할 거다. 우리는 늘 가까이 있기 때문에 정작 옆에 있는 사람에게 신경을 쓰지 못했다. 고통은 가끔 그 무엇도 영원할 수 없다는 사실을 상기시켜주지만 우리는 우리가 영원히 살 것처럼 그 고통을 과소평가하며 무기한 연기하고, 중요한 것보다 급한 것을 우선시한다. 우리는 삶의 고독을 어떻게 견뎌냈을까? 우리는 고독을 조금씩 마셔왔기 때문에 고독을 견뎠다. 마치 독을 조금씩 마셔서 치사량을 견뎌낼 수 있는 것처럼. 우리는 아주 사소하고 달콤한 대용품으로 고통을 억누르고, 전화 한 통화를 걸어 어떻게 지내냐고 묻지 못했다.

마지막으로 우리는 더 행복하지 못했던 것을 애석해할 거다. 우리 안팎에 있는 것을 꽃피우기만 하면 되었는데, 우리는 습관과 나태와 이기심에 짓눌려 시인처럼 사랑하지 못했고 과학자처럼 많은 것을 인식하지 못했다. 아이가 지도에서 보는 것, 보물을 세상에서 찾아내지 못했다. 청소년이 몸이 단단해져가면서 느끼는 것, 미래에 대한 기대를 찾아내지 못했다. 청년이 자신의 삶을 긍정하면서 기대하는 것, 사랑을 찾아내지 못했다.

돈 피노는 그중 어느 것도 애석해하지 않는다. 사랑하면서 그 모든 것을 가졌다. 그에게 모든 것은 이미 현실이었다. 그 때문에 죽음의 문턱을 넘어가는 순간에도 미소를 짓는다. 애석한 점이 하나 있다. 그의 도시, 동네, 친구들, 아이들을 떠나야 하는 것이다. 그 얼굴들이 그립다. 이렇게 아무 말 없이 떠나면서 그들에게 줄 고통이 생각난다. 마리아, 루치아, 프란체스코, 토토, 페데리코, 다리오, 세레나, 옛 제자들, 올해 만나게 될 학생들, 그리고 모든 사람들. 이젠 그 이름이 가물가물하다. 불이 난 것처럼 뇌가 따끔거리고 고통이 심장을 쥐어짠다. 죽음에 붙들린 순간, 빛이 아주 천천히 다가오는 걸 느낀다. 그가 준 사랑은 그대로 남아 영원히 파괴되지 않고 계속될 거다. 왜냐하면 그 사랑은 그에게서 나온 것이 아니라 깨끗한 운하처럼 그를 통해서 흐르기 때문이다. 학생 시절 격언 노트의 첫 페이지 맨 위에 썼던 문구가 기억난다. '사제, 신과 인간을 연결하는 고리.' 팔다리가 떨어져나가는 것 같더니 이제 조금씩 힘이 풀리고 감각을 되살리려 해도 소용없다.

그가 마지막으로 느끼는 것은 바다 소리, 그가 사랑한 도시가 품고 있는 냄새다. 여섯 살 때 폭탄이 팔레르모에 떨어졌다. 그때처럼 그 거리를 떠나야 한다. 전체가 항구이고 고통 어린 갈망이 있는 곳을. 그 역시 목적지에 왔다. 아니, 다시 떠나고 있다. 심장이 느려진다. 그의 고통 어린 갈망도 퇴색한다.

이제 그는 모든 패러독스가 사라진 곳으로 들어간다.

신에게로, 신의 품으로, 모든 갈망이 이루어지고 갈망의 대상이 되는 곳으로 들어간다. 고통 없는 곳. 모든 출발이 도착이고, 모든 도착이 출발인 곳. 고통이 없는 곳.

시간의 모래알이 다 떨어졌다. 두려움이 끝났다.

애석해할 것이 하나도 없다. 모두 주었고 모두 받았기 때문이다.

더위 푹푹 찌는 길에 물을 흐르게 하고, 도시 시멘트에서 나무가 자라게 하고, 거리에서 하늘을 보게 하고, 지옥에서 천국을 보게 하려고 노력했다.

어머니와 아버지의 얼굴이 다시 보인다. 그에게 미소 지으며 그의 손을 양쪽에서 잡고 어렸을 때처럼 붕 높이 뛰게 해준다.

매번 더 높이 뛰게 흔들어준다.

세상에서의 공연과 지옥의 웃음이 끝난다.

꿈과 피가 교차된 세계가 가라앉는다.

하나의 역사와 그 순간이 완성된다.

갑작스런 죽음은 작별 인사 없이 떠나는 유일한 방법이다. 남아 있는 모든 것을 신에게 맡긴다.

마지막 시선은 별이 총총 박힌 하늘로 향한다. 빛이 제때에 우리 눈에 도착하지 못할 정도로 창조주의 손을 향해 은하수가 빠르게 움직인다. 그는 힘없이 두 팔을 벌린다.

이제 그가 그토록 갈망했던 모든 것이 영원히 그의 것이다.

33

어린 소녀가 돈 피노의 영혼이 떠난 몸으로 다가간다. 리허설을 마쳐가고 있는 다른 아이들을 제치고 자신과 인형이 제일 먼저 신부를 만나고 싶었다. 그날 행사를 위해 옷도 예쁘게 입었다. 달 없는 밤이 무섭지 않다. 그날은 어떤 일도 일어날 수 없는 돈 피노의 생일이기 때문이다. 아이에게서 좋은 냄새가 나고 눈이 반짝반짝 빛난다. 가는 길을 외워 알고 있다. 돈 피노의 집 앞에 도착한 소녀는 피를 흘리며 바닥에 쓰러져 있는 신부를 본다. 자기 아버지처럼 신부가 잠을 자고 있는 게 아니라는 걸 안다. 깨어나지 않을 거다. 바다 건너편으로 갔다. 모든 기찻길이 끝나

는 곳으로 갔다. 소녀는 돈 피노 옆에 앉는다. 머리에 한 손을 얹
고 아무 말 없이 쓰다듬는다. 조그만 손이 피로 젖는다. 신부가
미소 짓고 있다. 소녀는 밤처럼 까만 눈으로 화답한다. 소녀의
눈물이 바다와 닮았다. 그들이 또 한 명의 아버지를 데려갔다.

그 무엇도 침묵을 깨뜨릴 수 없을 듯하다.

갑자기 비명 소리가 침묵을 둘로 가른다.

멀리서 들려오는 파도 소리가 부랑자 무리처럼 으르렁대고,
금속 같은 하늘에 떠 있는 구름이 할퀸 상처 같다.

이류 경찰관 밈모가 입에 담배를 문 채 나온다. 몸을 굽혀 움
직이지 않는 몸, 힘없이 축 처진 팔, 죽음의 문이 아닌 집 문을 열
려고 손에 들었던 열쇠를 살핀다.

그 옆에 인형이 누워 유리 눈으로 아무런 대답도 질문도 없이
그를 빤히 쳐다본다. 발치께에서 조금 떨어진 곳에 어린 소녀가
앉아 있다.

"이름이 뭐니?"

소녀가 밤 속으로 도망친다.

루치아와 소년, 그리고 아이들이 왔을 때 돈 피노는 그 자리에
없었다.

"신부님이 아파서 병원으로 데려갔대."

"그런데 바닥에 피가 있는데?"

프란체스코가 묻는다.

"넘어지면서 머리를 부딪혔나 봐."

"항상 머리를 꼿꼿이 들고 다녀라."

"무슨 말이야?"

"항상 머리를 꼿꼿이 들고 다녀라."

"무슨 뜻이냐고?"

"항상 머리를 꼿꼿이 들고 다녀라."

"그게 무슨 상관이야?"

"피피노 마법사가 롤랑의 귀에 대고 하는 말이야."

프란체스코가 대답한다. 프란체스코가 달려간다. 병원이 어딘지 잘 모르지만 그 근처다.

다른 아이들도 프란체스코를 따라간다. 어딘가로 떼 지어 달려가는 아이들을 사람들이 창밖으로 얼굴을 내밀고 지켜본다.

34

부검을 하기 위해 간이침대에 그를 내려놓는다.

이제 막 밤이 절반쯤 지났고 악마들은 모두 거리에 있다.

한 도시를 알려면 사람들이 그곳에서 어떻게 일하고 사랑하는지 관찰해봐야 한다고 누군가가 말했다. 특히 그곳에서 어떻게 죽는지 관찰해봐야 한다. 누구도 그녀보다 그 사실을 더 잘 알지 못한다. 그녀는 죽음에 대해 상세히 알고 있다. 부검을 하는 여의사는 시체를 살피며 도시 전체를 본다.

아직 경직이 일어나지 않았고 체온이 점차 떨어지고 있다. 오른쪽 귀에서 피가 흐르고 왼쪽 후두부에서 테두리에 혈반이 생긴 구멍이 보인다.

총알은 머릿속에 박혀서 얼굴 모양을 바꿔놓았다. 정수리, 측두부, 후두부가 부어 있다. 뇌가 크게 흔들리며 소음 권총에서 발사된 총알을 잡았다. 쇳조각이 얼굴 모양을 바꿔놓았다.

변형된 얼굴에서 그가 남긴 마지막 것, 마지막 유언이 나타난다. 미소.

여의사는 폭력을 당해 죽은 사람에게서 그런 미소를 본 적이 없다. 폭력이 패배했음을, 그의 희생으로 폭력의 가면이 벗겨졌음을 확인한다. 가장 약한 자에게 행한 약한 폭력이다.

그 미소가 폭력을 잠재운다.

그와 동시에 화재가 도시 일부를 집어삼킨다. 사나운 불길이 빠르게 번진다. 담배 가게를 잿더미로 만든다. 그 지역 신들의 가혹한 요구에 응하지 않은 누군가의 꿈을 모두 불살라버린다.

악마의 잔치가 점점 더 광란으로 빠져들고, 그들의 무질서한 춤이 또 다른 불놀이와 죽음으로 밤거리를 더럽힌다. 소름끼치는 죽음의 춤에 짓밟힌 빛은 흐느끼며 역사의 모든 희생자의 얼굴을 드러내길 멈추지 않는다.

사냥꾼은 쓴웃음을 짓는다. 그가 죽인 남자가 웃으며 죽었다.

35

장례식장에 아이들이 모여 있다.

나는 몸을 숙여 돈 피노의 몸을 바라본다. 생명이 빠져나간 지금도 웃고 있다. 너무나 많은 질문이 남는다. 너무나 일찍 가버린 그가 밉다.

당신은 제 심장과 머리 사이의 공간을 열어주었습니다.

당신은 자신이 약하다는 걸 아는 사람의 용기가 무엇인지 보여주었습니다. 당신은 제 눈에서 권태의 비늘을 떼어주었습니다. 당신은 저의 스승이자 친구였습니다.

나는 그의 가슴 위에 머리를 대고 그 크기를 재본다. 그는 팔레르모만큼 넓은 가슴을 가졌다. 나는 아버지를 잃은 아이처럼 운다.

시선을 들어 다른 아이들, 진짜 아이들을 바라본다. 어떤 아버지도 한평생 그렇게 많은 아이를 가질 수 없다. 그의 죽음 앞에 아이들이 모두 한자리에 모여 있다. 망자가 일어나 다시 걸어 다니기를 기대하며 조용히 모여 있다. 좀 더 큰 아이들만 눈물을 흘리고, 어린 아이들은 그가 어디 갔느냐고 묻지만 천국에 있다는 말을 곧이들으려 하지 않는다. 그를 만나러 가기 위해, 혹은 전화라도 하기 위해 그가 어디 있는지 알고 싶어 한다. 리카르도는 눈물 없이 그를 뚫어져라 바라본다. 천국에 가려면 어떤 길을 가야 하는지 돈 피노 신부가 보여주었기 때문이다. 리카르도는 아무 말 없이 자리를 떠난다.

프란체스코는 피노 신부의 손을 잡고 떨어지지 않는다.

"기적을 보여주겠다고 약속했잖아요. 약속은 지켜야죠. 지켜야죠!"

프란체스코가 또다시 소리친다.

토토는 두 팔을 모으고 머리를 숙인 채 안경 안에서 눈물을 흘린다. 그러더니 내게로 다가와 묻는다.

"왜 하느님은 사람들이 죽고 다시 태어나게 하면서도 지금 있는 사람들을 보살피지 않는 거예요?"

부서진 화병 파편 같은 아이들을 바라보며 나는 대답을 찾지 못한다. 부서진 파편들을 다시 맞춰 원래의 화병으로 복구하자면 더 많은 사랑이 필요하다. 복구된 화병은 삶과 더 닮은, 설명할 수 없는 새로운 아름다움을 갖게 된다. 부서진 조각에서 아름다움을 볼 줄 아는 누군가가 필요하다. 나는 아이들을 한 명, 한 명 바라본다. 우리는 모두 한 아버지를 잃은 고아다. 그의 부성은 혈연을 넘어선 것이었지만, 피로 그의 부성을 보여주었다. 거친 바다의 문어처럼 고통에서 나온 기억들이 내 마음을 움켜잡고, 움직일 때마다 살점이 찢긴다.

돈 피노 신부님이 교실로 들어왔을 때 우리는 뭔가 새롭고 놀라운 것에 목말라 있었다. 다른 선생님들은 교과 과정을 따라갔다. 그에게 교과 과정은 우리였다. 우리 생활과 우리의 질문이 교과 과정이었다. 그가 거부한 질문은 없었다. 성경 문장을 읽으면서 모든 수업을 시작했고, 읽었던 내용과 관련해 우리가 어떤 경험을 갖고 있느냐고 물었다.

그리스도 옆 십자가에서 죽은, 살인까지 저지른 도둑에 대해 돈 피노 신부님이 말했던 기억이 난다. 도둑은 그리스도에게 그의 왕국에 들어갈 때 자신을 기억해달라고 부탁했고, 이미 천국에 자리를 얻었다는 확약을 받았다.

"천국에 있다고 확신할 수 있는 유일한 사람이다."

"도둑에 살인자인데요?"

내가 반문했다.

"그래, 하지만 다른 사람들과 달리 그는 그리스도의 결백과 자신의 죄를 인정한 사람이다. 자신과 같은 고통을 겪으면서도 옆에서 평온하게 죽어가는 남자에게 자신을 기억해달라고 요구한 거야."

"예수님은 너무 선량하시네요. 도둑에게 영광스런 자리를 선물하잖아요……."

"도둑으로서는 손색이 없었어. 천국을 훔쳤잖니……."

돈 피노 신부님이 반박했다. 우리는 한참 웃었지만 그의 말은 단순한 대답이 아니었다.

"도둑은 살인자였다. 그의 죄 때문에 십자가형을 받았지. 그의 행동의 결과로 하느님 옆에 있게 된 거야. 악의 늪을 헤매다가 받아 마땅한 벌을 받은 건데, 그곳에서 평화와 용서를 얻은 거지."

그는 우리에게 해답을 주지 않았지만, 그의 말은 가슴속 깊이 박혔다. 앞으로 우리가 살아가는 동안 가슴속에 남게 되었다.

우리가 섹스에 대해 말했던 때가 기억난다. 그렇다, 신부님과 교실에서 그런 대화를 했다.

"육체가 영혼을 담는 것이 아니라 그 반대란다. 애무를 할 때나 미소 지을 때를 생각해보렴. 영혼이 담기지 않는다면 애무를 하거나 눈웃음을 칠 수 있을까?"

그가 잠시 침묵하는 동안 우리는 곰곰이 생각해보았고, 이윽고 그는 이렇게 덧붙였다.

"우리가 영혼을 쫓아내면 육체는 고아가 되고, 몸짓은 가면을 쓰게 돼."

그는 정치적 성향이 다른 신문들을 모두 읽어주었다. 기사를 실마리 삼아 이야기를 시작했다. 현실을 보고 뒤로 물러나지 않았으며, 가장 불편한 것들에 관심을 아끼지 않았다. 교실에 세상을 가져왔고, 다른 선생님들처럼 세상을 배제하려 하지 않았다. 내가 어른들에게서 좀처럼 보기 힘들었던 용기를 갖고 있었다.

나는 좋아하는 프로그램만 리모컨을 눌러대는 사람처럼 세상을 지나치게 선명한 대립으로 본다. 돈 피노 신부님처럼 이 지역과 이 도시를 사랑할 수 있는 사람이 있을까? 돈 피노 신부님만큼 큰 가슴을 가진 사람, 만나는 모든 사람을 껴안아주고 그들의 인생을 바꾸어준 사람은 없다.

당신을 혼자 두지 않을 겁니다. 제게 그걸 부탁했잖아요. 절대 당신을 혼자 두지 않을 겁니다.

사랑을 떼어주고 지옥을 품으라고 말씀하셨죠, 돈 피노 신부님.

사랑을 베풀고 지옥이 아닌 것을 품어라.

사랑은 죽음으로부터 삶을 지키는 거다. 갖가지 죽음으로부터. 당신의 말이 자꾸 떠오릅니다. 벌써 당신이 그립습니다.

날 혼자 두지 마라. 날 떠나지 마라.

이윽고 누구도 예상치 못했던 일이 일어난다.

아이들이 돈 피노 신부님을 빙 둘러싼다.

조용한 가운데 토토가 갑자기 시작한다. 대사를 읊조리자 한 명씩 자신이 맡은 역을 연기한다.

가면도, 무대 의상도 없다. 그럴 필요가 없기 때문이다.

생일을 맞은 돈 피노 신부님이 단 한 명뿐인 자신들의 관객이라는 사실이 아이들에게는 중요하다.

가늘롱의 칼은 용감한 롤랑에 대항해
아무것도 할 수 없어요.
머리를 쓰지 않는 팔은 아무것도 못하죠,
용감한 소년을 무찌를 수 없어요,
친구들과 계획이 있거든요,
피피노 마법사 할아버지가 도와줄 거예요.
깜짝 놀랄 준비 하세요.
누가 승리할까요, 누가 패배할까요?

돈 피노 신부의 웃는 얼굴이 행복은 삶을 연장하는 데 있는 것이 아니라 삶을 확장하는 데 있다는 사실을 인정하고 보여주는 듯하다.

36

마리아가 아들을 찾아온다. 프란체스코는 돈 피노 신부에게서 떨어지려 하지 않는다.
프란체스코는 친구가 금방이라도 눈을 뜰 것 같아 관 테두리를 두 손으로 움켜잡은 채 서 있다.
"장난인 것 같아."

마리아가 침묵한다.

"웃고 있는 거 보이지 않아?"

루치아가 고개를 젓는다. 그제야 아이는 엄마의 품안에 뛰어들어 눈물을 참지 못하고 흐느낀다.

"신부님은 돌아올 거야. 난 알아. 반드시 돌아올 거야."

마리아가 아들을 쓰다듬으며 가슴에 꼭 안는다. 돈 피노의 얼굴을 바라보며 그의 전화 목소리를 다시금 떠올린다. 사형 선고를 받은 사람이 마지막으로 전화한 대상이 바로 그녀였다. 그의 마지막 소망이었다.

프란체스코는 돌연 엄마에게서 떨어지더니 주머니에서 봉투를 꺼내 엄마에게 건넨다. '마리아에게'라고 적혀 있다.

"누가 이걸 줬니?"

"모르겠어. 곱슬머리 아저씨였어. 엄마에게 주랬어."

그 봉투는 기대하지 않았던 유언장이나 마찬가지다.

마리아도 더는 슬픔을 참을 수 없어 눈물을 터뜨리며 웃는다. 다시 아들을 낳기라도 한 듯 아들을 더욱 꼭 끌어안는다. 내부에서 성장하던 또 다른 어머니를 아들에게 보여준다.

모자이크에서 빠진 조각 하나는 다리오다. 다리오는 다른 아이들과 함께 달려가지 않았다. 다리오는 혼자 도망쳐 방치된 건물 공사장으로 숨었다. 그곳에 날개를 감춰두었다. 돈 피노 신부가 떠났으니 다리오는 그를 따라가야 한다. 이제 미로에서 다리오를 붙잡아줄 사람은 아무도 없다.

오늘 밤 다리오는 거리로 나서지 않는다. 다시는 미로로 돌아가지 않을 거다. 아이들이 재미 삼아 개를 던졌던 지붕으로 올라가 몸을 앞으로 내민다. 돈 피노 신부와 루치아가 가르쳐준 대로 연 만드는 종이로 부지런히 만들어둔 날개를 입었다. 색칠도 했고 풀로 종이를 잘 연결했다. 눈을 감자 밤바람에 몸이 가벼워지며 어디든 갈 수 있을 것 같다. 움직임을 잘 조정해서 날이 밝을 때 태양에 너무 가까이 다가가지 않도록 조심해야 한다. 파도가 일긴 하지만 바다가 눈앞에 펼쳐져 있다. 다리오의 몸이 어둠 속으로 사라진다. 누구도 다리오가 날아가는 걸 보지 못한다.

리카르도는 한밤중에 개에게 돌멩이를 던지며 놀고 있다가 다리오의 부서진 몸을 발견한다. 천국 가는 길을 따라가는 데 자신도 기여했다는 걸 알기 때문에 눈물이 난다. 개들은 리카르도가 던진 돌멩이를 맞고 컹컹 짖는다. 나쁜 행동이 이렇게 급속도로 커질 줄은 미처 몰랐다.

땅의 침묵과 하늘의 침묵이 서로 녹아드는 듯하다. 도시와 바다의 미스터리가 별들의 미스터리와 합쳐진다. 나는 불모의 바다 앞에 서 있다. 나는 낮에 베인 것처럼 갑자기 해변에서 털썩 무릎을 꿇는다. 나의 땅. 절대 무너지지 않는 뭔가가 내 안으로 내려오는 걸 분명히 피부로 느낀다. 바다가 내 무릎과 발을 적신다. 바다가 낮에 쌓아놓은 모래성을 휩쓸어가듯 날 데려가길 원하지만 나는 저항하고 싶지 않다. 마음이 아프다. 하지만 혼자 남겨두지 않겠다고 약속했다. 입과 얼굴이 모래투성이다. 나의 땅이다. 어떤 맛이 있다. 페트라르카가 틀렸다. 삶에는 영속하는 꿈이 있다.

어린 소녀가 언뜻 움직임이 전혀 없어 보이는 시퍼런 바다 앞
에 조용히 머문다. 즐겨 숨곤 하는 빈 아치에서 바다를 쳐다본
다. 이제 수영을 할 줄 아니까 두려움이 덜하다. 아무 일도 없는
듯 저기 바다가 있고, 별들이 반짝반짝 빛난다. 인형은 어디 갔
을까. 소녀는 벌떡 일어나 걸어간다. 그 무엇도, 그 누구도 소녀
를 붙잡지 않는다. 이 항구에서 소녀는 이제 그 무엇도, 그 누구
도 기다리지 않는다.

37

신문들이 신부에 대해 말한다. 쉰여섯 살. 33년간의 사제 생
활, 브란카치오에서 3년. 기사에 기록된 숫자다.
"자네에게 만족감을 안겨준 살인이야."
차를 운전하는 남자가 말한다.
"우리가 너무 시끄럽게 했나 봐."
다른 남자가 대답한다.
"자초한 일이야."
처음 남자가 그를 안심시킨다.
"잠깐 멈춰봐요. 오줌 좀 싸야겠어."
누치오가 그들의 대화를 중단시킨다.
차가 들판 한가운데에 멈춘다.

누치오는 불에 탄 그루터기 사이로 들어간다. 저녁이 되면서 태양이 사람들과 사물을 잡았던 열기를 푼다.

"오늘 저녁엔 고기 좀 굽자."

"입맛 당기는데?"

누치오가 뒤돌아보지 않은 채 대답한다.

"고기를 구해야 해."

"무슨 고기?"

"양고기."

"양고기? 어디서?"

누치오가 묻는다.

"여기."

"여기 어디?"

누치오는 바지를 올리고 궁금해 뒤돌아본다.

다른 남자가 누치오에게 권총을 겨눈다.

"뭐 하는 거야?"

"넌, 죽어."

총을 쏜다. 들판이 총성을 꿀꺽 삼킨다.

누치오는 땅에 쓰러져 자신이 싼 오줌을 묻혀가며 기어가려 한다.

아버지가 왜 자신을 벌주는지 이해하지 못하는 아이의 무기력한 눈빛이다.

"위에서 받은 명령으로 네 배를 불리는 걸 배웠더군. 마리아의 돈. 상납금을 삥땅했고. 가구점 딸. 복종이 무슨 뜻인지 넌 이해 못했어. 우린 그런 짓을 하는 범죄자들이 아니야."

누치오의 머리채를 잡고 머리를 들어 올린다.

"무슨 소리야? 안 들려! 더 크게 말해봐."

누치오가 무슨 말을 하려 하지만 몇 센티미터 거리에서 또 한 발이 그의 얼굴에 가해지며 하려던 말이 산산조각 난다.

"죽어!"

누치오를 쏜 남자가 소리친다.

이윽고 그들은 누치오를 불태운다. 시체를 자루에 넣어 차 트렁크에 싣는다. 이번에는 누치오가 그에게 내려진 명령에서 1밀리미터도 벗어날 수 없다.

토토가 빨대를 손에 쥐고 조용한 부엌의 허공에다 휘젓는다.

토토가 부엌으로 들어가자 엄마가 웃음을 터뜨린다.

"아들, 미쳤니?"

"지휘하는 거야, 엄마."

토토가 진지하게 대답한다.

"뭘?"

"콘서트."

"악기도 없이?"

"악기들이 안 보여?"

"안 보이는데."

"어떻게 안 보여? 모두 있잖아. 현악기, 타악기……."

"안 들리는데."

"어떻게 그게 안 들린다는 거야? 지금 관악기들이 들어오잖아."

토토가 팔 움직임으로 강조한다.

"모두 네 상상이야."

"아니야. 돈 피노 신부님을 위한 콘서트야."

"슬픈 일이라는 거 알아, 토토. 돈 피노 신부님은 이제 안 계셔."

"하지만 지금 이 앞에서 듣고 있어. 웃고 계셔."

"돈 피노 신부님이 살해당했어요. 이제 누가 심판을 보죠?"

"무슨 심판?"

"축구 시합을 할 때 돈 피노 신부님이 심판을 봤어요."

"심판들은 배신자고 짭새들이야."

"아니에요, 돈 피노 신부님은 훌륭한 분이었어요."

"누군가 다른 사람이 하겠지. 심판을 봐줄 필요가 있나?"

"속임수를 쓰지 않는 심판을 어디서 찾죠?"

"심판 없이도 할 수 있어."

"왜 신부님이 살해당했어요, 아빠? 신부님은 착한 사람 아니었어요?"

"이 도시에 착한 사람은 없어."

"하지만 신부님은 착한 사람 같았는데요."

사냥꾼은 더 이상 대답하지 않는다. 평생 많은 죽음을 봐왔지만, 마음을 가장 무겁게 하는 죽음은 아이, 아이 같았던 사람의 죽음이다.

주세페가 고개를 숙이며 면회실로 들어왔고, 나와 만프레디 형이 그곳에 있다. 형이 아니었다면 오늘 이곳에 올 수 없었을 거다. 그 사건 이후 나는 한동안 브란카치오에 얼씬도 못했다.

비록 장례식에는 가족들과 함께 갔지만. 아버지는 언젠가 이번 일에 대해 내가 설명해줘야 할 거라고 말했고, 나는 그러겠다고 약속했다.

주세페의 눈에 눈물이 글썽하다. 주세페는 웅크리고 앉아 흐느낀다. 돈 피노 신부님이 선물한 『피노키오』를 손에 들고 친구의 팔인 양 꼭 껴안는다.

만프레디 형은 아무 말 없이 한쪽 구석에 서 있다.

"이제 어떡하지?"

"원한다면 내가 널 만나러 올게. 돈 피노 신부님을 혼자 두지 않겠다고 약속했어."

"그게 나랑 무슨 상관인데?"

"넌 신부님의 아들 아니야?"

주세페는 얼굴과 눈을 팔로 비벼 눈물을 닦으며 고개를 끄덕인다.

비록 나는 '비록'이란 말을 잘하는 페데리코지만 신부님 옆에 남아 있다.

하밀은 칼라 해안도로를 산책한다. 그 바다가 무섭다. 고향 땅의 시인이 말했다.

'두렵기 때문에 난 위험한 바다를 / 여행하지 않네. / 나는 진흙이고 바다는 물, / 물속에서 진흙은 녹아내리기에.'

오늘 삶이 바다 같고 그는 진흙이라는 생각이 든다. 옆에 더는 친구가 없다. 고향 땅 이야기를 누구에게 해야 할지 모르겠다. 관광객인 듯한 커플을 태운 마차가 도로를 달린다. 회색 말이 마부의 채찍을 받으며 마차를 끌고 간다. 하밀은 돈 피노가 아주 좋아했던 백마 이야기가 생각난다. 부정의 흑마, 폭력의 적마, 죽음의 초록 말. 이 말들이 아무리 강해 보여도 백마와 그리스도를 상징하는 기사에게 지고 만다. 친구는 아직도 그의 옆에서 눈물 젖은 눈과 무거운 마음을 닦아준다. 이야기가 절망에서 사람들을 구하고, 그런 이야기를 할 줄 아는 사람은 절대 열정을 잃지 말고 이야기를 계속해야 한다는 점을 그에게 상기시켜준다.

루치아는 쓸데없이 세레나의 집 인터폰을 울려댄다. 세레나 아버지의 가구점은 셔터가 내려졌다. 물건들이 흔적도 없이 바닷속으로 사라졌다. 자포자기한 심정으로 세레나는 비행기 탑승 계단 위에서 마지막으로 고개를 돌려 드넓게 펼쳐진 바다를 바라보았다. 그 도시에서 더는 그녀를 잡아줄 닻이 없다. 그녀를 막아 세울 힘이 없다. 더는 없다. 더는 없다.

교장은 돈 피노에게 배정된 시간표를 바라본다. '풀리시'라고 적힌 서류철이 무덤 앞 비석보다 더 마음을 아프게 한다.

언젠가 우리에 갇혀 지내서 날지 못하는 새들 위로 야생 새떼가 날아가는 걸 본 적이 있다. 우리에 갇힌 새들은 두려워하면서도 홀린 듯 야생 새들처럼 날갯짓을 해댔다. 불안해하면서도 희망을 품는다. 어쨌든 자신들의 공간에 대해 이젠 믿지 않고 자신들의 가능성을 생각한다. 그와 마찬가지로 돈 피노도 날개를 활짝 펴고 우리에 갇힌 수많은 삶 위로 날아가며 불안과 희망을 만들어냈다.

돈 피노가 맡은 시간은 중요했다. 그 시간을 대신할 수 없을 거라는 걸 안다. 그 교실의 학생들은 고아로 남을 거다.

루치아와 함께 조용히 거리를 거닌다. 장례식이 끝난 뒤에도 장례 행렬이 끝나지 않은 것 같다. 주변 상황과 화해하는 일종의 의식이다. 우리는 빌라 줄리아의 기하학 거리 한가운데서 팔레르모의 제니오의 보호를 받으며 앉는다.

"보고 싶어."

"나도 그래. 하지만 고통이 모든 걸 메마르게 하도록 놔둬서는 안 돼. 사람들이 들판에 담을 쌓듯 우리도 그렇게 할 거야. 뜨거운 바람이 귤나무들을 태우지 못하도록 나무 주변에 담을 쌓을 거야."

"그럴 힘이 없을까봐 두려워."

"함께 해보는 거야. 신부님께 약속했어."

"내가 신부님을 마지막으로 봤을 때 뭐라고 말씀하셨는지 아니?"

"몰라."

"널 돌봐달라고 하셨어."

"그래줄 거야?"

"신부님께 약속했어."

우리는 구름이 떠가고 갈매기가 나는 하늘을 조용히 쳐다본다. 항구 해안선이 오목하게 포옹하듯 열린다. 빛이 사물 위에 머무는 대신 사물에서 나오는 듯하고, 그림자가 걸작을 그린다. 빛만으로 그려지는 그림은 없다.

"널 위해 시를 지었어."

"읽어줘."

나는 예쁜 손글씨가 적힌 종이를 펼치고 부끄러움이 밴 목소리로 읽는다.

'조용히'

내 영혼을 꿰맬 수 있는 너는 어디에 있니?

'빛으로 가득 찬 소녀'여,

'바람'으로 만들어진

소년을 수선할 수 있을까?

'비록' 넌 이름이 없을지라도

난 네 이름을 찾네.

모든 것이 '검은' 곳에서

널 찾아냈지.

폭풍우 치는 바다 '파도'를 뚫고

너는 나왔네, 멀리서 날아온

'씨앗'처럼.

작은 씨앗은 '애무'하듯

순결한 땅에 내려앉아

열매를 맺으려 하네.

그 땅은 바로 나,

이제 네 이름은 '꿈'이 아니네.

"넌 문어보다 더해."

"왜?"

"너 자신을 지켜야 할 때 먹물을 뿌리잖아. 그 단어들이 없으면 안 되나 봐."

"맞아, 하지만 내가 좋아하는 다섯 단어야. 거기에 네가 좋아하는 다섯 단어를 더했어. 우리를 만드는 단어는 열 개야."

나는 루치아를 본다. 내가 웃긴 표정을 지었는지, 파도가 확 치듯 루치아가 잠깐 웃음을 터뜨린다. 루치아가 손가락으로 내 얼굴을 만진다.

"하지만 난 문어 같은 네가 좋아."

루치아가 내 가슴에 한쪽 귀를 대고 가만히 있다.

삶이 우리를 행복하게 한다고 모두가 생각한다. 나는 한 가지를 깨달았다. 행복하기 위해선 용기가 필요하다는 거다. 하늘과 땅을 가슴속에 받아들이려면 많은 용기가 필요하다. 그 용기가 어떤 식으로든 내 안에 있다는 걸 안다. 처음에는 아주 작은 씨앗이지만 나중에 굵고 튼튼한 가지가 뻗어 그늘과 쉴 곳을 마련해주는 나무가 되는 것처럼 용기도 그렇다. 상처와 계절을 받아들일 수 있는 나무. 겨울에는 잠들어 있지만 봄이면 싹을 틔우고, 점점 더 넓은 나이테를 만들며 삶과 죽음을 쌓아나가고 하늘과 땅을 하나로 묶는 나무.

나는 루치아의 입술을 쓰다듬는다. 둘의 호흡이 얽히며 우리의 갈망이 잠시 가라앉는다.

38

경찰관 밈모는 아니타 가리발디 광장에 모여 있는 사람들을 발코니에서 바라본다. 알면서도 침묵하는 사람과, 몰라서 침묵하는 사람 모두를 가슴 먹먹하게 하면서, 충격에 빠진 브란카치오의 거리를 지나갔던 장례 행렬이 어렴풋이 떠오른다.

배가 불룩 나왔지만 머리는 옛 영화에 나오는 형사 콜롬보 못지않게 명민한 경찰이다. 형사 콜롬보처럼 늘 담배를 피운다. 그의 머리는 팽이처럼 휙휙 잘 돌아간다.

모순되는 두 개의 사건이 일어났다.

불에 타서 거의 알아볼 수 없는 청년의 시체가 그날 새벽 살해당한 곳에서 떨어진 외딴곳에서 발견되었다. 마피아의 논리로는 그가 살인범이라는 뜻이다. 마피아는 사제들을 죽이지 않는다. 아니, 마피아는 모든 걸 다시 정리한다. 원이 닫힌다. 도둑맞은 가방, 강도, 7.65구경은 경험 없는 미숙한 솜씨다. 죽은 청년이 누군지 확인할 수가 없다. 얼굴은 벗겨졌고 몸은 너무 타버렸다. 브란카치오에서 허가 없이 차 라디오나 자동차를 훔친 도둑이거나 절망에 빠진 마약중독자일지 모른다. 아무튼 이 범죄자는 돈 피노를 죽인 범인이다.

하지만 밈모는 믿지 않는다. 그럴듯하게 위장하는 기술이 아주 정교한데다 메시지가 분명하다. 국가의 힘이 닿지 않는 곳에 마피아가 간다는 뜻이다. 또다시 사람들은 보호를 받는다고 느낀다. 마피아는 자신들도 먹고 남들도 먹인다. 신처럼. 아니, 신보다 낫다. 왜냐하면 신은 일상의 빵을 너무 땀 흘려 얻게 하기 때문이다.

청년을 죽인 건 그럴듯한 위장이라는 확신을 굳히게 해준 일이 일어났다. 장례 행렬이 지나갔던 산 치로 거리의 액자 가게 문 위에 패밀리 모임 때 테이블 앞에 앉아 웃고 있는 덩치 큰 남자의 사진이 걸렸다. 혼잡한 장례 행렬 도중에 누구도 그 사진을 주의 깊게 볼 생각을 하지 않았다. 그 사진은 브란카치오의 유명한 패밀리와 함께 찍은 토토 리나(살바토레 리나로. 토토라고도 불렸다. 코사 노스트라와 연관된 범죄자로, 1982년부터 1993년 1월 15일에 체포될 때까지 패밀리를 이끈 두목이었다 - 옮긴이)의 사진이었다. 질서가 다시 돌아왔고 성스런 감옥에서 성스런 보호자가 그 지역 거리에 당당히 모습을 드러냈다.

두 메시지는 서로 맞지 않았다.

산 치로 거리의 사진은 위장된 고백이다. 그걸 볼 수 있는 사람은 본다.

불에 탄 청년의 시체는 겉으로 나타난 고백이다. 그걸 볼 수 있는 사람은 본다.

사실 모순될 게 없다.

돈 피노를 추도하는 연설에서 몇몇 지역 정치인들, 행동이 아닌 말만 능수능란한 정치인들이 가스파레 우제다가 체사레 다젤리오에게 해준 시칠리아인의 대답을 인용했다. 소설 『부왕들 I Viceré』에서 우제다는 마피아의 선조 격인 군주들 중 한 명이다. "이탈리아가 만들어졌으니 이제 이탈리아인들을 만들어야 한다"는 말에 그는 이렇게 대답한다.

"이제 이탈리아가 만들어졌으니 우리의 사업을 해야 한다."

정확하게 보았다. 사실 이탈리아인들은 여전히 앞으로 만들어나가야 할 일이지만, 그들의 사업은 이미 궤도에 올라 번성할 멋진 일이었다. 특히 시칠리아에서.

밈모는 조용히 담배를 피우지만 그사이에도 생각은 박쥐처럼 획획 날아다닌다. 박쥐는 눈이 어둡지만 밤에 활동할 때는 확실하다.

이 사건들에 대해 돈 피노가 어떻게 생각할지 알고 싶지만 이젠 불가능하다.

밈모는 눈물을 흘리는 사람이 아니지만 이번에는 눈시울이 뜨거워진다. 공기가 썩었고 침울하다. 돈 피노가 쓰러졌던 곳에 모여 있는 아이들의 목소리가 시원한 바람처럼 썩은 공기를 가른다. 그는 보랏빛 도는 빨간 피 얼룩 주변에 모여 있는 아이들을 지켜본다. 누군가가 피 얼룩을 지우려 했지만 그 아이들이 막무가내로 쫓아냈다. 돈 피노가 옆에서 그의 말을 듣기라도 하듯 이렇게 말한다.

"사람은 언젠가 뭐로든 죽게 되어 있어요, 신부님. 하지만 한 가지는 알겠네요. 당신은 죽음도 죽이지 못하는 것을 찾아냈습니다."

남은 시간은 아이들이 만들어나간다. 어른들의 세상은 조만간 소진되어 없어질 거다. 대신 아이들은 언젠가 다른 사람들의 빵이 될 수 있는 밀의 배아와 닮았다.

재밌거리를 찾아 아이들이 브란카치오의 거리를 돌아다닌다. 아이들 중 한 명이 철길 옆에 쌓은 담벼락 위로 올라가, 정육점

양동이에서 훔친 썩은 고기를 미끼로 개들을 불러들이며 돌을 던진다. 개의 머리를 박살내는 아이가 이기지만, 개의 몸이나 다리를 맞혀도 점수를 딴다.

프란체스코는 담벼락 위에 서서 손에 돌 하나를 들고 개 주둥이를 맞히려 한다. 다른 아이들에게 질 수는 없다. 다른 아이들은 이미 돌을 던졌지만 제대로 맞히지 못했다. 개는 사악한 아이들을 향해 으르렁거리며 컹컹 짖으면서도 고기를 물어가려 한다. 프란체스코는 담벼락에서 내려와 천천히 개에게 다가간다. 다른 아이들은 좀 더 가까이에서 맞히라고 프란체스코를 부추긴다.

잡종견이고, 다리 하나가 안으로 굽어 있다. 슈퍼마켓 밖에서 동냥을 하는 니노의 다리 하나가 불편한 것처럼. 눈처럼 흰 얼룩이 있는 검은 개인데, 도망가는 개의 몸에 누군가가 표백제를 뿌린 것 같다. 개와 프란체스코 사이에 고기 조각이 있다. 프란체스코는 한 손은 앞으로 뻗고 한 손은 돌멩이를 움켜쥔 채 가까이 다가간다. 개는 위험과 배고픔 사이에서 갈팡질팡한다. 한순간 개가 고기를 향해 달려들지만 소년이 더 빠르다. 고기 조각을 멀리 던진다. 개는 어쩔 줄 몰라 하더니 절뚝거리며 고기가 날아간 곳으로 달려간다. 아이들은 화를 내며 소리치면서도 궁금해한다. 개가 컹컹 짖으며 자동차 뒤로 사라지자 프란체스코는 손에 돌을 쥔 채 개를 따라간다.

"가, 가란 말이야!"

개가 소년을 멀뚱히 바라보며 컹컹 짖는다.

프란체스코는 돌을 던지는 척하며 개를 내쫓는다. 다른 아이들은 프란체스코가 시야에서 사라지자 돌아오라고 한다. 프란체스코는 개가 도망갔다고 소리친다. 그러고는 자신도 그 자리를 떠난다.

고기를 먹을 더 좋은 때를 기다리며 모퉁이 뒤에서 다리를 핥고 있는 개를 발견한다. 프란체스코는 천천히 다가가 옆에 웅크리고 앉는다.

"배고프니?"

개가 프란체스코를 바라본다. 희망을 잃었기에 온순하다.

"나랑 가자."

개는 그것이 자신의 마지막 희망이라는 걸 안다.

"이름이 뭐니?"

개는 대답 없이 프란체스코의 냄새를 맡는다.

"널 피피노라고 불러도 되지?"

개가 계속 킁킁대며 코를 들이댄다.

"나랑 가자, 피피노. 이제 내가 널 돌봐줄게."

주머니에 있던 캐러멜 하나를 꺼내 뜻밖에도 다정스럽게 직접 먹여준다. 그러자 개가 프란체스코를 따라간다.

남에게 해를 입힐 힘을

지닌 것들에 대해선 두려움을 느끼게 돼요.

하지만 다른 것은 무서운 것이 아니니 두렵지 않죠.

나는 하느님, 그분의 은혜로 만들어졌으니,

당신들의 불행은 나를 건드리지 못하고

이 활활 불타는 불길도 나를 공격하지 못한답니다.

두려움에 대해 얘기할 때 돈 피노 신부님은 단테의 『신곡』「지옥 편」에 나오는 베아트리체의 이 말을 인용했다. 이제야 그 말의 뜻을 깊이 이해한다. 돈 피노 신부님의 희생은 죽음이 아니다. 죽음은 희생의 결과다. 그의 희생은 'sacrificio'라는 단어가 뜻하는 것, 일을 성스럽게 하는 것이다. 돈 피노 신부님은 그가 만졌던 것을 성스럽게 했고, 아주 귀중한 물건처럼 아이, 소년, 사람을 지켰다. 그의 용기는 여기에서 나왔다. 이 시구를 읽으며 나는 그것을 유언으로 여긴다. 이제 페트라르카의 닻이 되는 단어가 필요 없다. 넓은 바다와 대면할 용기를 갖고 있는 뱃머리 같은 단어가 필요하다. 미로가 얼마나 복잡한지는 중요하지 않다. 우리를 사랑으로 묶어주는 실이 얼마나 단단한지가 중요하다.

어린 소녀. 어린 소녀는 어디 있을까? 밈모는 단서가 하나 있다. 인형. 추리가 완벽하더라도 이제 무기력한 추리는 그만 접고, 생각보다 행동이 앞섰던 젊었을 때처럼 거리로 나서기로 결심했다. 소녀의 엄마가 아이를 찾는다. 소녀가 사라졌다. 밈모는 증언, 생각, 단서를 모은다. 그리고 24시간 안에 철길 옆에서 잠들어 있는 소녀를 찾아냈다.

소녀를 금방 알아보았다. 옷이 더럽고 두 팔과 다리에 생채기가 있다.

"이름이 뭐니?"

소녀는 대답하지 않고 도망가려 한다. 하지만 그가 소녀를 잡아 안으며 인형을 보여준다. 조금씩 소녀가 친절한 손길을 뿌리치지 않는다.

"인형이 널 찾아. 네가 혼자 놔뒀잖아."

소녀는 끝없이 이어진 철길을 다리 힘이 풀릴 때까지 따라 걸었다. 핑곗거리를 찾을 때 아이들이 그러는 것처럼 겁에 질려 눈물을 터뜨린다.

"길을 잃었어요."

"어딜 가고 있었는데?"

"아버지한테요."

"아버지가 어디 계시는데?"

"끝에요."

"어디 끝?"

"철길 끝."

"아버지 이름이 뭐니?"

"돈 피노."

사춘기는 개를 버리려 마음먹고 자리를 뜨지만 내키지 않아 늘 다시 돌아오는 주인을 향해 짖어대는 개와 닮았다. 그러다가 주인이 정말 버리고 떠나지만, 개는 집으로 돌아가는 길을 찾아내어 집 앞에 웅크린 채 주인이 다시 나오기를 기다린다. 개는 조용히 다시 들어가 자신에게 맡겨진 자리를 지키려 한다. 무자각의 끝을 나타내는 시기의 기억을 지킨다. '처음'이라는 진실의 신임장을 단 달콤하고 쓴 기억들이 많은 드라마틱하고 흥분된 시기다. 밤낮으로 사랑, 고통이 육체를 떨게 하고 몸속 깊이 파고드는 시기다. 이 때문에 나는 이 이야기의 배경이 된 거리를 걷는 걸 좋아한다. 지나갈 때마다 사춘기 적 기억들이 묻힌 항구에서 점점 더 명확하게 뭔가가 나온다.

몇 년 전 누군가가 내게 한 남자의 이야기를 해주었다. 남자는 어려운 일을 해결해야 할 때면 숲의 어느 지점으로 가서 불을 피우고 신에게 기도를 했다. 그러고 나면 소원이 이루어졌다. 그의 비밀은 조금씩 사라져갔다. 한 세대가 지나고 또 다른 남자가 그곳에 왔는데, 불을 피우는 법을 몰랐고 기도만 기억났다. 그러면 모든 것이 그의 소원대로 되었다. 또 한 세대 후, 또 다른 남자는 기도문까지 잃어버렸지만 그 장소만은 찾아냈다. 그래도 그의 소원은 이루어졌다. 이후 그 장소마저 잊혔다.

나의 경우 팔레르모에서 기억을 지키는 개가 있는 곳은 스파지모 성당, 칼라 근처에 있는 하늘이 뚫린 버려진 성당이다. 아이와 아버지가 자신들의 꿈을 지켜줄 모래성을 쌓는, 바다와 육지 사이의 경계에 세워진 동네. 그곳에 스파지모 성당의 벽이 남아 있다. 파도가 도시에서 그 성당을 빼앗아간 것 같다. 빛과 그림자가 섞인 이 담벼락 사이에, 황금처럼 누런 돌 테두리 안으로 잘려 들어간 둥근 천장과 아치들이 새파란 하늘을 향해 열려 있다. 나는 불을 켜는 방법을 모를 때나 기도문이 생각나지 않을 때, 그것들을 상기시킬 적절한 장소가 필요하다.

이곳에서 나는 많은 사람들이 찾는 대답을 찾았다. 마피아의 탄생 장소와 날짜가 이곳에 있다.

모두 라파엘로 탓이다.

라파엘로는 빛을 녹인 물감으로 그린 듯한 그림을 그렸다. 육체는 절대미가 보이기 바로 직전의 그리스 조각상들이다. 하지만 어두운 그림이다. 그리스도와 마리아는 디오니소스의 고통을 느끼는 아폴론의 얼굴을 하고 있다. 사람들에게 묻듯 '왜?' 하고 묻는다. 그리스도와 마리아는 다른 사람들보다 더 그 이유를 모르는 듯하다. 마법을 부리지 않는다. 그리스도는 십자가를 지고 두개골 산으로 향한다. 어깨에 지옥을 짊어졌다. 전쟁이나 고문이 목적일 때 이성을 세련되게 이용하는 사람들이 교묘하게 깎아놓은 지옥이다. 십자가형 나무 지옥이 그리스도를 기다린다. 군인이 창으로 그리스도를 위협하고, 또 다른 군인이 밧줄에 묶인 그를 끌고 간다. 그리스도는 사람들의 지옥 속으로 들어가고, 그들의 지옥을 보며 눈물을 흘린다. 우연히 그곳을 지나가던 한 남자, 키레네의 시몬만이 약간의 동정심이 생겨 그 광경을 못 본 체하지 못하고 그리스도를 돕는다. 그리스도가 지나가는 곳에선 어디든 시몬 같은 사람이 필요하다. 몇 미터 거리마다 한 사람이라도 있으면 좋으련만. 어머니는 아들을 보고 눈물짓는다. 아들은 모든 사람이 그렇듯 두 팔을 벌리고 아들을 다시 품에 안고 싶어 하는 어머니의 고통이 가슴 아파 눈물을 흘린다. 어머니의 그 몸짓이 도착을 말하는지 출발을 말하는지, 받는 것인지 주는 것인지, 항구인지 갈망인지 말하기 어렵다.

그 그림, 「시칠리아의 스파지모」로 유명한 「골고다 언덕으로 가는 길」은 1517년에 팔레르모의 하늘이 보이는 그 성당에 왔다. 그 이야기를 하자면 또 다른 이야기가 필요하다. 명확하진 않지만 17세기에 어느 지방의 부유한 상인이 먼저 스페인 부왕에게 그림을 선물했고, 이윽고 스페인 왕에게 건네졌다. 그 대가로 호의, 수익, 많은 현금을 얻었고 이름 앞에 '돈don'이라는 작위를 얻었다.

마피아는 그날 생겨났다.

도시의 미로에서 열쇠가 없어진 날, 좋은 이름, 작위, 추천서, 호의와 맞바꾸어진 라파엘로의 아름다운 스파지모 그림이 없어진 날부터 팔레르모는 다시는 자기 자신을 해독할 수 없게 되었다. 열쇠가 사라졌기 때문이다. 그림이 없어진 걸 보면, 상반신만 남아 있는 그리스 조각상들에 무슨 일이 일어났는지 이해할 수 있다. 남아 있는 상반신만으로도 없어진 부분이 얼마나 아름다울지 상상할 수 있다. 만일 그림이 여기에 있다면, 팔레르모는 자신을 이해할 수 있을지 모른다. 하지만 그림은 멀리 떨어진 다른 나라의 박물관에 있다.

팔레르모 사람들에게 알려줘야 할지도 모르겠다. 그들을 구하려면 필요한 게 「스파지모」라는 것을. 로마는 미켈란젤로의 「피에타」를 가지고 있다. 피렌체는 시모네 마르티니의 「수태고지」를 갖고 있다. 나폴리는 카라바조의 「일곱 가지 자비로운 행동」을 가지고 있다. 밀라노는 레오나르도의 「최후의 만찬」, 베네치아는 티치아노의 「성모승천」을 갖고 있다. 팔레르모는? 라파엘로의 「스파지모」를 갖고 있었다. 원과거가 내 도시에서 아직도 사용되듯 과거에 '갖고 있었다'. 약간의 권력과 교환된 라파엘로. 그 그림과 그 장소를 다시 갖는다면 팔레르모는 지중해의 진주라는 명성을 되찾을 수 있을까?

모르겠다. 내가 아는 것은, 그곳은 더는 없다는 사실이다.

아니, 혹시 있을지도 모른다. 숲의 남자가 그 장소까지 잊어버렸을 때도 갈망만 남아 있으면 충분하기 때문이다. 갈망이 있는 곳에 심장이 있다.

탈출할 내면의 장소. 돈 피노 신부가 아이들과 함께 찾던 것이다. 그는 아이들이 자신 안에서 그 공간을 찾도록 도와주었다. 그래야 폭력을 제지할 수 있기 때문이다. 돈, 존경, 힘? 이 세속의 삼위일체보다 먼저 찾아내야 한다. 이것 때문이라도 나는 학교 선생이 되기로, 그리고 글을 쓰는 작가가 되기로 결심했다.

먼저 내 안에서, 그리고 아이들 안에서 날마다 그 장소를 찾아내기 위해, 삶에서 생명력을 끌어낼 필요가 있는 단어를 계속 찾기 위해서, 아름다움과 타협을 맞바꾸지 않을 용기를 찾기 위해서 말이다. 그리고 시간이 흘러도 소원하는 것을 지키기 위해서 말이다.

먼저 이 도시에 날 태어나게 해주신 부모님께 감사드린다. 그리고 이 도시에 살고 있는 나의 형제들(마르코와 파브리치오)과 누이들(엘리자베타, 파올라, 마르타)에게 감사한다. 특히 사진(책 표지와 내 사진)을 찍어준 마르타에게 특히 더 감사한다. 내가 소설의 내용을 말해주었을 때 시칠리아에서 가장 매력적인 장소들 중 한 곳에서 완벽한 사진을 찍어주었다. 장화 모양인 이탈리아 반도와 시칠리아의 맨 남쪽 포르토팔로 디 카포 파세로에 있는 타푸리 성이다. 예전 참치잡이 어장 옆 코렌티 섬의 대리석으로 만들어진, 지중해를 바라보는 멋진 다각형 개랑을 가진 카포라보로 리버티. 호텔이 되었다가 1998년에 방치되어 약탈당했고, 사탄의 의식 장소로 사용되었다. 때때로 자신의 아름다움을 지키지 못하고 오히려 생채기를 내는 이 땅의 빛과 비탄을 보여준다. 카라바조의 유명한 그림 「성 로렌조와 성 프란체스코의 아기 예수께 경배 Adorazione del Bambino coi santi Lorenzo e Francesco」가 1969년 폭풍우 치는 밤에 팔레르모에서 사라졌던 것처럼 말이다. 돈 피노 신부를 죽인 두 살인자 중 한 명인 가스파레 스파투차의 증언에 따르면, 그림은 마피아 두목들의 회담이 열리는 방 안에 힘의 상징으로 걸리기 위해 도난당했다. 그러다가 동물 우리에 처박혀 돼지와 쥐들에게 갉아 먹혔다.

비토리오 에마누엘레 2세 고등학교의 선생님들과 동료들에게 감사드린다.

열정과 전문성을 가지고 이 글을 한 장, 한 장 읽어준 분들에게 감사한다. 발렌티나 포촐리, 안토니오 프란키니, 마리레나 로씨, 줄리아 이키노.

내 제자들과 학부모들, 학교 동료들, 불확실한 우리 시대의 폭풍우와 맞설 배에 올라탄 모든 사람에게 감사한다.

공간이 부족해서 이름을 일일이 거론하지 못하지만 사랑하는 내 친구들에게 감사한다. 돈 피노가 말했듯이 희망은 우정의 결과이고, 우정에서 내가 가진 모든 힘이 나온다.

이 책을 쓰고 있던 2013년에 돈 피노를 기리기 위해 만들어진 상을 내 삶에 선물하고 싶어 했던 피노 풀리시 국제상 책임자에게 감사한다. 풀리시 신부에게 바치는 멋진 책을 써준 프란체스코 델리치오시와 그의 영화를 만들어준 로베르토 파엔차에게 감사한다. 많은 영감을 받았다.

내 이전 책의 독자들, 특히 최근 몇 년간 이탈리아를 여행하며 만났던 선생님들과 아이들에게 감사한다. 그들 중 많은 분들에게 용서를 구한다. 그들의 편지, 메일, 블로그에 남긴 글을 모두 읽었지만 답장하지 못했다.

마지막으로 둘치스, 시간을 내어 이 이야기를 들어줘서 고마워. 네가 이 이야기에 바친 시간은 내가 이 이야기를 쓰면서 받은 것으로 보충되었길 바란다. 목숨이 위협받을 것 같을 때에도 삶에 더 큰 용기를 내야 한다는 것. 열정과 말이 꺼질 때도 탈출할 내면의 장소가 용기일 거야. 재 아래에 불씨가 살아 있는 것처럼 우리의 큰 소망들과 함께 용기가 우리 안에 숨어 있다는 걸 알게 되었다. 너 덕분에.

**

하존 거리의 건물 지하실은, 범죄가 발생한 며칠 후 담을 쌓고 개조 작업에 들어갔지만 곧 한밤중에 곡괭이로 담이 무너지고, 2005년에야 개조 작업이 다시 시작되었다.

브란카치오 중학교는 '돈 주세페 풀리시'라는 이름으로 2000년 1월 13일에 개교했다.

어둠 속의 작은 영혼에게
손 내밀 수 있는 용기를

이탈리아는 아름다운 자연 경관, 로마 제국과 르네상스 시대의 찬란한 유적 등으로 수많은 관광객을 끌어들이는 나라다. 하지만 그런 빛나는 모습 뒤에는 남부와 북부의 빈부 격차, 테러, 마피아 문제 등 어둠의 요소를 안고 있다. 알레산드로 다베니아의 이 소설은 아직도 마피아가 강력한 영향을 미치는 남부 도시 팔레르모의 브란카치오를 배경으로 이탈리아의 빛과 어둠을 이야기한다. 다베니아 역시 이 소설의 주인공 페데리코처럼 팔레르모 출신이고 비토리오 에마누엘레 2세 고등학교를 다녔으며, 그곳에서 종교를 가르치던 피노 풀리시 신부를 만났다. 피노 풀리시 신부에게서 받은 가르침과 그의 희생적 삶이 이 소설을 탄생케 했다.

피노 신부는 자신이 태어났던 팔레르모로 돌아와 사제로서 가난하고 고통 받는 사람들, 특히 아이들의 더 나은 삶을 위해 고군분투하다가 1993년 9월 15일 쉰여섯 생일날 자신의 집 앞에서 코사 노스트라 단원 살바토레 그리골리에 의해 살해당했다. 살바토레는 그 후 회개하고 개종했다. 살바토레에 따르면 피노 신부는 죽기 전에 미소를 지으며 '기다렸다'고 말했다고 한다. 피노 신부의 묘비에는 그의 삶을 말해주는 「요한복음」 15장 13절의 말씀 '사람이 친구를 위하여 자기 목숨을 버리면 이보다 더 큰 사랑이 없나니'라는 구절이 적혀 있다. 살인을 명령한 코사 노스트라 두목도 종신형을 받았고, 피노 신부가 그토록 원했던 중학교가 브란카치오에 세워졌다.

팔레르모는 이탈리아 남부 시칠리아 섬의 항구 도시로 기원전 8세기에 건설되었다. 페니키아의 식민 도시였고 로마 제국, 비잔틴 제국, 아랍 제국의 지배를 받았으며 12세기에 시칠리아 왕국이 성립된 후 수도로 번창하며 유럽의 중요한 문화 중심지가 되었다. 시칠리아 사람들은 오랫동안 정복자들로부터 무거운 세금을 징수당하고 착취당해오면서 외부인과 낯선 사람들을 불신하는 풍조를 갖게 되었고, 자신들이 입은 피해를 법에 의지하기보다는 스스로나 가족과 친척에 호소해 목숨과 재산을 지켰다. 이것이 이탈리아 통일 후 시칠리아의 특수한 환경에 의해 집단화되어 마피아가 등장하는 배경이 되었다. 하지만 마피아는 보호의 대가로 사람들에게 세금을 요구했고 사람들의 희생을 바탕으로 자신들의 권력을 키워갔다.

이 소설의 배경이 된 브란카치오는 코사 노스트라가 왕처럼 군림하는 동네다. 밖에서 보면 팔레르모는 전체가 항구다. 하지만 팔레르모에서 태어나 살고 있는 사람들, 특히 브란카치오 사람들에게 드넓게 펼쳐진 바다는 고통스런 현실에서 떠나고픈 갈망이다. 지옥 같은 곳을 떠나 저 멀리 바다 건너로 떠나기를 갈망하지만 부질없는 희망이다. 브란카치오는 희망조차 품을 수 없는 지옥이다.

이 소설은 피노 풀리시 신부의 희생적 죽음과, 팔레르모의 가난한 동네 브란카치오의 아이들과 여인들의 삶을 여러 화자의 목소리로 전한다. 주된 화자는 열일곱 살 페데리코다. 여름방학을 맞아 영국 옥스퍼드로 어학연수를 떠나려던 페데리코는 피노 신부의 권유로 잠깐 브란카치오에 들렀다가 자신이 속한 사회와 다른 현실을 만나면서 두려움과 맞서 싸우는 용기를 배우고 진정한 자기 자신을 발견한다. 페데리코는 내 나라, 내가 사는 도시에서 일어나는 일도 모르면서 다른 나라, 다른 도시의 언어와 문화를 배우는 게 무슨 의미가 있는지 회의하며 어학연수를 포기하고 화려한 팔레르모와 가난한 브란카치오를 나누는 철길 건널목을 자주 건너다니게 된다.

떠돌이 개들을 죽을 때까지 싸움 붙이고 고양이를 투견들에게 먹이로 던져주거나 목매달아 죽이는 잔인한 아이들 속에는 창녀를 어머니로 둔 프란체스코, 몇 푼을 벌기 위해 거리에서 몸을 팔지만 언젠가 날개를 달고 하늘 높이 날아가길 꿈꾸는 다리오, 마피아 가족으로 벌써 마피아 끄나풀이 된 리카르도, 오케스트라 지휘자를 꿈꾸는 토토, 코사 노스트라에 희생당한 아빠를 그리워하며 항상 인형을 들고 다니는 어린 소녀가 있다. 페데리코는 이곳에서 페트라르카가 말한 사랑, 루치아를 만난다. 루치아는 지옥은 더는 사랑할 수 없을 때, 자기 자신의 어떤 것도 주지 않고 남들로부터 어떤 것도 받을 수 없을 때라며, 자신이 처한 현실을 회피하지 않고 그곳에 남아 사랑의 씨앗을 심겠다고 한다. 사랑을 찾게 되면 자신을 아낌없이 주게 되고 두려움에 스스로를 가두지 않게 된다는 돈 피노 신부의 말대로 페데리코는 루치아를 사랑하게 되면서 두려움을 극복하고 돈 피노 신부를 도와 브란카치오의 아이들을 보살핀다.

돈 피노 신부는 가난과 무지의 밀밭에서 가라지라는 마피아가 자라지 않게 하고 브란카치오의 거리에서 아이들을 빼내기 위해, 아이들이 지옥이 아닌 다른 세상이 존재하는 것을 알고 아름다운 것을 한 조각 만져야만 아름다운 것을 바랄 수 있기 때문에 브란카치오에 중학교와 아이들이 뛰놀 수 있는 공원을 만들려 한다. 신부는 고개를 들고 똑바로 쳐다볼 수 있는 용기, 꿈을 꿀 수 있고 편안히 쉴 수 있는 공간을 아이들에게 심어주려 한다. 돈 피노 신부를 통해 사랑을 배운 페데리코는 사랑을 나누고 지옥을, 지옥이 아닌 것을 품을 용기를 내게 된다.

실존 인물이었던 피노 풀리시 신부의 이야기에 작가의 상상력을 더해 재구성한 이 소설은 우리에게도 많은 메시지를 던진다. 화려함 속에 각박하게 돌아가는 현실에서 우리는 우리 사회의 어두운 면을 애써 외면할 때가 많다. 피노 신부는 이웃을 사랑하라는 하느님의 계명을 다시금 우리에게 전한다. 목숨을 바치는 큰 사랑으로 이웃을 사랑하지는 못할지라도, 폭풍우에 해변으로 밀려온 수많은 불가사리를 하나라도 집어 다시 바다로 돌려보내듯 작은 일부터 하나씩 실천하라고, 우리 사회 안에 있는 지옥을 보고 그곳에서 지옥이 아닌 것을 찾아내어 아름다움을 보게 해주고, 그리하여 가라지가 자라지 못하는 아름다운 밀밭 세상을 만들어나가라고 말해주는 듯하다.

우리 주변의 어둠을 살피고 작은 것에서부터 사랑을 실천해야 한다는 것은 알고 있지만 생각처럼 쉽지 않다. 아름다운 세상을 만들기 위해서는, 행복하기 위해서는 용기가 필요할 것 같다. 이웃 사랑과 실천을 다시금 마음에 새겨준 좋은 소설을 소개할 기회를 준 소소의책 여러분께 감사드린다.

이승수

나는 너를 기다리고 있었다

초판 1쇄 인쇄 | 2018년 1월 10일
초판 1쇄 발행 | 2018년 1월 16일

지은이 | 알레산드로 다베니아
옮긴이 | 이승수
펴낸이 | 박남숙

펴낸곳 | 소소의책
출판등록 | 2017년 5월 10일 제2017-000117호
주 소 | 03961 서울특별시 마포구 방울내로9길 24 301호(망원동)
전 화 | 02-324-7488
팩 스 | 02-324-7489
이메일 | sosopub@sosokorea.com

ISBN 979-11-961012-4-4 (03880)